Mike Nicol

Die Feuer der Macht

Roman

Aus dem Englischen
von Thomas Piltz

Rowohlt

Die Originalausgabe erschien 1989
unter dem Titel «The Powers That Be»
bei Bloomsbury Publishing Ltd., London
Umschlaggestaltung Barbara Hanke
(Illustration Mick Armson)

1. Auflage August 1989

Satz Janson (Linotron 202)
Gesamtherstellung Clausen & Bosse, Leck
Printed in Germany
ISBN 3 498 04634 9

Für Jill

Lieber Onkel Werner,
ein Lesevergnügen
aus Südafrika

Frohe Weihnachten
1989

Susi + Willi

Erster Teil

EINS

Gräßliche Dinge

An jedem Morgen der drei Jahre, die er das Dorf terrorisierte, ließ sich Hauptmann Sylvester Nunes von seiner Tochter Frieda auf der Veranda rasieren. Selbst im Winter, wenn der Wind so scharf wie Fischmesser vom Meer hereinblies, trug sie die Schüssel mit dampfendem Wasser, den Streichriemen, die Rasierseife und die Klinge nach draußen, um dort das Ritual zu vollziehen, während er nach Anzeichen von Rebellion auf den Straßen Ausschau hielt.

Zuerst pflegte Frieda das Rasiermesser an dem ledernen Riemen zu wetzen, bis es so scharf war, daß selbst eine Fliege keinen Halt darauf gefunden hätte. Dann seifte sie ihm das Gesicht mit einem alten Pinsel ein, der einen Handgriff aus Elfenbein besaß und seinem Vater gehört hatte. Sie begann mit der Rasur auf der linken Gesichtshälfte, den spitzen Kiefer hinunter zum Kinn und wieder hinauf, um die Höhlung der Wange zu säubern. Es brauchte nicht mehr als vier rasche, entschiedene Striche, dazwischen ein geschicktes Schlenkern des Handgelenks, mit dem sie den Schaum in die Schüssel beförderte. Sobald die linke Hälfte rasiert war, legte Nunes den Kopf auf die andere Seite, bis er einige Dorfbewohner ins Blickfeld bekam, die vor dem Kaufladen herumlungerten, und Frieda wiederholte die Prozedur wie im Spiegel. Stets mußte sie aufpassen, daß sie nicht den schmalen Schnurrbart stutzte, der seinem Mund einen höhnischen Zug verlieh. Zuletzt seifte sie seine Kehle ein, die sie an die Haut eines gerupften Huhns erinnerte, und befreite sie, vom Adamsapfel aufwärts bis zum Unterkiefer, rasch von den Stoppeln.

Frieda rasierte den Hauptmann seit zehn Jahren, seit dem Tod ihrer Mutter.

«Ahh-Mann, was schert es mich, daß du erst acht bist», hatte ihr Vater gesagt. «Die Männer in dieser Familie sind schon immer von ihren Frauen rasiert worden, also wirst du es lernen.»

Frieda erinnerte sich, daß er mit einem Eisklumpen in der Hand innegehalten hatte, als er dies sagte, und er hatte sie so lange wortlos angestarrt, bis das Wasser zwischen seinen Fingern hindurchzutropfen begann; dann lächelte er und fuhr fort, die Eisstücke um den Körper seiner Frau zu schichten. In der Hitze hörte die Leiche ihrer Mutter nicht auf zu schwitzen, und sie verbrauchten alles Eis aus dem Kühlschrank, bis der Doktor kam.

Am nächsten Morgen, als er seiner Tochter zeigte, wie sie die Klinge ansetzen sollte, erzählte ihr der Hauptmann die Geschichte von einer Frau, die versucht hatte, ihrem Mann die Kehle aufzuschlitzen.

«Kein Mann möchte auf diese Weise sterben», sagte er, «und dieser Mann war kein Narr. Obwohl er die Augen geschlossen hielt, wußte er genau, woran sie dachte. Und so hatte er sie, noch ehe sie mit dem Gedanken fertig war, schon mit der Pistole erschossen, die er immer in der Tasche trug.»

Damals war das nichts weiter gewesen als eine seiner seltsamen Geschichten. Es kam Frieda nicht in den Sinn zu fragen, aus welchem Grund die Frau ihren Mann töten wollte oder warum er sie so kaltblütig erschoß. Auch sagte sie kein Wort über den plötzlichen Tod ihrer Mutter, obwohl sie einen plötzlichen Tod ihres Vaters merkwürdig gefunden hätte. Er war nicht der Mann, so zu sterben – jäh, über Nacht, ohne Warnung.

Und so begann Frieda, ihren Vater mit wachsendem Können und Geschick zu rasieren, bis sie eines Tages –

natürlich war sie inzwischen um einiges älter – beim Einschäumen seines Gesichtes dachte: Nun bin ich meines Vaters Frau. Und sie summte eine Melodie, die sie Jahre zuvor von ihrer Mutter gelernt hatte.

«Liebst du mich so sehr wie Mutter?» fragte sie und hob sein Kinn an, um die Bartstoppeln am Hals zu entfernen.

«Töchter werden immer mehr geliebt als Ehefrauen», antwortete er.

Und beide lachten.

Nunes genoß das morgendliche Ritual – genoß es sogar mehr als damals, als seine Frau ihn rasiert hatte. Es hatte eine Zeit gegeben, noch vor Friedas Geburt, als das Rasieren ihr Vorspiel gewesen war, ehe sie sich liebten. In jenen Tagen war er von der Berührung der Finger erregt worden und von dem Risiko, seiner Frau die verwundbarste Stelle seines Halses darzubieten. Wenn sie ihm sanft den Kopf zurückbog, überfiel ihn ein Verlangen, das es ihr kaum erlaubte, die Rasur zu beenden. Beim Anblick seiner Erektion mußte sie kichern, und unweigerlich schnitt sie ihn, was seine Lust nur um so mehr befeuerte. Er zog dann ihren Kopf zu sich herab und ließ sie das Blut auflecken, bis der Fluß gestillt war.

Mit Friedas Geburt verschwand seine Begierde. Seine Frau war immer noch willig, aber er reagierte nicht, wollte nur noch, daß sie mit der Rasur fertig würde, damit er aus dem Haus gehen konnte.

Als Frieda begann, ihn zu rasieren, wurden die Gefühle aus der ersten Zeit seiner Ehe neu geweckt. Aber es war nicht die gleiche Lust: sie war quälend, verzwickt und entnervend. Frieda war geschickter als ihre Mutter, sie lernte rascher, war mehr darauf aus, ihm zu gefallen – immerhin war sie ja seine Tochter, und sie vergötterte ihn. Es kam ihm nie in den Sinn, daß es anders sein könnte.

Ahh-Mann, wie er dieses gottverlassene Kaff haßte: die Hitze, die Fliegen, die Sandflöhe; die Moskitos, die in den Salzbecken und in der Lagune ausgebrütet wurden; den

Geruch des Todes, den die endlose Prozession der Seehunde ausdünstete, die sich den Strand hinaufschleppten, um dort zu sterben; die Abscheu der Menschen. Und wie sie ihn verabscheuten! Auch wenn sie lächelten, konnte er den Haß in ihren Augen lesen. Aber er ertrug das alles, weil er das Recht und das Gesetz vertrat und weil er wußte, daß in diesem stinkenden Hafen ein großes Verbrechen begangen wurde.

Im ersten Jahr setzte der Hauptmann dem Dorf seinen Stiefel in den Nacken. Und wie er es bei so vielen anderen hilflosen Opfern getan hatte, ließ er ihn dort, während sie in Hitze und Staub um Atem rangen. Dies war nach seiner Erfahrung einer der Wege, die zu den kleinen Geheimnissen im Leben der Leute führten. Zum Beispiel, was das für Lichter waren, die er einmal im Monat draußen vor der Landzunge sah, und warum manche Unterhaltungen abgebrochen wurden, sobald er in Hörweite kam. Doch niemand erzählte es ihm, und er trat fester zu.

Es gab keine Tanzvergnügungen mehr, keinen Alkohol in der Öffentlichkeit, sonntags nach dem Kirchgang mußte jedermann im Haus bleiben. Der Händler, Fagmie Jabaar, erhielt strikte Regeln für die Ladenzeiten: Von montags bis freitags zwischen acht Uhr morgens und sechs Uhr abends, an Samstagen bis ein Uhr mittags, an Sonntagen geschlossen.

«Aber wie soll ich meinen Unterhalt verdienen, wenn die Leute nicht bei mir kaufen können, wann sie wollen?» protestierte Fagmie Jabaar. «Und was wird aus meinem Café am Samstagnachmittag?»

«Die Leute müssen lernen, daß es Zeiten zum Kaufen gibt und Zeiten zum Trinken», entgegnete der Hauptmann und überließ es Fagmie Jabaar, den Aushang anzubringen, der unterzeichnet war: «Per Order».

Als nächstes eröffnete er ein Register. Familie um Familie rief Nunes zu sich, um Namen, Beinamen und Vergangenheit zu erfragen. Wer war dein Vater? Wer war deine

Mutter? Wer war dein Großvater? Wer war deine Großmutter? Sorgfältig trug er alle Informationen in ein dickes, ledergebundenes Buch ein, das er allabendlich in seiner Truhe verschloß.

«Aber wozu ist das gut? Was habt Ihr damit vor?» fragten die Fischer.

«Es muß Aufzeichnungen geben», erwiderte er. «Es gibt keine Gesetze ohne Aufzeichnungen. Und ohne Gesetze, wie soll es da Ordnung geben?»

Die Menschen waren unglücklich. Es kam ihnen vor, als wäre der Hauptmann in ihre Häuser eingedrungen und hätte ihnen kostbare Erbstücke abverlangt. Sie spürten, daß etwas von ihnen genommen und eingesperrt worden war; sie waren nicht mehr frei.

Obwohl es niemandem gefiel, was vorging, beschwerte sich keiner, bis der Hauptmann seine Gesetze zu verkünden begann. Nun war der Mann zu weit gegangen, dachte Augustin Shoote. Als der Schutzengel der Gemeinde, als ihr Geistlicher, hielt er den Augenblick für gekommen, sich einzuschalten.

Nie sollten die Fischer den Tag vergessen, an dem er Nunes entgegentrat. Es war das erste Mal, daß sich jemand gegen den Hauptmann erhob, und es sollte auch das letzte Mal sein. Er zeigte ihnen, daß er nicht gesonnen war, die geringste Einmischung in seine Angelegenheiten hinzunehmen, auch nicht von der Kirche. Was er verkündete war Gesetz und duldete keinen Widerspruch. Obwohl alle dankbar waren für Augustin Shootes Anteilnahme, alarmierten sie die Wut des Hauptmanns und das Feuer, das sie in ihm zu entfachen schien, derart, daß der Vorfall sie in um so größere Angst versetzte.

Es geschah eines Mittags. In seinem Zimmer an der Rückseite der Kirche saß Augustin Shoote und bereitete in der Hitze eine Predigt vor. Das Schreiben war ihm nie leichtgefallen, und oft verbrachte er lange Minuten damit, auf die weißgetünchte Wand zu starren, versunken in Gedanken, die weit von seinem Predigttext entfernt waren. Nach und nach wurde ihm bewußt, daß in der Kirche jemand schluchzte. Auf einer Bank im Vorraum entdeckte er die alte Mrs. Vygie Bond, die Mutter von Vygie Bond, dem Fischer. Augustin Shoote führte sie in sein Zimmer und schenkte der alten Frau freigebig von dem einzigen Brandy ein, den es in dieser abgelegenen Siedlung gab. Nach zwei Gläsern, die die Flasche mehr als zur Hälfte leerten und ein kurzes Stirnrunzeln über Augustin Shootes Gesicht ziehen ließen, versiegten ihre Tränen.

An diesem Morgen, so erzählte ihm Mrs. Vygie Bond, war sie von Frieda zum Hauptmann gerufen worden, der ihr mitteilte, daß er nun die Klassifizierung der Bevölkerung gemäß dem Gesetz abgeschlossen habe und daß sie und ihre Familie, da sie gemischtes Blut hätten, der zweiten Klasse zugeordnet worden seien. Mrs. Vygie Bond hatte keinen blassen Schimmer, wovon er redete. Also drückte Nunes es einfacher aus: Es bedeutete, daß sie nicht länger an Fagmie Jabaars Tischen sitzen und Wein trinken durfte. Dies war nun den Angehörigen der ersten Klasse vorbehalten. Aber sie sitze doch immer bei Fagmie Jabaar und trinke Wein, protestierte sie, ebenso wie alle anderen, warum also sollte sie das nicht weiterhin tun können? Weil, erwiderte der Hauptmann und wurde wütend, das Gesetz es so wolle, und ohne Gesetz gebe es keine Ordnung. Inzwischen brüllte er nicht nur, sondern hämmerte mit der Faust auf den Tisch, und Mrs. Vygie Bond hatte das Weite gesucht.

Augustin Shoote schenkte ihr einen letzten Schluck von seinem kostbaren Brandy ein und schickte die alte Dame mit der Versicherung nach Hause, daß er beim Hauptmann vorstellig werden würde.

«Gott segne Sie, Hochwürden», sagte Mrs. Vygie Bond. «Der Herr sei gelobt!»

Augustin Shoote hatte keine klare Vorstellung, wie er Hauptmann Nunes angehen sollte. Als er aus dem stillen

Dämmer der Kirche in ein grelles Weiß hinaustrat, das in seinen Augen schmerzte, spürte er den Sand durch die dünnen Sohlen seiner Sandalen brennen, und vor Hitze und auch Angst brach ihm in den Achselhöhlen der Schweiß aus.

Augustin Shoote beschloß, nicht geradewegs die Straße hinunter zum Haus des Hauptmanns zu gehen. Statt dessen bog er durch das Gestrüpp zur Lagune ab, so daß er von den Hütten der Fischer kommen würde, falls Nunes aus dem Fenster blickte. Es war, so dachte er sich, eine Geste der Solidarität. Als er den Platz überquerte, kam Fagmie Jabaar aus seinem Laden gelaufen und hielt ihn auf.

«Bitte, kommen Sie und sehen Sie sich das an, Hochwürden», rief Fagmie Jabaar. «Der Hauptmann, er hat eine Klassifizierung gemacht.»

An ein Brett vor dem Laden geheftet hing ein weiterer Anschlag des Hauptmanns, unterzeichnet: «Per Order». Augustin Shoote konnte kaum glauben, was er da las.

Nunes hatte das Dorf in Bürger erster und zweiter Klasse eingeteilt und eine Reihe von Gesetzen erlassen, die für die beiden Gruppen galten. Augustin Shoote entdeckte seinen Namen bei der ersten Klasse. Das bedeutete, daß er am Strand, aber nicht innerhalb der Lagune schwimmen durfte. Er durfte die Hütten der Fischer nur mit einem von Nunes ausgestellten Passierschein betreten, während die Angehörigen der zweiten Klasse (die meisten der Fischerfamilien) jene der ersten aufsuchen durften, dabei aber den Hintereingang benutzen mußten. Fagmie Jabaar sollte eine Mauer durch die Mitte seines Ladens ziehen und die Menschen erster Klasse künftig auf der einen Seite bedienen, die der zweiten auf der anderen. Wie Mrs. Vygie Bond ihm bereits erzählt hatte, war es keinem Angehörigen der zweiten Klasse erlaubt, an Fagmie Jabaars Tischen ein alkoholisches Getränk zu bestellen. Familien, in denen Eheschließung Menschen der ersten Klasse mit solchen der zweiten vereint hatte, wurden in die niedrigere Klasse eingestuft.

Und in Zukunft würden solche Heiraten nicht mehr erlaubt sein. Genausowenig durften sich die Klassen räumlich vermischen: der Hügel war der ersten Klasse vorbehalten, die zweite sollte an den Ufern der Lagune siedeln. In der Kirche schließlich sollten alle Bürger erster Klasse auf der rechten Seite sitzen, alle Bürger zweiter Klasse auf der linken.

Das kann nicht wahr sein, dachte Augustin Shoote. Der Mann ist wahnsinnig.

Einige Minuten später geleitete ihn Frieda in die Küche, wo der Hauptmann, in Unterhemd und Unterhose, sein Mittagessen verzehrte. Auf dem Tisch lag der Revolver, den Nunes sonst stets an seinem Gürtel trug. Der Hauptmann blickte auf und bedeutete Augustin Shoote mit einer Gabel, Platz zu nehmen.

«Wo brennt's, Pfarrer?» fragte er mit vollem Mund.

Augustin Shoote blickte in der Küche umher, als könnten ihm die ungespülten Töpfe und Pfannen den Rücken stärken. Doch selbst dieser Raum, sonst in jedem Haus der heimeligste, wirkte feindselig.

«Das können Sie nicht tun», sagte er endlich. «Sie können nicht einfach herkommen und eine Gemeinschaft zerstören.»

Der Hauptmann hörte auf zu kauen. In seinem Innern war eine Hitze, die er seit Jahren nicht gespürt hatte, nicht seit der Nacht, in der seine Frau gestorben war. Ahh-Mann, Ahh-Mann.

«Ich kann alles tun, was das Gesetz befiehlt. Und es befiehlt, daß die Menschen klassifiziert werden und entsprechend leben müssen.»

Er wandte sich wieder seiner Mahlzeit zu.

«Was Sie tun, ist unmenschlich. Mag sein, daß es solche Gesetze gibt, aber das allein macht sie noch nicht gerecht.»

Nunes schluckte seinen Bissen hinunter, nahm einen Knochen vom Teller und saugte das Mark heraus.

«Sie machen mich sehr unfroh, Pfarrer», sagte er. «Mitten in dieser Hitze machen Sie mich sehr unfroh.»

Zum erstenmal trafen sich ihre Blicke.

«Was sollte ich Ihrer Meinung nach tun, hm? Soll ich die Gesetze vergessen und so tun, als würde hier kein großes Verbrechen begangen? Ahh-Mann, es wird euch nicht gelingen, es ewig vor mir zu verbergen. Ich werde herauskriegen, was hier vorgeht.»

Nunes griff sich einen weiteren Knochen und saugte ihn aus. Den ersten schmiß er in den Hinterhof hinaus, wo ein Hund, der an einen Baum gekettet war, ihn zu erhaschen suchte.

Augustin Shoote blickte hoch zu Frieda, die mit gesenktem Kopf in der Tür stand. Was hielt sie von dieser Sache? Oder dachte sie nicht darüber nach? Beunruhigt vom Gesichtsausdruck des Pfarrers trat sie hinter ihren Vater.

Augustin Shoote ballte unter dem Tisch die Fäuste. «Sie haben kein Recht, so zu handeln», sagte er. «Es ist völlig gleichgültig, was die Gesetze befehlen, denn hier greifen sie nicht. Können Sie denn nicht sehen, daß die Menschen kämpfen müssen, nur um zu überleben?»

Nunes sprang so heftig auf, daß sein Stuhl umstürzte. Große Schweißperlen standen ihm auf der Stirn und auf den Wangen, seine Lippen wurden schmal, sie fluchten. Und doch kam es Augustin vor, als säße er inmitten einer vollkommenen Stille, während um ihn her ein gräßliches Chaos tobte. Dann drang plötzlich ein Geruch nach Verwesung, als läge eine tote Ratte unter den Bodenbrettern, durch den Kokon seiner Stille.

Auf dem Platz standen die Dorfbewohner und beobachteten das Haus des Hauptmanns. Trotz der Sonne und der Fliegen warteten sie, die Frauen mit Säuglingen oder kleinen Kindern auf den Hüften, die Männer in der Hocke, kleine Steine werfend. Erst hörten sie Nunes brüllen, dann einen Revolverschuß. Die Kinder begannen zu weinen. Für ein paar Augenblicke schienen auch ihre Leben in einer

Stille zu schweben, die selbst vom Meer nicht unterbrochen wurde. Doch als die Vordertür des Hauses aufgerissen wurde und Augustin Shoote auf die Stufen der Veranda herausfiel, spürten auch sie den Geruch des Todes. Nunes, lächerlich in seiner Unterwäsche, den Revolver noch in der Hand, schrie die dicht zusammen stehenden Menschen an, sie sollten machen, daß sie auseinanderkämen. Langsam trotteten sie davon, während Augustin Shoote sich aufrichtete und humpelnd auf den Rückweg zur Kirche machte.

Am nächsten Tag ließ Nunes die alte Irr-Minnaar zu sich rufen und begann mit den Verhören.

Es gab keinen besonderen Grund, warum er mit Irr-Minnaar den Anfang machte. Vielleicht war sie die erste gewesen, die er an diesem Morgen gesehen hatte, während Frieda ihn rasierte; vielleicht auch fühlte er eine tiefe Abneigung gegen diese Prophetin des Untergangs. Oder es war ihm zu Ohren gekommen, daß sie ihn den Großen Bock genannt hatte, und er wollte ihr eine Lektion erteilen. Spät am Abend, als Augustin Shoote hörte, daß Irr-Minnaar noch immer nicht freigelassen worden war, begann er zu vermuten, daß Nunes sein Opfer mit Bedacht gewählt hatte. Er mußte in ihr all das gesehen haben, was böse war am Dorf: eine vom Aberglauben versklavte Frau, die überall Zeichen und Omen sah und die – in den Augen des Hauptmanns – unverzeihliche Sünde begangen hatte, sich mit einem Mann der zweiten Klasse einzulassen. Wenn er sie zerstören konnte, dann konnte er jeden von ihnen zerstören.

Die ganze Nacht lang brannte bei dem Hauptmann Licht im Vorderzimmer, wo er an einem Schreibtisch Irr-Minnaar gegenübersaß und Frage um Frage stellte, bis alle Antworten zu einer einzigen Antwort verschmolzen, den Apokryphen einer Wahrsagerin. Es ist kaum anzunehmen, daß er irgend etwas Nützliches erfuhr aus diesem Kauderwelsch, das Gottes Mahnungen in einem Kometen und sein Gericht in einem Bock verkörpert sah. Fest steht, daß die Geduld des Hauptmanns gegen Abend des zweiten Tages erschöpft war, aufgerieben von dem phantastischen Gemurmel der Alten. Was kaum überrascht, denn immerhin waren sie inzwischen sechsunddreißig Stunden bei der Sache, ohne Unterbrechung. Diejenigen, die auf der Straße Wache hielten, damit der Irr-Minnaar kein Leid geschähe, erzählten, daß in einem Augenblick die vollkommenste Ruhe herrschte und schon im nächsten der Hauptmann seinen Sjambok knallen ließ, als wäre ein Rudel tollwütiger Hunde hinter ihm her. Sie hörten, wie er Irr-Minnaar anbrüllte, sie solle sich aus dem Haus scheren, sie sahen die ringenden Schatten der beiden hinter dem Vorhang, und im nächsten Moment hatte er sie auf die Straße hinausbefördert. Doch seltsamerweise lief Irr-Minnaar nicht weg, sondern versuchte, wieder ins Haus zu gelangen. Sie war nun völlig von Sinnen, so wie manchmal, wenn sie zuviel Dagga geraucht hatte. Der Hauptmann begann, auf sie einzuschlagen, die Gerte peitschte ihr Gesicht. Doch noch immer wich sie nicht zurück. Es waren die Brüder Kreef und Stevie, die endlich in die Peitschenhiebe hineinliefen und sie in Sicherheit zerrten.

Am folgenden Morgen ließ sich der Hauptmann auf der Veranda rasieren, in sich gekehrt, mit düsterem Blick, den Revolver an den Gürtel geschnallt. Alle die ihn sahen, bemerkten die Waffe und wußten, daß sich zu bewahrheiten begann, was Irr-Minnaar immer prophezeit hatte.

Eine Woche verging, dann rief Nunes Fagmie Jabaar zu sich.

Die meisten der Fragen sollten den Händler nur verleiten, Klatsch über die Dorfbewohner zu erzählen. Ob er Mondling leiden konnte? Ob Bootsmann Walbein tatsächlich der Enkel eines norwegischen Walfängers war? Und wo hatte Lady Sarah all ihr kostbares Silber und diese teuren Möbel her? Harmlose Fragen, schwerlich der Stoff, aus dem Verhöre gemacht werden.

Fagmie Jabaar gab Auskunft, so gut er konnte. Er erzählte die alten Dorfgeschichten und erfand etwas hinzu, wo er nichts wußte. Oft mußte Nunes lachen, weil Fagmie Jabaar eine lebhafte Phantasie hatte. Tatsächlich versetzte ihn der Händler in so gute Laune, daß er ihm Tee und Biskuits anbot, ein Mittagessen und am Abend gar ein Bier, das sie gemeinsam auf der rückwärtigen Veranda tranken, wo es kühl war.

Kurz bevor es dunkel wurde, fragte der Polizist den Händler, warum dessen Regale immer leerer würden. «Als wir hier ankamen», sagte Nunes, «hast du Bier verkauft, Schokolade, Scherbett, Coca-Cola, Konserven mit allem möglichen. Du warst so gut bestückt wie ein Lebensmittelhändler in der Stadt. Aber jetzt ist dir alles ausgegangen. Und jedesmal wenn der Küstendampfer anlegt, um deine Bestellung aufzunehmen, zuckst du mit den Achseln und sagst, für diesen Monat nichts. Was ist das für eine Art, ein Geschäft zu führen?»

«Ich tue wirklich mein Allerbestes, Mister», sagte Fagmie Jabaar, «aber die Leute sind arm und haben kein Geld.»

«Aber es ist noch nicht lange her, da müssen sie Geld gehabt haben, um all die Waren in deinem Laden zu kaufen. Ist es nicht so?»

Fagmie Jabaar wand sich auf seinem Stuhl.

«Ahh-Mann, es ist sehr seltsam, findest du nicht, Fagmie, wie plötzlich dieses Dorf arm geworden ist?» Nunes leerte sein Bierglas und geleitete den Händler, einen Arm leicht auf seine Schulter gelegt, durch das Haus und zur Vordertür hinaus.

Fagmie Jabaar schlief unruhig in dieser Nacht und auch noch viele Nächte später, während die Verhöre auf der anderen Seite des Platzes länger und länger wurden.

Niemand sonst wurde so freundlich behandelt wie Fagmie Jabaar; statt dessen wucherten Gerüchte von den schwarzen Stimmungen und Launen des Hauptmanns, bis all jene, die sich Nunes noch nicht vorgenommen hatte, vor Angst ganz krank waren. Ihre Phantasie heftete sich an sein boshaftes Gesicht, an die Spuckebläschen in seinen Mundwinkeln, an die roten Augen, die in ihren Höhlen rollten, und an die Hand, die auf den Tisch trommelte oder mit der Waffe spielte, die in ihrem Halfter von der Rückenlehne des Stuhls baumelte. Würde er sie benutzen? Jedermann war überzeugt, daß er es tun würde – hatte er nicht den Pfarrer fast erschossen? Und dennoch würden sie ihm nicht erzählen, was er wissen wollte: es war weniger schlimm, von der Furcht zerfressen zu werden, ja sogar zu sterben, als ihre einzige Hoffnung zu verraten.

Und so bereiteten sie sich auf die Tage und Nächte der Qual vor. Einige, wie Jong Jan, mit Gleichmut, während andere, wie Vygie Bond, schon zusammenbrachen, ehe Nunes auch nur seine Stimme erhoben hatte, oder sich selbst besudelten, sobald der Hauptmann seinen Revolver um den Zeigefinger wirbelte. Doch trotz all des Schrekkens verriet ihm niemand, was er so verzweifelt erfahren wollte. Ebensowenig wurde jemals einer von ihnen freigesprochen. Für Nunes waren sie alle schuldig, Verschwörer in einem riesigen Komplott gegen Gesetz und Ordnung. Manchmal ließ er jemanden, den er bereits verhört hatte, Wochen später durch Frieda erneut vorladen und stellte die gleichen Fragen, ließ die gleiche furchteinflößende, fluchende Prozedur erneut ablaufen, bis das Opfer in Tränen ausbrach. Es war der Gedanke, daß Nunes sie jederzeit abholen lassen konnte, der ihnen in die Gedärme fuhr. Er hatte einige in den frühen Morgenstunden aufgescheucht und andere sogar auf dem Weg zur Kirche von der Straße geholt.

Einer davon war Klein Marsdon-vom-Land, der Amateurfunker. Wieder und wieder mußte er die gleichen Fragen über sich ergehen lassen, Nacht für Nacht, Woche um Woche. Wo hatte er seine Ausrüstung her? Von einem Seemann und von meinem längst verstorbenen Vater. Ist sie angemeldet? Niemand hat mir je gesagt, daß sie angemeldet werden müßte. Mit wem unterhältst du dich da draußen? Mit vorbeifahrenden Handelsschiffen und mit den Geistern der Toten. Was meinst du damit, mit den Geistern der Toten? In stillen Nächten lassen tote Kapitäne ihre Schiffe aufsteigen und gehen wieder auf große Fahrt. Was Nunes jedesmal veranlaßte, mit der Faust auf den Tisch zu schlagen und mit seinem Revolver vor dem heiteren Gesicht des Kleinen Marsdon-vom-Land herumzuwedeln. «Verschone mich mit dieser Kinderscheiße», bellte er dann, «es gibt keine Seelen auf dieser Welt, die nicht in Fleisch gekleidet gehen. Ich habe genug von euren Geistern und Gespenstern. In welcher Sprache redest du denn mit ihnen?» Worauf Marsdon-vom-Land erwiderte: «In der Sprache der Toten.» Doch aus irgendeinem Grund entging der Amateurfunker immer wieder der Gewalt, die in Nunes aufloderte. Vielleicht weil der Hauptmann unsicher war, wie er dieses Engelsgesicht behandeln sollte – vor allem dann, wenn Marsdon-vom-Land auch noch Stimmen aus seinen Geräten hervorlockte, nachdem diese ausgeschaltet waren.

Die Monate vergingen, und Nunes wurde immer bösartiger. Das Feuer, das der Geistliche in seinem Magen wieder entfacht hatte, loderte wilder, verwandelte seine Nächte in Tunnel aus Schmerz und seine Tage in Qual. Er konnte fühlen, wie die Flammen bis in seine Brust ausgriffen, das weiche Gewebe seiner Lungen versengten. In der Dunkelheit sah er Funken sprühen, wenn er ausatmete.

Ahh-Mann, es sind diese Leute, die die Feuer entzündet haben, überlegte er, also müssen sie sie auch löschen. Und das einzige, was ihm Linderung brachte, war das Leiden anderer.

Um sich nicht nochmals so zu erschöpfen wie in der Sitzung mit Irr-Minnaar, die ihn ebenso ausgebrannt zurückgelassen hatte wie sein Opfer, schleppte er eine Matratze in den Raum, in dem die Verhöre stattfanden. Wenn die Stunden wie glühende Kohlen hinter seinen Augenlidern brannten, streckte er sich auf der Matratze aus und genehmigte sich ein Nickerchen. Obwohl er nie wirklich tief schlief, genügten ihm diese wenigen Stunden, um tagelang weitermachen zu können. Seinen Gefangenen wurde ein solches Privileg natürlich nicht gewährt. Sie blieben mit Handschellen an ihren Stuhl gefesselt, und Frieda stieß sie an, um sie zu wecken, sobald ihre Köpfe vornüber sackten. Sehr wahrscheinlich fand Frieda wenig Vergnügen an dieser Beihilfe, aber damals wäre sie für ihren Vater durch die Hölle gegangen.

Als wäre tagelanger Schlafentzug nicht Folter genug, wandte Nunes außerdem eine Methode an, die er die «Suchscheinwerfer-Technik» nannte.

«Im Lauf der Zeit, Frieda», sagte er, als er die Lampe mit dem tellerförmigen Reflektor rund um die Birne an seinem Schreibtisch anbrachte, «wird dieses Licht alle dunklen Winkel ausleuchten.»

Von da an wurden die Verhöre überwiegend nachts geführt. Er stellte fest, daß Menschen, die aus dem Bett geholt und gezwungen wurden, in den blendendweißen Lichtkreis zu starren, während seine körperlose Stimme sie aus der Dunkelheit beschimpfte, bald so verängstigt waren wie in die Enge getriebene Tiere. Sie erzählten ihm nichts, aber das war ihm egal, er wollte nur ihre Angst.

Weder Mondling, der insgeheim mit Nunes sympathisierte, noch der angesehene Bootsmann Walbein und dessen Frau, noch Augustin Shoote oder Lady Sarah entgingen den Verhören. Zwar wurden sie nicht dem gleichen Terror ausgesetzt wie andere Dorfbewohner und auch nicht für mehr als zehn oder zwölf Stunden pro Sitzung festgehalten, aber Nunes ließ sie mehrfach holen, während er nach einem wahren Kern in den Erzählungen der Fischer fahndete. Die einzigen, die er ungeschoren ließ, waren Fagmie Jabaar und Montague Planke, der Bäcker, was sowohl Montague selbst wie den Dorfbewohnern immer unheimlicher wurde, je mehr Hauptmann Sylvester Nunes sein Schreckensregiment verschärfte.

Die Verhöre waren nur ein Teil von Hauptmann Nunes' grausamer Herrschaft. Er besaß einen geradezu missionarischen Eifer, seine Welt zu verbessern.

«Wie können Sie zulassen, daß die Leute trinken?» fragte er einmal Augustin Shoote. «Sie, der Sie Prediger sind?»

«Die Leute haben nicht viele andere Vergnügungen», erwiderte Augustin Shoote.

«Dann werde ich für Gott handeln», sagte Nunes.

Er verabscheute die Trunksucht der Dorfbewohner, vor allem bei dem alten Mann, der Jong Jan hieß und den er oft besinnungslos im Schatten eines Fischerbootes liegen sah, einen Krug Wein im Arm.

«Ich werde bald sterben, Hauptmann», hatte Jong Jan zu ihm gesagt, als er auf dem Boden lag und seine Lippen von Nunes' Fausthieb bluteten. «Das tut mir nicht mehr weh.»

Nunes verstand das nicht, und wann immer er ihn sah, wollte er den alten Fischer schlagen.

Aber das Trinken war noch nicht ihr schlimmstes Laster, sie rauchten auch das Teufelskraut, Dagga. Und sie rauchten es so, wie er Tabak rauchte, offen auf den Straßen, auf der Veranda ihrer Häuser, als wäre es kein Verbrechen.

«Läuten Sie die Glocke, ich muß zu allen sprechen», hatte er eines Morgens, als die Fischerboote heimkehrten, von Augustin Shoote verlangt. Und als alle in der Kirche versammelt waren, hatte er ihnen gedroht, ihre Leiber auszupeitschen und ihre Seelen in die Hölle zu verbannen.

«Und jetzt geht», sagte er, «grabt die Pflanzen aus und verbrennt sie.»

Was hatte es genützt? Er wußte, daß sie immer noch irgendwo Dagga anbauten. Auch dieses Wissen verfolgte ihn nachts wie ein böser Geist. Und wenn die Wut im Kopf des Hauptmanns sein Kissen versengte, weil ihm einmal mehr ein einfacher Fischer den Zugang zu dem Geheimnis verweigert hatte, das im Herzen des Dorfes lag, dann richtete er seine Aufmerksamkeit auf ihre verbotenen Ernten. Die Leute waren fast dankbar, wenn sie ein paar Daggapflanzen zwischen ihren Tomaten zugeben und sich so die endlosen Befragungen ersparen konnten. Nunes wußte, daß das keine Lösung war; aber die Angst in den Augen auf der anderen Seite des Tisches wachsen zu sehen, lenkte ihn ab von den schrecklichen Feuern in seinen Eingeweiden. Und doch waren es diese Feuer, die den Dorfbewohnern schließlich eine Atempause verschafften.

Frieda spürte, daß ihr Vater von ihnen verzehrt wurde. In seinem Körper war eine Hitze, die das Bett selbst in den frischesten Nächten in einen Feuerherd verwandelte, eine Hitze, die auch von feuchten Tüchern und Eisbeuteln nicht gekühlt werden konnte.

«Du bringst dich noch um», sagte sie zu ihm, als das Fieber auf dem Höhepunkt war und Blasen seinen Körper bedeckten. «Du mußt damit aufhören.»

Und überraschenderweise tat er, was sie sagte. Er hörte mit den Befragungen auf. Tagelang blieb er im Haus, grübelte und beobachtete aus den düsteren Tiefen der Zimmer, wie die Fischer ihre Netze reinigten, den salzigen Trockenfisch aßen, der ihm den Magen umdrehte, oder sich mit dem süßen Wein betranken, den sie aus Melonen machten. Allmählich, unter Friedas ständiger Obhut, begannen die Feuer zu verlöschen.

Als sich der Hauptmann in seinem Haus einsperrte, nur noch für die rituelle Morgenrasur auf der Veranda erschien, wurden die Dorfbewohner, die alles andere als erleichtert waren, nur um so argwöhnischer. Was hatte dieses neue Verhalten zu bedeuten? Wenn er unterwegs war, seine Nase in ihre Häuser steckte, mit seinem Stock in ihren Habseligkeiten herumwühlte, wußten sie wenigstens, wo er war und was er tat. Keinem gefiel es, aber sie hatten sich daran gewöhnt, so wie sie sich an die langen Sitzungen gewöhnt hatten, in denen sie auf das grelle Licht starrten und seine Fragen mit Lügen beantworteten, die immer komplizierter wurden, je mehr Stunden vergingen. Doch dieses Schweigen, das Ungewohnte, machte sie unsicher. Als aus den Tagen Wochen wurden, fragten sie sich: War er krank? War er zornig auf sie? Was konnten sie tun, um den brütenden Gott zu besänftigen? Trotz der Leiden, die er gebracht hatte, gingen einige so weit, ihm frische Eier, Fische und Gemüse auf die Veranda zu legen, wo seine Tochter sie fand. Doch ihre Geschenke wurden ausgeschlagen oder, schlimmer noch, auf die Straße geworfen. Und als Augustin Shoote den Hauptmann unter dem Vorwand besuchen wollte, daß alle Menschen Gottes Kinder seien, ließ ihn Frieda nicht ins Haus.

«Sie müssen wieder gehen», sagte sie. «Mein Vater will niemanden sehen.»

Doch jeden Morgen saß Nunes auf der Veranda und erinnerte sie daran, daß er sie noch immer beobachtete, noch immer ihr Geheimnis zu ergründen suchte.

Für Frieda waren diese Wochen eine Hölle. Nunes sprach kein Wort zu ihr, ließ sie nicht an sich heran, mit Ausnahme der morgendlichen Rasur. Den ganzen Tag lang wanderte er unmutig von Zimmer zu Zimmer und starrte aus den Fenstern auf die hellen Straßen, als erwartete er, dort etwas zu entdecken, was ihm bisher entgangen war. Bei den Mahlzeiten aß er widerwillig, ließ oft den größten Teil des Essens stehen.

«Ahh-Mann, ich kriege den Geschmack von diesem Pestloch nicht aus meinem Mund», schrie er einmal beim Abendessen und schleuderte den Teller zu Boden. «Das ist verdorben, ein Fraß für Meerasseln und Krabben, nicht für Menschen.»

«Aber es stammt von den Dorfbewohnern», sagte Frieda.

«Was? Von wem stammt es? Dummkopf, merkst du denn nicht, daß sie uns vergiften wollen? Schaff es aus dem Haus, schmeiß es auf die Straße. Sollen doch ihre Hunde verrecken.»

So mußte Frieda alle Nahrungsmittel, die sie erhielten, auf die Straße werfen, während ihr Vater in den dunklen Tiefen hinter den Fenstern stand und sie beobachtete.

Dann wandelte er sich wieder. So plötzlich, wie er in Rage geraten war, gewann er seine Laune zurück. Die Feuer waren verloschen.

«Komm, Frieda», sagte er, während sie ihm die letzten Schaumflocken von Gesicht und Hals wischte, «wir müssen uns für den Gottesdienst anziehen.»

Seit dem Begräbnis ihrer Mutter hatte Frieda keinen Fuß mehr in eine Kirche gesetzt. Obwohl der Hauptmann sich oft als verlängerter Arm Gottes fühlte, war er voller Argwohn gegenüber Kirchen und den Kirchenmännern, die sich allzuoft auf einen Gott beriefen, den er nicht anerkannte. Um seinen Glauben rein und seine Tochter fern zu halten von wollüstigen Priestern, die bekanntlich kniende junge Beterinnen von hinten nahmen, verachtete er die Kirche. Bis er plötzlich, an einem Sonntagmorgen im September, wieder das Bedürfnis verspürte, seinen Platz auf einer Kirchenbank unter dem gemeinen Volk einzunehmen. Was kümmerte es ihn, wenn er geschnitten wurde? Was kümmerte es ihn, wenn er und seine Tochter dort sitzen mußten wie die Schakale am Strand, während die Seehunde das Weite suchten? Zeigte er nicht, daß er den gleichen Gott verehrte wie die anderen, daß er wie sie um Vergebung seiner Sünden bitten mußte?

Tatsächlich löste sein Erscheinen mehr als nur Bewegung in der Gemeinde aus. Für Augustin Shoote war es so unerwartet und so willkommen, daß er, aus einer plötzlichen Eingebung heraus, statt über das himmlische Jerusalem über die irdische Nächstenliebe predigte. Danach schüttelte er dem Hauptmann die Hand und versuchte, hinter dessen Sonnenbrille, die nur sein eigenes Gesicht widerspiegelte, eine Spur der Gefühle zu entdecken, die Nunes veranlaßt hatten, gemeinsam mit den Leidenden zu beten.

Der Hauptmann tat noch mehr, als zur Kirche zu gehen. Er lud Mondling, den alten Deutschen, dazu ein, mit ihm am späten Nachmittag auf der Veranda Dame zu spielen. Natürlich, es mußte Mondling sein, flüsterten die Fischer einander zu, hatten Hyänen nicht eine feine Nase für ihresgleichen? Und sie waren erleichtert, daß Mondling nicht in das Geheimnis eingeweiht war, denn er hätte Nunes binnen einer halben Stunde mehr verraten, als dieser in einem ganzen Jahr herausgefunden hatte. Aber selbst so – schienen sie nicht die Köpfe zusammenzustecken und in der hämischen Art derer zu lachen, die die Macht haben, in fremde Leben einzugreifen?

Was immer es sein mochte, das ihm Mondling verriet – und es mußte von Gewicht sein, denn er hatte die schlechten und die guten Zeiten erlebt –, der Hauptmann behielt es für sich.

Dann tat er etwas anderes, das nicht zu ihm paßte. Er begann, Lady Sarah in ihrem abgelegenen Haus über dem Whale Beach Besuche abzustatten. Wenn er sonst jemanden sehen wollte, ließ er ihn von Frieda mit einem barschen: «Zum Hauptmann, sofort» herbeizitieren. Nun legte er Krawatte und Jackett an, schnallte Halfter und Revolver von seinem Gürtel ab und bewaffnete sich mit ein paar Blumen, die Frieda am Ufer der Lagune gepflückt hatte.

Sein erster Besuch dauerte keine Viertelstunde, und er brachte die Blumen wieder mit. Die Dorfbewohner lachten sich ins Fäustchen. Aber zwei Tage später versuchte er es von neuem. Diesmal blieb er länger und kehrte ohne die Blumen zurück. Hatte er Lady Sarah betört? fragten sich die Fischer. Ganz gewiß nicht, Lady Sarah ließ sich von niemandem hereinlegen. Sie durchschaute Menschen wie den Hauptmann, sie kannte ihre Tricks. Oder doch nicht? In der folgenden Woche ging er wieder hin, an drei Tagen hintereinander, und die Besuche dauerten von Mal zu Mal länger. Und dann wurden sie zur Regel: am Montag, am Mittwoch und am Freitag pflegte Hauptmann Nunes vormittags den Tee bei Lady Sarah einzunehmen.

Worüber mochten sie sich unterhalten? fragten sich die Leute. Es konnte nicht das Geheimnis sein, das war bei Lady Sarah so sicher aufgehoben wie bei jedem anderen von ihnen. Da aber alles, was Lady Sarah betraf, von köstlichen Geheimnissen umgeben war, gaben sie es bald auf, sich die Köpfe zu zerbrechen. Wenn Lady Sarah den Hauptmann empfing oder zumindest duldete, so würden sie sich freundlich verhalten, ohne jedoch ihren Argwohn aufzugeben. Doch als sie ihn zum Abendessen einzuladen begann – eine Ehre, die Mondling niemals widerfahren war –, breitete sich Verwirrung unter den Dorfbewohnern aus. Sollte das bedeuten, daß Nunes als einer der Ihren anerkannt worden war?

In der Tat, was sollten sie von seiner neuen Leutseligkeit halten? Woher dieses plötzliche Interesse am Fischfang, das ihn jeden Mittag, wenn die Boote heimkehrten, an den Strand hinunterführte? Warum die Freundlichkeit gegenüber Jong Jan, den er von Anfang an geschlagen und mißhandelt hatte? Wie konnte er dem alten Fischer nun von seinen ausländischen Zigaretten anbieten und mit ihm herumstehen und über Gezeiten und Makrelenschwärme plaudern, als hätte es nie eine Zeit gegeben, wo er ihm bei dem geringsten Anlaß die Augen blaugeschlagen hatte? Wollte er sich über sie lustig machen? Sich in ihr Vertrauen schmeicheln, indem er wurde wie sie? Gewiß nicht. Aber obwohl sie das nicht glaubten, blieben sie auf der Hut.

Der neue Hauptmann Nunes war ein undurchschaubares Rätsel. Er verteilte Decken an die Ärmsten, als das Wetter kühl wurde. Er schenkte den Kindern Süßigkeiten, die sie im Laden nicht mehr kaufen konnten. Er sah sogar über die Daggaernte im Frühjahr hinweg und schwieg, als die Pflanzen eingebracht und zum Trocknen auf den rückwärtigen Veranden ausgelegt wurden. Niemand ging so weit, das Kraut öffentlich zu rauchen: aber er kannte ihre Gewohnheiten und zog es vor, darüber hinwegzusehen.

Als die Feuer erloschen waren und die Flammen seinen Blick nicht mehr verstellten, blickte Nunes auf seine Tochter wie Männer auf Ehefrauen blicken, von denen sie betrogen worden sind – voller Sehnsucht nach der Zeit davor. Nicht daß Frieda ihm untreu gewesen wäre. Im Gegenteil, sie hatte für ihn gesorgt, hatte ihn geliebt, hatte sich ihm mit einer Hingabe gewidmet, die weit über die Pflichten einer Tochter hinausging. Aber in den Augen des Hauptmanns hatte sie ihn bereits betrogen.

Bei der morgendlichen Rasur sagte er: «Du mußt dir Freunde suchen, Frieda. Nach all der Zeit bist du für die Menschen hier noch immer eine Fremde.»

«Aber ich bin glücklich mit dir», erwiderte sie und prüfte die Schärfe der Klinge gegen ihren Daumen. «Ich brauche nicht mit anderen zu reden.»

«Mag sein», sagte er. «Aber du mußt dich häufiger zeigen.»

Fast hätten seine Worte die Feuer neu entflammt, so wie ein jäher Windstoß glimmende Asche anfacht, doch Frieda wußte das nicht, und sie konnte auch die Fäuste nicht sehen, die er unter dem Handtuch ballte.

Ahh-Mann, dachte er. Hundesohn. Hundesohn, der du so etwas tust.

Aber es war ja nicht seine Idee. Hatte nicht Lady Sarah beim letzten Morgentee gesagt: «Hauptmann, es tut einem jungen Mädchen nicht gut, den ganzen Tag zu Hause zu sitzen. Lassen Sie sie ausgehen und ein Teil des Dorfes werden.»

Nein, das war ausgeschlossen. Sie gehörte ihm. Und

wenn sie nicht ihm gehören konnte, dann sollte sie auch kein anderer besitzen. Nein. Ausgeschlossen. Doch der Gedanke blieb haften und mit ihm die Qual: Ist es möglich, daß ich sie an irgendeinen tölpelhaften Fischer verliere? An irgendeinen schwachsinnigen Mischling? Mein kleines Mädchen. Die Frucht meines Samens. Mein Augenstern. Mein Wunderkind. Meine Blume. Ahh-Mann, was wird dann für mich bleiben? Keine Frau mehr, keine Tochter – ich werde allein sein. Und wozu ist ein Mann allein noch gut? Lieber würde ich sie töten, als solchen Schleim an ihren Hals zu lassen. Sie gehört mir. Und doch... und doch. Man klatscht über mich. Ich kann das nicht zulassen. Wer für Recht und Ordnung sorgt, muß respektiert werden. Also werde ich tun, was sie sagt, und die Frau dafür hassen, die perfekte Lady Sarah, die sich für das eigene Vergnügen einen Bastard hält. Warum wird darüber nicht geklatscht? Zumal das die größte Schweinerei ist, verdammt von Gott und den Menschen, viel schlimmer noch, als eine Ziege zu ficken. Aber macht nur so weiter, nehmt meine Frieda, macht sie zu einer von euch. Und doch... und doch. Muß es denn so weit kommen? Kann sie nicht immer noch mir gehören, mein Auge und mein Ohr für den Dorfklatsch sein? Gewiß ist das Geheimnis dieses Dorfes einen Kuß wert. Oder sogar ... sogar... bei Gott, die Hand eines Fischers auf ihrer Brust... oder sogar... ahh, Mann... unter ihrem Rock, wenn das der Weg zu dem Geheimnis ist. Aber wenn das noch nicht ausreicht? Wenn er sie zwischen den Dünen nimmt, ihre Schenkel spreizt, einmal, zweimal, zehnmal... sie mit soviel Samen füllt, daß sie eine ganze Woche lang tröpfelt und nach Fisch riecht. Eine tote Makrele, stinkend nach ranzigem Öl. Ich habe ihn schon in meiner Nase, diesen Gestank, den kein Karbol wieder wegbekommt. Ist das Geheimnis soviel wert? Eine Tochter im Haus zu haben, die faulig ist von totem Fisch? Ahh-Mann, ich müßte sie beide töten. Ich würde an das Geheimnis kommen und sie dann töten. Kein Vater kann ein besudeltes Mädchen zur Tochter haben. Wenn sie mich liebt, dann wird sie das niemals tun. Sie würde nicht ihre Schenkel öffnen und meiner Liebe spotten.

Solcher Art waren die dunklen Gedanken, die das Bett des Hauptmanns Nacht für Nacht mit Schweiß durchtränkten, bis er befürchtete, daß sie die Feuer wieder entfacht hätten. Also wandte er sich an Lady Sarah um Hilfe.

«Aber wer denn, Lady Sarah?» fragte er.

«Na, der junge Stevie natürlich», sagte sie.

Natürlich, der junge Stevie, der schon ein erfahrener Fischer war, mit ersten Fältchen in den Winkeln seiner Augen, eingekerbt von Wind und Sonne, ein Enkel von Jong Jan zwar, aber trotzdem ein Bursche, der dank eines zweifelhaften Vaters und einer zweifelhaften Großmutter wahrscheinlich neu klassifiziert werden konnte. Es hätte schlimmer kommen können. Einerseits war es höchst bedauerlich, daß seine Eltern tot waren, von einem Kaventsmann von den Klippen gepflückt, wo sie Miesmuscheln suchten, und in einer reißenden Strömung ertränkt, die ihre Gewalt erst irgendwo am Äquator verlor. Wirklich höchst bedauerlich, daß ihre Leichen nie gefunden wurden, aber andererseits auch ein Gottesgeschenk, denn wer wollte nun behaupten, daß der Bursche nicht doch zur Klasse eins gehörte?

«Sie sind im gleichen Alter», sagte Lady Sarah und häufte noch mehr Zucker in seinen Tee. «Sie werden miteinander auskommen. Er ist ein guter Junge.»

Mag sein, dachte Nunes, aber ich habe gesehen, wie er an die Hafenmauer pißte, und das war kein Jungenschwanz mehr, was er da in der Hand hielt.

Und doch ging Hauptmann Nunes zwei Tage später, als die Boote heimkehrten, in frischgestärkter Uniform und mit gewichsten Stiefeln zum Strand hinunter, um Stevie zum Mittagessen einzuladen. Aus der Entfernung gab er eine leicht komische Figur ab, wie er da steif in Habachtstellung stand, während die Männer mit einer angedeuteten Verbeugung vor ihm an Land sprangen. Er wechselte ein paar Worte mit Jong Jan, dann erschien der junge Stevie und blieb mit gesenktem Kopf vor ihm stehen. Noch als sich der Hauptmann auf dem Absatz umdrehte und wegmarschierte, wagte Stevie keine Bewegung.

Frieda hatte erst an diesem Morgen, als sie das tägliche Ritual erfüllten, von den Absichten ihres Vaters erfahren.

«Heute mittag», hatte er gesagt, «werde ich jemanden zum Essen bitten.» Es folgte eine kurze Pause, während er ihre Reaktion abzuschätzen suchte, doch Frieda zeigte keine Bewegung, zog geschickt die Klinge über seinen Kiefer und schlenkerte den Schaum in die Wasserschüssel. Der Hauptmann räusperte sich. «Wir werden Hammel mit Kürbisbrei essen, und du wirst das Kleid mit den schmalen Trägern anziehen, das deiner Mutter gehört hat.» Wieder eine Pause, als Frieda seinen Kopf nach hinten drückte. Für einen Augenblick ruhte die Klinge auf dem Adamsapfel, während Frieda den richtigen Winkel suchte, dann zog sie, fast ohne Schabegeräusch, ihre Spur durch den Schaum und legte die Hühnerhaut des Halses frei. «Es ist an der Zeit, daß du Menschen kennenlernst», erläuterte Nunes, als sie fertig war. «Ich werde den jungen Stevie einladen.»

Stevie war für Frieda kein Unbekannter. Einmal hatte er sie mit seinen Possen auf der Straße fast zum Lachen gebracht, als sie ihm aus der sicheren Höhe ihrer Veranda zusah. Sie hatte über seine Albernheit kichern wollen und hätte es auch getan, wäre nicht in der Tür von Fagmie Jabaars Laden ihr Vater erschienen. Vor lauter Verwirrung verschluckte sie sich. Sie wußte genau, daß er sie heimlich beobachtet hatte.

Jetzt war sie fast ebenso verwirrt. Seit dem Tod ihrer Mutter hatte kein Gast einen Fuß in ihres Vaters Haus gesetzt. Wer immer die Schwelle übertrat, tat es nicht aus Freundschaft, sondern aus Angst. Sie kamen, um Nunes Geheimnisse ins Ohr zu flüstern, Geheimnisse, die manchmal ihren Tod bedeuteten, oder sie kamen, um die qualvollen Stunden über sich ergehen zu lassen, in denen er Komplotte und Pläne aus ihnen herauskitzelte, die sie fast schon vergessen hatten. Selbst Frieda fühlte sich in dem Haus wie in einem Gefängnis, obwohl sie damals die vergitterten Fenster und die schwere Tür noch nicht erkannte, die sie von der Außenwelt abschirmten. Doch die Besessenheit und die Eifersucht des Hauptmanns hielten sie sicherer gefangen als es Ketten und Handschellen hätten tun können.

Verwirrt, doch folgsam wie immer, fegte Frieda das Haus, das trotz des feinen Sandstaubs, den der Wind hereintrug, stets blitzsauber war. Bis zu einem gewissen Grad lenkte sie die Hausarbeit von ihren Gedanken ab, doch manchmal, wenn ein Seitenblick ihr den weißen Tag hinter einem der Fenster zeigte, wurde sie nervös. Was sie am meisten beunruhigte war nicht, daß ihr Vater einen einfachen Fischerjungen aus der zweiten Klasse zum Mittagessen eingeladen hatte, sondern daß es um ihretwillen geschehen war. Hatte er nicht einmal gesagt: «Du darfst mich nie verlassen, Frieda, oder es werden gräßliche Dinge passieren»? Und zur Zeit der Feuer, als seine Haut fast in Holzkohle verwandelt war, da hatte sie das Grauen in seinen Augen gesehen, als ihm klar wurde, wie allein er war, todgeweiht inmitten unsichtbarer, aber alles verzehrender Flammen. War seine Liebe zu ihr vergangen, wie seine Liebe zu ihrer Mutter? War das der Grund, weshalb sie an den beiden letzten Tagen morgens allein in dem Bett aufgewacht war, das sie seit dem Tod ihrer Mutter geteilt hatten? Schlief er deshalb auf der Matratze im Verhörzimmer? Sie wollte es nicht wahrhaben. Vielleicht waren es wieder die Feuer, dachte sie. Aber sie wußte, daß es etwas anderes war, genau wie sie wußte, daß gräßliche Dinge passieren würden.

Was auch der Fall war, denn so sorgfältig sie das Kleid auch mit dem schweren Eisen bügelte, das sie auf dem Herd erwärmte, es gelang ihr nicht, alle Falten herauszubekommen. Die Uniform des Hauptmanns aber ließ sich unter Wolken von Dampf ohne jede Schwierigkeit glattbügeln.

Sie war auch nicht glücklich, das Kleid zu einem so gewöhnlichen Anlaß tragen zu müssen. Es war ein Kleid, das nach Festlichkeit verlangte, nach einer jener Gartenparties, auf die sie einst, als sie noch in der Stadt lebten, durch hohe Hecken flüchtige Blicke geworfen hatte. Da waren Männer in beigen Anzügen gewesen und Frauen in Baumwollkleidern wie diesem hier, die auf weißen Gartenmöbeln auf dem Rasen und unter Bäumen saßen und Kekse knabberten und an Teetassen nippten. Für einen solchen Anlaß war das Kleid gemacht, nicht für ein Mittagessen mit einem jungen Fischer, der wahrscheinlich nicht einmal wußte, in welcher Hand er Messer und Gabel halten sollte.

Den ganzen Vormittag saß der Hauptmann im Verhörzimmer, die Füße auf den Schreibtisch gestreckt, den Blick auf die leere Wand geheftet, und lauschte erst dem Wischen des Besens, dann dem Zischen des Bügeleisens. Als er hörte, daß Frieda in der Küche die Kürbisse vorbereitete, stand er auf, legte seine Uniform an und verlangte, sie in ihrem Kleid zu sehen. Während sie sich umzog, saß Nunes auf dem Bett. Zum erstenmal fühlte sich Frieda befangen vor seinen kohlenschwarzen Augen, so verlegen, daß sie sich von ihm abwandte, um ihre nackten Brüste zu verbergen.

Das Kleid brachte die Frau in Frieda zum Vorschein, zerbrechlich wirkende Schultern, eine Andeutung von knospenden, zarten Brüsten unter dem Baumwollgespinst, eine Reinheit der Haut, die Nunes noch niemals bemerkt hatte. Gegen das Licht konnte er den Schwung der Hüften und lange Oberschenkel sehen, die aus der Dunkelheit in ihrem Schritt entsprangen. Doch mehr als alles andere zogen ihn ihre Haare an. Am meisten liebte er sie im Sonnenlicht, wenn sie kastanienbraun zwischen seinen Fingern aufleuchteten, so weich wie Seegras. Es war der schönste aller Köpfe, und er hatte mit seinen Fingern schon durch die Haare vieler Frauen gestrichen, bei einigen, um sie zu liebkosen, bei anderen, um ein Büschel in den Griff zu bekommen, ehe er sie samt den Wurzeln ausriß.

«Mir ist nie aufgefallen, was für eine schöne Frau du bist», sagte Nunes, als er aufbrach, um zum Strand hinunterzugehen.

Im letzten Augenblick, ehe die Kürbisse verkohlten und die Hammelkoteletts so zäh wurden wie Trockenfleisch, erschien Stevie, mit nackten Füßen, jedoch in einem alten Anzug voller Flicken und gestopfter Löcher, der einst dem Vater von Bootsmann Walbein gehört hatte, damals, als er regelmäßig in den Süden segelte, um die Bordelle zu besuchen. Stevies Haar war mit einem Spritzer Pomade geglättet, die der geschäftstüchtige Fagmie Jabaar fingerspitzenweise aus der Tube verkaufte.

Nunes hielt nichts von Förmlichkeit. Er wies dem Jungen seinen Platz am Tisch in der Küche an und sprach das Gebet, während Frieda noch auftrug. Die Mahlzeit begann und endete in Schweigen. Stevie aß mit Unbehagen, ohne einmal vom Teller aufzusehen. Auch Frieda mied den starrenden Blick ihres Vaters und floh an den Spülstein, sobald die Mahlzeit beendet war. Doch er rief sie zurück.

«Ahh-Mann», sagte er und stocherte in den Resten auf ihrem Teller herum. «Habe ich dir nicht gesagt, daß du die Knochen essen sollst? Mach schon! Mach! Lutsch sie sauber!»

Stevie brauchte keine Aufforderung. Wie der Hauptmann kaute und nagte er an den Kotelettknochen herum, bis für den Hund im Hinterhof kaum noch ein Bissen blieb.

Als die Mahlzeit vorüber war, wurde der Hauptmann mürrisch. Er fühlte sich betrogen. Er hatte seine guten Hammelkoteletts verschwendet: weder der Junge noch seine Tochter hatten auch nur ein Wort miteinander gewechselt, geschweige denn Blicke. Doch hatte er sie nicht beobachtet, wie sie miteinander herumalberten? Was war also los? Konnte sich seine Tochter nicht wie eine gute Gastgeberin benehmen, konnte sie sich nicht zusammenreißen und höflich sein, mußte sie mit diesem langen Gesicht dasitzen, auf das er am liebsten eingeschlagen hätte, bis die Wangen vor Schmerz glühten? Abrupt stand er auf und sagte zu Stevie: «Es ist Zeit, daß du gehst.» Sein Gesicht war so schwarz, wie es gewesen war, als die Feuer in seinem Magen flammten. Frieda wußte, daß ihr seine Wut bevorstand.

«Miststück!» gellte er, als Stevie gegangen war. Er packte ihr Gesicht und zwang sie, ihn anzusehen. «Habe ich dir keine Manieren beigebracht?»

Überall im Dorf war zu hören, wie der Hauptmann seine Tochter prügelte und wie sie in den Pausen seines Wütens schluchzte. Der arme Stevie lief in die Dünen hinaus, aber ihre Schreie waren überall. Er wußte, daß sie seinetwegen geschlagen wurde.

Hauptmann Nunes war eine Woche lang verstimmt. Er ging weder zum Tee zu Lady Sarah noch lud er Mondling zum Damespielen ein, und die Dorfbewohner wagten kaum zu atmen, weil das leiseste Geräusch einen neuen Ausbruch von Wut und Gewalt zur Folge haben konnte. Frieda ertrug die Prügel und seine Launen mit einem Gleichmut, den sie, was sie nicht wußte, von ihrer Mutter geerbt hatte. Als sie am nächsten Morgen auf der Veranda erschien, um ihm die rituelle Rasur zu verpassen, war ihr Gesicht geschwollen, ihre Augen waren verfärbt, und die Unterlippe war gespalten und immer noch mit Blut verkrustet. Dennoch war ihre Hand so sicher und geschickt wie immer. Wie war das möglich, daß er seine eigene Tochter so brutal verprügelte? fragten sich die Fischer flüsternd. Und dabei sahen sie die Striemen auf dem Rücken nicht, wo er ihren nackten Körper mit seinem Gürtel mißhandelt hatte. Nie zuvor hatte Nunes auch nur einen Finger gegen seine Tochter erhoben. Doch in der Gewißheit, daß sie ihn endlich doch verraten würde, hatte er gegen seine eigene Machtlosigkeit und Verschlagenheit gewütet.

Wieder war es Lady Sarah, die den toten Punkt überwand. Als Nunes sie schließlich wieder aufsuchte, erklärte sie ihm mit sanfter Stimme, daß er von dem gemeinsamen Mittagessen nicht mehr hätte erwarten sollen; daß junge Leute weniger formaler Anlässe bedürften; und ob er nicht ein Tanzvergnügen für die Dorfbewohner abhalten lassen wollte? Immerhin hatte er es Fagmie Jabaar gestattet, so lange zu öffnen, wie es ihm beliebte, und Männer aus der ersten und aus der zweiten Klasse konnten nun wenigstens an den Tischen im Freien beisammensitzen und gemeinsam trinken, und es gab noch eine ganze Reihe von anderen Dingen, über die er gnädig hinwegsah, ohne daß deswegen, das müssen Sie zugeben, Hauptmann, der Himmel einstürzte, also warum kein Tanzvergnügen abhalten? Warum nicht, in der Tat. Je länger er über die Idee nachdachte, desto besser gefiel sie ihm.

«Nun gut», sagte er, als sie sich verabschiedeten. «Und Sie werden es organisieren.»

Was Lady Sarah auch tat. Es war das erste Tanzfest seit dem Tag, an dem die Ziegen durchgegangen waren, was die Ankunft von Hauptmann Sylvester Nunes angekündigt hatte. Und wie alles, was Lady Sarah in die Hand nahm, wurde es ein großer Erfolg.

Der Tanz wurde auf dem Dorfplatz vor Fagmie Jabaars Laden abgehalten, an einem warmen und windstillen Abend im Januar. Es war eine Nacht für die Liebe, wie Lady Sarah sagte, und mit Hilfe von Irr-Minnaar, die den ganzen Morgen lang das Buschland hinter dem Dorf nach Eiern des Regenpfeifers und Blättern jener winzigen Wüstenpflanzen durchkämmt hatte, die nur eine Woche blühen und dann sterben – mit ihrer Hilfe also wurden diese Worte auch wahr. In kaum mehr als einem Tag verwandelten die Fischer den Dorfplatz in ein Volksfest, wie sie es in den Zeiten getan hatten, als ihre Taschen prall waren von Münzen und Fagmie Jabaars Regale sich unter der Last von Schokoladenriegeln, Gewürzen, Früchten, Spaghetti, Gelees, Scherbett und Schuhwichse bogen. Während sie die Papierschlangen, die aus einem großen Lagerraum im Keller von Lady Sarahs Haus hervorgekramt worden waren, von Giebel zu Giebel zogen oder Kürbisse zu Laternen höhlten oder riesige Kessel voll Fischreis mit Kräutern und Chili anrührten oder staunend vor Fagmie Jabaars riesigem Destillationskolben standen, in dem genügend Melonenwein blubberte, um ein Fischerboot darin schwimmen zu lassen, vergaßen sie die Schrecken des vergangenen Jahres, so wie man am Morgen die Alpträume der Nacht vergißt, und sie waren so glücklich wie damals, als Montague Planke die goldenen Zeiten ins Dorf gebracht hatte. Selbst der Hauptmann ließ sich von der Begeisterung anstecken.

«Ich muß eine Rede halten, Lady Sarah», bestimmte er, «um das Fest zu eröffnen.»

«Aber Hauptmann», sagte sie, «das ist ein Tanzvergnügen und keine Kundgebung.»

«Das ist egal, ich werde eine Rede halten», gab er zur Antwort, während er davonstolzierte, um die Aufstellung der Tische zu überwachen. «Lassen Sie Jong Jan und seine Männer neben der Fahnenstange ein Podest aufbauen.»

Frieda war die einzige unter den Dorfbewohnern, die sich von dem hektischen Treiben fernhielt. Sie stand auch nicht hinter dem Vorhang, um es zu beobachten, sondern blieb in der Küche und starrte durch die offene Hintertür auf den Hund, der im Schatten eines Dornbusches hechelte. Diese Augenblicke der Zerstreutheit, wenn sie das Flicken der zerrissenen Träger am weißen Baumwollkleid vergaß, erfüllten sie mit einer dunklen Vorahnung, aus der sie wieder in verbissenes Nähen floh. Gräßliche Dinge würden geschehen, und sie hatte keine Macht, sie aufzuhalten.

In ihrer Wellblechbaracke, die erfüllt war vom grauen Duft des Sex, schlug Irr-Minnaar die zerstoßenen Blätter der Wüstenpflanzen unter die Dotter der Regenpfeifereier und murmelte etwas, das man für Zaubersprüche halten konnte, was aber tatsächlich Kinderreime waren. Einige Stunden später zog sie zwei braune Plätzchen aus dem Ofen, die noch wirkungsvoller waren als eine Mischung aus Rhinozeroshorn, spanischer Fliege und Erdnüssen, wickelte sie in einen Fetzen Stoff, den sie vom Saum ihres Kleides abriß, und machte sich auf den Weg zu Lady Sarah.

Den ganzen langen Nachmittag verbrachten die Dorfbewohner in ihren Hütten, bügelten und nähten, frisierten ihre frischgewaschenen Haare, bis genau in dem Augenblick, als die Sonne unter den Horizont tauchte, die Kapelle – Jong Jan mit der Mundharmonika, Vygie Bond mit einer Konzertina, aus der er abgehackte, schrille und manchmal auch wohlklingende Töne quetschte, und Finella Walbein mit einem scheppernden Tamburin – zu spielen begann. Ihre aufmunternden Weisen ließen einen Strom von Fischern aus den erwartungsfrohen Häusern hervorquellen, zu dem sich selbst die stets grämliche Mrs. Beg-rip, Mondling, Augustin Shoote und der letzte der Ziegenhirten gesellten, der am jenseitigen Ufer der Lagune hauste. Fagmie Jabaar riß die Türen seines Ladens auf und rollte drei große Fässer voll Melonenwein ins Freie, der gratis ausgeschenkt wurde, da ihn der Hauptmann schon am Vormittag bezahlt hatte. Von ihrem Haus oberhalb des Whale Beach wallte Lady Sarah an Samuels Arm herab, der zum erstenmal wieder lächelte, seit er an jenem schicksalsschweren Morgen durch sein Fernrohr als erster die Staubfahne des Lastwagens ausgemacht hatte, in dem sich Nunes dem Dorf näherte. Unter Tragebrettern voller frischgebackener Krapfen schwankte Montague Planke heran, noch schweißgebadet von der Hitze seiner Backstube, und lachte über die Kinder, die wie Seevögel über ihn herfielen. Aus der abgelegensten Fischerhütte kam in dem Anzug, den er bisher nur ein einziges Mal getragen hatte, und in weißen Schuhen, die von den Füßen eines toten, in den Fischernetzen verfangenen Seemanns stammten, der junge Stevie voller Wagemut und Vorwitz, im Mund ein braunes Plätzchen, wie er so wohlschmeckend noch keins gegessen hatte. Doch niemand erregte mehr Aufsehen als die liebliche Frieda in ihrem weißen Baumwollkleid mit den dünnen Schulterträgern. Selbst die Musik verstummte, als sie und der Hauptmann auf den staubigen Dorfplatz rauschten, schon im Takt – eins, zwei, drei – des Walzers, den er von seiner Mutter in einer Goldmine im Norden gelernt hatte.

Es war lange nach der Ansprache des Hauptmanns, obwohl er immer noch auf dem Podest stand, aus einem von Lady Sarahs Gläsern trank und den Dorfbewohnern zuwinkte, die unter ihm vorbeitanzten – so lange, daß Fagmie Jabaar gerade das dritte Faß Melonenwein anzapfte und Montague Planke von einem weiteren heimlichen Ausflug zum Strand zurückkehrte –, als Frieda plötzlich merkte, daß sie auf den plumpen weißen Schuhen des jungen Stevie tanzte. Wie sie dorthin gekommen war, wußte sie nicht, sie wußte fast nichts mehr, nur den heißen Druck der Hand ihres Vaters spürte sie noch im Kreuz.

«Sind sie nicht ein prächtiges Paar?» sagte Lady Sarah zum Hauptmann.

«Wenigstens saugt er die Knochen aus», erwiderte Nunes.

An dem strahlenden, schönen Morgen, der dem Tanz folgte, rasierte Frieda ihren Vater routiniert, doch wie betäubt; sie säuberte das Haus und bereitete das Mittagessen, ohne zu wissen, was sie tat, und stand zur Mittagsstunde auf der Veranda, um zu beobachten, wie die Fischerboote um die Spitze der Landzunge bogen, und das Herz wurde ihr leicht, als Stevie an Land sprang und ihr zuwinkte und Küsse zuwarf, als wären sie allein auf der Welt. Sie dachte nicht darüber nach, warum sie zuerst Erleichterung verspürte und nicht Freude. Denn die Liebe ist nicht nur blind, sie ist auch sorglos.

Von diesem Nachmittag an lebte jeder der Liebenden

in den Armen des anderen. Sie machten Spaziergänge rund um die Lagune bis zur Hütte des Ziegenhirten und weiter; sie erkundeten die Strände im Norden, bis eine braune Hyäne sie zur Umkehr zwang. Auf der Pier lernte Frieda, wie man einen Köder auf den Haken brachte, und an ruhigen Abenden ruderten sie um die Landzunge auf See hinaus, um Tintenfische zu angeln. Durch Frieda entdeckte Stevie eine phantastische, mit Riesen und Feen, mit Räubern, Richtern und Poeten bevölkerte Welt, von der sie ihm Geschichten erzählte, die sie teils erfand und teils aus den Tagen ihrer Mutter in Erinnerung behalten hatte, oder sie sang ihm traurige Balladen von sternenverzauberten Liebespaaren vor. Wie die Regenpfeifer bauten sie sich ein Bett im Dünengras, doch trotz der Macht von Irr-Minnaars Plätzchen vergingen etliche Wochen, bis sie sich ihren Körpern ergaben und ein Verlangen freisetzten, das sie fortan in jeder Nacht, trotz des Heulens der Schakale und der Füchse, zu diesem Nest trieb, sobald die Lichter im Dorf verloschen waren.

Ihre Vereinigung schenkte ihnen reine Augenblicke, in denen nichts außer der Köstlichkeit ihrer Leiber existierte. Stevie vergaß die tägliche Fron des Ruderns zu den Fischgründen und die endlose Langeweile des Wartens auf das plötzliche Zucken der Schnur in seinen Fingern, wenn er sich in samtige Falten und lange Erregungen verlor, die seine Haut kräuselten, wie sich die Lagune bei Nordwestwind kräuselte; und Frieda erfuhr, zum erstenmal in ihrem Leben, einen Frieden der Seele, der nicht von ihrem Vater gestört wurde und in den sie sich hinabsinken lassen konnte, tiefer und immer tiefer. Danach schliefen sie gemeinam ein, aneinandergeschmiegt, bis eine kaum merkliche Veränderung des Lichts ihre Umarmung beendete. In den Monaten ihrer Idylle war ich der einzige, der sie eilig aus den Dünen herauskommen sah, doch ich bewahrte ihr Geheimnis, so wie das Dorf ein größeres Geheimnis vor dem Hauptmann bewahrte.

Die letzten Tage des Sommers verliefen für die Dorfbewohner so vollkommen wie für die Liebenden. Nunes hatte fast alle seine Verordnungen ausgesetzt, obwohl er es auch weiterhin nicht tolerierte, daß Frauen an Fagmie Jabaars Tischen tranken. Das sei der erste Schritt zur Prostitution, verkündete er unablässig und warnte Fagmie, daß er, falls er jemals eine Frau beim Trinken auf seinem Grund und Boden erwischte, die Ausschankerlaubnis schneller zerfetzen würde als eine Möwe eine Krabbe verschlang. Allah sei davor, rief Fagmie dann voll Schrecken aus, und Nunes war sich niemals sicher, ob es der Gedanke an die zerfetzte Schanklizenz oder an die trinkenden Frauen war, der den Händler mehr beunruhigte. Doch abgesehen von dieser einzigen Bedingung nahm der Hauptmann alles von einer leichteren Seite. Wenn er nicht bei Lady Sarah war, so saß er auf seiner Veranda und spielte mit Mondling eine Partie Dame, und gelegentlich angelte er auch mit Jong Jan am Ende der Pier. Die regelmäßigen Kontrollgänge, die so viele schuldlose Herzen in Angst versetzt hatten, hörten auf, und obwohl er nach wie vor seine Uniform trug, verzichtete Nunes jetzt auf den Lederhalfter mit Revolver an seinem Gürtel.

Und für Frieda war er, was Lady Sarah «einen ganz normalen Vater» genannt hätte, abgesehen nur von seinem Beharren auf der rituellen morgendlichen Rasur.

«Ich wünschte wirklich, Sie würden mit dieser Darbietung aufhören», schalt sie ihn einmal. «Dazu noch draußen auf der Veranda.»

Er aber lachte nur und sagte: «Ahh-Mann, meine liebe Lady Sarah, wozu sonst sollen Frauen gut sein, wenn nicht, um Männern zu dienen?»

«Selbst ihren Vätern?»

«Vor allem ihren Vätern!» Und er runzelte die Augenbrauen, ganz so, wie sie es zur Zeit der Verhöre bei ihm beobachtet hatte.

Doch das Ritual blieb die einzige Forderung, die Nunes

an seine Tochter stellte. Ansonsten war Frieda, wenn sie nur das Haus sauberhielt und das Essen rechtzeitig auf den Tisch brachte, sich selbst und dem Fortgang ihrer Romanze überlassen. Tatsächlich ermutigte Nunes sie dabei sogar. Immer wieder einmal drängte er sie, Stevie zu einer Mahlzeit mit nach Hause zu bringen, die keineswegs zu einer Neuauflage jener ersten Einladung wurde – auch wenn er Frieda jedesmal Hammelkoteletts servieren ließ. Es bereitete ihm ein seltsames Vergnügen zu beobachten, wie der Junge die Knochen genau so auslutschte, wie es seiner Meinung nach ein echter Kerl tun sollte.

«Ein Mann kann nicht von Fisch allein leben», belehrte er Stevie, während die beiden, bis aufs Unterhemd entkleidet, in der heißen Küche beim Mittagessen saßen. «Männer brauchen das rote Blut richtiger Tiere, wenn sie Männer bleiben wollen.»

Nach dem Essen überredete er Stevie stets, sich mit ihm im Armdrücken zu messen, während Frieda abräumte.

«Mal sehen, ob du Schmalz in den Muskeln hast, Fischersmann. Mal sehen, ob deine Arme nicht aus Pudding sind.»

Stevie war stark. Zehn Jahre auf den Booten hatten ihm zu kraftvollen Schultern und Armen verholfen; außerdem war er viel jünger als der sehnige Hauptmann auf der anderen Seite des Tisches. Aber dessen dünne Arme bargen eine Kraft, mit der er sich nicht messen konnte (oder wollte), und jedesmal unterlag er ihrer Stärke.

«Du bist noch ein Kind», verspottete ihn Nunes dann. «Da ist kein Schmalz in deinem Babyspeck.»

Stevie steckte den Tadel ein, ohne mit der Wimper zu zucken. Er war klug genug, sich von dem Hauptmann nicht herausfordern zu lassen.

Für Frieda waren diese Wettkämpfe im Armdrücken ein Zeichen, daß ihr Vater zumindest ungezwungen mit Stevie umgehen konnte, auch wenn er nicht zu akzeptieren vermochte, daß die beiden in allem außer der vollendeten Tat ein Paar waren. Die Vorzeichen, so schien es ihr, waren auf ihrer Seite. Und an dem Tag, an dem Nunes die brütenden Hühner aus dem Lastwagen verscheuchte, den mächtigen Motor ankurbelte und mit Stevie zu den Salzbecken hinausfuhr, sah Frieda nur noch Glück in ihren Sternen. Es war in dieser Nacht, in der das Verlangen zu einem unerträglichen Schmerz wurde und sie sich endlich der Macht von Irr-Minnaars Plätzchen ergab.

Es schien, als wäre alle Eifersucht, die sich im Herzen von Hauptmann Nunes angestaut hatte, als wären alle Gedanken an die Untreue seiner Tochter, die ihn unter Qualen in ein anderes Bett vertrieben hatten, nunmehr gestillt. Doch vielleicht war dies nur Wunschdenken, denn seine Gedanken drehten sich auch um andere Dinge. Die langen Stunden, die er bei Lady Sarah verbrachte, wurden nicht mit müßigem Geplapper vertan. Ganz im Gegenteil, seit seinem Herzensumschwung hatte sie den Auftrag, ihm die Geschichte des Dorfes zu erzählen, weil man sich erhoffte, daß Kenntnis zu Verständnis führen würde. In drei lautstarken Versammlungen kurz nach dem Tanzvergnügen hatten die Dorfbewohner trotz der Verordnungen, trotz der Verhöre und trotz der Proteste von Irr-Minnaar und Montague Planke beschlossen, dem Hauptmann das Geheimnis zu enthüllen, das sie sorgsamer bewahrten als die intimsten Einzelheiten ihres Lebens.

«Ihr sagt's ihm, Lady Sarah», hatten sie im Chor gerufen, «Ihr sagt's ihm, wenn die Zeit reif ist.»

Die drei Versammlungen – wahrscheinlich die einzigen, von denen Nunes nie erfuhr – wurden in Montague Plankes Backstube abgehalten, sobald die letzte Dämmerung aus dem Abendhimmel abgeflossen war. Wenn Nunes auf die Veranda herausgetreten wäre, um Luft zu schnappen, so hätte er mit Sicherheit das Hin und Her der Meinungen gehört – daß der Hauptmann gar kein so übler Bursche sei, jetzt wo er sich heimisch fühle; und warum sie weiterhin so leiden sollten wie bisher, keine Vorräte in Fagmie Jabaars Laden, kein Bier, nur der gräßliche Melonenwein, und für jeden Bissen Nahrung mußten sie sich krummlegen, wo sie statt dessen reicher sein könnten als in ihren kühnsten Träumen und speisen wie die Könige.

Aber er trat nicht hinaus, und so hörte er auch Montague Plankes Antwort nicht. «Weil», sagte der Bäcker und blickte von einem wettergegerbten Gesicht zum anderen, «ich diesen Mann kenne.»

«Aber wir können nicht so weitermachen», sagte Bootsmann Walbein. «Wenn in diesem Winter die Makrelenschwärme ausbleiben, werden wir vor Hunger sterben.» Ja, das stimmte, da waren sich alle einig und wandten sich zu Lady Sarah, weil sie den Hauptmann besser kannte als sonst irgend jemand.

«Mir scheint, wir sollten es ihm sagen», sagte sie. «Er ist kein so übler Bursche.»

Doch immer noch waren Montague Planke, Fagmie Jabaar und die Irr-Minnaar anderer Ansicht. Hatte es nicht Vorzeichen und Omen gegeben? sagte sie. Hatte es nicht Heuschreckenplagen gegeben und geschweifte Sterne am Himmel? Waren nicht die Ziegen an dem Tag ausgebrochen, an dem er eintraf? Hatte sie die Dorfbewohner nicht gewarnt, noch ehe Fagmie Jabaar ankam und seinen Laden eröffnete, hatte sie nicht jedermann vor dem gewarnt, was folgen würde?

Am dritten Abend waren es nur noch Montague Planke und Irr-Minnaar, die Nunes nichts verraten wollten. Fagmie Jabaar, der es besser hätte wissen müssen, war umgefallen.

«Wir brauchen nichts zu tun, als noch ein wenig durchzuhalten. Er wird wieder gehen. Ich kenne den Mann», beharrte Montague Planke.

«Aber wie lange denn noch?» fragte Lady Sarah. «Das haben Sie in den vergangenen zwei Jahren jede Woche gesagt. Der Hauptmann wird nicht gehen. Er fühlt sich heimisch.»

«Er hat sogar eine Sirene bestellt, um die Boote zu begrüßen, wenn sie um die Landzunge biegen», sagte Finella. «Das zeigt doch, daß er einer von uns geworden ist.»

«Er wird niemals einer von uns sein», sagte Montague Planke betrübt. «Ich kenne ihn. Er ist ein Polizist.»

«Vielleicht hat er sich verändert», sagte Fagmie Jabaar.

«Ich finde», sagte Bootsmann Walbein, «wir sollten Lady Sarah bitten, es ihm zu sagen, sobald die Zeit reif ist.»

Worauf sie alle im Chor riefen: «Ihr sagt's ihm, Lady Sarah. Ihr sagt's ihm, wenn die Zeit reif ist.»

Das war die Lösung. Was für eine prachtvolle Idee. Warum sollte man nicht abermals auf Lady Sarahs bewährte Urteilskraft vertrauen? Aus müden Augen beobachtete Montague Planke die Dorfbewohner. Und wieder, dachte er bei sich, werden mich die Feuer der Macht versengen.

Es war ein fröhlicher Haufen von Fischern, der sich in jener Nacht Mann für Mann in die Dunkelheit auflöste. Nun, da Lady Sarah es dem Hauptmann sagen würde, war das Ende ihrer Armut zum Greifen nahe.

Und natürlich lauschte Hauptmann Nunes voll Begierde den Enthüllungen, die Lady Sarah ihm von nun an machte. Er erfuhr in diesen beiden letzten Sommermonaten mehr als je zuvor, seit er seinen Fuß in dieses gottverlassene Kaff gesetzt hatte. Endlich, so glaubte er, kam er dem Geheimnis im Herzen des Dorfes näher.

ZWEI

Ein böser Wind von Land her

Es vergingen ein paar Tage nach der letzten der drei heimlichen Versammlungen, bis Hauptmann Nunes wieder Gelegenheit fand, seinen Tee bei Lady Sarah einzunehmen. Er war plötzlich ein gefragter Mann, wurde eingeladen, mit den Fischern auszufahren oder sich mit ihnen bei Fagmie Jabaar zum Dämmerschoppen einzufinden, und natürlich mußte er auch mit Mondling Dame spielen. Endlich, so dachte er, komme ich dem Kern der Dinge näher.

Und dann, als wäre es die Antwort auf ein stummes Gebet, sagte Lady Sarah, während die beiden an ihrem Tee nippten: «Wissen Sie, Hauptmann, ich habe Ihnen eigentlich noch nie die wahre Geschichte erzählt, wie es mich hierher verschlug.»

«Gibt es denn eine wahre Geschichte?» fragte Nunes und blickte zweifelnd über die Schätze in diesem sonnendurchfluteten Salon.

Keiner hatte je zu erklären vermocht, wie ungehobelte Fischer dieses zweistöckige Haus errichtet haben sollten, das mit seinem säulenverzierten Portal und den geschwungenen Bögen seiner hohen Fenster ein Bau von Meisterhand zu sein schien. Die Böden waren angeblich aus Schiffsholz gezimmert und die Tragbalken aus angeschwemmten Bäumen, die Ziegel der Kamine stammten aus dem dinosaurischen Lehm der Lagune und die Türklinken waren aus den Rippen des südlichen Rechtwals geschnitzt. Doch dies alles war noch gar nichts, verglichen mit der Eleganz der Ausstattung und der Möblierung.

Denn Lady Sarahs Haus war ein Museum köstlicher Schätze aus der Welt weit draußen: Spitzen und Brokat, zartgliedriges Porzellan, silberne Teekannen, Karaffen und Schalen, Kerzenständer, Schatullen aus Messing, Glöckchen und Krimskrams, kupferne Kessel, Körbe und Kristallgläser, die so dünn waren, daß sie unendlich lang nachklangen, Perserteppiche und Flokatis, Decken aus Mohair, Tische aus Brasilholz, Schränke aus Eiche, Stühle aus Walnußholz, Betten aus Mahagoni, wertvolle Gemälde alter Meister, anmutige Skulpturen von unbekannten Künstlern, Sherries aus fernen Kellern und Rotweine voller Körper aus den ausgesuchtesten Lagen – all der Glanz einer Welt des Wohlstands.

Wie Lady Sarah zu ihren Besitztümern gekommen war, blieb für die Dorfbewohner so wunderbar wie das himmlische Manna. Niemand zerbrach sich den Kopf darüber. An einem Tag gab es noch keine Vorhänge, am nächsten wölbten sich Kaskaden von Stoff hinter den Fenstern. An einem Tag waren die Fußböden noch blank, am nächsten schon bedeckt mit nie erträumten Wundern. Über fast zwanzig Jahre hinweg fand der Luxus des vornehmen Lebens seinen Weg in Lady Sarahs Haus, so als würde er ihr ganz einfach überallhin folgen. Schöne Gegenstände waren ein Teil ihres Lebens, so wie Finger und Zehen ein Teil ihres Körpers waren; nützliche Anhängsel, ohne die das Leben schwieriger, aber nicht unmöglich gewesen wäre. Und weil sie sich vom Besitz nicht blenden ließ und mitten unter Menschen, die von dem wenigen lebten, was Meer und Erde ihnen gaben, kaum zu bemerken schien, wie glanzvoll ihre Erscheinung und ihr Heim waren, akzeptierten alle ihren Reichtum als etwas Naturgegebenes. So wie es sinnlos ist, das Wachsen und Schwinden des Mondes in Frage zu stellen oder Ebbe und Flut, so war es naiv, nach Lady Sarahs Wohlstand zu fragen.

Was Nunes sehr wohl wußte. Auf seine Fragen, ob sie während eines strengen Verhörs gestellt worden waren oder bei höflichem Teegeplauder, hatte sie immer nur erwidert: «Das alles ist einfach da, Hauptmann. Was hätten Sie davon zu wissen, wo es herkam? Wichtig ist doch eigentlich nur, daß es unsere Augen erfreut.»

So hatte er wohl Grund genug, skeptisch eine Augenbraue zu heben, als Lady Sarah ihm anbot, ihre Geschichte zu erzählen. Sie jedoch lachte nur über ihn.

«Aber natürlich gibt es eine wahre Geschichte, Hauptmann», sagte sie. «Alle Geschichten sind wahre Geschichten, sobald sie erst erzählt sind.

Also, stellen Sie sich mich vor, als sehr viel jüngere Frau natürlich, eine Ehefrau seit drei Tagen, mit meinem Mann am Heck eines Ozeandampfers an einem frostigen Dezembernachmittag, wie wir auf die Lichter einer rauchverhüllten Stadt zurückblicken, die schwächer und schwächer werden. Stellen Sie sich vor, mit welchen Gefühlen von heller Hoffnung und von Traurigkeit die beiden gesehen haben müssen, wie das letzte Licht verschwand, als die Nebelwand sich um sie schloß, verwundbare Auswanderer auf dem Weg hinaus in die Welt.

Stellen Sie sich die beiden weiter vor, etliche Tage später, Arm in Arm beim Deckspaziergang, lachend am Tisch des Kapitäns, beim Krabbenessen in exotischen Häfen, während ihr Dampfer Treibstoff bunkerte, und bei der Überquerung des Äquators auf einem spiegelglatten Meer, während sie zu den wechselnden Sternbildern aufblickten und das Kreuz des Südens von Nacht zu Nacht höher stieg. Sehen Sie, daß sie statt der Kostüme nun buntbedruckte Röcke trägt, daß ihre Wangen Sonnenlicht aufsaugen wie ein Pfirsich? Glauben Sie mir, daß sie glücklich war. Sie hatte alles, wofür sich zu leben lohnte.

Wissen Sie, wer noch auf diesem Schiff war, auf der *Southern Hope*, die ihren Namen so zu Unrecht trug?»

Lady Sarah warf einen raschen Blick auf ihren Gast, der in dem Zucker auf dem Boden seiner Teetasse herumrührte.

«Ich werde es Ihnen verraten. Zwei Schwestern namens Minnow, die vor den Lüsten irgendeines Vormunds flohen, der sie in seiner Obhut hatte, seit ihre Eltern gestorben waren. Schüchterne Mädchen. Sie hielten sich abseits: unbewegte Zaungäste beim Bingo oder beim Ringewerfen an Deck, unbewegt selbst auf dem Maskenball, wo die Männer darauf gewettet hatten, daß sie ein Lächeln auf diese zusammengekniffenen Lippen zaubern könnten. Keine Chance. Es brauchte einen Kaventsmann in einer wilden Nacht und später das Taumeln und Torkeln in einer tosenden Brandung, um diese beiden stillen Mädchen in die Irr-Minnaar und die wütende Mrs. Beg-rip zu verwandeln, die wir heute kennen.»

«Unmöglich», platzte Nunes heraus. «Sie hat mir selbst erzählt, daß sie die letzte sei von vier Generationen, die an diesem Ort hier lebten.»

Lady Sarah lächelte. «Man hat Ihnen vieles erzählt, Hauptmann, aber in Wahrheit wissen Sie nur sehr wenig. Selbst mit all Ihren Verhören haben Sie noch nicht einmal an der Oberfläche dieses Ortes gekratzt. Glauben Sie mir!»

Nein, es ist unmöglich, dachte Nunes. Diese ekelhafte alte Vettel kann mich nicht so überzeugend in die Irre geführt, kein so phantastisches Lügengebäude errichtet haben.

«Machen Sie sich nichts daraus», tröstete ihn Lady Sarah, «ich werde Sie für alle Täuschungen entschädigen.» Und sie fuhr fort, den Ball zu schildern und wie sie in den Armen ihres Gatten Walzer getanzt hatte, erst an der einen Schwester vorbei, dann an der anderen, während sich in fernen Gewässern ein Kaventsmann aufbaute und auf den Weg zu ihnen machte, bis das, was als Sprühregen begonnen hatte, sich zum Sturm entwickelte, und da war er schon, eine Welle, so hoch wie der Himmel, die über ihnen zusammenschlug. Eine Stunde später war von dem Schiff nichts mehr übrig. Es überlebten, verängstigt, schreiend, in einem Rettungsboot umhergeschleudert, nur Lady

Sarah, ihr Mann, die Schwestern Minnow, drei Seeleute und ein kleiner Junge, der bald starb. Als der Morgen kam, beruhigte sich die See und der Himmel klarte auf.

«Es war in diesem Augenblick, Hauptmann, als die Irr-Minnaar aus dem Körper dieses scheuen kleinen Mädchens hervorbrach. Mit wehendem Haar und roten Augen, fast brachte sie das Boot zum Kentern, sprang sie auf, hob einen Arm zum Horizont und rief: ‹Dort ist es!› Natürlich reckten alle die Hälse, aber sie sahen nur den leeren Ozean. ‹An die Ruder!› kommandierte Irr-Minnaar, ‹es ist nicht weit.›

Was blieb uns anderes übrig, als zu rudern? Auf einem grenzenlosen Ozean ist eine Richtung so gut wie die andere. ‹Mehr nach Backbord, wir treiben ab›, rief sie mit so begeisterter Gewißheit, als sähe sie nicht nur Land, sondern einen sicheren Hafen. Und ich glaube, in gewissem Sinne war's auch so, wenn nicht mit den Augen ihres Körpers, dann mit denen der Seele, denn ich erinnere mich genau, wie sie zu ihrer Schwester sagte: ‹Ich sehe deinen Ehemann, Dorothea, er legt am Strand Netze zum Trocknen aus.› Und dann, voll Bitterkeit: ‹Und meinen sehe ich auch, den nichtsnutzigen Trunkenbold, besoffen wie immer, er sammelt Treibholz und Flaschen an der Gezeitenlinie.›

Es wurde Nacht, eine ganz andere Nacht als die vergangene, in der wir Abendgarderobe getragen und getanzt hatten. Zugegeben, die Abendgarderobe trugen wir noch immer, aber jetzt waren wir salzverkrustet, stanken nach Schweiß und nach Angst, fürchteten uns vor den langen, dunklen Stunden in dem offenen Boot. Wenn einer der Matrosen fähig gewesen wäre zu navigieren, dann hätte er uns wahrscheinlich nach dem Kreuz des Südens einen Kurs geben können, aber andererseits, wozu brauchten wir einen Kurs, wenn am Bug unseres Bootes eine murmelnde Frau stand, die mit furchteinflößender Entschlossenheit ihren sturzbesoffenen Mann in spe verfluchte und dazwischen backbord, steuerbord, steuerbord, backbord rief, wenn die Meeresströmungen uns abtrieben.

Die ganze Nacht, den nächsten Tag und eine weitere Nacht hindurch ruderten wir uns die Haut von den Händen, bis wir schließlich, am zweiten Morgen, Land vor uns hatten und einen Sturm in unserem Rücken, dem wir mit leeren Mägen einen Endspurt liefern mußten, unsere Kehlen geschwollen vor Durst, die Hände eingewickelt in blutige Lappen.

Erst kam der Regen, so ersehnt, daß ein Matrose daran starb, als er mit zurückgeworfenem Kopf und weit aufgerissenem Mund den Tropfen entgegentaumelte, bis er mit ihnen in das Meer fiel und verschwand, einfach so. Übrig waren nur noch ich, mein fast bewußtloser Mann, der sich beim Kentern unseres Schiffes einen Arm gebrochen hatte, die beiden Minnows, die augenscheinlich mehr ans Heiraten als an die Wirklichkeit dachten, und zwei Seeleute.

Im nächsten Augenblick drückte uns der Wind in die Brandung, wo plankenzerschmetternde Wellen unser Boot zu Kleinholz machten. Was für eine grausame Ironie, dachte ich, soviel durchgemacht zu haben, um jetzt doch noch zu ertrinken. Das letzte, woran ich mich erinnere, ist, wie die baldige Irr-Minnaar ihrer Schwester, der baldigen Mrs. Beg-rip, zuruft: ‹Das ist noch nicht das Ende, halt den Kopf hoch und tu so, als wärst du ein kleiner Fisch!› Ein guter Rat in einem Schwimmbecken, doch diese Brandung hätte selbst einem Seehund den Garaus gemacht. Wie sich herausstellte, machte sie den beiden Matrosen den Garaus und meinem armen Mann.

Ich steckte mittendrin, kämpfte darum, meinen und meines Mannes Kopf über Wasser zu halten, als aus den Dünen, von wo er uns beobachtet hatte, der kleine Samuel herausgeschossen kam, erst zwölf Jahre alt, doch ein kraftvoller Schwimmer, der mit der Anmut eines Tümmlers durch die Wellenberge schnitt. Schon schlangen sich seine dünnen Arme um mich, und keinen Augenblick zu früh hatte er mich an Land gebracht. Ich konnte nur keuchen: ‹Mein Mann, bitte rette meinen Mann›, doch natürlich war es längst zu spät. Noch heute sehe ich die Hand meines lieben Gordon, wie sie durch den Gischt flattert wie eine getroffene Möwe und dann unter den Wellen verschwindet.»

Lady Sarah verstummte. Nunes beobachtete sie, wie Wissenschaftler Insekten beobachten: eingehend, durchdringend, bis die Kälte seines Blicks sie an das Fenster trieb, das auf den Whale Beach hinausging.

«Wissen Sie, was Schmerz ist, Hauptmann?» fragte sie.

Er antwortete nicht.

«Schmerz war es für mich, Tag für Tag an diesem Strand entlangzugehen. Manchmal wollte ich mich die Düne hinab- und in die Wellen stürzen. Und dann blickte ich wieder zu diesem Hügel hinauf, auf dem mir die Menschen hier mein prächtiges Haus erbauten, und ich schämte mich meiner Undankbarkeit. Was hilft es schließlich, sich zu grämen, Hauptmann? Mein Mann war tot. Ich dagegen war sehr lebendig. Trotzdem kann man nicht aufhören, sentimental zu sein. Mein Gott, was war ich sentimental. Als das Haus fertig war, stand ich oft an diesem Fenster und starrte auf das Meer hinaus, das so glatt war, so glatt, und ich konnte es nicht fassen, Hauptmann, daß es je so wild gewesen sein konnte wie damals, als es mir meinen armen, armen Mann nahm. Manchmal, wenn das Wasser so klar war, daß man die Hummer über die Steine stelzen sehen konnte, wollte ich Marsdon Beg-rip, den verstorbenen Vater des kleinen Marsdon-vom-Land, darum bitten, mich hinauszurudern, damit ich durch eine gläserne Schüssel hinunterblicken und ihn vielleicht friedlich auf dem Meeresgrund liegen sehen könnte, sanft bewegt von der Strömung. Niemals, so schwor ich bei der Stelle, an der ich ihn verloren hatte, niemals würde ich es einem anderen Mann erlauben, Hand an mich zu legen. Ist das nicht sentimental? Hoffnungslos romantisch? Und schließlich konnte ich diesen Schwur gar nicht halten. So schwach ist das Fleisch, Hauptmann. Ganz egal, wie stark der Wille ist, es bleibt doch immer noch das Fleisch.» Sie hielt inne. «Aber ich brauche Ihnen sicher nichts über die Schwächen des Fleisches zu erzählen, Hauptmann, nicht wahr?»

Nunes zuckte die Achseln. «Wir sind alle nur Menschen, Lady Sarah.»

«Ich glaube», sagte sie nach einem Augenblick des Zögerns, «es mußte einfach so kommen, daß mein Mann starb. Er hatte niemals in seinem Leben etwas Unrechtes getan. Er war einfach zu gut für diesen Ort.» Wieder unterbrach sie sich, nippte an ihrem Tee. «Sicher haben Sie schon von irgend jemandem gehört, was man sich hier im Dorf erzählt, Hauptmann? Daß nur solche Menschen hier enden, die einen dunklen Fleck in ihrem Leben haben?»

«Ja», antwortete er, «aber das ist ein Ammenmärchen, Lady Sarah. Eine intelligente Frau wie Sie wird doch nicht an abergläubische Dorfgeschichten glauben?»

«Es scheint etwas daran zu sein.»

«Pah! Es ist ein Garn, das diese Alte gesponnen hat. Dummes Zeug, Blödsinn!» Dann blitzte ein Feuer in seinen Augen auf. «Aber wenn Sie daran glauben, Lady Sarah, dann muß es auch in Ihrer Vergangenheit einen dunklen Punkt geben.»

Sie lächelte. «Und mit derselben Logik auch in Ihrer, Hauptmann! Um so mehr, als Sie aus dem Landesinnern zu uns kamen. Ich wurde wenigstens vom Ozean angespült. Sie wissen doch, was Irr-Minnaar sagt: ‹Es weht immer ein böser Wind von Land her.›»

«Und was ist dann mit Samuel?» stieß Nunes zu. Er hoffte sich auf einer heißen Spur.

Lady Sarah seufzte. «Wie kommt es, Hauptmann, daß keiner Samuel akzeptieren kann? Weder Sie, ein Mann der Stadt, noch die Dorfbewohner hier, die sonst mit jedermann zurechtkommen. Ich wünschte, irgend jemand könnte mir das erklären.»

Nunes lachte. «Er ist sehr anders als die anderen.»

«Als ich hier ankam, Hauptmann», sagte Lady Sarah,

«war er ein junger Bursche, kaum zwölf Jahre alt und ganz auf sich gestellt. Er schlief in dem alten Transchuppen, wo es im Winter keinen trockenen Fleck gab, ein Wunder, daß er nicht an Auszehrung gestorben ist. Deshalb nahm ich ihn zu mir. Gut, gut, sagten die Frauen der Fischer, die Lady braucht einen Diener. Sollen wir außen noch eine Hütte anbauen? fragten die Männer. Nein, sagte ich, er kann im Haus schlafen. Als nächstes, soweit ich mich erinnere, brachten sie einen Haufen Säcke. Was soll das? fragte ich. Das ist für den Küchenboden, damit der Junge nicht auf den blanken Brettern schlafen muß.

Unglücklicherweise bin ich zu höflich, um die Beherrschung zu verlieren. Aber ich nahm sie alle mit nach oben, um ihnen Samuels Schlafzimmer zu zeigen. Welches, wie Ihnen gewiß berichtet wurde, direkt neben meinem liegt. Noch so eine skandalöse Einzelheit, die ihre Zungen seither nicht zur Ruhe kommen ließ.

O ja, ich weiß schon, was sie dachten – daß der Tod meines Mannes zuviel für mich gewesen sei und daß ich Samuel, sobald der schwarze Schmerz mich erst verlassen hätte, auf den ihm gebührenden Platz auf den Säcken in der Küche verweisen würde. Aber das habe ich nicht getan und werde es niemals tun. Sein Zimmer gehört ihm, so lange er es will.»

Sie lächelte. «Es wird Sie interessieren, Hauptmann, daß Samuel Sie seit Jahren erwartet hatte. Tagtäglich, einmal am Morgen und einmal am Abend, suchte er den Horizont ab, damit er das Dorf vor Ihrer Ankunft warnen konnte. Sie sehen, Hauptmann, er wußte ebenso von Ihnen wie Irr-Minnaar. Er erwartete einen bösen Wind aus der Wüste.»

Lady Sarah lächelte, um zu entschärfen, was sie gesagt hatte. Auch der Hauptmann mußte lächeln.

«Ahh-Mann, Sie haben eine Art, die Dinge auszudrükken», sagte er und blickte hinaus auf diesen makellosen Sommertag – ein Meer, das von Diamanten übersät schien;

kleine Wellen, die sich schmatzend am Ufer brachen; eine Brise, die sanft an den Vorhängen des Zimmers zupfte, in dem sie vor ihren geleerten Teetassen saßen.

«Ich bin sicher», sagte Lady Sarah, «daß Sie schon irgendeine Version von Samuels Geschichte gehört haben, aber weil heute ein Tag für die Wahrheit ist, sollte ich Ihnen vielleicht von ihm erzählen.

Ich weiß nicht, ob Sie viel in Geschichtsbüchern gelesen haben, Hauptmann», begann sie, «aber das würde auch kaum nützen, denn das Leben von Menschen, wie es Samuels Eltern waren, hat nie den Weg in die Geschichtsbücher gefunden. Sie waren einfache Leute, und welcher Historiker kümmert sich schon um einfache Leute, wenn er über Generäle und Staatsmänner schreibt?

Trotzdem wissen Sie sicher gut Bescheid über das, was man später die Unabhängigkeitskriege nannte. In meinen Augen waren sie nichts als ein Vorwand für Beutezüge und Verwüstung, aber sei dem, wie ihm wolle. Als sich dieser ehrenhafte Krieg dem Ende näherte, war alles Farmland und auch das Land der Eingeborenenstämme von diesem Wahnsinnigen, Kitchener von Khartum, verbrannt worden. Alles was die Eingeborenen noch hatten – und vergessen Sie nicht, sie waren unbeteiligt, nichts als Zuschauer –, waren eine Handvoll Schuldscheine und das Versprechen einer mürrischen Königin, die wohl kaum etwas von der Angelegenheit wußte, daß sie sie einlösen würde. Und ich glaube, ein Sack voller Schuldscheine ist nur ein ärmlicher Ersatz, wenn das stammeseigene Land in Asche liegt und die eigenen Kinder vor Hunger weinen.

Um das Maß vollzumachen, wurden diese armen Menschen auch noch von anderen Ehrenmännern geplündert, von rebellischen Buren, die wie die Teufel darauf aus waren, sich ihre geliebten Trockenfleischvorräte zu erhalten. Allem was im entferntesten einer Kuh ähnlich sah, wurde die Kehle aufgeschlitzt und das beste Fleisch in schmale Streifen geschnitten und zum Trocknen über einen Zaun gehängt. Und immer neue Schuldscheine wurden im Namen einer Regierung ausgestreut, die längst über Mosambik auf dem Weg in die Schweiz war. Sie dürfen mir glauben, daß der weise Mann nicht die Erfüllung seiner Träume von der Einlösung der Schuldscheine erwartete, als endlich Frieden geschlossen wurde. Der weise Mann wandte diesem Teil der Welt den Rücken zu und suchte andere Weidegründe. Denn der weise Mann (und das ist hier auch der einfache Mann) wurde nicht nur von Ehrenmännern geschunden, sondern auch von Schurken.

Wie Sie wissen, Hauptmann, lieben Banditen und ihresgleichen nichts so sehr wie einen Krieg. Wo sonst haben sie die Freiheit zu tun, was sie wollen, oder die Gelegenheit, alle Schuld für ihre Untaten einer beliebigen imperialistischen Fraktion oder einer Guerillatruppe in die Schuhe zu schieben, von denen ja genügend herumziehen?

Und so plünderte Baster Jan, ohne dem geschenkten Gaul ins Maul zu schauen, den Großen Fluß hinauf und hinunter und weit ins Hinterland in jenen Jahren, bis er über eine berittene Streitmacht verfügte, um die ihn Bure wie Brite beneidet hätte. Doch alles, was diese ehrenhaften Krieger je von seinen legendären Tieren sahen, waren die Hinterhufe. Und aus den Geschichtsbüchern werden Sie nichts über Baster Jan erfahren – kein Wort über seine Vergewaltigungen, Morde, Raubzüge und Überfälle, weil die Geschichtsschreiber sich nicht mit den einfachen Leuten befassen. Sie scheinen den großen Schlachten mehr Bedeutung beizumessen als der Plünderung einer Nacht, die niemanden in einer ganzen Stadt verschonte. Dabei dürfen Sie mir glauben, daß neben Baster Jans Politik der verbrannten Erde die von Kitchener wie ein Lagerfeuer aussah und daß er genügend Trockenfleisch hatte, um den Präsidenten in den Alpen zwei Menschenleben lang glücklich zu machen.

Da war nicht Mann noch Mungo, der nicht in Deckung ging, wenn der Donner seiner fernen Hufe die Kerze auf dem Tisch zum Flackern brachte, und dennoch können Sie in den offiziellen Chroniken des Krieges suchen und werden nicht einmal eine Fußnote finden über diese Bestie, Baster Jan.

Und damit bin ich bei Griqua Joseph und seiner Frau, Maria, ehrlichen und gottesfürchtigen Leuten, die eine Missionsschule besucht hatten, die früher Feldarbeiter und Viehhirten draußen vor Alt-Dithakong gewesen waren, die gelitten hatten unter den Vertretern der Krone und geweint hatten angesichts der hingeschlachteten Rinderherden, die überfallen und geschändet worden waren von Baster Jan und nach der Brandschatzung der Stadt für tot gehalten und liegengelassen wurden. Als sie wieder zu sich kamen und um sich schauten, sahen sie nur rauchende Ruinen, keine Menschenseele war verschont geblieben, kein Huhn und kein halb abgenagter Maiskolben übersehen worden, nur ein blökendes Ziegenkitz war den Plünderern entgangen. In diesem Alptraum sammelten Griqua Joseph und seine Maria auf, was sie noch fanden, schlangen dem Kitz eine Schnur um den Hals und machten sich auf den Weg, wenn es sein mußte bis ans Ende der Welt.

Nun, dieses Dorf hier, Sie wissen es ja, liegt an einem Ende der Welt, verschont von legitimierten und von nicht legitimierten Räubern, ein stilles Paradies inmitten des Chaos. So jedenfalls sehen wir es gerne.

Das erste, was das junge Paar von seiner zukünftigen Heimat zu Gesicht bekam, waren das Glitzern von Wasser und ein paar verstreute Häuser in der Ferne. Als sie näher kamen, stießen sie auf den Friedhof mit seinem zufälligen Durcheinander hölzerner Kreuze, und sie frohlockten, daß ihr Weg sie unter Christen geführt hatte. Wie überwältigend muß ihre Freude gewesen sein, als sie den Hügel umrundeten und die Kirche sahen mit ihrem klaffenden Dach.

Nach all diesen günstigen Vorzeichen waren sie freilich um so überraschter über den feindseligen Empfang, der sie erwartete. Aus der Ferne mochte dieser Ort wie das Paradies erschienen sein, doch seine Bewohner waren entschieden unfreundlich. Einige trugen sogar lange Stöcke bei sich, einer einen Sjambok, und sie ließen Griqua Joseph und seine Maria nicht näher heran als sechzig Fuß.

Sie verstehen, Hauptmann, wie ich Ihnen schon erzählte, gibt es tief in der Erinnerung des Dorfes die Geschichte von einem Mann auf einem Esel, der eines Tages über dem Sandhorizont erschien und eine schlimme Plage mit sich brachte. Und nun kamen, auf seinen Spuren, zwei Menschen mit einer jungen Ziege am Strick, was niemandem Anlaß zur Begeisterung geben konnte. Die Kinder wurden in die Häuser gesperrt, den Frauen wurde es gar verboten, einen Blick auf die Fremden zu werfen. Und doch zögerten die Dorfbewohner, den ersten Stein zu werfen oder sie mit ihren Stöcken aus dem Dorf zu prügeln. Vielleicht sahen sie in diesem Mann und seiner Frau eine resignierte Vorwarnung, daß eben dies der Gang der Dinge sei, und waren entsetzt. Wie auch immer, sie folgten Kapitän Hansen, der ihr unernannter Führer war, und gaben Joseph das Wort.

Nun war Joseph, wenn der Anlaß es erforderte, so beredt, daß er einen tollwütigen Honigdachs davon überzeugen konnte, den Bienenkorb liegenzulassen und sich seiner Wege zu trollen; und so war, als er geendet hatte, ein glasiger Tränenschimmer in jedem Auge zu bemerken, das ihn beobachtete.

Dennoch streckten sich keine Arme zum Willkommen aus. Tränen mochten geflossen sein, doch alle Jammergeschichten dieser Welt hätten nicht genügt, um diese sechzig Fuß zu überwinden. Statt dessen machte Kapitän Hansen einen Vorschlag. Wie wäre es, sagte er, wenn man den beiden ein Skiff gäbe und sie damit bis über den Seehundfelsen hinausrudern und erst dann an Land zurückkehren lassen würde? Das wäre eine symbolische Geste, die einiges von dem Unglück abwaschen würde, das sie aus dem Landesinnern mitgebracht haben mochten. Und wie wäre es weiter, wenn ihnen das Dorf nach ihrer Rückkehr – vorausgesetzt, sie kehrten zurück – ein Stück Land am Strand, weit außerhalb, zuwiese und sie erst näher an die Siedlung heranlassen würde, sobald eine noch näher zu bestimmende Quarantänefrist abgelaufen sei?

So soll es geschehen, riefen die Dorfbewohner einmütig, was im Blick auf die Ereignisse, die folgen sollten, die weiseste Entscheidung war, die sie treffen konnten. Obwohl Griqua Joseph und Maria nie zuvor ein Boot, geschweige denn den Ozean gesehen hatten, kreuzten sie und die junge Ziege mit der Verzweiflung derer durch die Brandung, die ihre letzte Chance nutzen. Maria schrie, die Ziege blökte, Joseph blickte auf das Land zurück und krümmte seinen Rücken. Er ruderte nicht nur über den Seehundfelsen hinaus, sondern verschwand unter dem Horizont und kehrte erst am nächsten Tag zurück, als die Dorfbewohner sie längst für ertrunken hielten. Überflüssig zu erwähnen, daß diese Tapferkeit sie dem Dorf um keine Handbreit näher brachte.

Ungefähr zwei Jahre später wurde ihre Quarantäne offiziell aufgehoben und ihr Leben wurde etwas weniger hart. Joseph rührte niemals wieder Schellfisch an, und Maria vermied für den Rest ihrer Tage Ziegenmilch. Obwohl man ihnen immer noch mit leisem Argwohn begegnete, wurde das Paar im großen und ganzen toleriert: Maria fand Arbeit als Putzfrau bei den Hansens und Beg-rips, Joseph schloß sich der Mannschaft eines Fischerbootes an.

Die beiden waren schon fast sechzig, als Samuel gezeugt wurde, was viele zu der Überlegung veranlaßte, ob es sich um eine unbefleckte Empfängnis gehandelt haben könnte. Maria gebar mit einer Leichtigkeit, als hätte schon eine ganze Schar von Kindern die Passage dieses einen in die Welt geweitet. Leicht gewonnen, leicht zerronnen, spotteten die Zyniker, doch entgegen aller Erwartung blieb Samuel am Leben.

Wie Sie sicher schon herausgefunden haben, teilte das

arme Kind nur ungefähr zehn Jahre vom Leben seiner Eltern, was aber Zeit genug war, um die dramatische Geschichte ihrer Erlösung vom Übel und ihrer Aufnahme wenn nicht in das Herz dieses Dorfes, so doch dicht daneben zu erfahren.»

«Ahh-Mann», sagte Nunes. «Und Sie glauben, das ist die Wahrheit?»

«Ich glaube es nicht, Hauptmann, sondern ich weiß, daß es die Wahrheit ist.»

«Aber ich könnte Ihnen eine andere Geschichte erzählen, Lady Sarah. Ich könnte Ihnen erzählen, daß er von einer Farm in der Trockensteppe hierhergewandert ist, als die Dürre die ganze Ernte vernichtet hatte.»

«Das habe ich auch gehört, Hauptmann. Aber es ist nicht die Wahrheit.»

«Außer ihm selbst kann es keiner bezeugen.»

«Jong Jan wird Ihnen bestätigen, was ich erzählt habe. Gehen Sie hin und fragen Sie ihn.»

Hauptmann Nunes bürstete Krümel des Teegebäcks von seinem Schoß und wünschte, er hätte den Revolver am Gürtel gehabt. Er stand auf, geschniegelt und schneidig in der Uniform, die Frieda vor kaum zwei Stunden gebügelt hatte.

«Ich bin kein Mann, der mit sich scherzen läßt, Lady Sarah», sagte er. «Ich bin hierherentsandt worden, um Gesetz und Ordnung aufrechtzuerhalten.»

«Ich scherze nicht mit Ihnen, Hauptmann. Ich habe Ihnen heute vormittag Geschichten erzählt, die Sie sonst in hundert Jahren nicht erfahren hätten.»

«Das ist der Punkt: Warum erzählen Sie mir diese Dinge jetzt?»

«Weil diese Menschen, Hauptmann», sagte Lady Sarah, «arm sind und ein schweres Leben führen.»

«Das ist kein Grund.»

«Das ist der beste Grund der Welt. Wenn Sie das verstehen, dann werden Sie auch verstehen, was es bedeutet, hier zu leben. Dann wird Ihnen klarwerden, was Sie getan haben.»

«Ich habe Recht und Ordnung gebracht.»

«Nein, Hauptmann. Was Sie gebracht haben, so traurig das ist, sind Verzweiflung und Ruin. Diese Menschen sind nicht mehr fröhlich. Sie hungern, sie können nicht mehr tanzen und lachen oder sich am Samstagnachmittag bei Fagmie Jabaar betrinken. Sie sind gefangen, eingesperrt. Sie haben ihnen alles genommen außer dem nackten Leben. Und deswegen will Ihnen niemand die Wahrheit sagen, denn sobald das geschehen ist, sind sie ganz und gar in Ihrer Macht.»

«Und warum ist es jetzt plötzlich in Ordnung, ganz und gar in meiner Macht zu sein, wie Sie sich auszudrücken belieben?»

«Es ist keineswegs in Ordnung, Hauptmann. Aber ich habe sie davon überzeugt, daß Sie kein böser Mensch sind. Sie haben Ihre Verordnungen gelockert, Sie gehen zur Kirche, Sie haben ein Tanzvergnügen abgehalten, Ihre Tochter wird ein Teil des Dorfes. Ich habe ihnen erzählt, daß die Zeit davor ein Irrtum war, daß das nun ausgestanden ist, daß wir vergeben und vergessen müssen. Die Fischer sind bereit dazu, sie sind bereit, Sie in die Dorfgemeinschaft aufzunehmen. Heißt man Sie nicht in den Häusern willkommen, werden Ihnen nicht die besten Fische aus den Booten überlassen, grüßt man Sie nicht auf der Straße und lädt Sie sogar bei Fagmie Jabaar zum Trinken ein, was doch sicher ein Zeichen ist, daß niemand Hintergedanken hat? Merken Sie denn nicht, daß man versucht, Sie willkommen zu heißen?»

«Und was – erwartet man dafür?»

«Nichts. Ihre Toleranz vielleicht.»

Hauptmann Nunes steckte sich eine der kurzen ausländischen Zigaretten an, die er manchmal Jong Jan anbot, und blies den Rauch, grau und stinkend, ins Zimmer.

«Vielleicht sollte ich Ihnen erzählen, Lady Sarah», sagte

er, «daß ich hierhergekommen bin, um ein großes Verbrechen aufzuklären. Ich kann meine Untersuchungen nicht plötzlich abbrechen, mich nicht plötzlich blind stellen gegenüber Taten, die die Gesetze des Landes brechen.»

«Soll das bedeuten, daß Sie immer ein Polizist sein werden?»

«Es bedeutet, Lady Sarah, daß niemand etwas zu befürchten hat, der unschuldig ist.»

«Aber genau das ist es ja, worauf ich hinauswill, Hauptmann – daß niemand schuldig ist, daß es kein großes Verbrechen gibt, daß das hier nichts weiter als arme Leute sind, die ihr Leben leben, so gut es geht.»

Sie verstummte, ließ die Finger am Bortenbesatz des Sessels abwärtsgleiten. «Wenn es mir gelingt, Ihnen das klarzumachen, Hauptmann, dann bleiben uns viel Kummer und Leid erspart. Kommen Sie, setzen Sie sich wieder, lassen Sie mich von Irr-Minnaar und ihrer Schwester erzählen.»

Scheinbar mit Widerwillen setzte sich Hauptmann Nunes in einen Sessel und schlug die Beine übereinander. Von seinem Platz konnte er ein Boot sehen, das sich auf der Dünung hob und senkte, und die großen braunen Köpfe des Seetangs, die aus dem Wasser lugten, um die Fischer zu beobachten.

Lady Sarahs Erzählung begann mit Marsdon Beg-rip, wie er aus dem Sturm getaumelt kam, in seinen Armen den leblosen Körper der jüngeren Minnow, an jenem Tag, als sie an den Strand gespült wurden. Ob sie bewußtlos war oder starr vor Verzückung angesichts der sonnengebräunten Schönheit ihres Retters, kann niemand sagen. Nur Irr-Minnaar hörte einen Moment auf, den nichtsnutzigen Trunkenbold zu beschimpfen, der um sie herumscharwenzelte, und rief ihrer Schwester zu: «Mach halblang, Dorothea, hier geht dir keiner auf den Leim. Was geschrieben steht, das steht geschrieben, und es wird dir nichts nützen, das Schicksal in eine Romanze zu verwandeln.» Dorothea freilich zeigte keine Reaktion, sei es, weil sie wirklich ohne Bewußtsein war oder in der Tat nur das Beste aus der Situation zu machen suchte.

Noch ehe es Nacht wurde an diesem Tag ihrer dramatischen Ankunft, war die jüngere Minnow mit Marsdon Beg-rip verlobt, dem Sohn eines daggarauchenden, melonenweinschluckenden Walfang-Skippers, der nun schon viele Jahre tot ist. Zugegeben, Dorothea hatte ihn dank der Hellsichtigkeit ihrer Schwester zwei Tage länger gekannt als er sie. Dennoch hätte die Eile als unziemlich bezeichnet werden können, mit der sie seinen aus Walknochen geschnitzten Ring akzeptierte (in dem ein funkelnder Stein steckte, den er am Strand gefunden und viele Nächte lang voller Voraussicht geschliffen und poliert hatte, so als wäre auch ihm bewußt gewesen, daß ihm das Meer eines Tages, einfach so wie die Makrelenschwärme, die sich in seinen Netzen fingen, eine Braut in den Schoß spucken würde), und wahrscheinlich bezeichnete Irr-Minnaar ihr Verhalten auch so, der keiner jemals einen Ring anbot und die daher auch nie die geist- und rechtlich angetraute Ehefrau des nichtsnutzigen Trunkenboldes wurde, der ihr an der Gezeitenlinie entgegengetorkelt kam.

Doch ob die Eile nun unziemlich war oder nicht – der galante Marsdon Beg-rip, der noch nie eine Frau mit so zarter Haut gesehen hatte (auch wenn die Tage im offenen Boot nicht ohne Spuren geblieben waren), benahm sich wie ein liebeskranker Narr, riß die, die binnen Tagesfrist seine Braut werden sollte, von den Füßen und schleppte sie, die noch immer Meerwasser spuckte, nach Hause zu seiner runzligen Mutter, die in der Küche Gurken schälte. Die Mutter, so wird berichtet, sah nicht von ihrer Rohkost hoch und würdigte die Schwiegertochter auch künftig, bis zu ihrem seligen Ende, keines Blickes. Davon nicht verdrossen, machte sich die jüngere Minnow daran, Ordnung in ein Haus zu bringen, das seit dem Tag, an dem der verblichene Käpt'n Beg-rip melonenweinberauscht durch seine altersschwache Pforte gestolpert war, nichts anderes gekannt hatte als Chaos.

Allerdings hatte sie zumindest soviel Anstand zu warten, bis der massive Funkelstein an ihrem Finger war, ehe sie sich die Hosen anzog. Nicht daß sie lange warten mußte. Ganz gleich, wie regelwidrig es nach Meinung des Pfarrers sein mochte – immerhin hätte an drei aufeinanderfolgenden Sonntagen das Aufgebot verkündet werden müssen, und auch eine ordentliche Brautwerbung hätte es geben sollen, und überhaupt könne solche Eile nur ins Unglück führen –, Marsdon Beg-rip besaß die gleiche Sturheit wie seine Eltern, die sich ebenfalls den Ehebund ertrotzt hatten, und nötigte den armen Prediger, der zu seiner Bootsbesatzung gehörte, wenn er nicht gerade Menschen fischte, zu dem Einverständnis, daß fünf Uhr nachmittags am nächsten Tag ein idealer Zeitpunkt sei, den ehelichen Segen zu verkünden. Und so geschah es denn.

Kaum hatte Marsdon den Zeitpunkt festgesetzt, da wußte schon das ganze Dorf Bescheid. War das eine Aufregung! An einem Tag drei Schiffbrüchige an Land gespült, am nächsten eine Hochzeit, und nachdem es seit zehn Jahren keine Hochzeit mehr gegeben hatte, war das ein Anlaß, den auch die unziemlichste Eile nicht zu trüben vermochte.

«Töricht, töricht», fauchte Irr-Minnaar ihre Schwester an.

«Neidhammel, Neidhammel», schnaubte die Braut zurück und zog den Schleier über ihr Gesicht.

Es gab nur eines, was die Dörfler bedauerten: Bei nur vierundzwanzig Stunden Vorwarnzeit war, was neue Kleider anging, nicht viel auszurichten. Kerzen brannten die ganze Nacht durch, Finger stickten und nähten, häkelten und stopften, während im Bootsschuppen Marsdon Begrip seinen Polterabend feierte.

«Daß du mir aber nüchtern bleibst», sagte die errötende Braut in spe.

«Nur keine Sorgen meinetwegen. Mach dir einen gemütlichen Abend mit Mutter», entgegnete der Bräutigam und küßte seine Liebste auf die Stirn.

In der Küche schälte die Mutter weiter an ihren Gurken, den Blick auf den Boden geheftet.

Als der Morgen dämmerte, lagen die Boote noch hoch auf dem Strand, die Makrelen vor der Landzunge schwammen unbehelligt nordwärts und eine nach der anderen zerrten die Frauen mit wunden Fingern ihre Männer aus dem Schuppen.

«Wie konntest du, Marsdon? An unserem Hochzeitstag!» schalt die werdende Mrs. Beg-rip.

Doch Marsdon hörte nichts und Marsdon fühlte nichts, bis ihn nur noch eine Stunde von der Zeremonie trennte und Irr-Minnaar, während die Braut in Tränen schwamm, ihm einen Eimer Salzwasser ins Gesicht klatschte und dann weiterzog, um dem Prediger den gleichen Dienst zu erweisen.

Ein kleines Wunder später war die Kirche voll, die Gemeinde erhob sich, und von der Kommunionsschranke aus blinzelte Marsdon durch den Mittelgang einer strahlenden Fast-schon-Gattin entgegen, die am Arm ihrer Schwester auf ihn zugeschritten kam.

Ein paar Jaworte darauf, unter einem Schauer von Gänseblümchenblüten, trat das Paar in die letzten Strahlen der Wintersonne hinaus, die wie Schwerter durch die Wolken stachen.

«Lobet den Herrn», sagte der Prediger, als wäre dies ein göttlicher Imperativ.

«Lobet den Herrn», sagte Irr-Minnaar, «ich dachte, ich würde die Sonne niemals wiedersehen.»

«Lobet den Herrn, soviel ihr wollt», grunzte Mondling, «aber verdammt will ich sein, wenn er nur ein Wort davon hört.»

So begannen ihre Flitterwochen im Bootsschuppen bei Marsdons Melonenwein, um das Eheschiff flottzumachen, und Daggarauch, um seine Segel zu schwellen, und mit Hummern, Krabben, Garnelen, Muscheln und geräucherten Makrelen genug, um jeden Magen für drei Tage zu blähen. Es gab nicht Mann noch Frau noch Kind, die um Mitternacht noch aufrecht hätten gehen können, und am Morgen gelang es weder einem krähenden Hahn noch einer schwachen Sonne, die Festgesellschaft aufzuwecken.

Was Marsdons Segel rasch wieder abschwellen ließ, war die Kürze der Flitterwochen. Kaum war diese eine segensvolle Nacht vergangen, da donnerte das eheliche Leben auf sein ahnungsloses Haupt hernieder mit der Härte einer Gußeisenpfanne, wumm! Die Welt schwankte, für einen Augenblick wurde alles schwarz, der Schmerz trieb Tränen in seine Augen, und er wandte sich um, um seiner Gattin-seit-einem-Tag ins Gesicht zu blicken. Ihre Augen funkelten, ihre Hände umklammerten den Pfannenstiel vor ihrer Brust.

«Nie wieder wirst du mir einen Fuß in dieses Haus setzen, Marsdon Beg-rip, mit Sand an deinen Stiefeln und diesem fauligen Fischgestank am Leib», drohte die nunmehrige Mrs. Beg-rip. «Ich verbringe nicht den ganzen Tag mit Putzen, damit du hier hereinstolziert kommst wie ein Junker.»

«Und wo soll ich mich waschen?» verlangte Marsdon zu wissen.

«Dort draußen steht ein Trog, und heißes Wasser reiche ich dir durch das Fenster», sagte seine Frau und gab seiner Mutter noch zwei Gurken zum Schälen.

Das Dorf bot wenig Trost. «Steck einer Frau einen Ring an den Finger und du kannst dir die Eier abschneiden», sagte Mondling. «Zu spät, um mir jetzt etwas vorzujammern», sagte Irr-Minnaar. «Wenn du zu blind vor Liebe warst, um vorher ihre Tücken zu erkennen – und Gott weiß, daß sie Flagge gezeigt hat –, dann hast du alles das verdient, was nun auf dich zukommt, Schwager Marsdon.»

Nun war Marsdon Fischer und gewöhnt, zu gehen und zu kommen, wie es ihm die Jahreszeiten, die Tiden und die Schwärme der Makrelen geboten. Doch plötzlich hatte er diese kleine Frau im Haus, die von ihm verlangte, daß er sich zu einem ordentlichen Frühstück mit Salzfisch, zwei Eiern und Kaffee an den Tisch setzte, ehe er auch nur seine Stiefel anzog. Und sie setzte auch seinem Einlaufen nach Sonnenuntergang ein Ende.

«Fisch im Meer wird's immer geben», sagte sie, «aber ich bin nicht so sicher, daß du immer ein fertiges Abendbrot vorfinden wirst. Also zeig mir, daß du es zu schätzen weißt.»

Am schlimmsten war, daß sie ihm Ausgehverbot erteilte. «Schluß mit diesen Ausflügen zum Bootsschuppen jeden Abend», verkündete sie. «Du hast jetzt andere Verpflichtungen.» Doch sie war nicht gänzlich unfair: jeden Freitagabend erhielt Marsdon Ausgang bis halb elf.

«Ich kann das nicht aushalten», erzählte er Jong Jan und den Brüdern Kreef nach einer Woche. «Die Frau muß lernen, wo ihr Platz ist.»

Er wiederholte diese Worte sieben Tage später.

Am Ende der dritten Woche wütete er: «Es ist Zeit, daß ich meinem Standpunkt mehr Geltung verschaffe.»

Und als der erste Monat vergangen war, sprach er: «Na ja, vielleicht war ich ein wenig vorschnell, es ist für keinen einfach, sich an die Ehe zu gewöhnen, und wenn ich daran denke, daß sie mir einen Sohn schenken wird, dann sollte ich vielleicht etwas Geduld aufbringen – sie kommt ja auch aus einem anderen Land und weiß nicht, wie wir die Dinge hier bei uns sehen.»

Bei diesen Worten pfiff Jong Jan tonlos durch die Zähne, und die Brüder Kreef starrten ins Leere und pflichteten ihm bei, wie wunderbar es sei, Vater zu werden.

Die Schwangerschaft war nichts anderes als die Hölle. Nie zuvor ist eine Frau schwanger gewesen, sagte Irr-Minnaar zu sich selbst, während sie Heiltränke anrührte, um den Magen ihrer Schwester am Morgen zu beruhigen, oder untertags das Haus ausfegte oder am Abend für die Familie Gemüse kochte, da die anschwellende Mrs. Beg-rip keine Küchengerüche mehr vertrug, ihr wurde schlecht, sie kotzte in den Kochtopf.

Fünf Monate lang hörte sich Marsdons Mutter, ohne den Blick zu heben oder ein Wort zu sprechen, das Greinen und das Grämen an, dann legte sie sich schweigend hin und starb.

«Herrgott im Himmel», kreischte Mrs. Beg-rip, «ein Todesfall mitten in der Schwangerschaft, das ist zuviel, ich halte es nicht aus. Und Schwarz macht mich noch mal so dick wie ich bin.»

Marsdon trug seinen Schmerz mit Stärke: Er ging hinaus zum Friedhof, grub das Loch, nagelte ein paar Bretter aus Treibholz zusammen, legte die zerbrechlichen Überreste seiner Mutter hinein und heftete ein Stück Segeltuch darüber.

Seine Frau war empört. «Du kannst deine Mutter nicht in diesem löcherigen Kasten unter die Erde bringen, denk an die Würmer und Maden, die über sie herfallen werden. Das ist nicht gut. Das ist nicht fair. Sie hat Besseres verdient. Du kannst doch deine eigene Mutter nicht in einem Armengrab verscharren.»

Dieses eine Mal suchte Marsdon kein Heil bei einer Ausflucht. «So werden die Menschen hier nun mal beerdigt», sagte er und schob sie sanft zur Seite, damit er, Jong Jan und die Brüder Kreef den Sarg hinaus zum Friedhof schleppen konnten.

Gnädig schloß sich Mrs. Beg-rip den Sargträgern an, war sie doch nun Familie und dies daher ihr angestammter Platz. Sie schniefte quer durchs Dorf, an der Kirche vorbei und um den kleinen Hügel herum zum Friedhof, wo sie angesichts der Grube in eine neue Tränenflut ausbrach.

«Sie ist noch nicht mal sechs Fuß tief, Marsdon, wie konntest du?» jaulte sie.

Marsdon blickte sie an, wie er es bis dahin erst einmal getan hatte, und suchte abermals kein Heil bei einer Ausflucht. «Der Boden ist zu steinig, um noch tiefer zu graben», sagte er.

«Huhuu-huu-huu», schluchzte sie und war wochenlang untröstlich.

«Ich habe sie immer für eine wunderliche Frau gehalten», sagte Lady Sarah, «sogar noch wunderlicher als ihre Schwester, denn Irr-Minnaar hatte wenigstens gesunden Menschenverstand, auch wenn sie sich mehr um Teeblätter und Sterne kümmerte als um die wirkliche Welt, während Mrs. Beg-rip von dem Augenblick an, da sie das Rettungsboot bestieg, ein wenig sonderbar schien, um es schonend auszudrücken, und das Begräbnis ihrer Schwiegermutter hat ihr wohl den Rest gegeben. Bestimmt sogar. Sie hätten sie sehen sollen, Hauptmann, wie sie sich die Augen ausflennte, und dabei wußten wir alle verdammt genau, daß an die beiden keine Liebe verschwendet war. Nein, sie beweinte das Schicksal, das sie mit einem Armengrab verheiratet hatte, und ich frage mich oft, ob das, was mit Marsdon geschah, nicht Gottes Ratschluß war, um ihn von seiner irdischen Mühsal zu erlösen; denn soviel steht fest, der einzige, der mit dieser Frau fertig wurde, war ihr Sohn.»

Die Geburt verlief wie die Schwangerschaft, in wilder Hysterie. Ihre Schreie weckten das Dorf im frühen Morgengrauen.

«Hol meine Schwester, ruf meine Schwester her, lieg nicht bloß rum, Marsdon. Oh, Himmel, was für Schmerzen», rief Mrs. Beg-rip, unterbrochen durch Gestöhne. «Bestimmt, bestimmt muß ich sterben.»

In ihrer Hütte wälzte Irr-Minnaar den Körper des nichtsnutzigen Trunkenbolds von sich, und noch ehe Marsdon seine Stiefel anziehen konnte, stand sie schon vor der Tür und brüllte: «Stell diesen Lärm ab, Dorothea, du weckst sonst noch die Toten auf.» Für die nächsten zehn

Stunden fristete sich das Dorf von Wehe zu Wehe, alle zwanzig Minuten eine, jede begleitet von Geschrei, das durchdringend war wie Eis.

Als sich das Intervall auf zehn Minuten verringert hatte und weiter gegen null ging, stieg die Frequenz der Schreie auf eine schrille Höhe, die erst der kopfüber folgende Auftritt des Kleinen Marsdon zum rührenden Höhepunkt mit den Worten brachte: «Mein Baby!»

«Lobet den Herrn», sprach Irr-Minnaar und pulte sich das Bienenwachs aus den Ohren. «Jetzt sei ein braves Mädchen, Dorothea, und gib dem Kleinen eine Titte, er wird durstig sein nach diesem Kraftakt.»

Draußen feierte die Dorfgemeinschaft den Neuankömmling mit einem Glas Melonenwein oder auch mit mehreren, während Irr-Minnaar zu den Felsen hinunterging, sich abschrubbte, die Nachgeburt in kleinen Häppchen an die Möwen verfütterte und inständig betete: «Herr, zeig diesem Kind einen Weg, der hier herausführt» – ein Gebet, das, wer wollte es leugnen, erhört werden sollte, noch ehe Klein Marsdon fünfundzwanzig Jahre alt war.

«Mein Sohn, aus dir wird mal ein großer Fischer», sagte Vater Marsdon und lächelte auf Weib und Kind herab.

Und er beklagte sich auch niemals wieder über seine herrschsüchtige Frau.

Wie Jong Jan sagte: «Es ist erstaunlich, was ein Stammhalter ausrichten kann.»

Erstaunlich war nicht nur, was er am Vater ausrichtete, sondern auch an der Mutter. Das leiseste Piepsen genügte, schon war sie an seiner Wiege, schaukelte ihn, schob ihm erst den einen, dann den anderen Nippel ins Gesicht, bis Irr-Minnaar einschritt: «Wukai, Dorothea, genug ist genug, er hat schon einen Magen wie ein Buschmann.» Und später, als Klein Marsdon schon krabbeln konnte, brachte sie ihn zum Spielen zu den Kindern der anderen Fischer und schleppte ihn einmal sogar auf ihrem Rücken bis zur Hütte des Ziegenhirten, weil er «zu einem Mann von Welt heranwachsen wird und deshalb ruhig jetzt schon wissen kann, daß dieser Flecken nicht der Mittelpunkt des Universums ist, ganz gleich, was du darüber denkst», wie sie Vater Marsdon erläuterte, als dieser bleich vor Schrecken ausrief: «Unmöglich! Du bist ganz allein mit ihm den weiten Weg gegangen? Ja, weißt du nicht, daß dort im Busch Hyänen lauern, die glatt einen Elefantenknochen durchbeißen könnten?»

Ungeachtet solcher Warnung zog sie noch ein paar weitere Male hinaus, nie ohne Vater Marsdon zu dem Versuch zu reizen, sie zurückzuhalten. «Ich bitte dich», flehte er, «tu's nicht!» Und dies war der Augenblick, da Klein Marsdon, gerade als er und seine Mutter eines Tages wieder aufbrechen wollten, seinem Vater mit den Einhalt gebietenden Worten beisprang: «Nein, Mama.» Völlig von Sinnen raste Mama Beg-rip zwischen den Hütten herum und brüllte: «Klein Marsdon kann sprechen, und noch keine zwölf Monate ist er alt! Das Kind ist ein Genie!»

Womit sie vielleicht der Wahrheit näherkam, als selbst mütterlicher Stolz es hätte erträumen können.

Noch ehe er fünf Jahre alt war, hatte er einen Generator, der seit Jahren nicht mehr funktionierte, in alle Einzelteile zerlegt und, was wichtiger war, repariert. Von da an wurde nicht mehr auf den monatlichen Versorgungsdampfer gewartet, wenn irgend etwas an den Maschinen der Fangboote kaputt war – meistens konnte es Klein Marsdon richten.

«Keine Ahnung, wo er das her hat», sagte Vater Marsdon, «aber der Junge versteht einfach was von Maschinen, und das ist mehr, als man von vielen Mechanikern sagen kann.»

Zwar ging es meistens um Motoren, wenn Klein Marsdon zu einer Reparatur gerufen wurde, doch was ihn wirklich faszinierte, waren Funkgeräte. Die Funkgeräte brachten die Luft zum Sprechen. Als er im Ruderhaus des Versorgungsdampfers zum erstenmal eine zischende, knisternde, laute und leise Stimme aus dem zernarbten Kasten kommen hörte, war Klein Marsdon vor Staunen starr. Er konnte seinen Blick (und auch seine Hände) nicht losreißen, ja, er war dermaßen fasziniert, daß er – der sonst ein braves Kind war – um sich schlug und schrie, als es für den Dampfer an der Zeit war, die Anker zu lichten.

«Stell dich nicht an, Klein Marsdon», sagte der Kapitän des Dampfers, «in einem Monat bin ich wieder da, und dann kannst du wieder in die Luft horchen.»

In der Zeit, die bis dahin verstrich, konnte Klein Marsdon an nichts anderes denken als an die Millionen von unhörbaren Gesprächen, die seine Ohren umspülten. Dann kam der kleine Dampfer mit einem lauten Tuten der Sirene und mahlenden Maschinen wieder um die Spitze der Landzunge gebogen, und der Käpt'n winkte aus dem Ruderhaus, sein Gesicht war breiter und röter und faltiger denn je, und für Klein Marsdon war die Zeit, da er jeden Morgen vergeblich auf der Pier gewartet hatte, vorüber.

«Hallo, Klein Marsdon, schau her, was ich dir mitgebracht habe, ein Funkgerät, es geht zwar nicht mehr, aber du kriegst es ganz bestimmt wieder hin.» Und er hielt den kostbaren Fang in die Höhe.

Keine Frage, daß Klein Marsdon das Funkgerät wieder hinbekam, und seine Hobbyfunkerzeit begann.

«Du solltest dich nicht die ganze Nacht lang mit lauter wildfremden Leuten unterhalten», nörgelte seine Mutter, «das schickt sich nicht für einen Jungen in deinem Alter. Warum redest du ihm nicht ins Gewissen, Vater Marsdon, er ist immerhin auch dein Sohn, oder?»

Aber Vater Marsdon tat nichts, was seinen Sohn entmutigt hätte, ganz im Gegenteil. Er schloß sich mit ihm in dem kleinen Zimmer ein, das durch die wachsenden Reihen von Empfängern, Sendern und Verstärkern immer kleiner wurde, damit auch er sich mit den Männern unterhalten konnte, die draußen auf See vorüberkamen.

«Das ist genauso schlimm, wie wenn meine Schwester

mit den Toten redet», klagte Mrs. Beg-rip. «Es gibt Dinge auf der Welt, an die soll man nicht rühren, und Stimmen aus dem Nichts zählen ganz gewiß dazu. Um Himmels willen, Vater Marsdon, jetzt schick das Kind schon zu Bett!»

Nörgeln, Nörgeln, Nörgeln und nichts weiter, dachte er, ehe er sich wieder vor dem spratzenden Kästchen niederkauerte, das in einer Sprache, die keiner von ihnen kannte – obwohl Klein Marsdon sie eines Tages verstehen würde – von der Unendlichkeit des Nachthimmels und von einem Ozean sprach, der so schwarz war wie der Rücken eines Wals.

«Männer auf See reden viel», war alles, was Klein Marsdon dazu zu sagen wußte, als der Monolog endlich beendet war.

«Wenn du nur das Universum und das große Wasser um dich hast, dann mußt du reden oder verschwinden», antwortete Vater Marsdon, als er den kleinen Körper seines Sohnes im Bett verstaute.

Während also Stevie und die anderen Kinder den lieben langen Tag am Strand und auf der Pier herumalberten, Garnelen fingen, Vögel jagten, Eidechsen die Schwänze abschnitten, lauschte Klein Marsdon der vorüberziehenden Welt – bitte kommen –, den Matrosen, die von wunderbaren Städten und von wunderbaren Frauen schwärmten, die in Hafenhotels auf sie warteten – bitte kommen –, den Kapitänen, die ihn Söhnchen Jim nannten und ihm versprachen, sich zu melden, sobald sie in die südliche Hemisphäre zurückkehrten – bitte kommen. «Was ist das, südliche Hemisphäre, kommen?» fragte er. «Das ist der Arsch der Welt», lachten sie. «Lebwohl, Söhnchen Jim, Ende der Sendung.»

Wie konnten Garnelen, tote Vögel oder schwanzlose Eidechsen so aufregend sein wie ein einsamer Funker, der irgendwo draußen, das Bild seiner Liebsten übers Herz tätowiert, unterwegs war?

«Darf Klein Marsdon raus zum Spielen kommen, Mrs. Beg-rip?»

«Natürlich darf er, Stevie, ich werde ihn rufen. Klein Marsdon, willst du nicht rausgehen und mit Stevie und den anderen spielen? Nun geh schon, Junge, die frische Luft wird dir guttun.»

«Och, Ma, nicht jetzt, ich hab gerade den Wachhabenden dran. Ich geh dann am Nachmittag raus.»

Doch dieser Nachmittag kam nie. Immer fand sich eine Entschuldigung, ein Schiff, auf das er wartete, eine Meldung, die er weitergeben mußte.

«Was für eine Meldung denn?»

«Über niedrigen Luftdruck, hohen Luftdruck, Sturmwarnungen, Nebelbänke, kleine Dienste eben», antwortete er.

Und das war das Ende der Diskussion. Sie ging dann zu Bett, wie sie es nach dem Todesfall und der Geburt getan hatte, nämlich um für Stunden, manchmal Tage, manchmal Wochen, einmal gar einen ganzen Monat ein Armengrab zu bejammern. «Was für ein grausiges Ende in Armut, ach und je, was für ein schwerer Tod für alte Knochen.»

«Worüber jammert deine Mutter jetzt schon wieder?» (Vater Marsdon zu Klein Marsdon)

«Mach dir nichts draus», sagte Klein Marsdon, «schau her, was ich gebaut habe. Ein Funkgerät für dein Boot, damit wir miteinander reden können, wenn du zum Fischen draußen bist.»

«Bitte melden, Skipper Marsdon, bitte melden, Klein Marsdon-vom-Land auf Sendung, kommen!»

«Hallo, Klein Marsdon-vom-Land, hier spricht Skipper Marsdon, Verständigung gut, kommen.»

Dieses Glück dauerte vielleicht zwölf oder fünfzehn Monate, bis zu jenem Tag, an dem Vater Marsdon ganz allein das Boot flottmachte und hinausfuhr, lange ehe sonst jemand wach war oder im Osten die erste Spur der Morgendämmerung heraufkam.

Unmittelbar vor Sonnenaufgang war der Himmel nicht nur karmesinrot angehaucht, sondern er schien zu brennen, was Jong Jan, die Brüder Kreef, die anderen und Vygie Bond veranlaßte, ihre Pfeifen herauszuziehen und sich rauchend auf die Pier zu setzen, anstatt auf See hinauszufahren. Gemeinsam wunderten sie sich, warum Vater Marsdon zum Fischen ausgelaufen war, denn auch vor dem roten Morgenhimmel hatte es schon Zeichen geben müssen, die Möwen auf dem Strand zum Beispiel oder das glasige, von keinem Wind bewegte Wasser, oder daß einen die Hämorrhoiden zwickten.

In ihren Herzen wußten sie, was diesen sonst so ruhigen Mann veranlaßt hatte, die Anzeichen des Wetterumschwungs zu mißachten, und sie konnten es ihm nachfühlen. Hätten sie nicht alle schon vor Monaten das gleiche – wenn nicht Schlimmeres – getan, mit einer Frau im Haus, die nicht mehr aufstand und von früh bis spät über den harten Boden eines Armengrabes klagte?

«Was stört schon steiniger Grund», überlegte Vygie Bond, «solange genügend Erde obenauf liegt, um deine Überreste vor den Schakalen zu schützen?»

«Ja», pflichtete Jong Jan bei und spuckte Tabak nach einem Strandläufer, «die Knochen tun dir nicht mehr weh, wenn du mal tot bist, egal, ob sie auf Seide oder Segeltuch liegen.»

Den größten Teil des Vormittags saßen die Fischer auf der Pier, bliesen Rauchwölkchen über die Untiefen und dachten an Vater Marsdon und den Sturm, der irgendwo unter dem Horizont auf sie zugeheult kam, so gewiß, wie die Sonne ihre Schatten schrumpfen ließ.

«Es muß einfach gräßlich gewesen sein, was ihn da rausgetrieben hat», sagte Vygie Bond, «denn Vater Marsdon ist der letzte, der für 'n paar Pfund Steinbutt sein Leben aufs Spiel setzt.»

Die Brüder Kreef nickten, aber Jong Jan inhalierte tief und sagte: «Vielleicht war's auch was ganz Unbedeutendes, denn fängt nicht jeder Sturm mit einer leichten Brise an?» Mit einer leichten Brise, wie sie gerade in diesem Augenblick die Fischer frösteln machte und dem Meer die graue Farbe von Gefahr verlieh.

Also standen sie auf und gingen um die Ecke zu Vater Marsdons Haus, und Jong Jan klopfte mit dem Stiel seiner Pfeife an das Fenster, hinter dem, wie sie wußten, Klein Marsdon an seinem Funkgerät saß.

Klein Marsdon hatte Tränen in den Augen, und er bat Jong Jan, hereinzukommen und ihm bei der Suche nach Skipper Marsdon zu helfen. «Mein Vater antwortet einfach nicht. Was ist los mit ihm, Jong Jan?»

Jong Jan hörte, wie im Schlafzimmer Mrs. Beg-rip über die Heiligkeit sterblicher Überreste und den Respekt vor dem Tempel des Leibes selbst im Königreich des Todes schwadronierte, doch es gelang ihm, die durchdringende Stimme aus seinem Bewußtsein auszublenden, und er sagte in das Mikrophon, das in seiner Hand zitterte: «Skipper Marsdon, bitte melden, hier spricht Jong Jan, kommen.» Während er sprach, kam es ihm vor, als riefe er einen schon Verstorbenen zurück, und noch ehe er fertig war, standen auch ihm Tränen in den Augen.

«Skipper Marsdon, bitte melden, hier spricht Jong Jan, kommen. Skipper Marsdon, bitte melden, hier spricht Jong Jan, kommen.»

Sie warteten, und Jong Jan hielt den Jungen mit einem Arm umschlungen, und vor dem Fenster drängten sich die anderen Fischer mit traurigen Gesichtern, einige mit Tränen in den Augen, aber zu hören war nur das leere Rauschen atmosphärischer Störungen ... bis ganz leise ein müder Vater Marsdon sagte: «Hallo, Jong Jan.»

«Was treibst du denn da draußen, Skipper?» sagte Jong Jan. «Da draußen hat keine Seele was verloren, wenn der Morgen rot ist und die Vögel auf dem Sand laufen und meine Hämorrhoiden beißen. Fische fängst du sowieso nicht, die sind tiefer abgetaucht, als unsere Leinen reichen, also warum kommst du nicht zurück und wir trinken heißen Wein und rauchen eine Pfeife im Bootsschuppen?»

Sie mußten lange warten, bis die Antwort kam: «Na schön, Jong Jan.»

Was für eine Freude, sie umarmten sich und tanzten und lächelten und Zahnfleisch blitzte, es war wie ein Fest. Jong Jan brüllte: «Vygie, los ihr alle, holt Wein und Holz und Mrs. Bonds leckere braune Kekse mit der Marmeladenfüllung; und du, Klein Marsdon, bleibst hier und redest mit deinem Pa und machst ihm Beine, daß er schneller einläuft als der Wind.»

Doch als er die Tür hinter Mrs. Beg-rips Lamento schloß, ging ihm der Gedanke durch den Kopf: Was für ein armer Mann, der da nach Hause kommt, wer weiß, ob ich es täte. Aber er könnte sie ja auch an die Luft setzen oder mit Klein Marsdon irgendwo anders hingehen. Falls er es nach Hause schaffte, meinte er damit, denn der Wind begann, stärkere Peitschenhiebe auszuteilen, und schwarze Wolken drängten sich von Horizont zu Horizont, immer dichter.

Und so zog der Sturm herauf, bis Mondling, Lady Sarah, Irr-Minnaar, Jong Jan oder wer auch immer am Fenster vorbeischaute, um sich nach dem Stand der Dinge zu erkundigen, in der Küche der Beg-rips versammelt waren und Tee kochten und Dorothea Beg-rips Klageschreie zu überhören versuchten (selbst Irr-Minnaar konnte sie nicht mehr zum Schweigen bringen), während Klein Marsdon einen Sturm auf hoher See belauschte, durch den die winzige Stimme seines Vaters kaum hindurchdrang.

«...ich sehe Land, ich sehe die Landzunge, wenn der Regen aufreißt, sehe ich eure Lichter...»

«Lobet den Herrn», flüsterte Irr-Minnaar.

«Wenn er uns sehen kann, dann sehen wir ihn auch», sagte Mondling, kämpfte sich in sein Ölzeug und ging hinaus, um mitten in diesem Sturm am äußersten Ende der Pier Wache zu halten.

Dann wurde das Funkgerät so stumm, wie es der Augenblick nach einem großen Schmerz ist, und Klein Marsdon sagte: «Er ist tot. Mein Vater ist tot.»

Durch den Regen und die hereinbrechende Dunkelheit gingen Lady Sarah an Samuels Arm, Mondling allein, Irr-Minnaar mit ihrem nichtsnutzigen Trunkenbold, Jong Jan, Vygie Bond, die Brüder Kreef und alle anderen nach Hause, in ihren Herzen eine Schwere, wie man sie fühlt, wenn man jemanden verloren hat, der einem lieb war. Und Klein Marsdon? Klein Marsdon saß vor seinen Funkgeräten, bis er vor Kummer einschlief. Und seine Mutter? Sie murmelte und mümmelte von einem harten Grab am Fuß eines Hügels aus lauter Geröll.

Folgen wir in dieser Nacht eines traurigen Verlustes der Irr-Minnaar und dem Mann, den ich (wenig zuvorkommend, wie Sie denken mögen) den nichtsnutzigen Trunkenbold genannt habe. Folgen wir ihnen nach Hause, durch den Sand und die Flecken der Pelargoniensträucher, die purpurn und rot zwischen den Büscheln von stacheligem Dünengras blühen, das unter Irr-Minnaars Kleid dringt und sie in die Waden sticht, was sie an diesem Abend gar nicht spürt – nach Hause in die elende Baracke (man kann sie nicht anders beschreiben, denn sie besteht aus Wellblech, ohne Ziegelstein und Mörtel, ohne Lehm und einen Splitter Holz, und wird allmählich vom niemals schlafenden Rost verzehrt) gegenüber den Fischerhütten und hinter der schmalen Düne, die Mondlings Geheimnisse verbirgt.

Treten wir ein durch die Tür, die Irr-Minnaar mit einem Stoß ihrer Schulter öffnet, hinein in einen düsteren Raum, den der Geruch von hundert muffigen Jahren zweier Menschen erfüllt, die Zwiebeln und Knoblauch ausgeatmet, den Schweiß von Achselhöhlen und Käsefüßen verdunstet, in Fürzen alten Kohl und faulen Fisch von sich gelassen und die grauen Dämpfe des Sex in ein Volumen Luft verströmt haben, das in all der Zeit niemals ausgetauscht wurde. Versuchen wir, den stickigen Gestank auszuhalten, während sie mit einem Zündholz an der Petroleumlampe herumfummelt.

Nun seht im schwachen Licht das Chaos aus ungemachtem Bett (Mäntel und Segeltuch statt Laken und Decken, Säcke mit Wolle und Gras als Kissen) und altem Kombüsentisch, befleckt mit Rotweinringen und Essensresten; aus zerbeulten Zinntellern, in denen kalt und geliert die letzte Mahlzeit steht, und der haarlosen Zebrahaut, den Kleidern und Lumpen, den Kisten und Kästen, die den Boden bedecken; und aus all den Flaschen, Hunderten von grünen, vom Meer angespülten Flaschen, die in Haufen und Stapeln und überall verstreut liegen. Seht auch in der Ecke, wo das Licht verdämmert, das fette Huschen einer Ratte.

Wohl kaum das zuträglichste Quartier für eine Frau, die trotz der eigenartigen Vorlieben ihres Vormunds an den normalen Luxus eines bürgerlichen Lebens gewöhnt war; auch paßt es schlecht zum Bild der Irr-Minnaar, die ihre jüngere Schwester so liebreich durch Ehe, Schwangerschaft und Niederkunft geleitet hat. Aber es paßt zur späteren Minnaar, zu der Minnaar, die danach aus ihr wurde und die den Beinamen «Irr» gewiß verdiente. Was alles nur beweist, was für eine seltsame Macht die Liebe ist, denn hatte Irr-Minnaar es diesem nichtsnutzigen Trunkenbold nicht erlaubt, sie vom Fleck ihrer Landung weg an diesen Ort zu schleppen, und liebte er sie nicht mit seinem Fuselatem, bis ihr Körper sich auflöste und zerfloß in den wunderbarsten Strömungen von Lust, die alles aufwogen und noch mehr, ja, mehr, mehr, bitte, wer immer du auch bist.

Dies also ist das Geheimnis, das nicht ein-, nicht zwei-, sondern dreimal in jeder Nacht beschworen wurde und auch tagsüber, wenn sie Gelegenheit hatten, lobet den Herrn, ach, war es schön.

Aber sicher lebt die Liebe nicht vom Sex allein? Obwohl

sie ihn einen nichtsnutzigen Trunkenbold nannte, war mehr zwischen ihnen als eine bloße Leidenschaft des Fleisches. Denn wie das Feuer, verzehrt sich Leidenschaft endlich selbst; doch Irr-Minnaar und ihr nichtsnutziger Trunkenbold schienen das ewige Liebespaar zu sein.

Man darf auch nicht vergessen, daß es keine Geheimnisse vor Irr-Minnaar gab. Sie wußte alles: Gedanken, die fünf Meilen weit entfernt gedacht wurden, waren ihr so deutlich wie Worte aus einem Abstand von fünf Schritten. Anders als Dorothea, die Marsdon Beg-rip als Katze im Sack nehmen mußte, hatte Irr-Minnaar direkten Zugang zu den heimlichsten Gemächern in der Seele ihres Liebsten, und vielleicht fand sie dort etwas, eine tiefe Wunde, die er vor der Welt verbarg. Denn niemand wußte, wer dieser Mann war; seine Herkunft war so dunkel wie eine Abendwolke. Er war einfach der Mann, der eines Abends schlafend im Sumpfgras gefunden wurde, genauso wie eines Tages in der Lagune eine Leiche angetrieben worden war – Ereignisse, die eines wie das andere ohne Erklärung blieben.

«Der Himmel weiß, Hauptmann», sagte Lady Sarah, «daß er ein Mann mit einem schweren Schicksal war, den mehr, viel mehr innerlich auffraß als nur der Alkohol, und ich glaube, daß Irr-Minnaar es ebenfalls wußte, schon lange ehe sie die Lider aufschlug und ihn zum erstenmal sah, und daß sie vielleicht deshalb so zu ihm war, wie sie war. Wissen Sie, daß ich ihm einmal, in jenen schrecklichen, frühen Tagen meiner einsamen Spaziergänge, am Strand begegnet bin? Er schien mich lange nicht zu bemerken, so versunken war er in sein Wüten gegen den Himmel.

Und wissen Sie auch, Hauptmann, daß wir ohne seine Sucht, in jeder angetriebenen Flasche am Strand eine Botschaft zu entdecken, auch nie erfahren hätten, daß Sie hierherkommen würden?»

Sie lächelte triumphierend.

Hauptmann Nunes wandte seinen Blick von dem Augenpaar, das ihn verspottete, zum Fenster und hinaus aufs leere Meer. Das Boot war längst verschwunden, und die Köpfe des Seetangs begannen, in der auflaufenden Flut zu verschwinden. Auf dem Strand neben der Pier würden die Fischer nun dabeisein, den Fang dieses Tages zu reinigen. Wie gerne hätte er zugesehen, wie üblich etwas abseits von den silbrigen Leibern, damit ihm diejenigen, in denen noch ein Rest Leben steckte, nicht die Uniform mit Sand bespritzen konnten. Es lag etwas Befriedigendes, so fand er, in ihren Todeszuckungen. Ahh-Mann.

Widerwillig lenkte Nunes seine Gedanken zu Lady Sarah zurück. «Was wollen Sie damit sagen?» fragte er.

«Ich will sagen», antwortete Lady Sarah, «daß ein paar Tage nach den angeschwemmten Leichen Irr-Minnaars Mann eine Flasche an der Gezeitenlinie fand und darin eine Botschaft, die er leider in der Aufregung zerriß. Aber Finella, die sich ja den ganzen Tag, wie Sie wissen, mit nichts anderem als Puzzlespielen befaßt, legte die Fetzen so zusammen, daß Ihr Name dabei herauskam. Es gibt eben Dinge, Hauptmann, denen keiner von uns entrinnen kann.»

DREI

Der Übelste von allen

Jedes Auge im Dorf folgte Hauptmann Nunes von Lady Sarahs Tor über den sandigen Weg hinunter in den Geruch von Lammkoteletts und Spiegelei, seinem Mittagessen. Er ging ohne Eile, die dunklen Sonnengläser waren undurchdringlich, das Abzeichen auf seiner Mütze blinkte einen zufälligen Morsecode, und seine spinnenhaften Hände hingen fast unbewegt an ihm herab.

Doch hatte sich sein Gang verändert? Lag eine Spur von Frühling in seinem storchenhaften Schritt? Blickte er mit mehr Verständnis auf das Dorf? Würde es bei Fagmie Jabaar bald wieder Schokolade, Scherbett, Marmeladen, Büchsen mit Spaghetti in Tomatensauce, Bier aus der Stadt und Schuhwichse geben? Konnten sie endlich aufhören, ihren Reichtum unter den Bodenbrettern zu horten, die reichsten armen Schlucker dieser Welt, und es sich wieder gutgehen lassen? Konnten sie? Konnten sie?

Jede Frau, die durch den Spalt in ihrem Küchenvorhang spähte, jede Großmutter, die sich auf ihre Stalltür lehnte, jeder Fischer, der sich beim Abschuppen der Beute unterbrach, jeder einzelne von ihnen, von Augustin Shoote im Schatten des Kirchenportals bis zu Bootsmann Walbein und seiner lieblichen Finella, die die Hände zum Tischgebet verschränkten, alle fragten sie sich, ob ihr Leben sich nun ändern würde und was im Kopf des Hauptmanns vorging.

Jeder Tag brachte eine kleine Andeutung eines Wandels, es wurde eine Verfügung gemildert, eine Anordnung revidiert, doch der Augenblick, den sie ersehnten, kam nicht. Nichts am Verhalten des Hauptmanns änderte sich im geringsten, er war weder freundlicher noch unfreundlicher als vorher, er spielte weiterhin am Vormittag mit Mondling Dame, ging mittags zum Strand, um das Einlaufen der Boote zu beobachten, blieb den Nachmittag über im Haus und kam am frühen Abend vor dem Essen zu seinem üblichen Kontrollgang wieder zum Vorschein. Aber es änderte sich nichts.

Am dritten Tag beschlossen die Fischer, daß Jong Jan ein Wort mit Lady Sarah reden sollte.

«Einer muß es tun», sagte Vygie Bond, «wir müssen diese Blase aufstechen. Und du bist der älteste von uns.»

Natürlich war es keine angenehme Nachricht, die Jong Jan zurückbrachte. Die Fischer waren außer sich.

Warum nicht? Warum hatte sie vier Stunden mit dem Hauptmann geplaudert und ihm das vorenthalten, was am wichtigsten war? He, Jong Jan! Was bildet sie sich ein, mit welchem Recht hält sie uns fest in dieser Armut, diesem Elend? Für sie mag das ein Spaß sein, in ihrem Luxusnest, doch wenn sie nur eine einzige Nacht in einer unserer Hütten schlafen müßte, hätte sie es ihm längst erzählt. Geh noch mal hin, Jong Jan, und sag ihr, daß wir unglücklich sind.

«Verstehst du denn nicht, Jong Jan», sagte Lady Sarah, «daß ich mit unserem Geheimnis nicht einfach so herausplatzen kann? Wir haben ihm so viele Geschichten erzählt, daß er Fakten und Phantasie längst nicht mehr unterscheiden kann. Er muß die Wahrheit über uns erfahren, Jong Jan, und erst dann, wenn ich merke, daß die Zeit reif ist, werde ich es ihm sagen. Du hast mir vertraut, ihr alle habt mir vertraut, und ich werde euer Vertrauen nicht enttäuschen. Jetzt geh und sag ihnen das. Ich bin sicher, daß wir die Härten unseres Lebens noch ein wenig länger ertragen können. Ich bin sicher, daß ein Monat oder zwei noch nicht das Ende der Welt bedeuten.»

«Na schön, Jong Jan», sagte Vygie Bond, «wir geben ihr einen Monat. Aber dann ist Schluß, sag ihr das, dann ist das Ende der Fahnenstange erreicht. Wenn sie es ihm bis dahin nicht gesagt hat, dann werde ich es selbst tun.»

So schlurfte Jong Jan mit seinen Botschaften zwischen den Fischerhütten an der Lagune und der Villa über dem Whale Beach hin und her und verstand nicht ganz, wie gerade er zum Prügelknaben geworden war.

Nunes bemerkte Jong Jans Kommen und Gehen nicht; sein Kopf war voll von anderen Dingen. Er hegte tiefes Mißtrauen gegenüber Lady Sarah und ihren Motiven und konnte sich nicht entscheiden, ob er ihr Glauben schenken sollte oder nicht.

In diesem Leben, seufzte er, an den Kettenhund im Hinterhof gewandt, muß ein Mann entweder alles glauben oder gar nichts. Wenn man erst anfängt, aus diesem Müllhaufen die Körnchen der Wahrheit rauszupicken, dann paßt plötzlich nichts mehr zusammen. Es zerfällt in Stücke. Zerfressen bis ins Mark von Maden und Betrug. Ahh-Mann. Schau mich an, Hund, schau! Ein Streiter für Recht und Ordnung, ein Mann, der in Schwarz und Weiß, in Wahr und Falsch, in Gut und Böse denkt – verwirrt! Vollkommen verwirrt! Ahh-Mann. Wem soll ich glauben? Konnten mich diese Würmer wirklich belügen, die ich unter meinem Daumen hätte zerquetschen können? Haben nicht schon härtere Männer gepfiffen wie die Stare, wenn ich meine Schrauben anzog? H-ha! H-ha! Und doch soll ich nun glauben, daß dieses Mischlingspack gerissen und berechnend genug ist, um mich zu belügen. Ich kann es nicht glauben. Ahh-Mann, ich kann's nicht. Und doch – was hat Lady Sarah davon, mir diese Geschichten aufzutischen? Na, du Hund, was hat sie davon? Das ist das Problem, Hund. Ahh-Mann. Ich muß zu ihr gehen und sagen: «Na gut, meine liebe, gnädige Frau, was führen Sie eigentlich im Schilde?»

Trotz dieses Entschlusses ließ Nunes eine Woche verstreichen und schließlich vierzehn Tage, ehe er Lady Sarah seinen nächsten Besuch abstattete. Diese Woche peinigte die Herzen der Fischer, ging doch immer mehr kostbare Zeit bei den endlosen Damepartien verloren, die der Hauptmann mit Mondling spielte.

Doch nicht nur ihre Herzen wurden gepeinigt, sondern auch das Herz des Hauptmanns, denn er verlor Spiel auf Spiel.

«Sie sind nicht in Ihrer üblichen Form, Herr Hauptmann», sagte Mondling, als er Nunes ein weiteres Mal vom Brett fegte. «Sie machen es mir zu einfach. Kommen Sie, wir spielen noch eine Runde, ja?» Und er setzte die Steine wieder aufs Brett.

Auch in diesem Spiel wurde Nunes geschlagen. Jeder Zug, den er machte, rief ein mißbilligendes Schnalzen bei Mondling hervor, der aus seiner Spielstärke kein Hehl machte und eine Spur der Verwüstung auf dem Brett hinterließ. Nunes wurde wütend. Weniger auf seinen Gegner als auf eine schwellende Hitze in seinem Kopf, die es ihm unmöglich machte, auch nur die simpelsten Züge zu erkennen. Als ihm Mondling triumphierend den letzten Stein vom Brett nahm, schlug der Hauptmann vor Enttäuschung auf den Tisch.

«Genug, jetzt ist es genug!» schrie er.

Gelassen sammelte Mondling die Spielsteine vom Boden auf.

«Jawoll, Herr Hauptmann», sagte er, «es ist genug. Sie sind nicht ganz bei sich, wie man so sagt.» Er erhob sich. «Vielleicht fühlen Sie sich allein wohler.»

Nunes streckte seine Hand aus, um den alten Mann zurückzuhalten.

«Bleiben Sie», sagte er. «Wir können reden. Sie können mir von den Aufständen erzählen.»

«Ich kann Ihnen alles mögliche erzählen, Herr Hauptmann, aber sollten Sie nicht einmal reden?»

«Nein, nein. Wir haben alle unsere Probleme.»

«Männer mit Töchtern vor allem, Herr Hauptmann.»

Nunes ging mit einem Achselzucken über Mondlings Bemerkung hinweg.

«Mir sind Dinge erzählt worden», sagte er dann plötzlich, «von Lady Sarah, und ich frage mich, ob sie wahr sind.» Dann plötzlich wurde ihm klar, daß, wenn überhaupt irgend jemand, dieser seltsame Deutsche auf der anderen Seite des Tisches in der Lage sein mußte, ihre Erzählungen zu bestätigen. Die Hitze in seinem Kopf schien sich zu verflüchtigen. «Sie leben schon lange hier, Herr Mondling», sagte er. «Sie waren auch dabei, als Lady Sarah ankam, nicht wahr?»

Mondling nickte. «Ja, ich war am Strand.»

«Also stimmt die Sache mit dem Schiffbruch.»

«Ja. Aber wenn Sie mir mehr erzählen, werde ich die Lügen finden.»

Nunes erzählte alles, was er wußte, und als er fertig war, hatte Mondling keine Unwahrheit entdeckt.

«Es ist die Wahrheit», gab er zu, «aber Sie müssen sich vor dieser Frau in acht nehmen, Herr Hauptmann, sie ist falsch. Ich zum Beispiel will nichts zu schaffen haben mit dieser sogenannten Lady Sarah. Sie ist nicht, was Sie oder die anderen hier denken – aber es steht mir nicht zu, sie auszurichten, wie man so sagt. Jeder bei seinesgleichen.»

Mondling fingerte zwischen seinen Zähnen herum und grunzte vor Befriedigung, als er an einem Fingernagel einen bräunlichen Essensrest zum Vorschein brachte.

«Sie sind ein ganz anderes Kaliber, Herr Hauptmann, ganz anders als die Leute hier», fuhr er fort. «Wir beide, wir sind Fremdlinge hier, wir haben die Welt gesehen, wir wissen Bescheid. Und trotzdem haben wir uns noch nie unterhalten, Herr Hauptmann, Sie und ich, von Mann zu Mann, über die Welt und über uns. Sie sind mir so unbekannt, wie ich Ihnen unbekannt bin. Was ganz in Ordnung ist, jawoll.

Aber auch wieder nicht in Ordnung, weil es bedeutet,

daß wir nie Freunde sein können, daß da immer diese Distanz der Vergangenheit zwischen uns ist. Ich möchte, daß wir Freunde werden, Herr Hauptmann, aber das bedeutet, daß wir uns von der Vergangenheit freimachen müssen, was nicht einfach ist, vor allem deshalb nicht, weil es bei uns beiden Augenblicke gibt, von denen andere besser nichts wissen sollten. Habe ich nicht recht? Aber es gibt keine Freundschaft ohne Vertrauen, und es gibt kein Vertrauen ohne Offenheit, darin stimmen Sie mir sicher zu. Also möchte ich ein wenig von mir erzählen, wenn Sie es hören wollen.»

Nunes hob den Arm zu einer gewährenden Geste.

«In Ordnung. Diese Sache mit den Aufständen, Sie haben bestimmt in den Geschichtsbüchern davon gelesen, aber dort steht es nicht so drin, wie es war. Dort hat es immer einen Blickwinkel, den Blickwinkel von jemandem, der etwas beweisen will. Ich will nichts beweisen, ich erzähle Ihnen einfach nur, was ich selbst gesehen und erlebt habe.

Gut, fangen wir an. Da war ein Mann namens Samuel Maharero, der Anführer der Herero-Stämme, die in Deutsch-Südwest viel Ärger gemacht hatten, die deutschen Siedler getötet, ihre Frauen und Töchter geschändet, den Männern die Geschlechtsteile abgeschnitten und viele solcher Untaten mehr.

Nachdem er all dieses Chaos angerichtet hat, zieht sich Maharero mit seinen Männern, Frauen, Kindern, Ziegen, Rinderherden, Hunden, den Alten, den Kranken, mit seiner ganzen Nation in die Onjati-Hügel zurück, ehe ihm die Schutztruppe eine Lektion erteilen kann. Das erzeugt natürlich eine Menge Gemähre und Gemurmel beim Herrenvolk, denn das paßt ihnen gar nicht. Sie haben's dick bis hier, rundum ein Schlachthaus und nichts als Quasseln, Quasseln, Quasseln mit den Häuptlingen, denn wo führt das hin? Zu gar nichts führt es. Immer noch sind diese Schweinehunde am Plündern und am Brandschatzen, was soll es da für einen Sinn haben, mit ihnen zu reden, fragen sie sich.

All dieses Murren findet seinen Weg bis rauf zum Ohr des Kaisers, und plötzlich gibt es einen Umschwung in der deutschen Politik. Mir scheint, die Zeit ist reif, diesen schwarzen Teufeln eine Lektion zu erteilen, spricht Kaiser Wilhelm. Und der Lehrer, der diese Lektion geben soll, ist General Lothar von Trotha, ein guter Mann, ein guter und aufrechter Mann mit unbeugsamen christlichen Prinzipien.

Das war ein Kerl! Das war ein Soldat! Er wußte, was er tat. Man merkte es von dem Augenblick an, als er das Kommando übernahm. Nichts mehr von diesem abwiegelnden Gequassel, keine Rede davon, daß wir lernen müssen, miteinander auszukommen und von ähnlichem Unfug. Statt dessen: Wir müssen ihnen eine Lektion erteilen, und wenn sie nicht lernen wollen, dann wird der Abschaum ausgemerzt.

Das ist die Sprache, die der Kaiser und die Siedler hören wollten. Sie wollten hören, daß dem großen General der Schutztruppe ihr Wohlergehen am Herzen liegt. Als er zu den Eingeborenen sagte: Schluß mit diesem Morden und Nasenabschneiden und Stehlen, da freuten sich die Siedler und sagten, jawoll, Lothar, so ist es recht, zeig ihnen, was eine Harke ist, diesen nichtsnutzigen Hottentottenhunden. Also sagte Lothar: Ihr müßt das Land verlassen, ihr schwarzen Strolche, ihr habt gehört, was die weißen Siedler wollen, ihr habt meinen Befehl gehört, nun also geht, oder ich werde mit dem großen Rohr euch dazu zwingen. Und die Weiber und Kinder sollen nicht zu mir kommen und greinen wegen ihrer bösen Männer und Väter, die Krieg führen und Unglück über alle Häupter bringen, denn mit Heulsusen will ich nichts zu schaffen haben: Ich lasse auf sie schießen, oder wir treiben sie mit dem Sjambok in die Wüste. Dies sind meine Worte an das schwarze Volk.

Als ich diese Worte hörte, sagte ich mir: ‹Das ist mein

Mann – wo kann ich der Schutztruppe beitreten?› Sie müssen wissen, Herr Hauptmann, daß ich mit den Hereros wohlvertraut war, und deshalb wußte ich, wie recht der General hatte, denn das waren keine angenehmen Zeitgenossen, sondern Betrüger, Lügner, Viehdiebe, Kaffern ohne jede Gottesfurcht, die Übelsten von allen.

So kam es, daß ich dabei war, unter Major Estorff mit seinen fünfhundert Männern am Lauf des Omuramba-u-Omataka-Flusses, als wir ihnen die göttliche Züchtigung erteilten. Um dorthin zu kommen, marschieren wir viele Tage lang südwärts durch dieses dichte Dornengestrüpp, das so scharf ist wie der Stacheldraht der Schafzüchter, bis die Männer so zerkratzt und blutig sind, als hätten sie schon eine Schlacht geschlagen. Was uns nur noch mehr in Wallung bringt. Endlich sehen wir die Staubwolken über den Okambukauandja-Bergen, und wir wissen, Samuel Maharero ist noch dort. Die Sonne geht unter, und der Schweiß des Tages wird wie Eis. ‹Ihr Männer›, sagt Major Estorff, und er meint die Abteilung, zu der ich gehöre, ‹geht näher ran und erkundet, was da los ist.›

Und wir ziehen los, obwohl wir zum Umfallen müde sind, aber in unseren Herzen brodelt so viel Zorn, daß wir die Kraft finden weiterzumarschieren, bis wir, um Gottes willen, plötzlich im Busch um uns her so viele Sterne sehen wie oben am Himmel. Einer von uns klettert auf einen Baum, um sich umzuschauen, und zum Donner, wir sind mitten unter unsere Feinde marschiert. Schon zieht im Osten das erste schwache Licht herauf, und überall um uns herum sind Stimmen und Lagerfeuer. Wenn sie uns schnappen, dann Mahlzeit, dann servieren sie uns unsere Genitalien zum Frühstück.

Aber da kam mir ein Einfall, denn wie gesagt, ich war mit diesen Leuten wohlvertraut. Sie müssen wissen, Herr Hauptmann, daß sie eine Sterbensangst vor Geistern hatten, und daher stand fest, daß sie die Lagerfeuer nicht verlassen würden, ehe nicht der letzte Schatten der Nacht verschwunden wäre. Kein Grund zur Beunruhigung, sage ich den Männern, wir werden einfach mittendurch marschieren wie Geister. Klar, die Männer sind nicht besonders glücklich, aber was bleibt uns anderes übrig, als Geister mit dem Finger am Abzug zu sein?

Ja, ich muß heute noch lachen, wenn ich daran denke. Da sind wir mitten zwischen Samuel Mahareros Leuten und nicht ein Mann erhebt seinen Wurfspeer gegen uns. Wenn wir fünfhundert gewesen wären, hätten wir sie auslöschen können wie nichts, einfach pffft. Aber wenn wir irgend etwas anderes gewesen wären als Geister, dann hätten sie uns die Därme aus dem Leib gezerrt.

Und dann, als wir fast schon einen Hügel voller Kaktusdickicht erreicht haben, außerhalb ihres Lagers, sehe ich diese Horde auf uns zukommen, angeführt von einem Kaffer, den ich aus der Zeit kenne, als ich Elefanten jagte. Damals war er kein böser Kaffer, und er konnte die Schlafkrankheit heilen.

‹Das ist nahe genug, Kaffer›, flüstere ich, so leise ich kann, ‹wir beide haben einen Pakt, und jetzt ist nicht die Zeit, die Rechnung aufzumachen.› Zu meinem Kommandanten sage ich: ‹Lassen Sie mich zu dem Kaffer hingehen und mit ihm reden. Wir kennen uns aus dem Sumpfland.› Aber noch ehe ich zehn Schritte weit gekommen bin, lüftet dieser Kaffer schon den hohen Hut, den er aufhat, und grinst mich breit an. Und als nächstes dreht er sich mit allen seinen Männern um, und sie verschwinden im Busch. Mein Kommandant ist sehr erstaunt und meint, ich müsse ihm mal erzählen, wie ich diesen Kaffer gekennengelernt habe. Aber wie das Leben so spielt, es kommt nicht mehr dazu, denn drei Wochen später, mitten im Kampfgetümmel, finden wir ihn tot, ganz blau im Gesicht, die Hoden in die Backen gestopft, sein Penis ist auch nicht mehr dran.

Sie kennen bestimmt die Redensart, wonach der Krieg hauptsächlich aus langen Kartenspielen besteht, während man darauf wartet, daß was passiert, und wenn dann was passiert, hat man nur noch Angst. Genauso war's dann auch. Drei Wochen lang saßen wir bei den Karten, bis sie so schmutzig waren, daß wir Pik und Herz kaum noch unterscheiden konnten. Die ganze Zeit über sahen wir den Feind oben auf seiner Warft, wie er die Herden versorgt, wie er in der Sonne Pfeife raucht und wie er Bier trinkt, als stünde alles zum besten mit der Welt. Wieder und wieder frage ich mich, warum greift von Trotha jetzt nicht an, dann wäre alles überstanden. Aber nein, er wartet und wartet und wartet, bis drei Wochen verstrichen sind. Und dann, an einem strahlenden Morgen, blinkt uns der Heliograph von einem Hügel weit im Norden zu, daß die Zeit gekommen ist.

Den ganzen Tag und die ganze Nacht durch schießen die Kanonen, und als wir am nächsten Morgen in das Lager eindringen, sehen wir überall nur noch Zerstörung, ein Blutbad, überall Tote, Verstümmelte, Sterbende, Männer ohne Köpfe, hier die Brust einer Frau, dort ein fetter Hintern, überall Gemetzel und Vernichtung. Niemals habe ich so etwas gesehen, nie habe ich solche Schreie gehört.

Und doch, Herr Hauptmann, war das noch nicht das Schlimmste. O nein. Sie dürfen nicht vergessen, daß wir Blut schmecken wollten, daß wir etwas heimzuzahlen hatten – Vergewaltigungen, Morde, Diebstahl, Folter. Und nun schmeckten wir das Blut.»

Während des langen Schweigens, das auf Mondlings Enthüllung folgte, blickte Nunes voll Neid auf diesen seltsamen alten Mann. Ahh, jene Zeiten miterlebt zu haben, als die Fronten klar waren, als es nur Europäer und Kaffern gab und ein wildes Land. Ahh-Mann. Um wie vieles einfacher.

Laut sagte er: «Sie sind ein glücklicher Mann, Herr Mondling, Sie haben heroische Zeiten erlebt. Sie hatten ein gutes Leben.»

Die Stimme des Hauptmanns holte den alten Mann abrupt auf die Veranda zurück. Etwas wie Grauen blitzte für einen Augenblick durch den milchigen Schleier, der auf seinen Augen lag, doch es verschwand so schnell, wie es gekommen war.

«Wie Sie bestimmt wissen, Herr Hauptmann», sagte er mit müder Stimme, «gibt es nichts auf dieser Welt, das nicht seinen Preis hätte. Und für dieses gute Leben, wie Sie sich ausdrücken, habe ich meinen Preis bezahlt.»

Damit stand er auf, noch immer ein stattlicher Mann, auch wenn er jetzt gebeugt ging, verabschiedete sich mit einem Nicken und tastete sich, das Gesicht vom Rheumaschmerz verzerrt, Stufe um Stufe von der Veranda auf die Straße hinunter. Nunes blickte ihm nach, wie er über die staubige Straße zu dem Haus hinter dem hohen Zaun humpelte, in das weder der Hauptmann noch sonst ein Dorfbewohner je den Fuß gesetzt hatte, seit es von einer früheren Generation errichtet worden war.

Nach allen Berichten war Mondling vor vielen, vielen Jahren mit der frühesten Dämmerung, da selbst die Hunde noch schliefen, in der Siedlung aufgetaucht. Eines Morgens stand er da, am Ende der Pier, breitbeinig, die Arme angewinkelt, eine Art Revolver im Gürtel, und brüllte in eine Flüstertüte. An einem Poller festgemacht lag ein etwa dreißig Fuß langer Kutter, wie ihn hier noch keiner gesehen hatte; viele fragten sich, wie er sich wohl über Wasser hielt, geschweige denn steuern ließ, so topplastig sah er aus mit dem genau mittschiffs aufs Deck gepflanzten Ruderhaus und den Bullaugen an beiden Seiten, hinter denen sich ein geräumiger Frachtraum verbarg. Doch die Bullaugen waren geschwärzt, und als kleine Kinder versuchten, den Teer von den salzigen Scheiben abzukratzen, um die allgemeine Neugier zu befriedigen, wurden sie mit einer solchen Wildheit davongejagt, mit Armen, die fuchtelten, als führten sie Schwerter, daß sie in heller Panik flohen – einige sprangen sogar in die Lagune, um der Wut des Wahnsinnigen zu entkommen – und erst haltmachten, als sie sich hinter den Schürzen ihrer Mütter in Sicherheit gebracht hatten. Viel hatten die Kinder nicht gesehen, aber zumindest eines hatte genug gesehen, um die merkwürdigsten Gerüchte in Umlauf zu setzen.

Es waren erst Minuten vergangen, seit die Stimme mit dem deutschen Akzent das Dorf aus den Betten gescheucht hatte, als Käpt'n Walbein (der Vater des Bootsmanns und seines Zeichens Dorfältester) sich schon genötigt sah, dem bärengleichen Neuankömmling ein Stück Land zu verkaufen. Mondling verschwendete keinen Augenblick an den Gedanken, daß er nicht willkommen sein könnte. Immerhin war dies ein freies Land, in dem sich ein Mann niederlassen konnte, wo es ihm beliebte. Da Mondling ungern etwas zweimal sagte, wurde dem arglosen Käpt'n Walbein gleich noch unmißverständlich klargemacht, daß der Käufer nicht nur ein Stück Land, sondern auch den Bau eines Hauses an eben der Stelle begehrte, die er noch im Laufe dieses Vormittags bestimmen würde. Für diesen Dienst war Mondling bereit, in barer Münze zu zahlen – einer Münze, die Käpt'n Walbein noch nie in seinem Leben gesehen hatte.

«Gutes Geld», bekräftigte Mondling. «In Ordnung?»

«Je nun», zögerte Walbein und warf einen Blick über seine Schulter, um anzudeuten, daß er es schicklich fände, die Fischer um Zustimmung zu bitten.

«Also abgemacht», sagte Mondling. «Und jetzt entschuldigen Sie mich bitte. Es war eine lange Reise.» Damit verschwand er in der Ladebucht seines Kutters.

Überflüssig zu erwähnen, daß die Boote an diesem Morgen nicht ausliefen. Statt dessen versammelte sich alles am Ende der Pier und spekulierte über diesen düsteren Ankömmling, der, wie einige meinten, nur vom Teufel hergeleitet worden sein konnte. Wie sonst hätte er die Passage zwischen den felsigen Zähnen der Laguneneinfahrt gemeistert? Der Herr sei uns Sündern gnädig, bekreuzigten sie sich, denn wenn der Teufel eine Kerze für diesen Mann angezündet hatte, dann war er selbst vielleicht auch ein gefallener Engel, der ausgesandt war, arme Seelen zu fangen. Was einen kleinen Jungen mit gespitzten Ohren, der durch eines der verkrusteten Bullaugen mehr gesehen hatte, als er sollte, an die eisernen Käfige erinnerte, in denen die Ziegenhirten Schakale und Erdferkel fingen. Wenn Käfige dazu gebraucht wurden, böse Tiere einzufangen, dann konnte man sie vielleicht auch verwenden, um armen Seelen nachzustellen. War's das nicht gewesen, was er gesehen hatte? Und wenn es so war – sollte er es nicht erzählen? Aber die Worte, die er in das Ohr seiner Mutter flüsterte, brachten ihm nur einen erschrockenen Blick und eine schallende Ohrfeige ein.

Dennoch verbreitete sich seine Geschichte rascher unter den Versammelten, als sich ein Hai durch eine Vierzig-Pfund-Keule beißt. Und da war nicht ein Herz, das nicht fröstelte, denn sie alle waren doch Sünder auf die eine oder andere Weise, alle der einen oder anderen Leichtfertigkeit schuldig. Jong Jan, der damals noch sehr jung war, noch keine zwanzig Jahre, dachte daran, was er mit den Ziegen des Ziegenhirten angestellt hatte; die junge Mrs. Bond erinnerte sich an eine Gelegenheit mit dem älteren Matie Kreef, als sie eines Nachts beide zuviel Dagga geraucht und es sich unter den Netzen gemütlich gemacht hatten; und Matie Kreef dachte an die verwitwete Mrs. Beg-rip im Bade, an das dampfende Wasser, das zwischen ihren zarten Brüsten herablief, und an die seifigen Bäche, die sich durch ihren Busch fingerten wie die auflaufende Flut durch den Seetang; und Käpt'n Walbein erinnerte sich, wie er seine Frau betrogen hatte; und alle kramten in ihrem Gedächtnis nach Dingen, die sie gestohlen oder begehrt hatten, und manche gar hatten nichts Eiligeres zu tun, als nach Hause zu laufen und die Götzenbilder zu zerschlagen, an die sie sich um Hilfe wandten, wenn der Regen oder die Makrelenschwärme ausblieben.

Gerade als ein Teil der Versammelten abzuwandern begann, um das Mittagessen zu kochen, flog die Tür des Ruderhauses auf und der Fremde sprang auf die Pier.

«Daß mir keiner auf den Gedanken kommt, hier herumzuschnüffeln, sonst bekommt ihr meine Faust zu spüren, und eure Ärsche werden meinen Sjambok schmecken, jawoll», brüllte er und fuchtelte mit Faust und Peitsche herum; dann kam er mit der Miene eines wütenden Marders über die Planken geschnürt, so daß die Fischer auseinanderstoben wie ein Möwenschwarm.

«Wo ist der Käpt'n? Schaff mir Käpt'n Walbein her, Hottentottenkaffer», schrie er Joseph an. Und der arme Joseph, der an der Seite seiner Maria gesessen hatte, sprang hoch vor Schreck und stolperte und überschlug sich, als er losraste, um Walbein zu holen.

Zusammen marschierten Mondling und der Käpt'n durch das ganze Dorf, hinunter zum Strand, wo später Lady Sarahs Haus errichtet wurde, und zwischen den Hütten hindurch und am Ufer der Lagune entlang, bis sie fast die halbe Strecke zu dem Ziegenhirten zurückgelegt hatten; und als nächstes schritt er ein Grundstück unterhalb des Hügels ab, und endlich entschied er sich für einen Flecken zwischen den Dünen, von dem aus er alles sehen konnte, ohne selbst gesehen zu werden.

«Das ist gut, jawoll», sagte er. «Sagen Sie Ihren Arbeitern, daß sie hier anfangen sollen», wobei er vier rote Fahnen in den Sand rammte.

Und an dieser Stelle schufteten die Männer viele Tage lang, während Mondling, für sie der fleischgewordene Satan (denn hatten sie nicht das Knirschen von Zähnen aus seiner Kajüte gehört? Waren es nicht die dumpfen Schläge und das Klopfen einer gepeinigten Seele, die in stillen Nächten, wenn kein Geräusch zu verbergen war, an ihre Ohren drangen?), immerwach auf der Düne saß und sie beobachtete.

Rette unsere Seelen, beteten die Dorfbewohner am Morgen, am Mittag und am Abend, in der Kirche und zu

Hause, und mit Augen, die schärfer waren als der Blick des Steppenadlers, inspizierten sie, was an Bord des Kutters gebracht wurde und was wieder außenbords landete, denn körperlose Seelen essen nicht und scheißen nicht. In all der Zeit nahm Mondling nie mehr an Bord, als eine Person zum Essen brauchte, und der Topf, den er allmorgendlich in die Lagune kippte, enthielt niemals mehr Kot, als ein Darm entleeren konnte. Und doch hatten sie so gewiß, wie Gott allmächtig ist, das Klopfen und die Schläge und das Zähneknirschen vernommen, und manchmal ein Heulen, das einsamer war als das Heulen eines Schakals vor Sonnenaufgang und weidwunder als ein sterbender Pinguin, ein Heulen, das ihnen eine Gänsehaut über den Rücken jagte und schlafende Babies weinen ließ.

Herr, sei uns gnädig, beteten sie, wir haben eine Schlange an unsere Brust gelegt. Und dennoch arbeiteten sie vom Morgengrauen bis zum Sonnenuntergang an seinem Haus, zwar nicht mit dem Herzen bei der Sache, doch von einem treibenden Gedanken beseelt: fertig zu werden, es hinter sich zu lassen, selbst wenn jeder Ziegelstein, den sie vermauerten, in der Hölle gebrannt war.

Und als sie das Haus fertig hatten, war es nichts, worauf sie stolz sein konnten: ein schlichter Bau mit kleinen Fenstern, düsteren Zimmern, einem tiefen Keller mit Gittertüren und einem mannshohen Zaun rund um den Hinterhof – aber es hatte auch keiner dem Ganzen seine persönliche Note geben wollen.

Mondling mußte seine Siebensachen in einer Nacht ins Haus geschafft haben, die so finster war wie jene, die ihn hergeführt hatte. Niemand hörte, wie er die Truhen und Kisten vom Kutter zum Haus schleifte, obwohl einige später Stein und Bein schworen, das Klirren von Ketten und ein gepreßtes Atmen gehört zu haben. Als das Dorf erwachte, waren an allen Fenstern des Hauses die Vorhänge zugezogen, und die verkrusteten Bullaugen des Kutters gaben den Blick frei auf einen leeren Laderaum.

Erst ängstlich, doch dann, als kein Lebenszeichen von ihm zu bemerken war, mit raschem Mut wagten sich einige Fischer nach unten und entdeckten Löcher, wo der Käfig in den Boden eingelassen gewesen war, und Kratzspuren auf den Planken, die nur von einer verlorenen Seele stammen konnten. Und überall war ein Geruch, stark wie der Geruch Betrunkener, die im Bootshaus übernachten, ein Geruch nach Schweiß und fauligem Atem und der Gestank von Durchfall.

Mehr hatten sie nicht entdeckt, als er brüllend hereinplatzte. «Raus mit euch, Abschaum, Schweinehunde, Schreckenplage, raus wie der Blitz, verduftet, raus, raus, raus!»

Ein paar Augenblicke später sprang donnernd die massige Maschine an, und der Kutter schäumte in die Mitte der Lagune, wo Mondling den Anker fallen ließ, alle Bodenventile öffnete und sein Boot vor den verblüfften Augen des ganzen Dorfes versenkte. Noch heute dient das Dach des Ruderhauses bei Niedrigwasser den Möwen und Kormoranen als Ruheplatz.

Wie ein pflichtbewußter Kapitän verließ Mondling sein Schiff erst, als es auf dem Schlick aufgesetzt hatte; dann schwamm er langsam ans Ufer.

So sehr sie es auch versuchten, es gelang den Fischern nicht, mit Mondlings Nachbarschaft am Rande ihrer Siedlung ins reine zu kommen. Das Schreien, Jaulen, Kreischen, Weinen, Stöhnen, Klagen, die mahlenden Geräusche, das Schluchzen und das Heulen zu allen Stunden der Nacht hätten ausgereicht, um selbst die Toten um ihren Schlaf zu bringen. Aber niemand war vorwitzig genug, um nach der Ursache zu forschen. Mit Ausnahme der Kinder.

Ängstlich, doch von Neugierde übermannt, buddelten sie sich eines Tages unter dem Zaun hindurch, um mit eigenen Augen das verdammte Wesen zu sehen. Nicht genug der elterlichen Schilderungen eines nackten Körpers, der gepeinigt wurde von Dämonen mit rotglühenden Messern und Zinken – das ging in ihre nächtlichen Alpträume ein, aber sehen, sehen wollten sie die Wirklichkeit. Und die bekamen sie zu sehen, unverhüllt.

Zu einem Teil wurden ihre Alpträume bestätigt, denn als der erste kleine Junge in Mondlings Hinterhof durch die Oberfläche brach und seine Laterne hochhielt, starrte er in das Gesicht eines Mädchens, das nackt war, am ganzen Körper von Fell bedeckt, dessen Lefzen sich über Wolfszähnen kräuselten, das vier Zitzen auf der Brust hatte und Klauen statt Fingernägeln, sich wie ein Tier bewegte und schlimmer stank als ein Schakal.

Und das war's, das war genug, um die Maulwürfe zur Besinnung und auf die andere Seite des Zauns zu bringen, sie hatten das Loch schneller wieder zugeschaufelt, als es ausgehoben war, so groß war ihre Angst, das Monstrum könne entkommen. Natürlich wollte ihnen keiner Glauben schenken. Jedenfalls nicht, ehe die Männer nach einem harten Tag des Makrelenfischens in ihren Kojen lagen und die Kinder sich nach einer satten Tracht Prügel in den Schlaf geheult hatten und die Frauen ihre Stoßgebete an den Allmächtigen losgeworden waren, Herr, was ist das für ein Mensch, der ein Wolfsmädchen in seinem Hof in Ketten hält, bis ihre Seele in die ewige Verdammnis eingeht, Herr, was sollen wir tun? Was sollen wir tun? Und Jong Jans Vater, der alte Jan, der in Zeiten der Gefahr stets die Führung übernahm, sagte: «Wir werden beim ersten Licht des Tages hingehen und selbst nachsehen und dann entscheiden, was, wenn überhaupt etwas, zu tun ist.»

Im ersten Licht der Morgendämmerung war von dem Wolfsmädchen nichts mehr zu sehen, aber ganz offensichtlich hielt Mondling irgendein Tier: wozu sonst die Knochen und die halbvolle Schale mit Blut? Also gingen sie in der darauffolgenden Nacht wieder hin, und da kam sie auf allen vieren aus dem Keller gekrochen, gefesselt an eine lange Kette.

Gott sei uns gnädig was ist das es ist nicht Frau und nicht

Tier und Zitzen genug um einen ganzen Wurf zu säugen und Haare wie eine Ziege beim Barte Moses' des Propheten was ist los mit der Welt?

Also stimmte es, hier in seinem Hinterhof, im Hinterhof des Dorfes sozusagen, hielt Mondling ein fremdartiges Lebewesen, das nicht das eine noch das andere war und was, was sollten sie tun? Für Tage und Wochen saßen sie murmelnd beisammen, bis Käpt'n Walbein davon Wind bekam.

«Was soll das heißen? Ich kann es nicht glauben.»

«Aber Ihr müßt es glauben, Käpt'n, vier von uns haben es gesehen, ein Wolfsmädchen in Lebensgröße, gekettet an einen Pflock.»

Mit einem Feuer, das keiner mehr an dem alten Seebären bemerkt hatte, seit seine Frau gestorben war, stürmte er los, um Mondling zur Rede zu stellen. Was für ein Spektakel, ein Krawall, bei dem die Fetzen flogen, aber heraus kam dabei nichts. Mondling blieb uneinsichtig.

«Dieses Mädchen ist ein Tier, ein schlechter Scherz des Teufels, sie mag da draußen verrotten. Ich werde keinen Finger für sie krümmen, abgesehen von den Knochen, die ich ihr abends zum Fressen vorwerfe.»

Was Käpt'n Walbein keineswegs genügte.

«Kein menschliches Wesen, und sei es der gefährlichste, tobende Irre, verdient eine solche Behandlung, und wenn Sie meinen, daß wir Ihrer Brutalität tatenlos zusehen, dann werden Sie sich wundern, Herr Mondling. Dann werden wir Sie... wir werden Sie aus dem Dorf jagen!»

«Papperlapapp, Käpt'n, womit denn? Sie und die Truppen der Königin wahrscheinlich! Das ist doch einfach lächerlich. Aber kommen Sie, kommen Sie mit und schauen Sie sich die kleine Schönheit an, die Sie so philanthropisch stimmt. Sie werden schon sehen, was für ein sinnloses Geschrei darum gemacht wird.»

So gingen sie nach draußen, und der philanthropische Käpt'n Walbein wurde kleinlaut angesichts der Kreatur, die mitten im Hof in ihrer Falle saß, Angst im Blick.

Die Geschichte, wie dieses arme Mädchen in die Welt kam, ist eine Geschichte von Liebe und von aufgesetzten Hörnern und Betrug und endlich, was schon sonst, vom Tod.

Einige Zeit nach den Aufständen geschah es Mondling, daß er sich verliebte, ganz wunderbar und unumstößlich und mit jedem Atemzug verschossener. Das kostbare Objekt seiner Schwärmerei war eine junge, siebzehnjährige Waise, die bei ihrer Großmutter in der Posthalterei jenes Hafenstädtchens lebte, dessen oberster und einziger Gesetzeshüter Mondling war.

Der nicht mehr ganz junge Polizist – aber wie alt ist «alt» in Mondlings Leben? –, der für die Frauen und die Liebe nur Verachtung übriggehabt hatte, verlor plötzlich alle Orientierung in einem Irrgarten aus Gefühlen, die ihn so sehr erschreckten wie erregten. Daß die Ursache seines emotionalen Aufruhrs vom Alter her seine Tochter sein konnte, kam ihm nicht in den Sinn; er wußte nur, wann immer das Mädchen in sein Haus kam, um die Wäsche abzuholen, oder wann immer er sie beim Miesmuschelsammeln zwischen den Felsen sah, den Rock über einer Handbreit seidiger Schenkel gerafft, daß er sie haben wollte, daß ihn ein gebieterisches Verlangen erfüllte, ihren Körper und ihre Seele zu besitzen.

Also begann er, auf seine unbeholfene Art um Meisie Koekemoer zu werben, was während der ersten, quälenden drei Monate bedeutete, sich mit endlosen Besuchen bei Oma Koekemoer einzuschmeicheln, während sein Augenstern unbeaufsichtigt am Strand und, pfui Teufel, zwischen den Dünen herumlief, wo, wie er wohl wußte, auch andere Blüten als Pelargonien gebrochen wurden.

Gleichviel. Wie das Leben oft spielt, kam Oma Koekemoers ungeduldige Erwartung dessen, was ihr als Chance zum guten Leben erschien, Mondlings Werbungen zuvor und plazierte die beiden – lange ehe es der Freier über sich brachte, seine ehrenhaften Absichten zu erklären – nach dem Abendessen Seite an Seite auf dem Sofa, worauf sie eine Kerze entzündete und aus dem Zimmer rauschte, nicht ohne Mondling darauf hingewiesen zu haben, daß er sich tunlichst auf der anderen Seite der Haustür befinden solle, sobald die Kerze niedergebrannt sei. Einhundertdreiundzwanzig Kerzen später brachte Mondling seinen Antrag über die Lippen, den Oma Koekemoer als gesetzlicher Vormund umgehend akzeptierte, und drei Aufgebotssonntage später wurde Meisie seine Gemahlin.

Was sie selbst von diesem Arrangement hielt, ist schwer zu ergründen, obwohl ihr späteres Verhalten die Vermutung nahelegt, daß sie die ehelichen Bande mit einem gewissen Unwillen auf sich nahm. Es wurden nie viele Worte darüber verloren, aber offensichtlich betrachtete es die Großmutter als persönlichen Triumph, der Verantwortung für das Kind ledig geworden zu sein. Was die weitere Vermutung nahelegt, daß Meisie kein Kind von Traurigkeit war und es wahrscheinlich nie besonderer Mühe wert gefunden hatte, um die Unverletztheit jenes dünnen Häutchens besorgt zu sein, das als erster zu durchstoßen Mondling für sein besonderes Vorrecht gehalten hatte.

Vieles von dem, was folgen sollte, läßt sich erklären, wenn diese beiden Vermutungen zutreffen: Lebensfreude auf der einen Seite im Verein mit heftiger Eifersucht auf der anderen bieten wenig Gewähr für eheliches Glück, und so war es kein Wunder, daß sich Meisie binnen sechs Monaten als Gefangene in ihrem eigenen Haus wiederfand – sehr zum Wohlgefallen ihrer Oma.

Eingesperrt und von gesellschaftlichen Kontakten, insbesondere mit Männern, isoliert, erschien das bleiche Antlitz von Meisie Mondling, geborene Koekemoer, tagtäglich stundenlang hinter dem schmalen Vorderfenster, das einen Blick auf die Straße und den entfernten Hafen gestattete. Es muß auch dieses Fenster gewesen sein, durch welches Meisie nach dreijähriger, noch immer kinderloser Ehe eines Tages den Mann erblickte, der ihrem Herzen das antat, was sie an Mondlings Herz verschuldet hatte.

Hätte Mondling sich nicht um eine Stufe besser gedünkt als jene, deren Polizist er war, so wäre Meisies Liebe wahrscheinlich ewig unerfüllt geblieben. Aber nein, ihr Herr und Meister begehrte einen Garten, obwohl es keine Erde dafür gab, nur Meersand, und obwohl nur die unverwüstlichsten Kakteen und Sträucher den Elementen ein knappes Überleben abtrotzten. Und wen engagierte er als Gärtner, wenn nicht jenen Tagedieb, der der Mann von Meisies Träumen werden sollte? Ein Mann, den er schon mehrfach wegen Ruhestörung in besoffenem Zustand hinter Gitter gebracht hatte, und der hellhäutigste Kaffer, der ihm je begegnet war. Freilich hatte ihn dieser weiße Kaffer auch mit schönen Worten kirre gemacht. «Ungelogen, Boss, ich hab das grünste Händchen in der Wüste, büschelweise zieht's Tomaten, Kürbisse und Blüten aller Sorten aus dem Sand...»

So legte sich Mondling einen Gärtner zu, und Meisie glitt von Fenster zu Fenster, während sie seine Runden auf der Sandbahn um das Haus verfolgte. Wenn er sich einmal aufrichtete, um sich den Schweiß von der Stirn zu wischen, begegnete er ihrem Blick und lächelte, ja lachte vielleicht sogar, wenn sie hastig die Vorhänge über seiner Unverfrorenheit zusammenzog. Denn er wußte genau, daß sie ihn durch einen schmalen Schlitz auch weiterhin beobachtete, die junge Missus, die nie den Fuß ins Freie setzte. Vielleicht beschloß er deshalb, sie zu verführen – nicht ahnend, daß er eine offene Tür einrannte. Jedenfalls ergriff er die Initiative, und binnen weniger Tage war die Freundschaft hergestellt. Zuerst klopfte er nur an die Hintertür, um sich einen Becher Wasser und eine Scheibe Brot mit etwas Marmelade zu erbitten. Am nächsten Tag servierte ihm Meisie Tee und eine Mittagsmahlzeit, und den darauffolgenden Nachmittag schloß er bereits mit einem der schweren Weine ihres Gatten ab. Was bereits für einen Skandal genügt hätte, wäre Meisie aufgeflogen, aber sie flog nicht auf, und so führte unvermeidlich ein Risiko zum nächsten, obwohl Mondling jeden Augenblick hereinplatzen konnte, um über die Bohnen zu fachsimpeln, die jeden Tag höher wuchsen, oder über die Kürbisse, die stündlich fetter wurden, oder über die Petunien, die beiderseits des Wegs zur Vordertür zu einer Blütenpracht aufschossen, die für die Bewohner dieses blumenlosen Landstrichs ein schieres Wunder war.

Um ganz zu verstehen, was sich zwischen Meisie und ihrem Gärtner abspielte, muß man wissen, daß in diesem Kaff nicht mehr als dreißig Menschen lebten, die als reinblütige Weiße klassifiziert waren, dazu noch vierundneunzig Bondelswarts-plus-Afrikaner-plus-was-auch-immer-Mischlinge, so daß kaum etwas geschehen konnte, ohne sich binnen kürzester Frist in dem einen oder anderen Quartier herumzusprechen. Trotzdem blieb Meisies Liebesaffäre, die aller Wahrscheinlichkeit nach auf dem ehelichen Bett erblühte, für eine ganze Gartensaison mit drei Bohnenernten und zwei Dutzend Kürbissen und endlos vielen Kartottenbündeln und einem steten Strom von Schnittblumen und sieben Körben voll Tomaten unentdeckt, bis Meisies Periode ausblieb, o je, als gälte es zu beweisen, daß nicht sie die Unfruchtbare war.

Der Anblick ihres schwellenden Bauches versetzte Mondling in den siebten Himmel: Also wurde er doch noch Vater, wie unrecht hatte er seinem Augenstern getan, ach, war das Leben nicht schön. Meisie muß gewußt haben, daß der Gärtner das Samenkorn in sie gesenkt und so wunderbar zum Blühen gebracht hatte wie die Pflanzen auf dem öden Sand, doch sie entschied sich, die neun Monate abzuwarten, an deren Ende, wie sie sehr wohl wußte, alles an den Tag kommen würde. Entweder hoffte sie auf ein unmögliches Wunder oder, was wahrscheinlicher war, der Teufel in ihr wollte den Mann zerschmettern, der ihr Leben in einen Alptraum verwandelt hatte.

Zerschmettert war Mondling noch nicht, als er Oma Koekemoer das neugeborene Kind aus den Armen riß;

noch nicht, als er das Mädchen in den Wochen und Monaten darauf in den Schlaf wiegte; noch nicht, als er das sechs, sieben, acht, neun, zehn, elf, zwölf Monate alte Baby mit an den Strand nahm, um im Sand zu spielen – nicht, bis ihm eines Tages durch den Kopf schoß, daß seine Tochter ihm nicht im mindesten ähnelte, nur ganz unbestimmt an ihre Mutter erinnerte, aber ganz eindeutig und bestimmt die großzügige Nasen- und Mundpartie des Gärtners aufwies. Dieses herzige Kind, so ging ihm auf, war kein spätes Echo einer früheren Verbindung kontrastierender Hautfarben, kein Überraschungsgeschenk aus der genetischen Wundertüte, sondern es war ein Produkt gesetzeswidriger, ehebrecherischer, verruchter, ganz und gar unverzeihlicher Hurerei, noch dazu unter seinem eigenen Dach. So wie die Morgendämmerung als rote Glut beginnt, die sich zu einem weißen Strich verdichtet in dem Augenblick, ehe die Sonne aufgeht, so verbreitete sich die Wut in seinem Körper, als die düstere Ahnung zur Gewißheit wurde.

Das Morgenrot war flammend, eine Warnung an die Fischer, als er nach einer quälenden Nacht, in der er in der Küche hin und her gelaufen war, das Schlafzimmer betrat, seine früher so geliebte Frau unter der Decke hervorzerrte und sie wieder und wieder gegen die Wand warf, bis ihre Knochen in Brei verwandelt waren und nichts von ihr übrigblieb als ein blutiger Batzen Fleisch.

Dann machte er sich auf die Suche nach dem Gärtner. Aber der Gärtner war nirgends mehr zu finden. Obwohl er ihn im Bondelswarts-plus-Afrikaner-plus-was-auch-immer-Viertel suchte, in jeder Hütte, unter jedem Bett, in jedem Karren und in jedem Boot und obwohl er einige zehn Meilen weit in allen Richtungen in die Wüste hinausritt, konnte er den Mann nicht finden, der seine Welt so restlos zerstört hatte. Keiner hatte ihn gesehen, als er ging, keiner hatte die geringste Ahnung, wo er hingegangen sein mochte.

In dieser Nacht wurde das kleine Mädchen, gerade ein

Jahr alt, Mondlings Augapfel, zum Schlafen in den Obstgarten hinausgeschmissen, der noch am Tag zuvor vom Gärtner mit dem grünen Händchen, ihrem Vater, so liebevoll gepflegt worden war. Von diesem Tag an bis zum Tag seines Todes setzte das Kind nie wieder einen Fuß in Mondlings Haus, lernte nie zu sprechen, vergaß, wie man weint, und wurde zum Tier, das nur von Abfällen lebte, die ihm durch die Hintertür oder über den Zaun zugeworfen wurden, und von einer Schale Wasser jeden zweiten Tag.

VIER

Der vierzehnte Tag

Obwohl Mondlings Bericht von den Herero-Aufständen und seine Winke und Andeutungen Hauptmann Nunes genug Stoff zum Grübeln gaben, sollte er über den verschlossenen Deutschen aus Südwest nicht mehr erfahren, denn nur vierzehn Tage später schlugen die Ereignisse über ihm zusammen, endgültig, unentrinnbar und vernichtend. Und keiner, möglicherweise mit Ausnahme von Frieda, war darauf gefaßt.

Dieser vierzehnte Tag dämmerte aus der Dunkelheit in ein kaltes Grau, und der Regen der Nacht ließ nicht nach. Trotzdem ließ sich Nunes, wie es sein Brauch war, von Frieda auf der Veranda rasieren. Heute spürte er nichts von der Kälte. Er saß in Hemdsärmeln, während Frieda unter einem Mantel fröstelte, den sie sich aus alten Decken zusammengenäht hatte.

Hätte irgend jemand Nunes und seine Tochter genau beobachtet, so wäre ihm womöglich aufgefallen, daß die selbstverständliche Anmut, mit der Frieda das morgendliche Ritual vollzog, seit kurzem – vielleicht im Laufe der letzten dreizehn Tage – einer Befangenheit gewichen war, die an Furcht grenzte. Zwar war sie nicht weniger geschickt als vorher, ihr Umgang mit der Klinge nicht weniger sicher, aber sie schien zurückzuschrecken, sobald ihre Finger seine Haut berührten. An diesem Morgen war es nicht anders: Sie nahm sich sehr viel Zeit, um den Schaum zu schlagen, das Messer zu schärfen, um sich zu stählen für das, was zu tun war.

Was sich zwischen Nunes und Frieda in diesen dreizehn Tagen entwickelte, geschah ohne Worte. Es wuchs in ihnen heran (ein keimendes Saatkorn, eine aufflackernde Glut), unausweichlich und mächtig, und schied den Vater von der Tochter, bis Nunes auf seine brutale Art versuchte, die Tochter zurückzugewinnen und sich selbst in der Hitze des Augenblicks verbrannte.

Vielleicht war es Mondlings Bemerkung gewesen, daß Töchter nichts als Probleme brächten, die Nunes nachdenklich stimmte. Vielleicht war es nichts weiter als eine jener chemischen Umwälzungen tief im Körper, die den Blick auf die Welt von Grund auf wandeln können. Plötzlich jedenfalls sah er seine Tochter am Hals eines Dorflümmels hängen, und das brachte Wut in seinen Bauch. Wut und Eifersucht. Er erinnerte sich, wie sie nach dem Tod seiner Frau gewesen war, wie ihr winziger Körper sich nachts gegen seinen geschmiegt hatte und wie auch später die allmählich erblühende Frau noch seine Wärme gesucht hatte. Wie lange schlief sie nun schon nicht mehr in seinem Bett, war zu einem bloßen Gespenst im Haus geworden, das barfüßig durch die Räume huschte und sich um die Mahlzeiten kümmerte, ihm aber weniger Gesellschaft bot als ein Diener und nichts von einer Tochter, während er, der blinde Narr, sich bei den Dorfbewohnern lieb Kind machte und sich den Schwachsinn dieser anmaßenden Lady anhörte. Und wozu das Ganze? Ahh-Mann, diese Gerissenheit der Weiber. Diese verschlagenen, lieblosen Schlampen, nur auf ihr eigenes Vergnügen aus, diese flatterhaften Nutten, auch diese hier, seine Tochter, die sich in den Dünen mit Mischlingen rumtrieb. Was hatte es ihm eingebracht? Gar nichts. Nicht den kleinsten Hinweis auf das Geheimnis des Dorfes, nur Trockenfisch und zahnloses Lächeln. Und zu welchem Preis? Dem Verlust einer Tochter. Es war an der Zeit, ein Ende zu machen, das Geheimnis aus Lady Sarah herauszuholen, das Mädchen einzusperren, den Lümmel in die Wüste zu schicken, die

Dorfbewohner auf Vordermann zu bringen, die unumgänglichen Verhaftungen vorzunehmen. Sie würden schon sehen. Sie würden alle sehen, daß mit Hauptmann Nunes nicht zu spaßen war. Er hatte viel zu lange gute Miene zu ihrem Spiel gemacht, jetzt war die Zeit gekommen, Recht und Ordnung wiederherzustellen. Und zwar zuallererst bei seinem Kind.

Dreizehn Tage lang ging er brütend durch das Dorf, nickte nur wortlos, wenn er gegrüßt wurde, ging nicht mehr zum Strand hinunter, um das Einlaufen der Boote zu beobachten, und zeigte auch sonst keinerlei Interesse an dem Leben, das ihn umgab. Selbst Mondling, der den größten Anspruch auf seine Gesellschaft erheben konnte, wurde von Frieda an der Tür abgewiesen.

«Mein Vater ist nicht in Stimmung», beschied sie ihn, und der alte Mann humpelte wieder nach Hause, die Straße hinauf, mit jedem Schritt der offenen Grube näher.

Wäre er hereingebeten worden, so hätte er den Hauptmann trotz der feuchten Winterkühle in Unterhemd und Unterhose vorgefunden, zusammengerollt auf einer Matratze in dem Zimmer, in dem so viele Dorfbewohner vor seinen Fragen gezittert hatten. Und es hätte ihn erschreckt, diesen mächtigen Mann gekrümmt wie einen Fötus zu sehen, ranzig vor Schweiß, der ihm aus jeder Pore drang, so verletzlich. Aber so kaltblütig wurde Mondling sein Bild vom Hauptmann nicht vor die Füße geworfen, und auch das der Fischer wurde nicht zerschlagen. Statt dessen sahen sie, wie Nunes durch die Straßen patrouillierte, weil er befürchtete, die Vernachlässigung dieser Pflicht würde dem Verfall von Recht und Ordnung Vorschub leisten, und sie bemühten sich, ihm nicht zu begegnen. Sie erinnerten sich noch gut an die Zeit, als er voll Niedertracht ihr Leben regiert hatte, und sie fürchteten eine Wiederkehr dieser Schreckensherrschaft.

«Lady Sarah hat uns im Stich gelassen», klagte Vygie Bond. «Was für eine Chance bleibt uns noch?»

«Vielleicht ist er krank?» warf Jong Jan hoffnungsvoll ein. Aber alle wußten, daß er es nicht war; sie kannten die Vorzeichen von früher.

So gingen sie düster und mutlos durch ihre Tage, die Köpfe gesenkt, jedes Lächeln aus Augen und Mündern verbannt und stets bereit, ihrer Gereiztheit beim geringsten Vorwand freien Lauf zu lassen. Und hinter ihnen quengelten kleine Kinder mit triefenden Nasen, die spürten, daß etwas nicht stimmte, daß das Leben ein böser Traum geworden war.

Nur Irr-Minnaar, die durch die Stunden stelzte wie ein Marabu, hatte ein wahnsinniges Grinsen im Gesicht, das ihr ganzes, makelloses Gebiß enthüllte, die einzige Erinnerung an ihr früheres Leben. Sie lachte über den Niedergang, den sie so oft vorhergesagt hatte.

«Ihr hättet auf mich hören sollen», kreischte sie. «Wie oft habe ich euch die Vorzeichen und Omen gedeutet? Aber Irr-Minnaar ist wahnsinnig, habt ihr gesagt und eure Ohren verschlossen. Und nun seht selbst, was passiert ist. Nun spielt ihr mit dem Feuer.»

«Lasset uns beten», psalmodierte Augustin Shoote vor jenen seiner Schäfchen, die sich noch in seiner undichten Kirche versammelten.

«Ich habe sie tatsächlich im Stich gelassen», sagte Lady Sarah zu Samuel. «Ich hätte es ihm sofort sagen sollen. Aber was ist auch in den Mann gefahren! Er ist noch unbeständiger als das Wetter.»

Samuel hatte nichts zu erwidern. Er ging durch das Haus wie ein Geist und hielt die Vorhänge geschlossen.

«Was sagt man denn im Dorf?» fragte sie. «Gibt man mir die Schuld?»

Er blickte auf sie hinunter, in ein von Kummer gezeichnetes, bleiches Gesicht am Fuß der Treppe, in tiefliegende Augen, und er wich der Antwort aus.

«Ich höre nicht auf den Klatsch», sagte er und verschwand in sein Schlafzimmer, um durch das Fernrohr zu starren, das soviel menschliches Versagen gesehen hatte, das den ersten Blick auf den sich nähernden Nunes geworfen hatte und nun auf das Haus des Hauptmanns eingestellt war. Sein Ausweichen bestätigte Lady Sarah, daß sie die Fischer im Stich gelassen hatte. In der Einsamkeit der Ausgestoßenen begann sie, sich nach ihrem toten Mann zu sehnen; sie zog den Vorhang zum Whale Beach auf, und langsame Tränen quollen aus ihren Augen wie Wasser aus einer unterirdischen Quelle.

«Ach, was sollen wir tun?» seufzte sie.

Nicht weit von ihrem Haus, im Laden des Gemischwarenhändlers, stellte jemand anderes die gleiche Frage.

«Was sollen wir jetzt tun, Mister Montague?» wollte Fagmie Jabaar von dem Bäcker wissen, der auf eine Tasse Kaffee hereinschaute. «Sie sehen, meine Regale sind leer, nicht einmal der Staub eines Tages liegt darauf, denn was hat Sheemina schon anderes zu tun, als Staub zu wischen? Unter den Bodenbrettern habe ich genug Geld, um mir hundert Häuser zu leisten, und doch kann ich nicht einmal eine Tafel Schokolade kaufen, die ich hier im Laden anbieten könnte. Was sollen wir machen, Sie und ich? Wir können nicht in die Stadt zurück, Sheemina und ich würden im Gefängnis landen und unser Kleines im Waisenhaus. Was soll ich tun, Mister Montague?»

In der Tat, was sollten sie tun? Mr. Montague wußte es während jener dreizehn Tage noch weniger als irgend jemand sonst. Was half es zu sagen: «Das habe ich kommen sehen, ein Mensch wie der ist eben ein hoffnungsloser Fall.» So fuhr er fort, sein Brot zu backen und versuchte, den alten, untrüglichen Instinkt zu unterdrücken, der ihm sagte, daß sich bald die Hölle auftun werde und daß es am klügsten sei, die Beine in die Hand zu nehmen und abzuhauen, solange es nicht zu spät war. Aber wohin? Vor ihm erstreckte sich meilenweit der Ozean, hinter ihm meilenweit die Wüste. Unerfahren wie er war, würde ihn beides umbringen. Vielleicht konnte er auf dem monatlichen Versorgungsdampfer entwischen, der, wie das Schicksal es fügte, an diesem Nachmittag erwartet wurde. Vielleicht.

Ironischerweise wurde der vor Liebe blinde Stevie am wenigsten von den Veränderungen berührt, die in Nunes vorgingen. Seine geliebte Frieda ausgenommen, die düstere Blicke, zornige Bemerkungen und sogar den gelegentlichen Schlag einer Hand erdulden mußte, wenn sie ihrem Vater im Hausflur begegnete, hätte er leichter als jeder andere erkennen können, was sich abspielte. Immerhin kam er nach wie vor jeden Tag zum Mittagessen. Aber er bemerkte nichts, und Frieda behielt ihre Ängste für sich. Natürlich hatte er das Gemurmel von Vygie Bond, den Brüdern Kreef und Jong Jan gehört, aber was zählte das in einer Welt, die vollkommen ausgefüllt war von seiner jugendfrischen Lust und der Liebe zur sanften Frieda. So sah er das Gesicht der Angst am vierzehnten Tag zum erstenmal, als aus dem Regen eine barfüßige, bis auf die Haut durchnäßte Frieda zu ihm kam, um ihn von seinem Besuch abzuhalten.

«Du darfst heute nicht kommen», keuchte sie. «Mein Vater ist krank.»

«Aber heute abend...» lächelte der stets optimistische Stevie, dem die höheren Mächte nie eine schlechte Karte ausgeteilt hatten. «Heute abend in unserem Nest...»

Oh, wenn er die zarte Frieda in seinen Armen hielt, was konnte da verkehrt sein an der Welt? Aber wie sie zitterte...

«Nein», flüsterte eine Stimme, die nicht Frieda gehörte. «Niemals mehr.» Und damit war sie verschwunden, hinausgelaufen in den Regen, mit dem auch ihre Tränen fielen, und zurück blieb ein armer Fischerjunge, der seinen Ohren nicht trauen wollte.

Erst in der Dunkelheit, geraume Zeit nach der gewohnten Stunde ihrer Treffen, begriff Stevie allmählich, was seine geliebte Frieda gesagt hatte: «Nein. Niemals mehr.» Aber es mußte doch Gründe geben, nichts endete je auf solche Weise, schon gar nicht eine Liebesaffäre, die noch in der vorangegangenen Nacht von aller Leidenschaft ihrer Herzen erfüllt gewesen war. Und so machte er sich, durch Wind und Regen, auf die Suche nach seiner Frieda und wurde Zeuge jener schrecklichen Brutalität, eingerahmt in ein Küchenfenster mit beschlagenen Scheiben, die Frieda in dieser Nacht grün und blau prügelte.

Seit einiger Zeit, vielleicht seit dreizehn Tagen, hatte Frieda das Verbot ihres Vaters ebenso erwartet wie diese Züchtigung. Tatsächlich hatte sie schon beim ersten Anflug von Rot auf seinen Wangen, beim Anwachsen der Schweißmonde unter seinen Achselhöhlen gewußt, daß die Zeit des Lachens vorüber war.

Sie durchlebte diese Tage wie ein Geist, nur teils in dieser Welt und teils an einem anderen, traurigeren Ort. Sie spürte, wie sich ihr Herzschlag beschleunigte, wenn sie die Stiefel ihres Vaters die Vortreppe heraufstapfen hörte, und wie erleichtert sie war, wenn er die Tür hinter sich schloß. Jeden Tag erwartete sie seinen schrecklichen Befehl, der die Dinge in ihre unabänderliche Bahn lenken würde. Jeden Tag trug sie die dampfende Wasserschüssel, das Rasiermesser und den Pinsel auf die Veranda hinaus und fragte sich, ob es an diesem Tag sein würde.

Am vierzehnten Morgen, grau und klamm, sie hatte das Messer bereitgelegt und bereits sein Gesicht eingeseift, herrschte Stille auf den Straßen. Hier und da zeigten erleuchtete Fenster, daß die Frauen in den Küchen arbeiteten.

«Sind die Boote draußen?» fragte Nunes, als sie den Docht der Petroleumlampe höherdrehte und sich daran machte, das Messer abzuziehen.

«Ja», antwortete sie. «Seit einer Stunde.»

«Sie sind verzweifelt.» Und er lachte, beinahe fröhlich.

«Sie sind hungrig», flüsterte sie, mehr zu sich selbst als zu ihrem Vater. Keinen Augenblick unterbrach sie das Wetzen der Klinge am Leder, aber es schien ein anklagender Ton in ihrer Stimme mitzuschwingen.

Nunes sah zu seiner Tochter hoch, doch sie wich seinem Blick aus, konzentrierte sich darauf, Schaum aus der Seife zu schlagen, eine schwierige Aufgabe bei diesem harten, brackigen Wasser.

Die Verwirrung in Nunes zog sich über seiner Brust zusammen wie ein Krampf. Auch sie wandte sich nun also gegen ihn. Ahh-Mann, wie er diesen Ort hier haßte, diese räudigen, durchnäßten Hunde, die die Abfallkübel nach etwas Freßbarem durchwühlten, dieses ganze, elende Arschgesicht von einem Kaff, kalt, öde, trostlos und verlassen mit diesen tropfenden Wäschefetzen an den Leinen und diesem wasserdichten, unergründlichen Geheimnis, das den Menschen mehr bedeutete als ihr Glück.

«Du läßt mich im Stich, Frieda», schrie er.

Sie ließ ihn im Stich, weil sie aus diesem Fischergeschmeiß um ihren Hals, dessen wulstige Lippen die ihren besabbert hatten, dessen Hände ihre Brüste gequetscht hatten, das sich wahrscheinlich gar zwischen ihren Schenkeln gesuhlt hatte, das Geheimnis nicht herausbekam, das Geheimnis, für das er sie geopfert hatte. Ahh-Mann, das war die Wahrheit. Aber war er nicht von Lady Sarah dazu angestiftet worden? War sie es nicht gewesen, die ihm geraten hatte, seine Tochter aus dem Haus gehen zu lassen? War sie es nicht, mit der er abzurechnen hatte?

Nunes spie aus. «Frauen gehören ins Haus. Du hast draußen nichts verloren.»

Sein ätzender Speichel sprühte um Friedas Gesicht. Er verbrannte sie, und ihre Klinge rutschte über sein Kinn und öffnete einen kleinen Krater voll kochendem Blut.

Als sie den dünnen Strich in einem Bogen über das Fleisch ihres Vaters hinunterlaufen sah, bis er in seinem Hemd verschwand, erinnerte sich Frieda an die Geschichte von der Frau, die für den einen, kurzen, köstlichen Gedanken, ihrem Mann die Kehle aufzuschlitzen, erschossen worden war. In den Augen ihres Vaters konnte sie lesen, daß auch er daran dachte, und vielleicht umfaßte seine Hand unter dem Tuch den Revolver, den er wieder an seinem Gürtel trug.

«Dummkopf», sagte er, als sie das Blut abtupfte, doch in seiner Stimme lag kein Ärger, eher ein Triumph, daß dies alles war, was sie zustande brachte. Selbst in seinem verwundbarsten Augenblick war immer noch er der Herr über Leben und Tod, war er es, der die Zügel in der Hand hielt.

Und dann befahl er ihr, den Jungen nicht mehr zu treffen.

«Heute nacht», sagte er, «wirst du in meinem Bett schlafen.»

Es war ein triumphierender Hauptmann Nunes, der sich, sobald Frieda den letzten Rest Rasierschaum abgewischt hatte, aus seinem Stuhl erhob. Er war wieder Herr der Lage, war wieder bereit, Recht und Ordnung in dieses elende Nest zu bringen, zu diesem hündischen Geschmeiß, das kein Mitleid verdient hatte. Jetzt würde er zu ihrem Geheimnis vordringen, koste es, was es wolle, er würde es aus ihnen herausziehen, aus jedem einzelnen, alle mußten sie ihm die schwarze Sünde beichten, die sie tief in ihrem Herzen verborgen hielten.

An diesem Morgen schickte Nunes seine Tochter zum erstenmal seit vierzehn Tagen wieder nach Mondling. Trotz der Kälte und des Regens, der manchmal bis unter das Vordach getrieben wurde, spielten die beiden Dame, Mondling in einen weiten Mantel gehüllt, die Knie mit einer Decke umwickelt, der Hauptmann immer noch in Hemdsärmeln, jedoch mit einer Uniformmütze auf dem Kopf, dem Zeichen seiner Autorität.

Es waren turbulente Partien, die Nunes zu einem Lachen reizten, wie Mondling es erst einmal, vor vielen Jahren, gehört hatte. Damals hatte er von Trotha eine Meldung überbracht, und während er draußen vor dem Zelt wartete, hatte er den großen Mann dröhnend lachen gehört – mit dem Wahnsinn, der Männer befällt, ehe sie jene Greueltaten begehen, die in der Geschichte verstreut liegen. Auch Frieda hörte es, und sie fürchtete sich vor der kommenden Nacht. Und jene, die Brot kauften, hörten es ebenfalls und erschraken.

«Die Zeit ist gekommen», sagte Montague Planke, aber niemand achtete noch auf seine Prophezeiung, «und jetzt kann alles passieren.»

Über einen kochenden Kessel in ihrer Hütte gebeugt, die nach Sex und hundert Menschenleben roch, hörte es Irr-Minnaar und sagte: «Lobet den Herrn, das Ende ist nah.»

Im Kaufladen hörte es Sheemina und legte schützend die Hände über die Ohren ihres Kindes. Selbst Bootsmann Walbein hörte es und blickte auf seine liebliche Finella, die er in dieses Höllenloch gebracht hatte.

Doch auf der Veranda ging die Damepartie weiter, und ein druckvoll spielender Nunes bedrängte einen Mann, der kämpfte, ohne gewinnen zu können.

«Jawoll, Herr Hauptmann», sagte Mondling, «das kommt der Sache schon näher.» Und obwohl er immer wieder verlor, stellte er sich der Herausforderung mit Inbrunst.

Bis er in einem Augenblick, als weder Regen noch Wind zu hören waren, noch das Bellen eines Hundes noch irgendein menschliches Geräusch, ein Zittern spürte, das in seinem Nacken begann und Wirbel um Wirbel in ihn hinunterwuchs, bis sein ganzer Leib einen Tanz mit dem heiligen Veit aufführte. Und ihm war kalt, so kalt, wie einem ist, wenn sich das Blut tief in den Körper zurückzieht und die Haut weiß wird wie Marmor. Er blickte auf und sah am Tor seines Hauses stehen, was er dort zu sehen erwartet hatte. Unwillkürlich hob er, wie zum Einverständnis, die Hand.

«Ich muß gehen, Herr Hauptmann», sagte er krächzend. «Ich habe eine Verabredung.»

Nunes zuckte die Achseln. «Wenn Sie gehen müssen, dann müssen Sie eben.» Er verdrehte sich auf seinem Stuhl, um zu sehen, wer die Aufmerksamkeit des Deutschen aus Südwest erregt hatte. Es war niemand auf der Straße.

«Bis Morgen, Mondling», rief er der gebeugten Gestalt nach. «Morgen spielen wir wieder.»

Nunes ließ die Steine auf dem Brett liegen und ging ins Haus, um die Uniform anzulegen, die ihm Frieda gebügelt hatte. Er prüfte seinen Revolver, schob ihn in das Halfter am Gürtel, dann zog er sein Ölzeug über und ging aus dem Haus. Frieda hörte, wie die Vordertür krachend zugeworfen wurde; fünf Minuten später rannte auch sie hinaus in den Regen.

Nunes hatte nicht weit zu gehen. Er schlug den Weg zu der Villa über dem Whale Beach ein, wo alle Vorhänge zugezogen waren, als wäre niemand zu Hause. Noch ehe er klopfen konnte, öffnete Samuel die Tür.

«Wo ist Lady Sarah?» fragte Nunes.

Samuel nickte zur Treppe hin.

«Ruf sie», sagte Nunes. «Sie soll sofort runterkommen.»

Samuel brauchte den Befehl nicht auszuführen. Auf dem oberen Treppenabsatz sagte Lady Sarah: «Es ist eine Menge Zeit vergangen, seit Sie zuletzt hier waren, Hauptmann. Sie scheinen lieber Dame zu spielen, als etwas über das Dorf zu erfahren.»

Nunes starrte hinauf zu der Erscheinung im langen Morgenmantel, die ihn aus purpurn umränderten Augen fixierte.

«Und jetzt ist es zu spät», fügte sie hinzu.

Der Hauptmann legte eine Hand auf den Revolverknauf.

«Was ich lieber tue, ist allein meine Sache», sagte er, «und diesmal bin ich nicht gekommen, um mir noch mehr von Ihrem Dorfklatsch über die Leute hier anzuhören.» Er streifte sein Ölzeug ab und warf es auf den Teppich in der Diele. «Ich interessiere mich nicht für diese Leute, es ist mir gleich, ob sie alle an der Fischrose sterben, es ist mir gleich, wo sie herkommen oder wo sie hingehen, ich will nur wissen, was sie hier treiben. Welches Gesetz sie übertreten. Und Sie werden mir diese Frage beantworten.»

In das Schweigen, das seinen Worten folgte, drang das ferne Geschrei der Möwen, die sich um die Innereien der ausgeweideten Makrelen stritten. Und zwischen ihnen, am Ufer der Lagune, standen Frieda und ihr Stevie und hielten einander umarmt, zum letztenmal. Plötzlich trennten sie sich; und Lady Sarah kam Stufe um Stufe die Treppe herabgeschritten, bis sie einen Kopf höher stand als Nunes.

«Und wer behauptet, daß sie die Gesetze übertreten, Hauptmann? Was für Beweise haben Sie?»

Wie mit Suchscheinwerfern tastete Nunes die dunklen Höhlen in dem Gesicht über sich ab; nichts darin verriet Angst oder Zorn. Er deutete auf seinen Magen.

«Hier –» Speicheltropfen flogen aus seinem Mund – «hier in meinem Bauch ist der Beweis, daß ihr alle in ein großes Verbrechen verwickelt seid.» Er trat einen Schritt zurück, weg von der Gestalt auf der Treppe. «In diesem Dorf leben Verbrecher. Verbrecher, die vor dem Gesetz geflohen sind. Und es leben Menschen hier, die gar nicht leben können, ohne etwas Böses zu tun. Es sind Anarchisten, subversive Elemente. Sie haben nichts im Sinn, als Recht und Ordnung zu zerstören.»

Lady Sarah schnaubte. «Und wer sind diese Menschen, Hauptmann?»

«Sie werden es rechtzeitig erfahren.»

«Aber warum nehmen Sie sie nicht fest, wenn sie so viel Schuld auf sich geladen haben? Verhaften Sie sie, Hauptmann, bringen Sie sie vor Gericht.»

Sie wischte an ihm vorbei in den Salon. Nunes folgte ihr, hinter ihm wagte sich Samuel näher. Der Raum war grauer als die Diele, doch Lady Sarah öffnete die Vorhänge nicht.

«Das ist naiv», donnerte er. «Ich könnte sie noch in dieser Stunde verhaften, aber das Verbrechen würde weitergehen, weil sie ihr Gift unter der ganzen Bevölkerung verspritzt haben. Selbst wenn sie im Gefängnis säßen, würde ihr Verbrechen weitergehen.»

Lady Sarah wandte sich zu ihm um. «Welches Verbrechen, Hauptmann?» schrie sie. «Um Gottes willen, was ist das für ein Verbrechen, von dem Sie reden?»

Nunes verschränkte die Arme. «Ich bin nicht befugt, darüber zu reden.»

«Sie sind nicht befugt, Hauptmann», sagte Lady Sarah leise, «weil Sie nicht wissen, worum es sich handelt. Sie sind wie alle von Ihrer Sorte, Sie phantasieren sich eine Verschwörung zusammen.»

«Eine Unverschämtheit!» brüllte Nunes. «Unverschämt!» Sein Kragen verengte sich zu einem Halseisen, machte ihn benommen vor Wut. «Sie –» er dolchte mit dem Finger auf das V aus Haut, das zwischen den Aufschlägen des Morgenmantels zu sehen war – «Sie sind an alldem schuld.»

«Woran soll ich schuld sein, Hauptmann?» gab Lady Sarah zurück. «An Ihrer Verbohrtheit? An Ihrer Machtgier? Sie zerstören Menschen, Hauptmann Nunes. Sie zertreten sie wie Ameisen. Sogar Ihre eigene Tochter. Und das alles, weil Sie schwach und ängstlich sind.»

«Schluß jetzt, Weib. Schluß! Ich höre mir das nicht länger an.» Nunes fegte eine Blumenvase von ihrem Ständer.

Doch Lady Sarah stand ungerührt.

«Ich habe Ihnen gesagt, Hauptmann Nunes, daß ich Ihnen, wenn Sie sich alles angehört hätten, was ich über das Dorf erzählen wollte, schließlich auch verraten hätte, worum es sich bei diesem angeblichen großen Verbrechen handelt. Ich dachte, weil sich Ihre Tochter in einen Fischerjungen verliebt hatte, in einen braven Jungen, Hauptmann, bei dem sie immer in guten Händen wäre, und weil auch Sie sich eines Besseren besonnen zu haben schienen, daß wir Sie in unsere Gemeinschaft aufnehmen könnten. Aber Sie haben recht: Ich bin naiv. Sie interessieren sich nicht für die Menschen hier; Sie haben sich keines Besseren besonnen. Sie haben nur ein Spiel mit mir gespielt, ein dummes Spiel. Und all diese unschuldigen Menschen, sogar Ihre Tochter, waren nur Steine auf Ihrem Brett. Vielleicht haben Sie gehofft, daß Ihre Tochter etwas über dieses große Verbrechen herausfinden und Ihnen erzählen würde. Aber sie hat nichts herausgefunden, sie hat es auch gar nicht gewollt, für sie geht es nur um einen Jungen, der ihr Wärme und Liebe gibt, einen Jungen, der anders ist als ihr Vater. Verstehen Sie jetzt, warum Sie allein sind, Hauptmann, warum Sie niemals jemand wirklich lieben wird – weil Sie mißtrauisch sind, weil Sie immer glauben, die anderen wollten Ihnen Übles tun. Sie, Hauptmann, sind hier der Verbrecher, Sie, der Sie betrügen und verängstigen.»

Wieder, in der Ferne, die Schreie zänkischer Möwen. Ahh-Mann, wie konnte es solche Figuren geben, solch niedrige Gesinnung. Hauptmann Nunes zog den Revolver aus dem Halfter. Er schoß sechs Kugeln in eine Vitrine mit Tafelsilber, lud nach und feuerte abermals in die Möbel. Dann drehte er sich zu Lady Sarah um.

«Die Spiele sind jetzt vorbei. Sie haben eine letzte Chance. Entweder Sie machen Ihre Aussage und ersparen sich und dem Dorf eine Menge Ärger, oder alle müssen die Konsequenzen tragen.»

Er stand mitten im Zimmer unter Wolken seines eigenen Atems, das Khakihemd naß von Schweiß; in der rechten Hand zwirbelte er die Sicherungskette, die den Knauf der Waffe mit seinem Gürtel verband.

«Ich habe Ihnen nichts mehr zu sagen, Hauptmann», sagte Lady Sarah schließlich. «Sie sind ein böser Mensch. Für Sie gibt es keine Vergebung.»

Nunes trat auf sie zu. «Ich habe keine Lust auf Predigten, Weib», sagte er.

Lady Sarah roch den Atem des Hauptmanns, stechender als der Gestank von verrottenden Seehunden, doch sie wich nicht.

«Sie kommen mit», befahl er und packte sie am Arm.

Trotz des heulenden Windes und des Möwengeschreis hörten alle, vielleicht mit Ausnahme von Mondling, die Schüsse und eilten auf den Platz vor Fagmie Jabaars Laden, überzeugt, daß Lady Sarah und Samuel tot seien. Dort hielten sie verblüfft inne, als sie die Frau im Morgenmantel und mit Hausschuhen sahen, die in Handschellen durch Wind und Regen in die Gefangenschaft im Keller unter Hauptmann Nunes' Haus abgeführt wurde. Sie beobachteten, wie sie, noch immer gefesselt, noch ohne Empfindung für die Kälte, die ihren Körper umklammerte, in das Verlies aus altem Staub gestoßen wurde, in dem Mäuse und Vögel verendet waren. Sie hörten, wie Nunes brüllte: «Das wird euch allen eine Lehre sein.»

Hinter ihnen fledderten die Möwen die Makrelen, hackten in das Fleisch, zerfetzten es; vor ihnen stand ein Mann mit gezogenem Revolver, dem Dampf aus den Kleidern drang. Der Mann zielte mit der Waffe über ihre Köpfe und sagte: «Versammlungen sind verboten. Zerstreut euch. Zerstreut euch.»

Aber sie folgten nicht. Sie waren betäubt; keiner machte eine Bewegung. Einer dachte daran, einen Stein zu werfen, ein anderer ballte eine Faust um das Fischmesser in seiner Hand. Doch der Steinewerfer hatte sich noch nicht gebeugt, um seine Waffe aus dem Dreck zu klauben, und der Mann mit dem Messer sich noch nicht geduckt, als der Revolver losging. Und nun rannten sie, zerrten die Kinder mit sich, stolperten über ihre eigene Angst und fragten sich, wer erschossen worden war.

Aber es war niemand erschossen worden. Obwohl Nunes noch drei weitere Schüsse abgab, so flach über ihre Köpfe, daß sie den Schmerz in der Luft spürten, wurde niemand erschossen.

Hinter der Theke in seinem Laden flüsterte Fagmie Jabaar zu Montague Planke, so daß Sheemina es nicht hören konnte: «Jetzt sind wir ganz geliefert, Mister. Also bitte, verraten Sie mir, was wir nun tun sollen.»

Was eine Frage war, die Montague Planke nicht beantworten konnte, obwohl sich schon eine vage Vorstellung in seinem Kopf bildete. Doch noch ehe er ein Wort sagen konnte, fügte Fagmie Jabaar hinzu: «Nach meiner Meinung, Mister Montague, sollten wir uns hopplahopp fortmachen.»

«Hör zu, Fagmie», sagte Montague Planke, «wir können jetzt nicht abhauen. Wir müssen noch einen Handel abschließen. Einen noch, und wir haben unsere Schäfchen im trockenen.» Er blickte in das besorgte Gesicht des Händlers. «Nur noch zwei Tage, mehr nicht.»

«Mehr nicht», grübelte Fagmie betrübt, «mehr braucht es vielleicht nicht, Mister, um uns alle in den Keller zu Lady Sarah zu bringen. Sie wissen, wie es ist, wenn er wahnsinnig wird.»

Montague Planke lächelte. «Er will uns fangen, Fagmie, uns alle. Es genügt ihm nicht zu wissen, was wir vorhaben, nein, er braucht Beweise.»

Fagmie Jabaar seufzte. «Eines hätte ich gewiß tun sollen. Ich hätte Sie beim guten Doktor Taj lassen sollen.»

Draußen war Ruhe eingekehrt, nur die Möwen plünderten noch immer den Fang des Tages. Fagmie Jabaar und Montague Planke kamen hinter dem Tresen hervor, und Sheemina servierte ihnen Tee. Der Gedanke schoß Montague Planke durch den Kopf, daß Hauptmann Nunes, wenn er jetzt zur Tür hereinkäme, sie auf der Stelle verhaften würde, als Komplizen in einer Verschwörung gegen Recht und Ordnung. Und er fragte sich, warum der Hauptmann noch immer vorgab, sie nicht zu kennen.

«Beim letztenmal», sagte er zu Fagmie Jabaar, «hatte dich Nunes den ganzen Tag da drin... glaubst du immer noch, daß er dich nicht erkannt hat?»

Fagmie Jabaar schüttelte den Kopf. «O nein, Mister, für diesen Polypen sieht ein bärtiger Muslim aus wie der andere. Wenn er uns erkannt hätte, dann würden wir zwei jetzt hier nicht Tee trinken.»

Mag sein, dachte Montague Planke, mag sein. Doch Nunes war ein Mann voller List, der seine Zeit abzuwarten wußte. Obwohl die heutige Waffendemonstration den Schluß zuließ, daß nicht mehr viel Zeit zu verwarten war.

«Worauf es jetzt ankommt», sagte Montague Planke, «ist, daß wir uns an die Vereinbarungen halten. Erst wenn man anfängt, alles umzuschmeißen und zu ändern, gehen die Pläne daneben. Das weißt du nur zu gut.»

Er blickte Fagmie Jabaar vielsagend an, und dieser starrte auf die Blätter in seiner Teetasse. Dann hellte sich die Miene des Händlers wieder auf.

«A-aber, Mister Montague», sagte er, «wenn sie nicht hochgegangen wären, die alten Pläne damals, dann wären wir heute nicht so reich!»

«Bah!» entgegnete Montague Planke. «Du hättest mich fast umgebracht!»

«Und Sie haben mich aus so großer Höhe herunterspringen lassen, daß es mich fast umgebracht hätte.»

Die beiden Verschwörer starrten sich mit funkelnden Augen an, während Sheemina die Tassen abräumte.

«Na schön», sagte Montague Planke nach einer Weile. «Na schön. Genug davon. Jetzt kommt es darauf an, einen Ausweg aus dieser Patsche hier zu finden.»

Der Plan, den er vor Fagmie Jabaar an diesem feuchten Nachmittag entwarf, während die Fischer in ihren Hütten bibberten und der Hauptmann die Feuer in seinem Bauch mit Hammelkoteletts nährte, bestand einfach darin, Namaqua Drift, den Kapitän des Versorgungsdampfers, zu fragen, ob er sie heute in einer Woche etwa eine Meile vor der Küste aus dem Wasser fischen könnte. Es wäre die Vollendung eines Kreislaufs, erläuterte der Bäcker, die reine Symmetrie. Hatten sie dieses Arschloch, Hauptmann Nunes, nicht auf dieselbe Weise schon einmal überlistet?

Fagmie Jabaar schüttelte den Kopf. «Wenn Ihr auf mich hören wollt, Mister, dann hauen wir besser jetzt ab als in einer Woche.»

Aber Montague Planke wollte nicht auf ihn hören, und wie sich herausstellen sollte, lieh auch Fagmie selbst dem eigenen guten Rat kein Ohr.

Am Nachmittag dieses Tages lief, unter einem scheckigen Himmel, Kapitän Namaqua Drift mit seinem Versorgungsdampfer ein. Wie immer drängten sich die Fischer an der Pier, um ihn zu begrüßen, doch diesmal ohne großen Wirbel und Gelächter; statt dessen standen sie mißmutig aufgereiht, in ihren Sorgen erstarrt. Selbst die Kinder kriegten das Maul nicht auf. Vielleicht dachten sie zurück an die Tage, als Kisten und Kartons für Fagmie Jabaar entladen wurden und die Regalbretter im Laden unter den Wundern der konservierten Köstlichkeiten ächzten; als sie sich die Nasen an den Fenstern plattdrückten, während die Schachteln ausgepackt und die Waren in Pyramiden und Reihen aufgebaut wurden; als sie sich ungeduldig auf die Füße traten, sich schier verzehrten vor Sehnsucht nach dem Geschmack von Scherbett und dem Augenblick, da sich die Pforten öffneten. Vielleicht war es dies, woran sie sich voll Bitterkeit erinnerten. Denn an diesem Nachmittag, wie an all den Nachmittagen seit der Ankunft des Hauptmanns, hatte Namaqua Drift nichts für die Siedlung an Bord, nichts außer einer kleinen, offiziellen Kiste, bestempelt «Regierungsdepot» und an Hauptmann Nunes adressiert, die er schwungvoll auf der Pier absetzte, wo aber niemand, nicht einmal Stevie, dem jeder andere Vorwand für einen Besuch bei seiner Frieda hochwillkommen gewesen wäre, die geringsten Anstalten machte, sie zum Haus des Polizisten zu befördern oder diesem auch nur Meldung zu machen. Statt dessen überließen sie es Namaqua Drift, sie zum Hauptmann zu karren.

«Das darfst du den Leuten nicht krummnehmen», warb Montague Planke einige Zeit später in Fagmie Jabaars Laden bei Drift um Verständnis, «sie haben eine Menge Ärger am Hals.» Und er erläuterte dem Skipper seinen Plan, der Gestalt angenommen hatte wie Nebel, der von der

Sonne weggefressen wird und eine wunderschöne Küste entschleiert.

Nicht weit von dem Ort, wo Montague Planke und Namaqua Drift über Pläne voller Wagemut und reichem Lohn gebeugt saßen, begann der Hauptmann die Sirene zusammenzubauen, die er vor vielen Monaten bestellt hatte. Sobald er sie an der Brüstung der Veranda befestigt hatte, klopfte er sich den Staub von den Fingern, packte den Handgriff und kurbelte los, bis die Sirene über die ganze Siedlung schrillte, Hennen in Panik ihre Eier verloren, Hunde die Flucht ergriffen und Möwen vor Irr-Minnaars Füße purzelten.

«Noch mehr Omen», murmelte sie und stopfte sich Tuchfetzen in die Ohren.

Im Kellergefängnis erinnerte sich Lady Sarah an die letzte Sirene, die sie gehört hatte, auf einem sinkenden Schiff. Jetzt sind wir verloren, dachte sie.

Nunes lachte, und je mehr die Kinder schrien und die verängstigten Gesichter ihrer Eltern um ein Ende baten, desto schneller drehte er an der Kurbel.

«Das wird euch eine Lehre sein», brüllte er und trieb die Sirene in noch schrillere Höhen.

«Er muß bald aufhören», tröstete Irr-Minnaar ihren Mann, der sich bei der Erinnerung an Lager und Sirenen und Isolierhaft in einem Eisenkäfig in Krämpfen wand. «Er muß bald aufhören, sonst reißt der Himmel entzwei.»

Allmählich, so wie Melonenwein einen Schmerz in dämmerige Ferne rückt, ließ das Geräusch nach.

«Das war nur der Anfang», brüllte Nunes in die Stille. «Es werden neue Anordnungen erlassen.»

Eine halbe Stunde später heftete er diese Anordnungen an das Anschlagbrett, auf dem Fagmie Jabaar einst die guten Zeiten verkündet hatte. «Mit sofortiger Wirkung», las Montague Planke dem umstehenden Kreis der Fischer vor, «wird eine nächtliche Ausgangssperre über diesen Ort verhängt, beginnend mit der Sirene bei Sonnenuntergang bis zur Sirene bei Sonnenaufgang. Jeder der diese Anordnung übertritt, wird ohne vorherigen Warnruf erschossen. Per Order.»

«Erschossen!» rief Finella Walbein aus. «Aber doch nicht totgeschossen!»

«Hat er nicht heute nachmittag auf uns gefeuert?» sagte Vygie Bond. «Hat er nicht Kugeln in den Wänden und Möbeln von Lady Sarah hinterlassen? Hat er Lady Sarah nicht in seinen Keller geworfen?»

«Es wird noch schlimmer kommen», prophezeite Montague Planke, doch seine Worte verblaßten unter dem Geheul der Sirene und dem Anblick eines triumphierenden Hauptmanns Nunes, der mit seiner Pistole herumfuchtelte.

Nunes blieb noch einige Minuten auf der Veranda stehen und betrachtete die menschenleeren Straßen. Er wußte, daß auch er hinter vielen Fenstern beobachtet wurde, voll Abscheu. Aber was juckte ihn das? Dies hier war Abschaum, ein Pack von Verbrechern und Trunkenbolden, unreines Blut, geboren für ein Schmarotzerdasein. Ahh-Mann. Aber war es gerecht, daß es ihn stets an solche Orte verschlug, daß solche Feuer in seinem Bauch entfacht wurden? Gerechtigkeit! Er spie aus, um den Schwefelgeschmack aus dem Mund zu bekommen. Gerechtigkeit war für die Mächtigen. «Nur für die Mächtigen, Lady Sarah», brüllte er unvermittelt, über die Brüstung gebeugt. «Hört Ihr da unten? Gerechtigkeit gibt es nur für die Mächtigen. Was sagt Ihr dazu, na? Na was? Jetzt seht Ihr, daß sich manchmal selbst die Reichen das Gesetz nicht kaufen können.» Und er lachte.

«Du hast leicht lachen», murmelte Bootsmann Walbein, der durch das Fenster seines Schuppens spähte, während Nunes seine Pistole in das Halfter stopfte und ins Haus ging. «Du hast leicht lachen, bis der Tag kommt...»

Sperrstunde oder nicht, es waren viele unterwegs in dieser Nacht. Den Anfang machte Montague Planke, der kurz mit Klein Marsdon-vom-Land an dessen Fenster sprach und dann, trotz des Sprühregens und der steifen Böen, zum Whale Beach hinunterging, wo er über zwei Stunden lang stand und gelegentlich mit seiner Handlampe auf das Meer hinausleuchtete. Er hatte sich kaum, wie es Dunkelmännern ansteht, in der Schwärze aufgelöst, da blitzte im Wasser der Lagune ein Rechteck aus Licht auf, als Stevie die Tür seiner Hütte öffnete und hinausschlüpfte. Sehr viel später, nachdem eine dritte, unbekannte Gestalt ins Freie getreten und verschwunden war, verließ Augustin Shoote die Kirche durch die Sakristeitür und traf sich mit Montague Planke in Fagmies Laden. Das meiste von alldem entging Nunes, obwohl auch er in dem Sturm unterwegs war.

Plankes Nachtwache am Strand war kalt und fruchtlos gewesen, doch angesichts des Wellengangs und des starken Windes hatte er nichts anderes erwartet. Sein späteres Treffen mit Augustin Shoote, auf dessen Drängen vereinbart, sollte nur einer Besprechung der jüngsten Ereignisse dienen, obwohl Augustin schließlich mehr von seiner Seele offenlegte, als er es unter weniger dramatischen Umständen getan hätte.

Sie saßen vor einem verlöschenden Feuer, der Wind rüttelte an den Fenstern, und Shoote brachte, die Augen von schlaflosen Nächten gerötet und die Hände ineinander verkrampft, jene Fragen zur Sprache, die alle gläubigen Seelen peinigen.

«Montague», sagte er, «sobald ich den Punkt erreicht habe, an dem mir mein Glaube, mein Glaube an Gott, an seine Güte und seine Absichten für die Menschen eindeutig und stark erscheinen, sobald ich mich ganz davon erfüllt fühle, dann passiert es mir jedesmal, daß die Vision zerbröckelt, daß ich auf die Knie geworfen werde voll Verzweiflung und um Erleuchtung flehe, um irgendeinen Sinn, doch es zeigt sich nichts als Elend. Das kann nicht der Wille Gottes sein, Montague, er wollte nicht, daß wir leiden, und doch leiden wir viel mehr als wir frohlocken.

Sag mir, warum ist Nunes hier? Warum schlägt er alte Frauen? Warum sperrt er jemanden ein, der nichts Böses getan hat? Was haben wir verbrochen, welche schreckliche Sünde liegt in dem Dorf verborgen, daß diese armen Menschen unter solch tödlichem Terror leben müssen? Es reicht, um meinen Glauben zu erschüttern. Hier ist kein Sodom, kein Gomorrha, kein Babylon. Hier ist ein ganz normales Dorf mit normalen Leuten. Sie haben es verdient, in Ruhe gelassen zu werden und ein normales Leben zu leben, das wahrhaftig schwer genug ist. Aber nein – statt dessen ist ihnen eine Tyrannei auferlegt. Ich würde meinen Glauben verlieren, Montague, wenn ich nicht so schwach wäre, ich würde aufhören, an Gott zu glauben. Aber ich bringe es nicht fertig. Auch als die Leichen angeschwemmt wurden, versuchte ich, mich von meinem Gott loszusagen, aber es gelang mir nicht; selbst im größten Unglück fordert er meinen Glauben.»

Montague Planke erhob sich. «Frage nicht zuviel, Augustin», riet er. «Die anderen brauchen dich. Das ist genug. Sie brauchen deine Stärke.»

«Aber wie kann ich Stärke geben, wenn es mir selbst daran fehlt? Wie kann ich Gottes Güte predigen, wenn das Inbild des Bösen mitten unter uns sitzt und uns seinen Willen aufzwingt? Dann sehe ich es mir an, mein Fischervolk, und ich sehe die Frömmigkeit, die Schlichtheit eines Glaubens, die mir verwehrt ist. Wie können sie all diese Dinge hinnehmen, ohne zum Himmel aufzuschreien, ohne ihre Fäuste zu erheben, ohne Tränen der Wut zu vergießen? Warum fällt es ihnen so leicht und mir so schwer? Wenn ich nur so glauben könnte wie sie, Montague, dann würde ich meinen Frieden finden. Ich kann das nicht hinnehmen, diesen Kummer. Wir sollen in der Gnade des Herrn leben, aber er fordert mehr, als ein Mensch ihm geben kann.»

Mit diesen Worten wagten sich Augustin Shoote und Montague Planke wieder hinaus in die Nacht, die sie im Nu verschluckte.

Geraume Zeit zuvor hatte Stevie, statt wie üblich quer durchs Dorf abzukürzen, einen weiten Bogen durch den Busch geschlagen, an Mondlings lichterlosem Haus und der Rückseite der Kirche entlang, wo Augustin Shoote noch über seinem kärglichen Abendmahl saß, und hinter dem Ziegenpferch und dem Haus des Hauptmanns vorbei zu dem Versteck in den Dünen. Dort wartete er, ein Liebesnarr, der wider alle Hoffnung hoffte, daß Frieda ihre eigenen Worte, die ihm den ganzen Nachmittag verdüstert hatten, Lügen strafen würde.

Etwa zu der Zeit, als Montague Planke seine sinnlosen Lichtsignale einstellte, beschloß Stevie, daß er mit Frieda reden müsse. In Dunkelheit und Regen kreuzten sich die Wege der beiden Männer bis auf wenige Meter, doch Stevie war zu tief in Gedanken, um die Gestalt zu bemerken, die sich im Gestrüpp zusammenkauerte, als er über dem Kamm der Dünen auftauchte. Wäre Stevie weniger von seinen Sorgen abgelenkt gewesen, so hätte sich womöglich alles ganz anders entwickelt – so meinte jedenfalls Montague Planke viele Monate später, wenn er sich daran erinnerte, wie er aufgeseufzt hatte, als er den jungen Burschen den Weg zu Hauptmann Nunes' Haus einschlagen sah.

Stevie schlich bis dicht unter das beschlagene Küchenfenster, dicht genug, um zu sehen, wie Hauptmann Nunes seine Tochter mit einem Gürtel schlug. Nunes war außer sich vor Wut, hatte völlig die Beherrschung verloren; er peitschte auf das Mädchen ein, stieß dabei Tische und Stühle um, zertrümmerte Geschirr, zerschlug alles, was ihm in die Quere kam, bis Frieda zusammengekrümmt auf dem Boden lag. Selbst dann beugte er sich noch über seine Tochter, packte und schüttelte sie, bis ihre Augen in den Höhlen hin und her rollten. Die ganze Zeit über brüllte er eine Beschimpfung nach der anderen.

«Du hast mit einem Bastard geschlafen. Du hast mich an den Pranger gestellt, du Hure, du willst mich zum Gespött dieses elenden Kaffs machen.»

Unter Schluchzern gelang es ihr, durch schon geschwollene Lippen ein trotziges «Aber ich liebe ihn» zu pressen, was nur ein weiteres Gewitter von Schlägen auslöste.

«Erzähl mir nichts von Liebe», schrie Nunes. «Ich werde diesem Bastard die Eier abschneiden.» Er richtete sich über dem mißhandelten Körper seiner Tochter auf. «Morgen», keuchte er, «morgen wirst du Irr-Minnaar rufen·und dann machen wir dieser Sache ein für allemal ein Ende.»

Das alles ging so rasch vor sich, daß Stevie keine Chance hatte einzugreifen. Als er endlich begann, gegen die Hintertür zu hämmern, hatte Nunes schon die Vordertür hinter sich zugeschlagen. Was ein Glück war, denn er hätte den tapferen Liebhaber, wie Frieda sehr wohl wußte, auf der Stelle erschossen. Und obwohl sich Frieda nach nichts mehr sehnte, als Stevies beschützende Arme, die Küsse seiner Lippen auf ihrem Schmerz und den Wunden ihres Körpers zu fühlen, während seine Wärme ihr einen Rest von Stärke wiedergab, konnte sie seinem Blick nur mit neuem Schrecken begegnen.

«Geh», schluchzte sie gegen die Tür, «ehe er dich findet, bitte geh!»

Und schließlich ging Stevie auch, mit einem Druck auf seiner Brust, weil er nicht verstand, was los war und warum sie ihm nicht erlauben wollte, sie zu trösten.

Trotz aller Qualen seines Herzens war Stevie noch genügend bei Verstand, um für den Rückweg wieder seinen Schleichweg hinter der Kirche und Mondlings Haus zu wählen; doch wie schon Montague Planke bemerkt hatte, steckte er zu tief in Gedanken, um wahrzunehmen, was um ihn her geschah. Vielleicht war es ihm, als er aus dem Schatten von Mondlings Zaun heraustrat, auch einfach gleichgültig, ob ihn nun jemand sah oder nicht. Und natürlich stand am anderen Ende der Straße Hauptmann Nunes, und natürlich schoß er auf ihn, ohne auch nur «Wer da?» zu rufen. Der Schlag der Kugel stieß Stevie zu Boden, doch im selben Augenblick war er schon wieder aufgesprungen und rannte, hechtete ins Gestrüpp, duckte sich zwischen Häusern, war verschwunden, ehe Nunes die Hälfte der Straße hinter sich hatte. Niemand schien den Schuß gehört zu haben, und ganz gewiß unterbrach er Augustin Shoote und Montague Planke nicht, aber es war ja auch eine geräuschvolle Sturmnacht mit schlagenden Fensterläden und zerschellenden Dachziegeln, ganz zu schweigen von den gelegentlichen Donnerschlägen in den Wolken. Als Nunes merkte, daß sein Opfer entkam, ließ er sofort von der Verfolgung ab. Ahh, Stevie, keuchte er voller Befriedigung, denn Stevie war ein kleiner Fisch, um den er sich am Morgen kümmern konnte – ganz anders als seine Tochter, die noch in dieser Stunde von neuem seinen Zorn schmecken sollte.

Und tiefer hinein in die unheilsame Nacht: In der Kirche rang Augustin Shoote mit seiner Seele, ebenso der geheimnisvolle Mondling auf dem Fußboden in seiner Küche; Lady Sarah begann an Unterkühlung zu sterben, während Samuel wie ein Hund über dem Gitterrost des Kellerfensters zusammengerollt lag; viele Dorfbewohner wälzten sich unter Alpträumen, Montague Planke pflegte einen Brummschädel, der innerlich wund war von zuviel Wein, und Stevie bandagierte einen Schädel, der außen wund war von dem Streifschuß, ohne etwas für die Wunde seines Herzens tun zu können. Es war eine Nacht, in der nicht einmal Nunes ruhigen Schlaf fand. Obwohl er Frieda in sein Bett gezwungen hatte, fühlte er sich dort nicht wohl – tatsächlich machte ihn ihr regloser Körper nur noch unruhiger. Lange vor dem Morgengrauen war er auf den Beinen, ging im Haus auf und ab, bis Lady Sarah das Gefühl hatte, seine Stiefel träten ihr den Schädel ein. Schließlich übermannte ihn die Wut. Welches Recht hatte diese Tochter, dieses geschändete Weib, das das Kind eines Halbbluts trug, hier zwischen seinen Laken zu liegen, welches Recht hatte sie überhaupt, die nun kaum besser war als ein gewöhnlicher Fischerbalg, sich seine Tochter zu nennen? Die Feuer flammten auf in seinem Magen und er schleuderte Frieda aus seinem Bett und ließ sie zusammengekrümmt und schluchzend auf dem Fußboden liegen.

«Steh auf», sagte er dann. «Es ist Zeit für meine Rasur.»

Auf der Veranda gab Nunes das Signal für die Beendigung der Ausgangssperre und wartete auf Friedas Handreichungen. Er beobachtete, wie die ersten Boote aus der Lagune in die kabbelige See und den Gischt hinausfuhren und stellte sich vor, daß Stevie an Bord war, sein Kopf schmerzend von der Schußwunde, doch sein Herz ganz ohne Zweifel erfüllt vom Gesang des Aufruhrs. Nun, sollte er doch singen. Die Melodie würde sich schon ändern, sobald die Boote zurückkehrten. Hatte er nicht klipp und klar verkündet, daß erschossen würde, wer die Ausgangssperre mißachtete? Hatte er nicht allen Grund, gerade diesem Bastard die Lektion seines Lebens zu erteilen? Ahh-Mann, Recht und Ordnung würden wieder Einzug halten, alles sollte wieder seinen ihm zustehenden Platz bekommen, seine zugemessene Zeit. Schluß mit dem Herumlungern vor diesem Tagelöhnerladen, Schluß mit den verschwörerischen Treffen auf offener Straße – stimmte es etwa nicht, daß Subversion und Anarchie sich wie die Eiterbeulen ausbreiteten, sobald mehr als zwei sich irgendwo zusammenrotteten? Ich werde euch Disziplin lehren, brüllte er fast. Ich werde euch elende Bastarde die Lektion der Güte lehren, ich werde euer Erlöser sein aus diesem Sumpf der Trägheit – doch seine Worte wurden unter dem heißen Tuch erstickt, das Frieda über sein Gesicht breitete.

Trotz der blauen Flecken, die ihr bis auf die Seele brannten, vollzog Frieda das Ritual so geschickt, wie sie es an jenem ersten Morgen vor den staunenden Augen der Fischer getan hatte. Damals hatte sie der Menge eine Vorstellung gegeben, hatte mit jeder Liebkosung der Klinge eine Liebe zu zeigen versucht, die mehr war als nur die Liebe einer Tochter. Jetzt war es eine Pflicht, leer von Gefühlen, trocken, herzlos, tot. Sie rasierte ihn so sauber wie gewohnt, schnitt nicht in das Hühnerfleisch des Halses ein, doch die Hitze seiner Haut unter ihren Fingerkuppen steigerte die Angst in ihr und machte jeden Strich der Klinge schwieriger, kunstvoller als den vorigen. Als sie endlich das Rasiermesser zusammenklappte und die letzten Schaumspuren aus dem Gesicht wischte, erlaubte sie sich einen Seitenblick nach den winzigen Booten, die gerade die Landzunge umrundeten. Obwohl sie in der Dünung und dem salzigen Dunst kaum auszumachen waren, erkannte sie ihren Stevie, mit bandagiertem Kopf unter der Mütze, das Gesicht verzerrt von der Anstrengung des Ruderns.

Nunes fädelte seinen Gürtel, an dem Halfter und Revolver hingen, durch die Schlaufen an seiner Hose; er bemerkte ihren Blick und hob die Augenbrauen. Vielleicht war es einfach unmöglich, Frauen zur Vernunft zu prügeln.

«Wenn ich zurückkomme», sagte er, «muß es vorbei sein. Verstehst du mich –» er zwang sie, ihn anzublicken – «vorbei. Ungeschehen. Jungfräulich.» Nunes lachte. «Sag ihr, daß ich eine neue Jungfernhaut fühlen möchte.» Er stieß sie von sich und ging die Stufen zur Straße hinunter.

Über dem Gitter des Kellerfensters kauerte Samuel, der arme Hund, durchnäßt bis auf die Haut, ein Stück Segeltuch über die Schultern gezogen. Nunes legte eine Hand auf den Revolverknauf und verlangsamte seinen Schritt. Mit der Stiefelspitze schob er den Getreuen zur Seite und zischte: «Platz, Hund. Platz!»

Samuel sprang hoch, zückte ein Messer.

«Aha», schnaubte Hauptmann Nunes. «Der Held erwacht.»

Betont langsam ging er, die Hand wie ein Priester auf den Rücken gelegt, auf Samuel zu, bis die Spitze des Messers die Haut an seiner Brust ritzte, zum Mittelpunkt eines kleinen Kreises aus Blut wurde. Es wäre für Samuel ein leichtes gewesen, die Klinge tiefer zu stoßen und tiefer, bis sie das lebenswichtige Organ getroffen hätte, das nur Zentimeter entfernt von ihr schlug. Aber er tat es nicht. Er stand wie gelähmt vor der winzigen Wunde, die er verursacht hatte, und leistete keinen Widerstand, als ihm Nunes das Messer abnahm und es zu Boden warf, und er verteidigte sich auch nicht gegen den Schlag, der sein Gesicht betäubte.

«Du nutzloser Haufen Dreck.» Nunes spie die Worte heraus, als wollte er einen fauligen Geschmack aus dem Mund bekommen. «Wenn du etwas Besseres wärst als ein Schoßhund, dann würde ich dich jetzt erschießen.»

Aus dem Keller zerrte er eine hustende Lady Sarah heraus, deren Atem rasselte, deren Haar in einer Nacht ergraut war, das Seidenneglige fleckig vom Kot der Fledermäuse und Ratten; aus Augen und Nase strömten Rotz und Wasser einer Erkältung, die nie geheilt werden würde.

«Eure Macht ist dahin, Mylady», sagte Nunes zu der Gestalt zu seinen Füßen. «Ihr seid nun nichts mehr. Ein Niemand, den selbst all die Reichtümer Eures Hauses nicht wiederherstellen können.»

Das waren die letzten Worte, die Hauptmann Nunes je an Lady Sarah richtete. Er kehrte dem armseligen Paar den Rücken zu, während Samuel das Segeltuch um seine Geliebte hüllte und sie sanft aus dem Straßenkies hob, und begab sich auf seinen Rundgang, der ihn zuerst zu Stevies Hütte führte, wo er der bettlägerigen Mutter des jungen Fischers eröffnete, daß er ihren Sohn wegen öffentlichen Aufruhrs festnehmen werde, sobald er mit dem morgendlichen Fang heimgekehrt sei. Dann überquerte er die Straße mit dem verräterischen Blutfleck an der Stelle, wo er in der Nacht den Sperrstundenübertreter niedergeschossen hatte, und ging zum Haus seines Freundes Mondling, dessen Hoftor nicht verriegelt und, noch verwunderlicher, dessen Vordertür halb offen war, was ihm den Eintritt in eine Kälte gestattete, die frösteln machte wie ein kaltes Herz. Seine Nackenhaare sträubten sich, während er

Schritt für Schritt in die Vereisung eindrang, bis er, in der Küche, Mondlings Leiche entdeckte, zusammengekrümmt, entstellt, den Schrecken noch in die aufgerissenen Augen gebannt, eine Nabelschnur von Eingeweiden aus dem Mund gewürgt – ein Tod, der nicht von dieser Welt war.

Die Angst, der Mondling, erstickend an den eigenen Innereien, nicht mehr Laut geben konnte, fand ihre Stimme in Hauptmann Nunes. Sein Schrei, der noch in den Booten draußen vor der Landzunge zu hören war, ließ die Männer Anker lichten und mit gekrümmten Rücken schneller rudern als Schmuggler – ausgenommen Stevie, der plötzlich vor Schmerz zu stöhnen begann –, und den Rest der Dorfbewohner, nur nicht Irr-Minnaar und Frieda, ließ er vor Mondlings Haus zusammenströmen.

Aus der Kirche gegenüber kam Augustin Shoote, der eine Bibel umklammerte, um den Vorhang über den Qualen einer Seele mit einem «Vater unser, der Du bist im Himmel» zu schließen, gefolgt von Montague Planke mit «Geheiligt werde Dein Name», Bootsmann Walbein mit «Dein Reich komme», der lieblichen Finella mit «Dein Wille geschehe», Fagmie Jabaar mit «Allah sei ihm gnädig», Klein Marsdon-vom-Land mit «Auf Erden», Mrs. Beg-rip und den Fischersfrauen samt den Kindern, die zuvor erst einmal den Fuß auf Mondlings Grund gesetzt hatten, mit einem abschließenden «Wie im Himmel».

«Ein Mord ist geschehen», röhrte Hauptmann Nunes über das Beten, doch keiner hörte ihn, bis er es oft genug wiederholt hatte: «Ein Mord ist geschehen, ich sage euch, es ist ein Mord!» In die Stille, die eintrat, als einer nach dem anderen von Mondlings gequältem Gesicht zum grimmigen Gesicht des Hauptmanns hochsah und zu begreifen begann, was dieser gesagt hatte, ließ er die Anklage fallen: «Und Stevie ist der Mörder.»

Seine Worte wurden von Stevies bettlägeriger Mutter in der Hütte am Strand der Lagune so deutlich gehört wie von Irr-Minnaar und der leidenden Frieda in der Wellblechbaracke, und sie stimmten ein Geheul an, das an einem Ende des Dorfes begann und am anderen erwidert wurde, bis sich ihm auch die Frauen und Kinder vor Mondlings Tür anschlossen. Es machte Nunes rasend.

«Bringt sie zum Schweigen. Bringt sie zum Schweigen», gellte er und zog seinen Revolver, doch niemand gehorchte, und es hätte auch niemand das Klagegeschrei zu stillen vermocht. Im Gegenteil, es schwoll an zu einer Kakophonie von Stimmen, die Beweise verlangten, um Gnade flehten, Gerechtigkeit forderten, rund um Mondlings bizarren und vergessenen Leichnam tanzten, bis Nunes aus dem Haus lief und brüllte, daß er ihnen das Blut des Mörders Stevie auf der Straße zeigen wolle. Und erst als die Dorfbewohner den rostigroten Fleck im Straßenstaub sahen, verstummten sie voll Verzweiflung.

«Dieses Blut», verkündete Nunes, «stammt aus einer Schußwunde. Es war Stevie, auf den ich geschossen habe. Er ist der Mörder.»

Im Versuch, sich gegen solche Selbstgewißheiten zu stemmen, forderte Augustin Shoote den Hauptmann heraus, «es uns zu beweisen, sobald die Boote zurück sind, aber selbst dann wird aus Stevie kein Mörder werden». Noch ehe Nunes antworten konnte, lief die Menge los zum Strand, mehr um die Lebenden besorgt als um die Toten.

Die Boote umrundeten gerade die Pier, als die keuchende Horde im flachen Wasser zu einem platschenden Halt kam. Alles erwartete, Stevies kräftigen Rücken auf der vordersten Bank im ersten Boot zu sehen, wo sein gewohnter Platz war. Aber er war in keinem der Boote zu erblicken, und der unruhige Ausdruck in Jong Jans Gesicht, als er sich zum Ufer umdrehte, um zu sehen, wie viele Längen noch zu rudern waren, ließ ein Aufstöhnen durch die Menge gehen. In ihrer Mitte, die blankgewichsten Stiefel hart vor der Wassergrenze, stand Hauptmann Nunes, die Arme triumphierend vor der Brust verschränkt.

Noch ehe Jong Jan sein Boot auf den Strand ziehen konnte, hatten Vygie Bond und die Brüder Kreef Stevie schon aus dem Bilgewasser gehoben und auf einen trockenen Flecken Sand gebettet. Irgend jemand breitete eine Decke über ihn, jemand anderes hielt ihm Melonenwein an die Lippen, Augustin Shoote beugte sich zu ihm hinunter und lauschte dem rasenden Herzschlag, der sicher keine Minute mehr durchhalten würde, und beobachtete dabei die angespannten, verkrampften Muskeln, die Stevie zukken ließen, wie Kinder ihre Puppen zucken lassen.

«So helft ihm doch», rief der Chor der Frauen.

«Ruft Irr-Minnaar», schrie Augustin Shoote.

«Platz da», gebot Nunes. «Ich muß den Mörder festnehmen.»

Keiner rührte sich vom Fleck. Vielmehr zog sich das Menschenknäuel um Stevie, der zu kotzen begonnen hatte, noch enger zusammen.

«Ihr könnt die Schußwunde sehen», brüllte Nunes. «Und jetzt befehle ich euch: Macht Platz!»

«Wo ist Irr-Minnaar?» flehte der verzweifelte Augustin Shoote, der den jungen Fischer in seinen Armen hielt. «Jemand soll Irr-Minnaar holen.»

Aber Irr-Minnaar konnte nicht helfen. In genau diesem Augenblick, ihr Gesicht von Tränen überströmt, entwand sie Stevies und Friedas Baby dem Schoß seiner Mutter, und auf dem Sand spuckte der Vater Blut und starb.

Von dem Moment an, da Irr-Minnaar, früher an diesem Morgen, ihre Tür für Frieda geöffnet hatte, waren ihre Tränen geflossen, ohne Unterbrechung.

«Das ist der Lauf der Welt», sagte sie und wischte sich die Augen, als das junge, tränenlose Mädchen, ohne zu zittern und ohne bebende Lippen, in das Grau hereintrat, das Irr-Minnaars Zuhause war, «und man entkommt ihm nicht.»

Den ganzen Vormittag über saßen die beiden Frauen zusammen und stickten Vögel und Blumen in hellen, verblüffenden Farben auf das einzige weiße Tuch, das Irr-Minnaar besaß, ein riesiges Laken, das sie meterweise aus einer Truhe hervorzerrte. Frieda stickte gelbe Wälder mit roten Nashornvögeln, die zwischen den Bäumen Kapriolen schlugen, und Teppiche aus zarten blauen Blumen, die unter dem leisesten Tritt eines Fußes zerdrückt worden wären. Zwischen ihren Tropen und Irr-Minnaars phantastischem, radschlagendem Pfau erstreckte sich ein Regenbogen, der schärfer konturiert und reiner war als jeder wirkliche Regenbogen, den Frieda je gesehen hatte. Noch ehe die Wälder zur halben Höhe gediehen waren und der Pfau seine Schwanzfedern entfaltet hatte, servierte Irr-Minnaar zwei Tassen mit Tee aus Bucchublättern, die den ganzen Sommer über getrocknet waren. Gleichzeitig setzte sie einen Sud aus zerstoßenen Wurzeln und haarigen Blüten von Strandmilchkraut auf den Herd, in den sie, Löffel um Löffel, ein rotes Gehäcksel aus Amarant einrührte. Wenn die köchelnde Mixtur überhaupt einen Duft ausströmte, so allenfalls eine leichte Süßigkeit in der Luft, die aber so zart war, daß nur ein von draußen Eintretender sie bemerkt hätte. Auch schmeckte das Gebräu, das Frieda wie eine Suppe schlürfte, nach nichts anderem als nach Kartoffeln und Roter Bete. Als sie fertig war, reichte Frieda die Schüssel wortlos zurück, und die beiden Frauen, eine mit klarem Blick, die andere weinend, widmeten sich wieder ihrer Stickerei; doch nun lauerte Irr-Minnaar auf das erste, schmerzhafte Zucken in Friedas Gesicht, und als es kam, gab sie dem Mädchen eine Tasse Kamillentee. Als er ausgetrunken und die Stickerei fertig war, legte sich Frieda hin und träumte einen Alptraum, den auch die stärksten Kräuter nicht mildern konnten.

Und in dem Traum sah sie Stevie beim Fischen mit Jong Jan, Vygie Bond und den Brüdern Kreef auf einem Ozean, der das Sonnenlicht einfing wie eine Glasscheibe. Auf dem Boden des Bootes schlugen Makrelen und Kabeljau und Teufelsfische nach den Füßen der Männer, ein guter Fang, der Tage voller Melonenwein und gutem Essen versprach. Dann plötzlich, obwohl keine Wolke vor die Sonne zog, wurde der Tag düster, und Stevie, ihr Stevie, brach zwischen den Fischen zusammen, wand sich wie sie, mit jedem Augenblick dort unten wurde er fischähnlicher, ihm wuchsen Schuppen und Flossen, und endlich konnte Frieda ihn nicht mehr von einer Makrele unterscheiden. So laut sie auch in ihrer Verzweiflung vom Laden herüberschrie, weder Jong Jan noch Vygie Bond, noch die Brüder Kreef bemerkten, was mit ihrem Gefährten passiert war, und genausowenig bemerkte irgend jemand, daß die Sonne plötzlich wieder hell aus einem grenzenlosen Himmel strahlte.

Durch Tränen hindurch, die nun ständig aus ihren Augen quollen, da sie Frieda in Schmerzen sah, machte sich Irr-Minnaar an ihre seltsame und gefährliche Aufgabe. Obwohl sie es erst einmal, vor vielen Jahren, getan hatte, glitten ihre Hände wissend über den leicht gerundeten Bauch, bedrängten das Kind darin, sich zu lösen und sein kurzes Leben für sein eigenes Glück und das der Dorfbewohner aufzugeben. Denn wenn du's nicht tust, sagte Irr-Minnaar, dann wirst du nur Leiden mit auf die Welt bringen, für dich selbst, für deine Mutter, für uns alle, bis auf den Tag, an dem der Hauptmann stirbt. Wobei sie nicht wußte, ehe Vygie Bond in die Baracke gestürzt kam und rief: «Komm schnell, komm schnell, er stirbt, Stevie stirbt», daß sie aus der klaffenden Wunde zwischen den Schenkeln ihrer Patientin mit dem Saft der Stechwindenblätter nicht ein, sondern zwei Leben herauswusch und daß ein drittes, Friedas, ebenfalls fast zugrunde gegangen wäre, denn von ihr blieb nicht mehr übrig als eine Hülle.

Vygie Bond wartete unter der Tür, während Irr-Minnaar ihre Arbeit zu Ende brachte. Das weiße Laken mit dem Wald und dem Pfau leuchtete strahlend im Grau des Zimmers. Auf dem Ofen köchelten Strandmilch und Amarant und ließen ihren leisen, süßen Duft aufsteigen, den

Vygie Bond niemals vergessen sollte. Er dachte an Stevie und an den Tod, der von dieser Blechbaracke seinen Ausgang genommen hatte.

«Gab es keinen anderen Ausweg?» fragte er sich immer wieder, bis Irr-Minnaar den Kopf schüttelte, und da bemerkte er erst, wie naß ihr schwarzes Kleid von den Tränen war, die ihr über die Wangen strömten.

Endlich, als Frieda schlief, stand sie auf und drückte Vygie Bond etwas Weiches und Feuchtes in die Hand, das in ein Tuch eingewickelt war.

«Begrabt das mit ihm», sagte sie.

Den ganzen Nachmittag über hoben die Männer Gräber im steinigen Boden des Friedhofs hinter dem Hügel aus. Mondlings Grab lag neben dem seiner Tochter, und auf sein Kreuz befahl der Hauptmann Augustin Shoote zu schreiben: «Dem Andenken eines aufrechten Kämpfers und Patrioten.» Stevie dagegen sollte so weit abseits von seiner Familie wie möglich beerdigt werden, in einer Ecke am Zaun. Und auf das Kreuz sollte Augustin Shoote die Worte setzen: «Stevie, Mörder».

«Aber das ist nicht bewiesen», protestierte der Pfarrer.

«Mehr Beweis als die Wunde an seinem Kopf braucht es nicht», erwiderte Nunes.

Einmal mehr starrte Augustin Shoote in die schwarzen Brillengläser und versuchte, eine Spur von Menschlichkeit dahinter zu entdecken. Aber er sah nur sein eigenes Spiegelbild.

Er seufzte. «Es hat keine Verhandlung gegeben.»

«Ich bin der Richter», entgegnete Nunes. Zu den grabenden Männern, die murmelnd ihren Unmut hören ließen, wiederholte er mit erhobener Stimme: «Habt ihr gehört? Ich bin der Richter.»

Niemand wollte je glauben, daß Stevie schuldig war, vor allem nicht Jong Jan, der Montague Planke in der Stunde, ehe die Begräbnisse begannen, bei Fagmie Jabaar erzählte, er sei ganz sicher, am Morgen des Vortags einen seltsamen

Fremden im Dorf gesehen zu haben, als er in der Sonne saß, um seiner Hand etwas Gutes zu tun, die vom Rheuma so steif geworden war wie eine Hummerschere.

«Hört, hört», sagte Fagmie Jabaar, «wenn ich mich nicht irre, dann hast du auch deinem Kopf etwas Gutes getan, nämlich mit Melonenwein», was Montague Planke zum Lachen brachte, obwohl ihm nicht nach Lachen zumute war.

«Nein, es stimmt», beharrte Jong Jan. «Er war da, ich habe gesehen, wie er zwischen den Hütten von Vygie Bond und den Brüdern Kreef durchgeschlüpft ist zu Mondlings Haus.»

«Warum hast du ihn nicht verfolgt?» wollte Fagmie Jabaar wissen.

«Was hat ein alter Mann für Chancen?» erwiderte Jong Jan traurig.

«Vergiß es, Jong Jan», sagte Montague Planke. «Dieser Ort ist zu klein, als daß ein Fremder sich verbergen könnte. Und wir haben Sorgen genug, auch ohne uns seltsame Fremde einzubilden.»

«Schon gut, schon gut», sagte Jong Jan und stand vom Tisch auf, «vielleicht spielt einem alten Mann sein Auge einen bösen Streich, wenn er in der Sonne sitzt und Wein trinkt. Nur, daß mir das noch nie passiert ist.»

«Halten Sie das für möglich?» fragte Fagmie Jabaar, als sich die Tür hinter dem alten Fischer geschlossen hatte.

«Nein», sagte Montague Planke. «Wie auch immer Mondling gestorben sein mag, es geschah nicht durch fremde Hand.» Er lehnte sich über den Tisch. «Jetzt sag mir, was Klein Marsdon-vom-Land aufgefangen hat.»

«Heute nacht», flüsterte Fagmie Jabaar, obwohl Sheemina draußen in der Küche war. «Sie haben gesagt, daß sie heute nacht kommen. Aber nicht zum Whale Beach. Diesmal, Mister, kommen sie zur Pier.»

«Zur Pier? Sind sie wahnsinnig geworden?» rief Montague Planke und sprang auf, um im Zimmer auf und ab zu laufen. «Das ist viel zu gefährlich, vom Haus des Hauptmanns ist die Pier zu sehen. Wir müssen Klein Marsdon sagen, er soll es abblasen.»

«Zu spät, Mister Montague», grinste Fagmie Jabaar, dem der Schreck seines Mitverschwörers unleugbares Vergnügen bereitete, «die Pläne stehen fest.»

In der Kirche begann Augustin Shoote, die Glocken zu läuten.

Von ihrem Bett aus, geschwächt von einer Lungenentzündung, rief Lady Sarah nach Samuel: «Warum läuten die Glocken?»

«Es ist ein Totengeläut», antwortete Samuel, ohne ihr zu sagen, wer gestorben war; es schien sie auch nicht zu interessieren.

«Das wird noch oft zu hören sein», war ihre einzige Antwort.

Von ihrem Bett aus, das auf dem Boden von Irr-Minnaars Baracke aufgeschlagen war, rief Frieda nach Stevie, bis ihr die weinende Frau noch mehr Kamillentee einflößte und sie beruhigte, bis sie einschlief.

Von ihrem Bett in der letzten Hütte am Ufer der Lagune wurde Stevies Mutter auf einer Bahre von Bootsmann Walbein, Vygie Bond und den Brüdern Kreef zur Kirche getragen.

Der Gottesdienst war kurz. «Mehr über Mondling als über Stevie», hatte der Hauptmann den Prediger gewarnt. «Und nichts Subversives, oder ich schließe Ihren Laden schneller als ein Ramschgeschäft.» Da es an der Zeit gefehlt hatte, Särge zu zimmern, wurden die Leichen von Finella in Segeltuchsäcke eingenäht, die die Männer dann von der Kirche zu den beiden flachen Gruben im steinigen Boden trugen. Nur Augustin Shoote und Hauptmann Nunes standen an Mondlings Grab, erwiesen die letzten Ehren, streuten Sandkrümel, bis die Brüder Kreef kamen, um das Loch zuzuschütten. Alle übrigen Dorfbewohner drängten sich weinend um Stevies einsames Grab.

«Das reicht», sagte Nunes, noch ehe Augustin Shoote ein Gebet für Stevie sprechen konnte. «Mörder brauchen keine Gebete. Schaufelt ihn zu.»

Aber der Prediger beachtete ihn nicht, und Nunes, der merkte, daß dies nicht der Augenblick war, seinen Willen durchzusetzen, trat zur Seite und schürte die Feuer in seinem Bauch mit Haß. Einer nach dem anderen zogen die Fischer am offenen Grab vorbei, einige warfen getrocknete Blumen aus dem vorigen Frühling hinein, andere die Schuppen von Fischen, die Stevie vielleicht einmal gefangen hatte. Obwohl Hauptmann Nunes die Trauernden scharf im Auge behielt, da er jeden Augenblick mit Aufruhr rechnete, sah er nicht, wie Vygie Bond sich niederbeugte und etwas Weiches und Feuchtes, das in ein Tuch gewickelt war, neben den Vater in das Grab legte. Niemand fragte danach; alle wußten Bescheid. Die Brüder Kreef bedeckten den Kummer mit Erde.

Als sich die Fischer zu zerstreuen begannen, drängte sich Hauptmann Nunes durch die Menge zu Fagmie Jabaar, Sheemina und ihrem Kleinen, die noch beim Grab verharrten.

«Das reicht», zischte er, «ihr habt kein Recht, für einen Sünder vor dem Herrn zu beten.» Er packte Fagmie am Arm und sagte laut, so daß es alle hören konnten: «Du stehst unter Arrest.»

«Weswegen?» kreischte Sheemina und klammerte sich an ihren Mann. «Er hat nichts getan.»

Aber ihre Proteste und das Plärren des verwirrten Kindes konnten Nunes nicht hindern, seinen Gefangenen in Handschellen abzuführen, die gezückte Pistole auf ihn gerichtet.

Der einzige in der Menge der wütenden Gesichter, der wußte, was vorging, war Montague Planke, der sich auch jetzt noch so unauffällig wie möglich an die entfernte Seite des Friedhofs hielt, jederzeit bereit, über den Zaun zu hechten, es auf die Schießkünste des Hauptmanns ankommen zu lassen und hinter dem Hügel zu verschwinden, falls das geringste Zeichen darauf hindeuten sollte, daß Nunes es auch auf ihn abgesehen hatte. Doch die Entschiedenheit, mit der der Hauptmann Fagmie Jabaar in Richtung Dorf bugsierte, machte ihn sicher, daß er – zumindest für den Augenblick – nichts zu befürchten hatte. Warum das so war, konnte er nicht verstehen. Genausowenig konnte er sich zusammenreimen, warum der Hauptmann noch immer seine Spielchen spielte. Was hoffte er wohl, aus Fagmie Jabaar herauszukriegen, das mehr war als ein Hirngespinst? Oder war das alles eine sorgsam vorbereitete Finte, die ihn, Montague Planke, zu einem Fehler verleiten sollte?

Wie sich herausstellte, hatte Nunes keine einzige Frage an Fagmie Jabaar; dafür prügelte er ihn, bis die Schmerzen nicht mehr aufhörten, und warf ihn lange nach Beginn der Sperrstunde wieder auf die Straße hinaus. Zu diesem Zeitpunkt war Montague Planke schon seit Stunden von keinem mehr gesehen worden, und am nächsten Morgen wurde er immer noch vermißt.

Zweiter Teil

FÜNF

Der Gang der Dinge

Eine Offenbarung, erzählt von Irr-Minnaar, berichtet, wie diese Siedlung, dieses Dorf, entstanden ist. Eine Offenbarung, die sie nur ein einziges Mal erzählte, als sie ihren Wutanfall auf Fagmie Jabaar hatte, und die für alle, die sie hörten, sehr wenig Sinn ergab – abgesehen von einer düsteren Prophezeiung des Untergangs. Denn für Irr-Minnaar nistete im Herzen der Siedlung wie ein Keim, der nur darauf wartete auszutreiben, bereits der Zeitpunkt ihrer eigenen Zerstörung. Er war schon immer da, unausweichlich, und wartete nur auf den richtigen Augenblick.

Blickt man zurück bis in eine Zeit, als Elefanten im Fluß oberhalb der Lagune trompeteten, als Krokodile wie bemooste Baumstämme auf den Sandbänken lagen und Flußpferde im niedrigen Wasser schnaubten und gähnten, so erkennt man eine zusammenhängende Kette von Ereignissen, von zufälligen Schiffbrüchen, zufälligen Begegnungen, die jetzt als Entwicklung erscheinen, als Ordnung noch im Chaos, die unerbittlich auf Mondlings Tod hinführte, auf den Tod Stevies, das Verschwinden Montague Plankes und was danach passierte. Die Gefahr bei der Betrachtung der Zusammenhänge besteht darin, daß man ihnen, wie Irr-Minnaar, eine moralische Wertung unterlegt. Was geschah, das ist geschehen. Die Welt ist, wie sie ist. Es gibt keinen Sinn in Gut und Böse, es liegt ein Sinn nur darin, daß etwas geschah. Alles andere ist nur Erfindung.

An der Mündung der Lagune sucht eine Gruppe von Strandläufern – Männer, Frauen und Kinder, alle splitternackt – zwischen den Felsen nach Weichtieren. Sie leben in den Höhlen auf der Landzunge, aber sie siedeln nicht hier, sie wandern an der Küste auf- oder abwärts, sobald die Ernte schmal wird. Doch irgendwann kehren sie wieder in die Höhlen am Kliff zurück, die noch heute voll sind von den Schalen ihrer vielen Mahlzeiten.

Es ist ein klarer Morgen, doch von der Antarktis im Süden zieht ein unsichtbarer Tiefdruckwirbel herauf, kommt näher von Stunde zu Stunde. Um die Mitte des Nachmittags sehen die Strandläufer Wolken am Horizont und spüren die ersten Windstöße des gefürchteten Nordweststurms auf der Haut. Mit dicken Bündeln Feuerholz drängen sie sich wärmesuchend in ihre Höhlen, während Sturmböen und schwerer Regen aufkommen. Das wird keine Nacht, die man auf See verbringen möchte.

Aber draußen auf See sind ein paar Männer und Schafe und Ziegen und ein Hahn mit zwei Hennen an Bord eines kleinen, hölzernen Seglers, der eine Menge Wasser übernimmt, weil ihm schon das Tuch in Fetzen hängt. Es sind arme portugiesische Entdecker, die der Hitze und der Flaute, dem Scharbock und wilden Eingeborenen und auch schon anderen Stürmen auf ihrer Reise zur Südspitze Afrikas getrotzt haben, nur um hier an einem heimtückischen Felsen in einer weiten Bucht zu scheitern, der einst den Namen Seehundfelsen tragen wird. Vielleicht können sie selbst durch die Regengüsse hindurch die flackernden Feuer am Kliff erkennen und flehen zum Himmel um Errettung von Sturm und Kannibalen. Den meisten wird Erhörung gewährt, ebenso einem Teil des Viehs, das sie an Bord haben, den Schafen und Ziegen, dem Hahn und einer seiner Hennen. Man kann vermuten, daß der Kapitän sein Schiff, falls es dem Ruder noch gehorchte und falls sie tatsächlich die Feuer gesehen hatten, mit Absicht auf den Sand setzen wollte. Aber er hatte seine Rechnung ohne den

Seehundfelsen gemacht, unsichtbar unter Brandung und Gischt, der die *Ave Maria* zu Kleinholz machte und alle ihre Seelen den Furien des Sturms in die Arme warf. Gott allein weiß, wie das Geflügel die mehr als zweihundert Meter unüberwindlicher Wellen bis zum Ufer schaffte oder wie es die Schafe, Ziegen und Männer anstellten, aber es gelang, und die Strandläufer blickten milde auf die Neuankömmlinge.

Einige Tage später, als das Tiefdrucksystem ins Landesinnere weitergezogen war, wo es den höheren Gipfeln Schnee bescherte, klarte das Wetter soweit auf, daß sich die Seeleute einen Überblick über das Ausmaß ihres vermaledeiten Mißgeschicks verschaffen konnten. Die Menschen, unter denen sie gestrandet waren, vor allem die weiblichen Exemplare, sahen hübscher aus als die Frauen, die sie daheim zurückgelassen hatten; und als mit jeder Flut neue Vorräte vom Wrack an Land geschwemmt wurden, schöpften sie wieder Mut. Es hätte schlimmer kommen können.

Sie nahmen sich Frauen, bauten Hütten, kümmerten sich um ihr Vieh und säten die Samen von Kürbissen, Eierfrüchten, Tomaten und einer Melone aus, die der gnädige Ozean aus dem zerschellten Rumpf der *Ave Maria* geschöpft hatte. Die Samenkörner dieser Melone waren der Urquell von viel Fröhlichkeit und Trunkenheit in den Jahren, die folgen sollten.

Unter der liebevollen Hege und Pflege geborener Gemüsegärtner begann ein schmaler Streifen Wüstensand zu blühen, und zwar ungefähr zwei fruchtbare Ernteperioden lang. Dann kam aus der Wüste in dieses Paradies ein kranker Mann auf einem Esel geritten und behauptete, ein Elfenbeinhändler zu sein, der gehört habe, daß sich ein kleiner Vorrat an Elefantenstoßzähnen in dieser Siedlung befände. Was auch stimmte, freilich waren es kaum mehr als zwanzig Stück, von unbedeutender Größe. Als er sich erbötig machte, das Elfenbein in Kommission zu nehmen, verwandelte sich Gastfreundschaft in Argwohn. Gleichzeitig nahm seine Krankheit eine üble Wendung, und schnell war offenbar, daß er sich zu einer größeren Reise anschickte, als er geplant hatte. In seiner letzten Nacht auf Erden kämpfte er mit dem Fieber und bekannte, ehe er unterlag, ein entflohener Sklave zu sein, der einen Mord begangen hatte, um an den Esel zu kommen.

Wenige Tage nach dem Tod des geheimnisvollen Mannes bekam ein Kind heftiges Fieber und große, eitrige Pikkel. Dann eine alte Frau, zwei Jungen, ein Mann in der Blüte seiner Jahre; einer nach dem anderen wurde von der gefürchteten Seuche niedergestreckt. Voll Grauen beobachteten sie, wie Eiterbläschen ihre Haut überschwemmten und ihre Angehörigen starben, wo sie gerade lagen. Die Pocken verschonten niemanden, ausgenommen nur zwei Brüder und ein junges Mädchen, die für die Urahnen der Ziegenhirten gehalten werden, die am oberen Ende der Lagune lebten. Zu schwach, um all die Toten zu bestatten, verwandelten die Brüder das kleine Dorf in einen riesigen Scheiterhaufen.

Ihre Gemeinschaft war nicht mehr, und so zogen die beiden Brüder mit ihrer gemeinsamen Braut sowie den Ziegen, Schafen und dem Geflügel vom Strand fort ans entfernte Ende der Lagune, wo sie aus Steinen eine Hütte bauten. Das Gemüsebeet blieb verlassen zurück, doch die Gemüse und Melonen weigerten sich zu sterben. Nur wenige Jahre vergingen, und sie erhielten neue Gärtner.

Der nächste Haufen von Heimatlosen kam nicht durch Zufall, sondern mit Absicht an diesen gottverlassenen Ort. Und ihre Absichten richteten sich auf Wale – auf jene schwimmenden Fabriken für Speck, Tran, Walrat, Ambra und Fischbein, aus denen man Seife, Farben, Schmierstoffe, Kochfette, Glyzerine, Kosmetika, Drogen, Färbe- und Düngemittel, Korsetts und endlich, wenn die Umstände verzweifelt waren, auch Fleisch zum Essen gewinnen konnte.

Eine Walart im besonderen war es, die die Männer aus dem Norden bis unter den Wendekreis des Steinbocks herunterlockte, wo die See so trügerisch war wie nur je eine Regierung, aber dafür um so reicher an gewinnträchtigen Herden. Diese Walart war der Südliche Rechtwal.

Bei einer Attraktion wie dieser dauerte es nicht lange, und die südlichen Ozeane färbten sich rot von Blut. An den Stränden blubberten riesige Kessel, und Sprachen, die man noch nie gehört hatte, erklangen in weltfernen Siedlungen.

Als erste kamen die Norweger, die damals noch nicht mit jener revolutionären Neuerung ausgerüstet waren, der Harpunenkanone. Aber sie feuerte schon erste Probeschüsse ab, daheim im Hinterhof eines Landsmannes.

Am Ruder der *Pfeifenden Jungfer* stand Kapitän Knut Hansen, der ohne Arg in die Mündung der Lagune hineinsegelte, als wäre sie die Miniaturausgabe eines heimischen Fjords. Zum Glück wurde sein Vertrauen in die Schiffbarkeit des Wasserweges nicht enttäuscht, was freilich nur den heftigen Regenfällen dieses Winters zu verdanken war, die dem Fluß Hochwasser bescherten und die Mündung sauberspülten. Dicht hinter ihm kam Kapitän Beg-rip mit der *Hochgemut*, auf deren Achterdeck er fette Rauchwolken aus einer Stummelpfeife paffte und gelegentlich die Lippen mit Rum aus einem Flachmann netzte. An Back- und Steuerbord der beiden Schiffe waren vier verblichene Bartenwale vertäut, die schon von Haifischen angefressen waren. Am oberen Ende der Lagune mußten die beiden Brüder mit ihrer gemeinsamen Braut den Tumult der Ankunft bemerkt haben, doch sie beschlossen, sich zurückzuhalten, und wagten sich erst am dritten Tag aus ihrem Versteck, um die Hand der Gastfreundschaft auszustrecken.

Man kann sich ihr Erstaunen denken, als sie am unteren Ende der Lagune ein Lager mit vier weißen Zelten und drei riesigen Feuern vorfanden, über welchen rußgeschwärzte Kessel voller schwabbeligem, faulig riechendem Fleisch hingen. Es war ein Geruch, an den sie sich gewöhnen sollten – so penetrant, daß er, wenn der Wind von See kam, noch meilenweit im Hinterland den Schakalen und zottigen Hyänen verriet, daß frisches Aas zu holen war. Nicht weit von den Feuern lagen vier abgespeckte Kadaver, deren massige Knochen bereits in den Sand einsanken wie noch Hunderte nach ihnen.

Kapitän Hansen trat vor, um die Ortsansässigen zu begrüßen. Obwohl keiner ein Wort von dem verstand, was der andere sagte, muß es den Brüdern doch gelungen sein, die Vorgeschichte bis hin zum großen Trauerfeuer zu erklären. Der Zufall wollte es, daß sie auf den verkohlten Überresten standen (Hansen notiert in seinem Logbuch, daß einer der Brüder sogar einen Schädel freischarrte, den er dann mit einem beiläufigen Fußtritt zur Seite stieß), als Kapitän Beg-rip die Melonen entdeckte. Er stieß ein lautes Freudengeheul aus und wankte, eine Frucht umklammernd, zum Lager hinunter. Drei Tage später bekamen die Matrosen die guten Geister dieses Ortes zu schmecken, ein Gebräu nach streng geheimer Rezeptur, vom Vater auf den Sohn vererbt, bis sie endlich doch Gemeingut wurde. In jener Nacht soff sich die ganze Gesellschaft sternhagelvoll und büßte einen Großteil ihrer Lebensmittelvorräte an die Schakale ein. Am nächsten Morgen war keiner genügend bei Verstand, um sich deswegen graue Haare wachsen zu lassen. Auch die beiden Brüder und ihre Braut nahmen an der Lustbarkeit teil, und hier scheint es zu einem kleinen Tauschgeschäft gekommen zu sein, denn Kapitän Hansen erwähnt, daß ihm die Investition einiger Messer zur Gunst des Mädchens verhalf.

Unter dem Datum vom 2. November steht in Kapitän Hansens Logbuch zu lesen:

> Sowohl Beg-rip als auch ich fanden den Flecken so angenehm, daß wir eine kleine Besatzung dort zurückgelassen haben, die sich um das Gemüsebeet kümmern soll. Einige Eingeborene von

gemischtem Blut haben uns Schafe, Ziegen und Geflügel verkauft. Wir beabsichtigen, in drei Monaten mit Frauen und Kindern zurückzukehren, um einen festen Stützpunkt zu errichten. Niemand treibt Walfang in diesen Gewässern, und doch sind es nur drei Tagesreisen bis zum Kap und einem aufnahmefähigen Markt.

Zu Ostern des folgenden Jahres waren die Norweger wieder am Ort, auch wenn ihr Kapitän nun Knut Hansen junior hieß. Knut Hansen senior lag unter den kalten Wassern des Atlantiks, in die ihn ein widersetzlicher Pottwal, dem schon drei Harpunen im kostbaren Schädel steckten, hinabgezogen hatte. In der Tiefe, unter einem einäugigen, haßerfüllten Blick, ertrank der Kapitän, und seine Leiche wurde nie geborgen.

Auf der Rückreise warf Knut Hansen junior einen Kranz und den Lieblingssextanten seines Vaters an der Stelle in das graue Meer, an der sich die Tragödie abgespielt hatte. Weitere Gefühle erlaubte er sich nicht zu zeigen, sondern drehte sein Gesicht in den Wind und kniff die Augen zusammen, damit ihm kein Wasser auskam. Auch seine Frau stand an der Reling und blickte hinaus auf den Ozean – heilfroh, daß Knut Hansen senior nicht mehr in der Lage war, sie mit seinen losen Händen zu betatschen. Möglicherweise grübelte sie auch darüber nach, warum sie ihrem Ehemann in diese gottverlassene Weltecke folgte; eine Frage, die sich noch dringlicher stellte, als sie der öden Küste und des einigermaßen trostlosen Fleckens ansichtig wurde, an den ihr Ehemann sein Herz verloren hatte. Aber sie war eine Frau, für die der Wille ihres Gatten oberstes Gesetz war, was freilich keineswegs auch in der Umkehrung galt.

Aber genug von den Hansens. Keine halbe Meile hinter ihnen kam der rumsüchtige, pfeifenschmauchende Begrip, er ohne Weib, weil dieses sich geweigert hatte, das

Dorf zu verlassen, in dem ihre Eltern und die Eltern ihrer Eltern und mutmaßlich auch die Eltern der Eltern ihrer Eltern gelebt hatten. Vielleicht hatte sie ihm verkündet, daß das, was für jene gut genug gewesen sei, auch ihr genüge. Vielleicht hatte Beg-rip daraufhin die Achseln gezuckt, sich den Südwester vom Haken hinter der Haustür gegriffen und war zum letzten- und für allemal aus dem ehelichen Hafen ausgelaufen. Was seine Kinder angeht, so waren sie schon längst ihre eigenen Wege gegangen, und nachdem sie nie viel von ihrem Vater gesehen hatten, konnte man nicht erwarten, daß sie plötzlich von Familiensinn gepackt wurden und ihm ans Ende der Welt folgten.

So kamen die Hansens und der Stammvater der Beg-rips in eine ungastliche Bucht an einem nicht minder ungastlichen Küstenstrich.

Fünfeinhalb Jahre lang blühte das Gemüsebeet, die großen, eisernen Trankessel waren selten leer, die Haufen der Walknochen erreichten erstaunliche Höhen. Kapitän Begrips Rumvorrat erschöpfte sich, doch der Melonenwein sprang in die Bresche. Zwei Matrosen ertranken auf See, was im Hinblick auf die Zahl der geschlachteten Wale eine erträgliche Verlustquote war; ein weiterer Matrose ertrank im Vollrausch im seichten Wasser der Lagune und wurde mit seemännischen Ehren bestattet. Und im fünften Jahr genas Mrs. Hansen einer Tochter, die den Namen Beatrice erhielt.

Bei der Geburt stand ihr der Schiffszimmermann der Gemeinschaft zur Seite, der im Nebenberuf der Heilkunst oblag. Seinen Ruf auf diesem Gebiet hatte er erworben, als er das Bein eines Matrosen mit der Laubsäge amputierte. Wider alle vernünftige Erwartung hatte der Mann überlebt, und zum Zeichen seiner hauptberuflichen Fertigkeiten verpaßte ihm sein Retter gleich ein Holzbein.

Für den stillvergnügten Käpt'n Beg-rip, der alles genossen zu haben glaubte, was das Leben bereithielt, gab es eine zweite freudige Überraschung, die ihm vielleicht noch teurer war als die Entdeckung der Melonen. Die Quelle dieses neuen Glücks waren niemand anders als die Ziegenhirten, deren Vorliebe für seinen Melonenwein nur von der Leidenschaft übertroffen wurde, mit der sie die Blätter einer stacheligen Pflanze rauchten.

Was Kapitän Beg-rip darauf gebracht hatte, den Ziegenhirten einen Krug Melonenwein zu bringen, wird von Mrs. Hansen (denn sie ist die – oftmals verbitterte – Chronistin jener Jahre) nicht überliefert. Was sie jedoch in allen Einzelheiten überliefert, ist der Zustand, in dem er zurückkehrte. Während man sich selbdritt am edlen Destillat des Käpt'ns gütlich tat, hatten die beiden Brüder offensichtlich dessen Freundlichkeit erwidert, indem sie seine Pfeife mit ihrem Zauberkraut stopften. Vermutlich war es um Beg-rip in dem Moment geschehen, als ihm klar wurde, daß er das Summen *sehen* konnte, mit dem sich eine Biene ihren Weg zwischen den Gänseblümchen bahnte.

Folgen wie diese wurden von Mrs. Hansen getreulich aufgezeichnet:

> Gegen drei Uhr am Nachmittag wurde mein Mittagsschlaf von meinem besorgten Gatten unterbrochen, der mir mitteilte, daß Beg-rip den Verstand verloren habe. Ich folgte Knut in das grelle Sonnenlicht hinaus und fand Beg-rip am Strand, wo er, Arm in Arm mit einem dieser stinkenden Ziegenhirten, um einen Trankessel herumtanzte. Beide waren so betrunken, daß sie sich kaum auf den Beinen halten konnten und des öfteren ins Feuer purzelten, was keine andere Wirkung auf sie hatte, als sie zum Lachen zu bringen. Natürlich standen viele Matrosen dabei und freuten sich des Schauspiels und ermutigten die Trunkenbolde zu immer neuem törichtem Treiben. Selbst mein Gatte schien sich köstlich zu amüsieren.
>
> Als Beg-rips Haare Feuer fingen, tat er nichts

weiter, als vor Vergnügen zu kreischen. Zum Glück waren zwei Matrosen geistesgegenwärtig genug, ihn in der Lagune unterzutauchen, worauf er nur um so schriller lachte. Ich verlor die Fassung und schrie ihn an, ruhig zu sein. Für einen Augenblick gehorchte er, dann rannte er am Ufer hin und her, bis er über einen Rippenknochen stolperte und vornüber auf das Gesicht fiel. Niemals habe ich einen Betrunkenen gesehen – geschweige Beg-rip, dessen Räusche ich oft genug mitansehen mußte –, der ein derart ungewöhnliches Betragen an den Tag gelegt hätte. Nach dieser Zurschaustellung ließ ihn mein Mann an seinem Bett festbinden. Als ich abends nach ihm sah, wiederholte er immer wieder, daß eine Biene ein gelbes Geräusch macht, nur wenn sie wütend ist, dann summt sie weiß. Ich sagte Knut, daß wir ein Auge auf Beg-rip haben müßten, da der Alkohol anscheinend sein Gehirn angreift.

Nirgends steht verzeichnet, wann die ersten Daggakeime ins Gemüsebeet gesät wurden, aber es dürfte etwa zu dieser Zeit gewesen sein. Mrs. Hansen notiert, daß die Männer begonnen hätten, eine hiesige Tabaksorte anzubauen, und sie füge hinzu, daß sie dadurch noch fauler würden. Auch klagt sie über den stickigen Geruch dieses Tabaks, von dem ihr schwindelig würde. Selbst gründliches Lüften könne nichts ausrichten, und daß nun auch ihr Ehemann am Abend gelegentlich zur Pfeife greife, verzeichnet sie mit deutlicher Mißbilligung.

Es geschah auch während jener Jahre, daß Kapitän Hansen einen neuen Namen erhielt. Ironischerweise fand seine Frau Gefallen an dem Spitznamen und gebrauchte ihn sogar selbst, was unter den Matrosen für manches fröhliche Grinsen gesorgt haben dürfte. Sie glaubte, er bezöge sich auf die Heldentaten ihres Gatten als Walfänger. Sie hatte nur teilweise recht. Er bezog sich auf seine Heldentaten, aber nicht im Walfang.

Es endeten so viele Wale in den Trankesseln, daß sich Kapitän Hansen bald veranlaßt sah, wenigstens alle zwei Monate hinunter zum Kap zu segeln. Seiner Frau gestattete er es trotz ihrer Proteste, ihrer Einsamkeit und Langeweile nie, ihn zu begleiten. Der Grund war nicht schwer zu verstehen: er wollte nicht, daß sie ihm bei seinen Vergnügungen in die Quere kam. Am Kap wimmelte es von willigen Frauen, deren Korsetts seine geschickten Finger aufschnürten, was ihm den Spitznamen Käpt'n Walbein eintrug. Wenn auch die Frauen das Verschwinden dieser einengenden Mode nicht bedauerten, so bedauerte es Knut Hansen um so mehr. Er fand, daß seinen romantischen Abenteuern etwas fehlte, wenn sie nicht mehr durch das Spiel seiner Finger mit Schnürband und den Barten des Wals eingeleitet wurden.

So vergingen fünfeinhalb Jahre, bis mit einem heulenden Julisturm eine neue Gruppe von Siedlern in die Bucht kam.

Niemand war Zeuge ihrer Ankunft, und erst als einer von ihnen höflich an der Tür von Käpt'n Beg-rip klopfte, merkten die Dorfbewohner, daß sie Besuch hatten. Weil der Kapitän berauscht oder betrunken oder beides war, hatte der Klopfer kein Glück. Aber es hörte ihn die nervöse Mrs. Hansen, die ihr fünf Wochen altes Baby in den Schlaf zu kujonieren versuchte. (Kapitän Hansen war gerade auf See.) Sie hielt den Fremden für einen der Ziegenhirten, riß das Fenster auf und schrie ihn an, er solle Ruhe geben. Der tropfnasse Mann entschuldigte sich mit einer Verbeugung, die bis zum Boden reichte, und fragte mit beherrschter Stimme: «Hätten Sie etwas dagegen, Madame, wenn wir uns unter Ihrem Vordach unterstellten?» – «Allerdings», antwortete sie und warf empört das Fenster zu. Glücklicherweise nahmen sich andere der gestrandeten Gesellschaft an.

Die Fremden waren eine Gruppe von philippinischen

Fischern mit ihren Familien. Sie hatten sich zum Fischen in Gewässer gewagt, die zu weit vor dem Kap der Guten Hoffnung lagen, und waren vom Sturm auf See hinausgerissen, nach Norden geblasen und dort wieder an Land gespuckt worden. In gewissem Sinn hatten sie mehr Glück gehabt als die Portugiesen, aber weniger als Käpt'n Hansen senior. Ihr schwimmender Untersatz verfehlte zwar den Seehundfelsen, aber auch die schützenden Gewässer der Lagune. Statt dessen wurde er von der Flut auf die Landzunge geworfen, als wäre er nicht mehr als ein Stück Treibholz. Durchgeschüttelt, aber mit heilen Knochen kletterte die Besatzung, ihre wenigen Habseligkeiten umklammernd, ans Ufer und war erleichtert, sich in einem fernen Außenposten der Zivilisation wiederzufinden.

Während Gott im Leben der Walfänger keine nennenswerte Rolle spielte – außer wenn sie draußen auf den blauen Meeren nach den dunstigen Fontänen des Leviathans spähten –, war er für die katholischen Neuankömmlinge eine allgegenwärtige Macht. Jeden Sonntag hielten sie einen Dankgottesdienst für ihre gnädige Errettung aus dem Wüten der feindlichen Elemente ab. Bald wurde offensichtlich – sehr zur Verärgerung von Mrs. Hansen, aber zur Freude von Käpt'n Beg-rip –, daß keiner von ihnen große Lust verspürte, wieder ans Kap zurückzukehren. Aber sie beschwatzten Kapitän Hansen, ihnen von dort all die geheiligten Gegenstände mitzubringen, die sie zur Ausübung ihres Ritus benötigten. In der Zwischenzeit machten sie sich daran, eine Kirche zu errichten.

Nie zuvor war an diesem Ort soviel Fleiß und Geschäftigkeit gesehen worden. Die Philippiner bauten nicht nur ein Gotteshaus, sondern auch eine lange Reihe von Hütten am Ufer der Lagune. Innerhalb eines Monats hatte sich die Zahl der Häuser mehr als verdreifacht. Nur das Dach der Kirche blieb unvollendet, da die Gemeinde weder über Dachziegel noch über die notwendigen Mittel zur Beschaffung derselben verfügte. Glücklicherweise war Kapitän

Hansen mit seiner Börse nicht minder freigebig als mit seinem Körper, und nie kehrte er von einem Ausflug zum Kap zurück, ohne einen kleinen Posten Biberschwänze mitzubringen. In jenen blühenden Tagen konnte sich niemand vorstellen, daß die Walfangindustrie zusammenbrechen würde, lange ehe die benötigten Ziegel beisammen waren. So starrte die Sakristei für mehr als zwei Jahrzehnte mit offenem Dach gen Himmel.

Lobgesänge dem Herrn, Glocken am Sonntag, Mitternachtsmessen, geweihter Melonenwein – es wurde Mrs. Hansen zuviel. Sie beklagte sich über die Glocken, die ihr Baby aufweckten, sie beklagte sich über den Gesang, der ihre Ruhe störte, aber am meisten beklagte sie sich über die sakramentale Wandlung des Melonenweins, die sie als gotteslästerlich erachtete. Und das von einer Frau, die keine Kirche mehr betreten hatte, seit sie als errötende Braut durch den Mittelgang marschiert war. Wenn ihre Verärgerung zum Ausbruch kam, begab sich ihr Gatte auf die Waljagd oder stopfte seine Pfeife mit dem Daggakraut und sah sich die Geräusche des Holzwurms in den Bodenbrettern an. Wie alle anderen in der Siedlung war er genügsam. Katholiken oder Buddhisten waren ihm Jacke wie Hose: neues Blut bedeutete vor allem neue Gelegenheiten.

Religion, Bauwut und ehelicher Segen waren nicht alles, was die Philippiner zu bieten hatten. Aus den Tiefen der See ernteten sie Bonitos, Hechtmakrelen, Thun-, Lang- und Schwertfische, gelegentlich den Königsdorsch; und aus dem flachen Wasser der Lagune den Hummer, der mit einem Aufschrei hellrosa anlief, wenn man ihn in kochendes Wasser warf. «Einem Schrei, der den Appetit verdirbt und Beatrice weinen läßt», schrieb Mutter Hansen. «Es ist ein Schrei von der Art, die man sein ganzes Leben nicht mehr los wird.» Aber sie war die einzige, die den kochenden Hummern nichts abgewinnen konnte. Die anderen verwandelten sich in Vielfraße, schlemmten zwischen geknackten Schalen und ausgeschlürften Beinen und spülten alles mit Melonenwein hinunter, bis auf dem Strand so viele Hummerschalen verstreut lagen wie Walknochen.

Dann wurde Baby Beatrice krank. Gesundheit, Frische, Wangenrot, hungrige Lippen an der fetten Zitze, alles verschwand wie ein Gespenst im Morgendämmer. Knut war auf See, ebenso der heilkundige Zimmermann. Drei Tage lang schrie das Baby, um so lauter, je mehr man ihm zu helfen suchte. In der Kirche betete die Gemeinde. Unten in den Hütten schüttelten die Frauen ihre Köpfe und bekreuzigten sich aus Angst vor einem so ungewöhnlichen Geschrei. Die Männer verstopften sich die Ohren mit Stoff.

Allein, ihr Herz zerrissen von dem nicht endenden Weinen, wiegte Mrs. Hansen ihr Baby durch alle Zimmer, summte Schlaflieder, betäubte einen tauben kleinen Körper mit Melonenwein, versuchte ihm Milch durch die leblosen Lippen zu pressen. Aus dem Tag wurde Nacht, der Schweißfluß versiegte, Haarlocken wurden glatt, schlafe, mein Baby, schlaf ein, schlaf ein. Für einen Augenblick verstummte das Schreien, und Mrs. Hansen schlief ein, um von Hummern zu träumen, die Beatrices Gesicht hatten und in einem Kessel voll siedendem Wasser schrien.

Aus der Nacht wurde Tag. Während das Kind dahinschwand, schienen seine Lungen immer kräftiger zu werden, bis das Geschrei die gemeinsame Braut der Ziegenhirten auf den Plan rief. Sie packte Kräuter und einen aus Bucchublättern gebrannten Schnaps in einen Schweinslederbeutel, lief ins Dorf und klopfte an der Tür der Hansens.

«Hexe!» gellte Mrs. Hansen. «Ich will nichts wissen von deinem giftigen Gebräu, scher dich zum Teufel!»

Dabei muß sie selbst wie eine Hexe ausgesehen haben, ihr Hauskleid fleckig von eigener Milch und Babykotze, mit tief eingesunkenen Augen und strähnigem Haar. Unverdrossen stellte die Besucherin ihre Medizin auf der Veranda ab und hockte sich auf eine Düne, um solidarisch Wache zu halten.

Was sich während dieser drei Tage und Nächte begab, ist

nur mündlich überliefert. Mrs. Hansen ersparte es sich, die Zeit in ihrem Tagebuch noch einmal zu durchleben. Tatsächlich vergingen an die achtzehn Monate oder gar zwei Jahre, ehe sie wieder den Willen und den Mut hatte, ihre Gedanken zu Papier zu bringen.

Wer kann sagen, was für Gedanken ihr durch den Kopf gegangen sein müssen, was für furchtbare Gedanken, während sie das Kind, das in ihren Armen immer weniger wurde, trotzig an sich preßte, ihm dabei die Luft zum Atmen nahm, es fallen lassen wollte, zerschmettern, in die Gesundheit zurückprügeln? Nichts davon tat sie. Sie bemutterte ihre Tochter bis zu dem Augenblick, da endlich Stille eintrat.

Als das Geschrei verstummte, machte sich die Braut der Ziegenhirten auf den Rückweg zu der gemeinsamen Hütte am Ende der Lagune. Sie kam an den Frauen des Dorfs vorbei, die vor ihre Türen in den frostigen Morgen traten, sich zu zögernden Gruppen zusammenfanden, langsam auf das Haus zutrieben, bis sie alle, nachdenklich, halb verängstigt, davor versammelt waren. Was nun? Was sollen wir tun? flüsterten sie, bis endlich, im abendlichen Nieselregen, Jong Jans Mutter ausgesandt wurde, um an die Tür zu klopfen. Sie tat es, lange und laut und vergebens, wenn man davon absieht, daß kurz vor dem letzten Verdämmern des Lichts Mutter und Kind kurz an einem Fenster erschienen. So kurz, daß manche, die davon überzeugt waren, beide seien tot, die Erscheinung für einen Geist hielten; während andere, erleichtert, weil offensichtlich alles gut war, nach Hause gingen, um das Abendbrot zu bereiten.

Fünf Tage vergingen, bis Kapitän Hansen mit ebenso vielen Rechtwalen im Schlepptau einlief. Er sprang an Land und ging auf sein Haus zu, und die Blicke der Dorfbewohner krallten sich in seinen Rücken. Es war so still wie an dem Morgen, an dem die Schreie verstummt waren.

Eine Stunde später kam er wieder zum Vorschein, in den Händen einen Spaten und ein kleines, in eine Decke gewikkeltes Bündel. Stumm ging er hinaus über das Feld zum Hügel. Auf der vom Meer abgewandten Seite grub er ein Loch, das kein Schakal aufscharren konnte, legte seine Tochter sanft hinein und schaufelte, ohne innezuhalten, die Erde wieder dorthin, wo sie gewesen war. Auf seinem Rückweg begegnete er einer Prozession trauernder Philippiner mit verhüllten Gesichtern, Kerzen in den Händen.

Hansens Frau wurde fast ein Jahr lang nicht gesichtet. Knut widmete sich dem Walfang und seinen sexuellen Streifzügen, als wäre nichts geschehen, aber am Haus blieben die Fensterläden geschlossen und die Vorhänge zugezogen, bis der Jahrestag von Beatrices Tod gekommen war. Bis dahin hatte sich das Dorf die Zungen wundgeredet, was aus Hansens Frau geworden wäre. Es ging sogar das Gerücht um, daß Knut sie ermordet und ihre Leiche unter den Bodenbrettern verscharrt hätte, weil sie seine Tochter hatte sterben lassen. Obwohl ihr Verschwinden die Zungen gut geübt hatte, mußte ihre lazarushafte Wiederauferstehung bis zur Erschöpfung der Sprechwerkzeuge geführt haben. Nach übereinstimmenden Berichten hatte ihre Haut die Farbe von altem Seeschaum, ihr blondes Haar war weiß geworden, ihre dralle Figur abgemagert auf die Knochen. Jeden Tag stand sie nun drei oder vier Stunden an der Mündung der Lagune, ständig überwacht von einem aufmerksamen Seemann für den Fall, daß sie ein Ende machen wollte. Aber anscheinend dachte sie gar nicht daran. Stattdessen hörte man folgendes: «Es würde mich umbringen, noch ein Kind zu haben. Ich weiß es. Es gibt keinen logischen Grund, aber ich weiß, daß es so kommen würde.»

Danach setzt ihr Tagebuch wieder ein. Die Einträge waren nun länger, weniger persönlich, mehr mit dem Leben der Gemeinschaft befaßt. Und es gab eine Menge, womit sie sich befassen konnte.

Zum Beispiel hatte Käpt'n Beg-rip, der tapfere alte Schluckspecht und Daggaraucher, zarte Gefühle für die attraktivste der ledigen jungen Damen im Dorf entwickelt.

Das johlende norwegische Gelächter, das seinen trunkenen Liebesschwüren zuteil wurde, konnte ihn nicht beirren, denn auch das Objekt seiner Begierde hatte, kaum glaublich, ein Auge auf ihn geworfen. Auch wenn er das Alter ihres Urgroßvaters nur um knappe vier Jahre verfehlte – das Herz der jungen Katrina war an den salzigen Piraten verloren.

Gesunder Menschenverstand, weinende Mutter, Tanten, Schwestern; wütender Vater, Onkel, Bruder – nichts diesseits des Todes, so schwor sie, vermöchte ihren Sinn zu ändern. Aber er ist nicht katholisch, erscholl es protestierend. Also konvertierte Beg-rip. Oder, um es genauer auszudrücken, er wurde fromm, soweit sich das durch regen Kirchgang beweisen läßt. Endlich gelang es ihm, zweifellos unterstützt von seinem Wohlstand und dem Melonenwein, die Herzen von Vater, Mutter, Bruder, Schwestern, Onkel, Tanten zu gewinnen, und der Heirat wurde widerwillig zugestimmt. Vier Monate später war Katrina in anderen Umständen, was allen Spekulationen über die Mannbarkeit des alten Mannes ein Ende bereitete. Als ihre Zeit gekommen war, gebar sie einen Sohn, der den Namen Marsdon erhielt.

Eine kleine Einzelheit an der Geschichte entging den Dorfbewohnern, aber nicht der bissigen Chronistin, nämlich daß Kapitän Marsdon Beg-rip bereits verheiratet war. Aus welchem Grund auch immer behandelte Mrs. Hansen die Angelegenheit mit Diskretion und vertraute sie, unter dem Datum der Hochzeit, nur ihrem Tagebuch an: «Nun haben wir einen Bigamisten in unserer Mitte.»

Doch das Leben ging weiter, und noch merkte niemand, außer der langsam verzweifelnden Mrs. Hansen, daß es schlechter wurde. Nicht viel schlechter und noch kaum merklich, trotz des Bigamisten, den die Gemeinschaft an ihrem Busen nährte; aber was die Realeinkünfte anging, so hörten die Schatullen auf, sich weiter zu füllen. Nicht daß die Schatullen armer Schlucker wie der Philippiner oder auch der norwegischen Matrosen jemals übervoll gewesen wären. Doch für Mrs. Hansen war das Kästchen der schwindenden Münzen nun zu einem Gefängnis geworden.

«Mit Geld», schrieb sie, «könnten wir diesen Ort wenigstens verlassen.»

Natürlich hatten die beiden Kapitäne ohnehin kein Interesse, das zu tun. Beg-rip hatte seinen Sohn und sein Weib und den Melonenwein und seinen Zaubertabak. Er brauchte kein Geld mehr, und wenn ihn Hansen auch für die Nutzung seines Schiffes bezahlte, so hatte er selbst seit Jahren keinen Wal mehr blasen sehen. Was Knut angeht, so war er wohl nicht ganz so wunschlos glücklich und mag sogar ein wenig neidisch auf Beg-rips Sohn gewesen sein (was man aus Bemerkungen schließen kann, die seine Frau hin und wieder ihrem Tagebuch anvertraute), aber ihm blieben doch seine Wale, seine Geschäftsreisen und seine Konkubinen, auch wenn immer weniger von ihnen Fischbeinkorsetts trugen.

Während sich so das gute Leben fortzusetzen schien, während der Vorrat an Hummern und Bonitos unerschöpflich war, begann sich die Zahl der Wale im Ozean als endlich zu erweisen. Hatte Kapitän Hansen sein Revier in den frühen Tagen ganz allein bejagt, so mußte er nun feststellen, daß seine jahrelangen, leichtfertigen Prahlereien in den Hafenschenken nach Norden durchgesickert waren und seinen «Rechten» ganz massiv am Zeug geflickt wurde. Keine Stunde schien mehr zu vergehen, ohne daß der glatte Strich des Horizonts von einem Segel oder einer Rauchfahne durchstochen wurde. Wenn er auf eine kleine Schule stieß, dann hatte er selbst mit der erstaunlichen Kanone seines Landsmanns noch nicht alle Tiere markiert, ehe schon Yankees, Briten, Schweden, Dänen oder Russen neben ihm waren und ihre Beute ausriefen. In den letzten Jahren war es manchmal nur noch ein Kalb, das er als Lohn der Mühe nach Hause brachte, aber das schlimmste daran war, daß es immer weniger Rechtfertigung für seine Fahrten nach Süden gab.

«Vielleicht», so schrieb Mrs. Hansen, «würde ihn ein Kind ans Haus binden.»

In den circa fünfzehn Jahren, die zwischen Beatrices Tod und dem ihrer Mutter lagen, findet sich dieser vielsagende, unheilvolle Satz immer wieder in den Tagebucheinträgen über Knuts grüblerische Stimmungen, sein Verhältnis zum jungen Marsdon Beg-rip, den er mit Mitbringseln aus der Stadt überschüttete und verzog, und über ihre eigene, ernsthafte Überzeugung, daß sie bei einer weiteren Geburt das Leben lassen müßte.

Am 4. März, einem windstillen Tag, notierte sie: «Ich glaube, ich bin schwanger.» Einen Monat später, als die Äquinoktialstürme den Ozean bis vor die Türen der Häuser getrieben hatten, schreibt sie: «Ich bin schwanger.» Schicksalsschwere Worte, des Jammers voll.

So legte sie, während die Sturmflut ihr Haus zur Insel machte, den Stift zur Seite, stand auf vom Küchentisch und ging in den Raum, in dem sie nicht mehr gewesen war, seit Knut sie sanft an der Hand herausgezogen und sie ihm die Leiche ihres seit drei Tagen toten Kindes gegeben hatte. Sie öffnete die Tür vor einem Berg aus rosaroter und himmelblauer Wolle aller erdenklichen Stärken und Qualitäten. Ihre Augen füllten sich mit Tränen, als sie die riesenhafte Sehnsucht ihres Mannes erkannte, der nie ein Wort gesagt, nur schweigend ein ganzes Zimmer mit einem Wollvorrat für Hunderte von Babies gefüllt hatte, damit genug im Hause wäre, wenn sich sein Traum doch noch erfüllte. Sie wickelte die ganze Wolle ab und knüpfte sie, in wechselnden Farben, erst Blau, dann Rosa, wieder zusammen und führte einen Faden zu ihrem Stuhl in der Küche, wo sie zu den Nadeln griff, die sie seit ihrer ersten Schwangerschaft nicht mehr berührt hatte, und zu stricken begann.

Und so wird Knut sie wahrscheinlich vorgefunden haben, als er am Abend vom Flensen des kleinsten Rechtwals zurückkam, den er je gesehen hatte, eine wahre Sardine von einem Wal, die ihm zehn Jahre zuvor kein Eisen wert gewesen wäre. Wortlos verzehrte er sein Abendessen und wandte den Blick nicht von der Frau, die still am Ofen saß und strickte. An diesem Abend floh er nicht in seine eigene Welt des Holzwurms, sondern fing an, die Geschichte seines Walfängerlebens in den Zahn eines alten Pottwals zu schnitzen.

Den ganzen Winter über sickerte ein schwaches Licht durch die Küche, während sich Strickschuhe, Strampelhöschen, Pullover, Mützchen, Handschuhe, Schals und Wolldecken neben der werdenden Mutter Hansen türmten und auf dem Fensterbrett so viele Zähne, wie es auf dem Unterkiefer eines Pottwals gibt, die die titanischen Kämpfe zwischen zwergenhaften Menschen und den mächtigsten Tieren dieser Erde nebeneinander aufreihten.

Obwohl Mrs. Hansen niemals einen Blick in das Nebenzimmer warf, um zu prüfen, wieviel Wolle noch übrig war, spürte sie das Ende immer näher kommen, und sie wußte, daß der sechzigste Zahn der letzte war. In den dunklen Morgenstunden des 17. Novembers steckte Knut sein Messer in die Scheide, rieb das Elfenbein an seiner Hose blank und setzte das letzte Kapitel ans Ende der Reihe. Seine Frau blickte auf den Boden hinunter und sah einen dünnen blauen Faden, der wie eine rückwärtskriechende Schlange auf sie zukam. In diesem Augenblick muß sie gewußt haben, daß es ein Junge werden würde. Und vielleicht war das auch der Moment, da sie ihren Ehemann bat, ihn Walbein zu nennen. Das Ende kroch zu ihr hoch und säumte genau den letzten gestrickten kleinen Schuh.

Der Knoten war kaum festgezogen, als eine Wehe von bestürzender Gewalt sie zu Boden warf, wo sie sich wand wie eine Besessene. Knut lief los, um den heilkundigen Zimmermann zu holen und was er nur an Hebammen unter den Philippinerinnen auftreiben konnte. Bis zum Sonnenaufgang mühten sie sich, den gutmütigen Bootsmann

Walbein zu veranlassen, dem Mutterschoß Lebwohl zu sagen und das einzige Unglück zu verschulden, für das er in seinem ganzen Leben verantwortlich sein würde. Nach allen Berichten versuchte er selbst das zu vermeiden, aber es war so unausweichlich wie die sechzig Zähne im Unterkiefer eines Pottwals oder das Leerwerden eines ganzen Zimmers voller Wolle. Als ihn der aufgeregte Heilkünstler und Zimmermann endlich herausgerissen hatte und Knut so schnell, wie er mit dem Flensmesser den Speck abschälte, die Nabelschnur durchschnitt, wurde Mrs. Hansen starr und starb.

Am nächsten Tag wurde sie neben ihrer Tochter in ein schakalsicheres Grab gelegt. Dann folgte eine ganze Flut von Todesfällen, als hätte das Dorf nur auf ihre Erlaubnis zum Sterben gewartet. Erst ein alter Kreef, dann Katrinas Mutter, Vater, Onkel, Tanten, Bruder und zwei Schwestern, Jong Jans Mutter, ein Ziegenhirt und beider Braut, der siebzigjährige Beg-rip, der heilkundige Zimmermann und nach ihm eins, zwei, drei, vier, fünf Matrosen. Auch Unglücksfälle: Beg-rips Schiff ging verloren, die ganze Besatzung ersoff, eine Hyäne brach in den Schweinepferch ein, die halbe Melonenernte fiel einem arglistigen Schakal zum Opfer, Sturmböen bliesen Biberschwänze vom Kirchenschiff, eine Springflut spülte die Leiche eines unbekannten Mannes in die Lagune.

Stück um Stück schrumpfte das Dorf, so wie ein gestrandeter Fisch zusammenschrumpft und sich in den Schwanz beißt. Kapitän Hansen, der stolze, traurige, glückliche, sich grämende Vater, lief niemals wieder aus: Seine Lüste waren erloschen, sein prächtiger Walfänger – befleckt von Kormoranen, schwarzrückigen Möwen und Austernfischern, schwer von Napf- und Strandschnecken – lag auf dem Sand und verrottete. Die großen eisernen Kessel kippten von ihren Gestellen und rosteten unter den Füßen von Seeschwalben und Knurrhähnen. Die Siedlung war der Welt verlorengegangen.

Dritter Teil

SECHS

Das Begräbnis der drei Jungfrauen

Natürlich kann, was einmal begonnen wurde, nicht einfach enden. Der Gang der Dinge ist ein Prozeß, und nichts kann der Welt verlorengehen, selbst wenn für Jahre und Jahre nichts passiert. Und für Jahre und Jahre passierte nichts.

Dann schlich sich an einem lauen Morgen früh um drei die Familie Jabaar aus dem Hafenhotel, flitzte durch die Straßen des Werftgeländes zu dem aufragenden Koloß, der den Namen *Heraklion* trug, schlich an der schlafenden Wache vorbei an Bord und versteckte sich, in blinde Passagiere verwandelt, in einem Rettungsboot. Es war ein ganz alltägliches Ereignis: Keine Kometen schweiften über den Himmel, kein Sternschnuppenschwarm blitzte am Firmament, keine Heuschreckenplage raspelte in jedem Busch, keine unheilschwangeren Vorzeichen kündeten von dem, was kommen sollte, nur die Sirene eines Schleppers heulte bei Hochwasser und ein Trampschiff dampfte seewärts aus dem Hafen.

Während die Jabaars auf die Reise gingen, wälzte sich ein ziemlich deprimierter und schlafloser Montague Planke in einer Zelle am Ende eines Korridors aus roten Ziegeln, die seit vier Jahren und zweihundertneunundvierzig Tagen sein Zuhause war. Das Gebäude, zu dem diese Zelle und der Korridor gehörten, war das älteste Gefängnis der Stadt, bewohnt von den Geistern so berühmter Delinquenten wie des Marquis Barocco, eines Architekten aus dem vergangenen Jahrhundert, der die auf nächtlichen

Streifzügen durch die stinkende Stadt erbeuteten Gerippe von Straßenjungen, Huren, betrunkenen Matrosen, Zofen, Mesdames und sogar, so wird vermutet, einem jungen Prinzen von königlich-holländischem Geblüt in all die verschnörkelten Villen und Gebäude eingipste, die er erbaute; oder des redlichen John Sainsbury, eines Goldgräbers und Anhängers der Buren, den die ehrlosen Händel des Gouverneurs am Kap dermaßen empörten, daß er einen Monat lang zu Pferd gen Süden unterwegs war, um seine Waffe gegen ihn zu erheben, wobei er danebenschoß und von der berittenen Polizei kassiert wurde; oder des wahnsinnigen Muselmanen Agmat Ardeel, der im Monat Ramadan einen heiligen Krieg gegen die Ungläubigen vom Zaun brach, der mehr Seelen Dunkelheit brachte als Erleuchtung; oder des Freien Mdinga, der zu dem Weingut, auf dem seine Vorfahren als Sklaven gelebt hatten, zurückkehrte und den Winzer zwang, ein ganzes Faß Burgunder auszutrinken, um seine Familie von den Sünden der Väter reinzuwaschen; oder des Bischofs Westerford, der an Christi Himmelfahrt in seiner Not in den Kommunionskelch pißte, nachdem er den geweihten Wein in der Nacht zuvor bis zum letzten Tropfen ausgetrunken hatte; und eines Haufens ganz gewöhnlicher Krimineller, Taschen-, Pferdediebe und Halunken obendrein. Sie alle haben ihm während der vielen Tage und Nächte Gesellschaft geleistet. Aber natürlich hat er noch weitere unsichtbare Besucher gehabt, in Gestalt verbitterter Erinnerungen an Charlie Goodboy Macaroni, an Sidney Phoenix den Buckligen und, Gott möge seine Seele verfaulen lassen, Sir Maximilian Shroud, den hochnäsigen Gentleman und Spekulanten und Verräter, der ein betrügerisches, ein doppelt falsches Spiel mit ihm getrieben und ihm mit seinem Gerede von einem narrensicheren Weg zum Reichtum diesen Schlamassel beschert hatte.

«Ein wirklich narrensicherer Weg zum Reichtum», hatte er dem interessierten Montague Planke verkündet, «der beschritten wird, mein Lieber, indem Sie von Zeit zu Zeit einige behutsame Korrekturen in den Büchern dieser höchst generösen Firma vornehmen, können Sie mir folgen, Montague? Sie brauchen nichts weiter zu tun, als die Grundsätze der doppelten Buchführung mit ein wenig mehr Begeisterung anzuwenden, als sie der durchschnittliche Buchhalter selbst bei Dienstschluß um halb vier am Nachmittag aufzubringen vermag. Ein kleiner Eintrag hier, ein anderer dort, ein Übertrag ins Journal und ein vierter, wo Sie ihn für dienlich halten. Nichts Schlimmes dabei, nur lose Enden und Reibungsverluste im System, wenn Sie mir folgen können. Beim Hauptbuch werden Sie in Sidney Phoenix einen höchst kooperativen Mitarbeiter finden, und von Goodboy Macaroni ist bekannt, daß er bei der Jahresrevision gelegentlich ein Auge zudrückt. Solange Sie nicht zu abenteuerlustig werden, zu verliebt in Ihre eigene Geschicklichkeit, haben Sie einen narrensicheren Weg zum Reichtum gepachtet, für Ihr ganzes Leben, Mr. Planke. Wenn Sie mir folgen können.»

Und ob er ihm folgen konnte! Stets bereit zu einer gelegentlichen Gaunerei, ein alter Hase auf dem Feld des kleinen Eigentumsdelikts, geschult von einigen der schärfsten Haie im Geschäft, machte Montague Planke diese Gefolgschaft keinerlei Schwierigkeiten. Es war ja so einfach: Ein paar schöne Worte hier, eine kleine Geldwäsche dort, und auf seinem Konto erblühte ein Aktivsaldo, der die Bank seiner Träume sprengte – bis zu jener fatalen vierten Revision, bei der Charly Goodboy Macaroni ohne auch nur die Andeutung eines Lächelns in das Büro geschritten kam, das Hauptbuch auf Montague Plankes Schreibtisch knallte und sagte: «Mr. Planke, können Sie mir erklären, was hier vorgeht?»

«Was soll das, Charlie?» lachte der arglose Montague Planke. «Du weißt doch ganz genau, was läuft.»

«Nein, ich weiß es nicht, Montague», erwiderte Charlie Goodboy Macaroni. «Gelder gehen ein, sie werden hier- und dort- und überallhin umgebucht, und plötzlich, schwups, sind sie verschwunden, als hätte sie ein Zauberer mit seinem Stab berührt. Wohin, frage ich Sidney Phoenix, der in seinen Büchern nachsieht, aber dort steht nichts drin. Etwas das einmal da war, ist verschwunden. So etwas nennt man Unterschlagung, Montague, Diebstahl von Firmengeldern, ein kriminelles Vergehen, in das wir wohl Sir Max einweihen sollten.»

Noch im holzgetäfelten Büro von Sir Maximilian Shroud wollte Montague Planke dem ernsten Ton nicht glauben, der da angeschlagen wurde. «Soll das ein Witz sein, Charlie?» beharrte er. «Du und der Bucklige, wollt ihr mich in den April schicken?»

«Ich wünschte, dem wäre so, Montague», gab Charlie Goodboy Macaroni zur Antwort. «Aber in Wahrheit beobachten wir dich schon seit geraumer Zeit, ist es nicht so, Sir Maximilian?»

«So ist es, Macaroni, so ist es», sprach Sir Maximilian, legte seine Fingerspitzen aneinander und stützte das Haupt auf die solchermaßen betenden Hände. «Eine gräßliche Enttäuschung, Planke, ausgerechnet Sie, mit Ihren tadellosen Leistungen bis dato und Ihren glänzenden Aussichten! Wußten Sie das eigentlich, Charlie? Planke hier war zu Höherem ausersehen. Von einem Aufstieg in die Direktionsetage habe ich läuten hören. In zehn Jahren einen Sitz im Vorstand. Es ist ein wahrer Jammer, Planke, ein wahrer, wahrer Jammer. Aber tragen Sie es wie ein Mann, Planke, tun Sie, was ich sage, und wir werden günstige Auskünfte über Sie geben.»

Montague Planke hatte viele bittere Jahre Zeit, um Sir Maximilian Shroud, Charlie Goodboy Macaroni und Sidney Phoenix dem Buckligen für diese Freundlichkeit zu danken. Denn wie der Richter in der Urteilsbegründung ausführte, «haben Ihre Kollegen eine so hohe Meinung von Ihnen geäußert, Planke, daß dieser bedauerliche Vorfall als Ausrutscher in Ihrer sonst makellosen Akte gewertet und die Hälfte Ihrer Strafe zur Bewährung ausgesetzt werden kann; gleichwohl war die Summe, die Sie an sich brachten und in einem der Ausschweifung geweihten Leben verpraßten, so erheblich, daß Ihnen trotz der gezeigten Reue eine Reststrafe von fünf Jahren zu verbüßen bleibt, die Sie Bescheidenheit lehren wird. Im Namen der Regierung. Der Nächste bitte.»

So kam es, daß Montague Planke, der von Ausschweifungen nichts wußte, weil ihm weniger als ein Viertel der Erträge zugefallen war, die seine Raffinesse abgeschöpft hatte, nun hellwach auf dieser harten Pritsche lag, die seit geraumer Zeit sein einziger Luxus war, während es sich die Familie Jabaar auf den nicht minder harten Bänken eines Rettungsbootes bequem machte. Was den schlaflosen Häftling peinigte war nicht Zerknirschung ob seiner gesellschaftsschädlichen Aktivitäten, sondern der Gedanke an den bevorstehenden Morgen, an dem sich, kaum daß die Sonne über die Bergkämme emporgestiegen war, die kleine Blechtür in dem großen Stahltor für ihn öffnen und er in die Freiheit entlassen würde – mittellos, ohne einen Pfennig in der Tasche, des Elends magere Beute, der keine Familie und kein Freund unter die Arme greifen konnte.

Nicht allzu viele Stunden später quittierte Montague Planke, nicht länger Nummer J 69-11-26 E, umwittert vom Mottenpulvergeruch des jahrelang weggesperrten Anzugs, im Magen ein flaues Gefühl und im Mund den Geschmack von angebranntem Porridge, für seine Besitztümer: eine Herrenarmbanduhr (kaputt), ein Füllfederhalter (ausgetrocknet), eine Brieftasche (leer), diverse Kleidungsstücke und ein verbeulter Pappkoffer.

«Tja, nun sind Sie ein freier Mann, Mr. Planke, Sie haben Ihre Zeit verbüßt, Ihre Schuld ist getilgt, Ihre Weste wieder weiß. Machen Sie sich einen schönen Tag.» Mit diesen Worten klappte der Gefängnisdirektor sein Hauptbuch zu und schlug eine neue Seite im Journal auf.

Keine große Zeremonie, keine Trompeten, kein herzhaftes Hipphipphurra von seiten der übrigen Insassen, nur ein alter Wärter, der Hüter des Tores, der vor ihm über den feuchten Innenhof schlurfte, den gefürchteten Schlüssel einführte, die kleine Blechtür auftat. Ein Schritt, und er war draußen, im Nieselregen, niedergedrückt und namenlos, schlug den Kragen hoch, wappnete sich gegen das metallische Zuschlagen der Tür und erwartete nicht im Traum die freundliche Stimme, die da sprach: «Ich hab schon viele Jungs wie Sie gesehn, die mehr Angst vor dem Moment hatten, wo ich sie ausgesperrt hab, als wie ich sie einsperrte. Seltsame Sache das, gibt's doch kein süßeres Wort als Freiheit, wenn Steine und Eisenstäbe einen davon fernhalten, aber wenn Sie mich fragen, dann ist keiner freier als die, die hier drin sitzen, denken Sie mal drüber nach, die haben keine Anstände, wie sie ihren Job behalten und wie sie auf die Speckseite kommen, um ihren Lieben daheim die hungrigen Mäuler zu stopfen. Ich hab's mit eigenen Augen gesehen, Sie würden's ja nicht glauben, wie viele Männer ich regelrecht durchs Tor schieben mußte, so hatten sie die Hosen voll beim ersten Blick nach draußen, mitten rein in den grinsenden Rachen der Freiheit. Besonders Leute wie Sie sind arm dran, Mr. Planke, die keine Familie haben, haben Sie doch nicht, oder, und denen sag ich dann, was ich schon so vielen gesagt hab über die Jahre – schreib die Zeit nicht in den Schornstein, die du hier verbracht hast, sag ich, du hast hier viel interessantes Volk kennengelernt, viele Bekanntschaften geschlossen, auf einen oder zwei kannst du vielleicht als Freunde zählen. Also hin zu ihnen. Trinkt ein Glas Bier zusammen. Glaubt mir, es werden mehr Geschäfte in mancher rauchigen Spelunke gemacht als in vielen sauberen Sitzungssälen. Und es geht schneller und gewitzter ab, das schreiben Sie sich mal hinter die Ohren, Mr. Planke, wer weiß denn schon, wie die Welt heut nachmittag um vier aussieht?»

Montague Planke murmelte seinen Dank («für nichts», fügte er im stillen hinzu) und schickte sich an, der Freiheit in den grinsenden Rachen zu marschieren, der in Erwartung seines Kommens schon sichtbar speichelte. Doch die Stimme in seinem Rücken verstummte nicht.

«Augenblick, Mr. Planke, warten Sie 'ne Minute. Sie kannten doch Namaqua Drift? Sie erinnern sich doch an den Käpt'n, diesen Kleiderschrank von einem Kerl, mit nur fünf oder sechs Zähnen im Mund, so fleckig wie altes Elfenbein, und Tätowierungen von nackten Weibern überall am Körper, mit der schönsten genau auf seinem Johannes? Es kann ein oder zwei Jahre her sein, da hab ich Sie doch immer mit ihm zusammen am Tisch gesehn oder beim Hofgang, er immer mit diesen wedelnden Armen, wenn er sein dummes Zeug erzählte. Ich glaube, er hat einen Narren an Ihnen gefressen, denn das passiert nicht jedem, daß Käpt'n Drift ihm eine Nachricht hinterläßt. Ich weiß nicht mehr wann, da sagt er zu mir und wedelt mit den Armen, aber ich hab ihn schon verstanden, Mister Torwächter, sagt er, wenn Sie den Schlüssel für diesen kleinen rundlichen Burschen namens Montague Planke reinstecken (so rundlich wie damals, als Sie kamen, sind Sie freilich längst nicht mehr), dann sagen Sie ihm doch, daß er mich in der Hafenschenke suchen soll, und wenn ich auf See bin, dann soll er dort auf mich warten, auf meine Kosten. Er hat keine Freunde, sagt er, die hat mein Freund nicht, aber dafür hat er was anderes, was wir beide nicht haben, und das ist Köpfchen. So stehen die Aktien, Mr. Planke, das war die Botschaft, und wenn ich an Ihrer Stelle wäre, dann würde ich mich hübsch auf die Socken machen. Ich hab gehört, daß er sich wieder ein Schiff gekauft hat, und vielleicht braucht er eine Deckhand oder irgendwas. Man kann nie wissen, aber so oder so, die Hafenschenke ist nicht der schlechteste Ort für einen Mann, der sein Leben wieder in den Griff kriegen will.»

Montague Planke hatte an Namaqua Drift keinen Gedanken mehr verloren, seit sie sich verabschiedet hatten, auch wenn ihm der Kapitän etwa anderthalb Jahre lang durch den mittleren und zähesten Teil seiner Wegstrecke geholfen hatte: jenes Stück, auf dem es immer noch bergauf geht und die Halbzeit nicht näherkommen will und auch die Stärksten verzweifeln. Von all den braven Männern, die durch das ragende Portal dieser alten Strafanstalt gewandert waren oder noch drinnen saßen, war Namaqua Drift ohne Zweifel der häßlichste gewesen, aber auch der, zu dem Planke am meisten Zutrauen gefaßt hatte. Ein alter Halunke durch und durch, nicht besser als ein Seeräuber, und doch hatte der Mann etwas Menschliches, das Shroud, Macaroni, Phoenix und ihresgleichen völlig fehlte. Also machte sich Planke, der zumindest wieder einen Silberstreif an seinem Horizont sah, auf den Weg in die neblige Stadt, durch Straßen voller Regenschirme und Pelerinen, vorbei an Juwelieren, die Diamantringe in ihre Auslagen legten, vorbei an Kontoren und Cafés, hinunter in das Viertel, das gerade erst zu Bett gegangen war und wo das Bier und das Blut der Nacht noch im Rinnstein schimmerten.

Und während Montague Planke unter der dampfigen Pforte der Hafenschenke stand und auf die zweite Chance seines Lebens wartete, zog die Familie Jabaar, seekrank, hundeelend und mit steifen Gliedern nach nur neun Stunden auf dem Ozean, eine Bilanz des ihren und kam zu dem Schluß, daß es ihm an so ziemlich allem Wünschenswerten mangelte. Montague Planke war durchgefroren, hatte aber wenigstens Grund zum Optimismus und würde binnen zweier Stunden an Leib und Seele wohlig erwärmt sein; die Jabaars dagegen waren durchgefroren ohne Hoffnung auf Erwärmung und blickten einer Zukunft ins Auge, die so trostlos war wie die öden Fetzen Meer und Himmel, die sie durch die Löcher der Persenning sehen konnten, unter der sie sich verbargen. So groß war ihre Tapferkeit und Stärke, daß sie gleichwohl, mit der Verzweiflung der Hoffnungslosen, noch dreieinhalb Tage in ihrem Versteck ausharrten, bis Fagmies schönes Weib Sheemina, am Ende ihrer Selbstbeherrschung, durch das dünne Segeltuch brach und ein herzzerreißendes: «Kapitän, ach, guter Herr, errettet uns vor dem nur zu gewissen Tod!» hören ließ. Worauf Fagmie Jabaar, indem er sie ins Boot zurückzuzerren suchte, folgendes erwiderte: «Sheemina, mein Weib, was tust du? Man wird uns alle den Haien zum Fraß vorwerfen wie allzu verdorbenes Pferdefleisch.»

Während Fagmie Jabaar, seine Frau und der Sprößling zur Kapitänskajüte geführt wurden, schossen durch Fagmies Kopf all die erst jüngst gelesenen Geschichten von blinden Passagieren, die auf ein Fingerschnippen des Bootsmanns hin über Bord geworfen oder mit dem zweifelhaften Gnadenerweis eines kleinen Ruderboots und einer Wochenration Verpflegung auf einem Ozean ausgesetzt worden waren, der sich bis zum nächsten Land so weit erstreckte wie zu den Sternen.

«Weh uns, Weib!» klagte er. «Was soll nun aus uns werden?»

«Besser ein schnelles Ende im Rachen eines Hais, als langsam zu verschmachten wie ein blinder Passagier», entgegnete seine Frau, die nun ruhiger war als der Wasserspiegel einer Lagune bei Sonnenuntergang. «Im übrigen ist es an der Zeit, daß du ein wenig mehr Vertrauen in die Menschen setzt.»

Unter den herrschenden Umständen war das eine schwierige Aufgabe, vor allem, als er einem tobenden Griechen vorgeführt wurde, der auf den Tisch einschlug, den Möbeln Fußtritte versetzte und seiner Wut freien Lauf ließ, bis ihm der Schaum in den Mundwinkeln stand; dann setzte er sich hin, stützte schwer den Kopf auf die Hände und stöhnte: «Warum ich? Warum mußtet ihr euch gerade mich aussuchen? Es gibt so viele andere mit Dreck am Stecken, für die ein weiterer blinder Passagier nicht schlimmer wäre als ein Frühstück. Aber ich, Kapitän seit fünfunddreißig Jahren, mit einer blütenweißen Weste auf meiner letzten Fahrt nach Hause, ich will mir keine blinden Passagiere mehr auf mein Gewissen laden. Ihr habt mein Leben ruiniert. Was soll ich nur tun?»

«Kapitän, guter Herr, hört meinen Vorschlag», sprach Sheemina, die sich an einem Stuhl festklammerte, weil ihr vor Hunger schlecht war. «Warum bietet Ihr uns nicht per Funk an?»

«O ja», sagte Fagmie Jabaar, «das ist eine glänzende Idee, denn wir sind äußerst nützliche Leute.»

«Kirche der gebenedeiten Jungfrau, heiligste Mutter des hochheiligen Sohnes, all ihr Märtyrer und Du, allmächtiger Vater, gebt mir die Kraft», flüsterte der Kapitän. Dann blickte er hoch und brüllte: «Rrrraus mit diesen Geisteskranken, fort, aus meinen Augen, das ist kein Radiosender und ich bin kein Plattenaufleger beim Wunschkonzert, ich bin der Kapitän der *Heraklion*, ein geachteter Bürger, Seemann, Vater und Gemahl. Warum erlegt mir Gott der Herr diese Prüfung auf?»

Gleichviel – als der Raki erst in seinem Magen zu wirken begann und die Faust in seinen Eingeweiden sich entkrampfte, folgte der alte Seebär Sheeminas gutem Rat.

«Hier spricht der Kapitän der *Heraklion*», verkündete er dem Kurzwellenuniversum, «der den Kanal gestrichen voll hat von süßholzraspelnden Curryfressern und sie ihrem Schicksal überlassen wird, wenn sich nicht ein guter Samariter ungespitzt zu ihrer Rettung meldet. Also traut euch, meine Brüder in Christo, seid großherzig und holt euch eure Nächsten aus dem Punjab ab, ehe Freund Hein ihre Knochen kriegt. Ende der Durchsage, kommen!»

Auf der Stelle wurde ihm Antwort zuteil: «Hört ihr mich, hört ihr mich, *Heraklion*. Schande über euch, daß ihr auch nur mit dem Gedanken spielt, sie über Bord zu werfen. Hier spricht Klein Marsdon-vom-Land, und er ist empört über eure niedrige Gesinnung. Habt Mitleid, Sir, bedenkt die Heiligkeit des menschlichen Lebens, nehmt lieber Unbill auf Euch, als Euer Gewissen zu belasten mit dem Tod unschuldiger Seelen. Kommen!»

«Jaja, schon gut, aber blinde Passagiere sind nun mal

für jeden Käpt'n der Ruin, wie man's auch dreht und wendet», kam die ermattete Antwort.

Und so geschah es, daß in der nächsten Morgendämmerung Jong Jan, Vygie Bond, die Brüder Kreef und der junge Stevie andächtig auf der Pier standen und ihres Staunens kaum Herr wurden, wie ein Schiff von so riesiger Größe das Meer befahren konnte und nicht billigerweise auf der Stelle darin unterging, während von den Davits ein Rettungsboot herabgelassen und die Familie Jabaar an Land gepullt wurde.

Ohne ein Wort zu sprechen (jedenfalls nicht so laut, daß man es hören konnte), standen Männer, Frauen und Kinder am Ufer, wie sie schon einmal dort gestanden hatten, als ein fremdes Boot eingelaufen war, doch diesmal war Mondling unter ihnen. Man hätte ein Ei platzen hören können, während sie das Rettungsboot beobachteten, das schneller auf sie zugerudert kam, als selbst die Brüder Kreef im Wettlauf mit einem Sturm ruderten. Und am Heck stand Fagmie Jabaar und ließ weiße Zähne blitzen und gab mit beiden Armen so begeisterte Signale der Begrüßung, daß es ein Wunder war, wie er sich dabei an Bord halten konnte.

Als Mondling die Hautfarbe des Neuankömmlings erkannte, begann er in sich hineinzumurmeln, doch Klein Marsdon-vom-Land hielt schnell eine Rede zugunsten der Jabaars, deren Wirkung noch verstärkt wurde, als Fagmie im knöchellangen Mantel über einer Art Pyjamahosen, gefolgt von seiner mit Ausnahme eines Speckröllchens am Bauch in wallende Saris gehüllten Missus, an Land trat und sagte: «Guter Herr, wir danken Euch für soviel Freundlichkeit», wobei er Mondlings befremdete Hand packte, was die am wenigsten freundliche Hand war, die er finden konnte. Tatsächlich war sie so unhöflich, daß sie sich freischüttelte und ihrerseits zu gestikulieren begann, wozu Worte erklangen, die selbst in Jong Jans Ohren schmerzten. «Gott im Himmel, was nimmst du dir heraus, Kuli? Wer zum Henker hat uns diese gelbe Plage eingebrockt?»

Als er diese Sprache hörte, trat Klein Marsdon-vom-Land einen ritterlichen Schritt nach vorn, um den Barbaren in seine Schranken zu verweisen.

«Wo bleibt Euer Mitgefühl, Mondling?» fuhr er ihn an. «Wollt Ihr lieber, daß diese armen Unglücklichen einen elenden Tod auf See sterben? Hättet Ihr das vorgezogen? Wie könnt Ihr es zulassen, daß ein unschuldiges Kind – seht nur, wie es sich unter den Röcken seiner Mutter verkriecht aus lauter Angst vor Eurem Unsinn –, daß ein unschuldiges Kind, sage ich, ein solches Ende nimmt? Wie könnt Ihr sie tagelang, bis zum gewissen Tod, Hunger und Durst leiden lassen, wenn sie nicht vorher von den Haien gefressen werden? O nein, Mondling, solche Gedanken sind von Übel!»

Worauf Herr Mondling einen, wenn nicht zwei Schritte zurückwich. Und ob es ihm paßte oder nicht (den meisten anderen paßte es durchaus, nachdem sie sich erst über den roten Punkt auf Sheeminas Stirn beruhigt und alle Frauen an ihrem Sari herumgefingert und Fagmie Jabaars Hände die Hände sämtlicher Umstehenden von Samuel bis Stevie geschüttelt hatten) – die Jabaars wurden als Glieder der Gemeinschaft aufgenommen.

Fagmie Jabaar erklärte nie so ganz, warum er alle Vorsicht über Bord geworfen und den verzweifelten Ausweg des blinden Passagiers gewählt hatte; aber er vertraute Montague Planke einmal an, daß es mit Schikanen zu tun gehabt hatte, daß die Leute ihn verspottet, Ziegelsteine durch die Fenster geworfen, sogar die Hauskatze getötet und den enthäuteten Kadaver vor die Tür gelegt hatten. Garstige Dinge, die ausreichten, um einen aus dem Viertel zu verscheuchen, aber nicht aus einer Stadt. Doch das war nur der Anfang. Denn bald war auch die Polizei gekommen, hatte die Familie zu den unmöglichsten Morgenstunden aus den Betten geholt, mit Taschenlampen ins Schlafzimmer geleuchtet, dann folgten Festnahmen, Gerichtsverhandlungen, Nächte im Gefängnis. Das Verbrechen der Jabaars war, daß Sheemina nicht aus Indien stammte. Sie war eine Weiße, eine Christin dazu, und ehe sie ihren Fagmie getroffen hatte, war ihr Name Rosalind Mills gewesen.

Soviel von den Jabaars, die sich jetzt in der Sicherheit von Lady Sarahs Betten wiegen, wo man von fern die Brandung am Whale Beach hört, während die Gastgeberin leise durch die Flure huscht auf ihrer Suche nach Liebe und Trost.

Vierhundert Meilen weiter südlich, am Ende einer menschenleeren, brandungsumtosten Küste, liegt jenes Hafenviertel am Fuß des Berges, wo Matrosen auf dem Rückweg zum Schiff ihrer Versucherin begegnen, wo jede Toreinfahrt die Wohnung eines Penners ist, mit Pappdeckeln als Teppich und einem Mobiliar von Fuselflaschen, und wo auf einem stillen, katzenkopfgepflasterten Platz zwischen den finsteren Fassaden von Hotels und Waffenläden eine Laterne brennt, vor der sich wie ein Metronom eine Silhouette hin und her bewegt. Es ist der schlaflose Montague Planke, der während der vergangenen fünf Tage auf Kosten von Käpt'n Namaqua Drift in einem Zimmer über der Hafenschenke gehaust hat, dessen Bett es mit jeder efängnispritsche aufnimmt, während man im geschwollenen Maul des Sessels schier versinkt. Diese fünf Tage waren erfüllt von quälender Leere, wenn nicht von wachsender Enttäuschung, und obwohl Montague Planke mit dem Enthusiasmus der Bewohner dieses Viertels begrüßt, gefeiert und freigehalten worden ist (denn es geschieht nicht jeden Tag, daß jemand aus dem Knast am Bergeshang heruntersteigt, und die Hiesigen haben viele Freunde unter den Gästen jenes Staatshotels), läßt ihre Gastfreundschaft schon merklich nach, und seine trüben Zukunftsaussichten drücken ihm schwer auf die Seele. Doch ohne daß er es zu dieser vormorgengrauen Stunde ahnt, steht sein Retter bereits vor der Tür.

Mehr oder minder. Es dauert noch bis Mittag, da schlingert ein badewannenähnliches Paketboot in den Hafen und macht an einem abgelegenen Kai fest. Außer einer buntscheckigen Besatzung, die im Alkoholdunst zusammengewürfelt wurde und sicher keine zweite Reise mitmacht, so schnell geht sie an Land und zerstreut sich zwischen Lagerhäusern, ist der massige Mann mit dem Piratenkopf und den vielen Tätowierungen an Bord, den Montague Planke bald als seinen Retter betrachten wird. Jetzt springt er mit der Behendigkeit von jemandem an Land, der höchstens halb so alt ist wie er, und bewegt sich hinkend (die Folge einer Kinderlähmung im Jugendalter, die ein Bein verkürzt zurückgelassen hat), aber mit großer Zielstrebigkeit, die Hüften in einem Tempo schwenkend, dem die meisten Gesunden nur mit Mühe folgen könnten, durch die Straßen dieses Nachmittags bis zur Ecke von Aziz' Schneiderladen («Der Ausstatter des Mannes von Welt – persönlicher Service garantiert»), die er umrundet, um über den Platz in die Hafenschenke einzulaufen und an der Biertheke der langen Martha anzudocken.

Dort war es, wo, keine Minute später, seine Augen zu tanzen begannen und sich in seinem Bart ein Loch auftat, in dem braune Stummel sichtbar wurden, und ein Geräusch aus dieser Höhle herausdrang, das bei jedem anderen für den Schmerzensschrei eines eingedrückten Brustkastens gegolten hätte, und mit der Gewalt einer vom Sturm losgerissenen Großrah seine Hand auf Montague Plankes Schulter niederkrachte. Trotz der Schmerzen im Rücken und des quälenden Hustenreizes, der ihn für die ersten fünf Minuten seiner Wiedervereinigung mit Namaqua Drift in japsendem Atem hielt, empfand Montague Planke eine gewisse Erleichterung, ein gewisses, tiefreichendes Wohlgefühl, das von der massiven Gegenwart dieses Mannes ausstrahlte und natürlich bald auch von der begeisternden Kraft des Biers.

Überflüssig zu erwähnen, daß der Kapitän, der auf vage

Weise mit Fischerei und irgendwelchen Im- und Exportgeschäften zu tun zu haben schien, jede Menge guter Ratschläge für den ratlosen Montague Planke auf Lager hatte. Wo Planke nur Elend sah, prophezeite Drift ihm Wohlstand; wo Ungewißheit Montague Planke mutlos machte, sah Namaqua Drift nur vielversprechende Möglichkeiten. Trotz der rauhen Schale des Seebären war er mehr wie ein Vater, der einen gescheiterten Sohn wieder aufrichtet, oder wie ein Autor, der einer Figur gut zuredet, die ihm aus dem Ruder zu laufen droht.

«Nichts da, Montague», sagte er mit wedelnden Händen und Fingern, «was soll dir all das Selbstmitleid schon bringen, all das Gerede vom Abhauen und dir einen Job als Gastronom oder Astronom oder als Hausmeister oder was weiß ich suchen? So ist das Leben nicht. Es fährt dir vielleicht in einer finsteren Nacht mit dem Messer zwischen die Rippen, aber wenn du auf den Füßen bleibst, dann hast du 'ne faire Chance durchzukommen. Wenn du aber zu Boden gehst und im Rinnstein liegst, dann kriegst du nur noch mehr Fußtritte ab, denn mit einem Verlierer will keiner was zu tun haben. Also raff dich raus aus der Scheiße und dem Dreck und zeig ein bißchen Rückgrat, ein gutes altmodisches bißchen Mumm. Aber eh du damit anfängst, laß dir einen Rat geben, einen guten Rat von einem, der ganz hübsch rumgekommen ist, der in feindlichen Häfen angelegt und Stürme abgewettert und niemals Dinghi, Boot oder Brigg im Stich gelassen hat, und dieser Rat ist folgender: Sei dein eigener Herr, sei Kapitän auf deinem Schiff, das Leben ist zu kurz, um nur perfekte Kreuzknoten zu knüpfen. Schau dir alle die traurigen Saufköpfe in dieser Schenke an, Montague – den Burschen, der dort am Tresen hängt, so betrunken, wie du ihn an jedem der vergangenen fünf Abende gesehen hast, oder Cynthia dort drüben, die hinter ihrem einladenden Lächeln lustlos ihrem Gewerbe nachgeht, oder dort die Gruppe, die gerade schallend lacht, alles Knastologen, die schon diese oder nächste Woche wieder sitzen werden, weil sie 'ne Pulle Wein geklaut haben, und wenn's das nicht war, dann eine Herrenarmbanduhr. Oder dieser Mann da, den sie Lord George nennen, ein Self-made-Millionär, der alles wieder verloren hat und nicht mehr auf die Beine kommt, wenn er sich einen einfachen Gin leisten kann, ist es schon ein guter Tag für ihn – würde es dir schmecken, in dieser ausgesuchten Gesellschaft zu enden? Sklaven sind sie alle. Viele könnten geradesogut in der Hölle sitzen und würden den Unterschied nicht merken. Aber jetzt schau mich an, sicher kein Bild des Reichtums mit meinen Löchern an den Ellenbogen, den ausgefransten Manschetten, meine Haut narbiger als rostiges Blech, aber trotzdem ganz allein mein eigener Herr. Hör mich an, Montague: Glaub nicht den großen Worten, bleib auf dem Boden, geh deinen Weg, mach eine Handelsagentur auf. Denn das ist die Ecke, wo das Geld liegt. Import und Export, Ankauf und Verkauf, man muß das Hirn eines Pinguins haben, um dort nicht seine Chancen zu sehen, Mann! Hör zu: Ich hab einen von diesen Krämern kennengelernt, Goldbergs Import/Export-Agentur, ein unauffälliges Schild, ein bescheidenes Büro, kleiner als das Scheißhaus eines Trawlers, um genau zu sein, aber dort macht er Kasse, kauft alles mögliche, Perlen, Steine, Bilder, sogar alte Meister drunter, und verhökert es hier- und da- und dorthin, immer an den Meistbietenden, immer gegen bar, immer unter der Hand. Und warum auch nicht? Ich sag dir, Montague, steig ein in dieses Geschäft und du bist ein gemachter Mann. Raff dich auf, es ist höchste Zeit, daß du von deinem Hintern hochkommst und aufhörst, dich hängenzulassen. Zeig der Welt, daß du kein nichtsnutziger Schmarotzer ohne Schneid bist. Trau dich raus und steig ein in das altehrwürdige Geschäft der Kaufleute!»

Und so kam es, daß ein bescheidenes Messingschild mit der Aufschrift «Planke's Handels-Agentur, Im- und Export» unter die Milchglasscheibe einer Tür am Ende eines düsteren, linoleumbelegten Korridors im ersten Stock eines Hauses voller namenloser Mieter geschraubt wurde. In den zwei kurzen Jahren, in denen Planke dort Handel trieb, begegnete er kein einziges Mal einem Nachbarn auf der Treppe und sah kein einziges Mal eine menschliche Silhouette hinter einer der Milchglasscheiben in den Türen, die seinen Flur säumten. Dennoch hörte er Husten und schweres Atmen, Schritte auf den Treppen und Gängen, das Krächzen einer fernen Geige, im Zorn erhobene Stimmen, Seufzer und einmal sogar einen Pistolenschuß, der weder Polizei noch Ambulanz auf den Plan rief, aber trotzdem so endgültig und tragisch klang, wie ein Schuß in den Tiefen einer Sonntagnacht nur klingen konnte.

Nicht daß Montague Planke scharf gewesen wäre auf neugierige Nasen, die sich an jeder Scheibe plattdrückten, sobald sich Schritte seiner Tür näherten. Weit gefehlt. Je weniger von seinen Geschäften nach draußen drang, desto lieber war es ihm, selbst wenn er manchmal die gelegentliche Plauderei unter Nachbarn, die gemeinsame Kanne Tee vermißte.

Abgesehen von diesen Merkwürdigkeiten hätte Montague Planke keine besser geeignete Adresse finden können (etwas zu weit vom Hafen vielleicht, eine gute halbe Meile von der Schenke, wo viele Geschäfte eingefädelt wurden), gut versteckt in einer Seitengasse hinter Lagerhäusern und Autowerkstätten, nur eine Querstraße vom Moslemviertel entfernt, unauffällig, scheinbar menschenleer und doch von unsichtbarem Leben erfüllt. Er schloß dort nicht nur eine Reihe von gewinnbringenden Geschäften ab – und auch ein paar so verheerende wie verdorbene Miesmuscheln –, sondern wohnte auch im Büro, schlief auf einem geliehenen Klappbett, kochte auf einem Gaskocher mit zwei Flammen und war manchmal zufrieden mit dem Gang der Dinge, manchmal auch von der eisigen Furcht eines Mannes gepackt, der zu hart am Wind segelt.

Und dann legte die Zoll- und Steuerfahndung, vertreten

durch Hauptmann Sylvester Nunes, ihren Finger auf ihn, wegen nichts Schlimmerem als einem arglosen und unschuldigen Handel mit einem gewissen Phut Kittim, den er nur zweimal getroffen hatte, ehe er sich wider ein ungutes Gefühl und das warnende Gewedel Namaqua Drifts entschloß, mit ihm Geschäfte zu machen, denn was er von ihm wollte, erschien ihm als allzu ehrliches und sauberes Geld. Was es natürlich nicht war, wie sich bald herausstellen sollte. Tatsächlich entpuppte sich die Ware, von der Montague Planke glauben sollte, es wären Straußeneier, als Juwelen, die nicht für europäische Gaumen, sondern für orientalische Dolchhandgriffe, Kronen und verzierte Gürtelschnallen bestimmt waren. Hätte nicht ein durchgefrorener Lagerarbeiter im Kühlhaus zu viele Überstunden gemacht und steife Finger bekommen, so wäre auch keine Kiste abgestürzt und kein Ei zersprungen, um die künftige Manneszier eines Scheichs vor den mißbilligenden, aber faszinierten Blicken des Hauptmanns Nunes auszubreiten. Als der zuständige Ausfuhragent war Montague Planke die erste Anlaufstelle für Nunes. Er verlangte Wareneingangsbuch, Kasse, Journal und Hauptbuch, Rechnungen, Frachtdokumente, den ganzen Papierkram.

«Der große Boss hat ein Auge auf Sie geworfen», drohte Nunes, als er das Büro mit dem vermeintlichen Belastungsmaterial verließ. Aber die Bücher waren sauber – schließlich hatte Planke seine Lektion im Hin- und Her- und Umbuchen von Zahlen gelernt, so lange, bis sie in einem Wust von Eintragungen verschwanden. Aber da war immer noch die Sache mit den Straußeneiern.

«Ahh-Mann», sagte Nunes, «Sie wollen mir doch nicht weismachen, daß Sie nichts vom Inhalt der Eier gewußt hätten?»

«Woher hätte ich es wissen sollen?» protestierte Montague Planke. «Ich habe nur die Ausfuhr abgewickelt. Ich muß den Angaben meiner Kunden vertrauen.»

Damit war die Sache noch lange nicht ausgestanden.

Hauptmann Nunes konnte eine Niederlage schwer verkraften. Also ließ er, bei Tag und bei Nacht, ob die Sonne brannte, ob es regnete oder stürmte, seine Lieutenants in der Einfahrt gegenüber Wache schieben, um das Kommen und Gehen bei Planke zu beobachten, von dem er mit Gewißheit bald einen dicken Fisch erwartete. Doch sein Netz war zu grobmaschig geknüpft – die unübersehbare Anwesenheit der Gesetzeshüter verscheuchte die Beute. Niemand, nicht einmal der ehrenwerteste unter Montague Plankes Kunden, wollte Geschäften nachgehen, wo das Auge des Gesetzes zusah. Und so kamen harte Zeiten für Planke's Handels-Agentur, so hart, daß endlich selbst Hauptmann Nunes das Interesse verlor. Was unter diesen Umständen ein schwacher Trost war.

Montague Planke warf sich wieder der Verzweiflung in die Arme. Abermals verließ er sich auf Namaqua Drifts Mildtätigkeit, der ihm zwar keinen Cent mißgönnte, aber alle Anstrengungen machte, mit seinen gestikulierenden Händen neues Leben in seinen Schutzbefohlenen hineinzumassieren. Doch diesmal zeigte der Patient keine Reaktion. Bis an einem Morgen mitten im Winter, an einem jener kalten, windigen Tage, an dem das Pendel jedes vernünftigen Menschen zugunsten der Kneipe ausschlägt, Käpt'n Namaqua Drift nach mehr als einem Monat auf See ins Kontor geblasen kam, den Regen von sich schüttelte wie ein Terrier und mit bebender Stimme sagte: «Montague – dein Schiff ist eingelaufen!»

Hinter ihm stand Fagmie Jabaar, der ein Tuch aufknüpfte und dessen Inhalt in einem funkelnden Strom des Staunens und der Angst über Montague Plankes Schreibtisch ergoß.

«Großer Gott im Himmel, Mann, Mann Gottes!» rief der nervöse Eigentümer von Planke's Handels-Agentur aus. «Steckt sie weg, schnell, steckt sie wieder ein, ehe sie jemand sieht!»

Nicht daß irgend jemand einen langen Hals gemacht

hätte, um durch die schmutzigen, regenfleckigen Fenster des Büros im ersten Stock zu spähen, aber er wollte damals eben jedes Risiko vermeiden.

«Zum Teufel, Käpt'n», seufzte er, «in was ziehst du mich da rein?»

Unter Brüdern ist als IDH bekannt, in was Montague Planke hineingezogen wurde, als illegaler Diamantenhandel, worauf zumindest lebenslänglich steht, falls einen nicht die großen Grubengesellschaften, die ihre eigenen Richter haben, auf der Stelle verschwinden lassen. Sich an ihre Krippen zu drängeln ist äußerst unweise. So überrascht es wenig, daß Montague Planke die fetten Funkler fast so schnell wieder vom Tisch haben wollte, wie sie draufgerollt waren – freilich nicht, ohne vorher einen Blick in ihre unergründlichen Tiefen zu werfen, in denen Versuchungen aller Arten lauerten. Hauptsächlich eine namens Gier.

Er blickte hoch, in das wachsame, erwartungsvolle Gesicht auf der anderen Seite des Tisches.

«Sie können mehr davon besorgen?»

«O ja, Sir, in der Tat. Ganze Berge, Sir. Dort, wo ich einen Gemischtwarenhandel betreibe, schuldenfrei, äußerst lukrative Lage, Sir, vor allem jetzt. Sind nämlich alle echt.»

«Sehr interessant. Und – wo ist das?»

«Irgendwo oben, an der Küste», sagte Fagmie Jabaar und grinste breit.

Und dann hörte Montague Planke die Geschichte von dem «Dorf, das von der Welt vergessen war, bis eines Tages Namaqua Drift dort anlegte, Mohammed sei Dank in seiner Gnade, und eine Schiffsverbindung eingerichtet wurde, um Nachschub für den Laden ranzuschaffen, denn vorher gab's nur einen Haufen von Schlafmützen dort, keinen Schimmer, wie man Geschäfte macht, ein ehrlicher Kaufmann hätte glatt verhungern können, denn sie teilten einfach alles miteinander, was sie hatten, können Sie es fassen, Sir, kein Kaufen und Verkaufen, soll man so ein Leben denn für möglich halten? Du wirst nicht reich hier, Fagmie, mein Freund, sagte ich zu mir, aber du brauchst auch nicht in Sack und Asche gehen. O nein, Mister Montague, man brauchte kein Adlerauge, um zu sehen, was zu tun war. Ihr alle hier, sage ich ganz bescheiden zu den Leutchen, denn es sind einfache Leute, Sir, ein Volk von Fischern, das mit Geld gar nichts anfangen könnte, ihr bezahlt mich einfach mit solchen hübschen Steinen wie diesem hier an Mrs. Beg-rips Finger. Und was soll ich sagen, sie bringen mir Steine an, große und kleine, ohne den winzigsten Flecken, lupenrein, Mister Montague, Sir, das sehen Sie ja selber. Ein Diamant für eine Büchse Bohnen, zwei für eine Tafel Schokolade – wer könnte sich beklagen? Sie wissen gar nicht, wie reich sie sind. Aber, guter Sir, ein Mann, der seine Steine nicht verkaufen kann, ist auch nicht reich, und deshalb steht dieser arme Muslim heute vor Euch, Mister Gentleman, Sir.»

Überflüssig zu erwähnen, daß Fagmie Jabaar und Montague Planke bald zu einer sehr einfachen, aber höchst befriedigenden Abmachung gelangt waren. Jabaar würde auch weiterhin die braven Leute seiner Siedlung um einen Diamanten für dieses und zwei für jenes erleichtern, was aber in Wahrheit bedeutete, daß er seine Waren so gut wie verschenkte, denn die Fischer brauchten ja nichts weiter als am Strand spazierenzugehen und im Schieferton herumzuscharren und schon, hoppla, presto, hatten sie das schnelle Geld zur Hand. Sobald seine Warenvorräte zur Neige gingen, würde er durch Klein Marsdon-vom-Land den allgegenwärtigen Namaqua Drift herbeordern und mit seinem Edelsteinschatz gen Süden schippern, wo sein Privatbankier Montague Planke den Segen in bare Münze verwandeln und damit sein Scherflein zum Aufstieg eines armen Dorfes beitragen würde.

Wer sei er denn, kommentierte Planke den Handel, seinem sterblichen Nächsten solche Hilfe zu verweigern, und um so mehr, wenn es sich um ein ganzes Dorf von sterblichen Nächsten handelte, die noch niemals einen Tag der Muße oder die Süße von Scherbett geschmeckt hatten? Nein, das war kein Geschäft, es war die reine Philanthropie, das edelste Gefühl, das ein Mann in die Menschheit investieren kann.

Während Montague Planke sich im Gedanken auf den bevorstehenden Reichtum einrichtete, ging Irr-Minnaar mit Zähnen und Klauen auf Fagmie Jabaar los, weil er den Fluch des Mammons über die Dorfbewohner brachte. Sie hatte ein oder zwei Dinge läuten hören und kam in blanker Wut über die Pier auf ihn zugestürmt, um ihn zu stellen, kaum daß er mit zufriedenem Lächeln aus Namaqua Drifts Dampfer an Land gestiegen war.

«Wahrlich, Fagmie, Teufelsmensch, ich sage dir», raste sie, «es ruht kein Segen auf dem, was du tust, es ruht kein Segen auf Erbsenbüchsen, Bitterschokolade, Scherbett, Marmeladen, dem Tee, der nicht aus stacheligen Blättern gemacht wird, dem sauren Wein, der nichts mehr von der Süße der Melonen weiß, ich sage dir, und merk dir meine Worte, fahr wieder aufs Meer hinaus und übergib all das der Tiefe, denn ich habe Zeichen in den Sternen und auf dem Land gesehen, die auf das eine deuten, was ich prophezeit habe und wieder prophezeien werde, auf die Ankunft des Großen Bocks. Seid auf der Hut vor der Zeit, da die Zähne in den Mäulern der Menschen zerbröckeln werden, da der Himmel voll sein wird von seltsamer Bedeutung, da die Vögel schweigen und die Grillen singen, denn vielleicht werden die Engel des Himmels auf Erden wandeln, aber das Meer wird auch seine Toten ausspucken, und tage- und nächtelang wird ein böser Wind vom Land her blasen, stinkend wie der Atem eines Ziegenbocks, und wir werden wissen, daß unsere Zeit gekommen ist. Ich sage euch, ich habe euch erst heute morgen wieder gesagt, schhhhh, schhhh, warum rufen die Vögel nicht? Da ist ein

Licht hinter der Landzunge, eine Hand in der Finsternis streckt Finger aus, aber nichts zirpt, nichts tiriliert, denn sie wissen, daß es des Satans Spucke ist, die durch die Himmel zieht, Sternschnuppenschauer, Glutgeklecks und die gleiche Totenstille wie an dem Morgen, da Marsdon-Vater auslief, um zu sterben, und auch ihr müßt still sein, bedeckt eure Häupter, blickt nach Westen. Der Herr sei uns gnädig, Fagmie, was hast du getan? Du hast diese Plage über uns gebracht: das ganze Land kriecht von schwarzen Grillen, die Luft schrillt von ihren Flügelschlägen, alle Ruhe ist vertan, keiner kann schlafen, düstere Wolken ziehen über den Ebenen auf, aber es ist nicht Regen, es sind Heuschrecken und Grillen, die über uns hinwegziehen und alles vernichten, was wir angebaut haben; seht unsre Gärten zerstört, kein grüner Sproß am Wasser oder an den fernen Büschen. Dies, Fagmie Jabaar, dies ist es, was das Geld anrichtet, und schlimmer kommt es, viel schlimmer noch, wenn langgeschweifte Sterne durch die Nächte kreuzen und das Kometenfieber bringen, den Wahnsinn der bittersten Not, dann müssen wir mit allem rechnen. Haltet Ausschau nach dem Abdruck der Teufelsklaue: wir haben immer schon im Schatten der Wiederkehr des Bocks gelebt, wir wußten, Generation um Generation, daß das Unausweichliche kommen würde, sobald wir nicht mehr arm wären, nicht mehr das schlichte Leben lebten, dann würde er kommen und uns die Not bringen und sogar den Tod, und die Zeit seiner Herrschaft würde eine Zeit des Leidens sein. O Fagmie, bete zum Höchsten, denn wir sind arme Sünder vor seinem Ratschluß, und es wird kommen, wie es in unserer Geschichte aufgeschrieben ist. Zuerst, ich sage euch, war da Baster Jan auf einem Esel, geflüchteter Sklave mit einer Bande Spießgesellen und einer Vorliebe für weißes Fleisch, für weißes Fleisch, ich sage es euch, und der Moment, da er es erstmals schmeckte, war der nämliche, als er durch Zufall und das Glück der Sterne seinem Herrn den Kopf durchschoß, denn er hatte nie zuvor einen Abzug auch nur berührt. Aber da stand er plötzlich, von Angesicht zu Angesicht vor dem Mann, den er am meisten haßte, bei einbrechender Dunkelheit im Weinberg mit einer Sattelpistole in der Hand, den Kopf voll von bösen Gedanken. Wie konnte er etwas anderes tun als zielen und schießen? Auf diese kurze Entfernung hätte ein Pavian dem Farmer das Gehirn herauspusten können; und dann, die Leiche blieb liegen, wie sie war, stürmte er zurück zum Haus und in die Küche und packte die Frau, die er jeden Tag sah, der Bauch dick von einem Kind, und nahm sie von hinten auf dem Bett, das der Farmer aus Weinstöcken geschnitzt hatte, und biß sich dabei an ihrem Hals fest, bis er ein Stück herausgerissen hatte, auf dem er kaute, wie man Tabak kaut, er spuckte sogar den Saft und einen Klumpen aus, und damals, das sag ich dir, hat er Geschmack gefunden an weißem Fleisch, und er begann seinen Raubzug durch die Täler und befreite Sklaven und überfiel Frauen und lernte mit einer solchen Genauigkeit zu schießen, daß sein Herr wohl auf hundert Schritte so wenig Chancen gehabt hätte wie auf einen, bis ein Truppenkommando eingesetzt wurde und Baster Jan sich in die Berge zurückzog, als ob es in der langen Reihe der Völker und Kreaturen, die ihn hervorgebracht hatten, einen Ziegenbock gegeben hätte, das sag ich dir, ein Zeichen des Teufels, das wendige Pferd des Leibhaftigen, das zwischen den Felsen tänzelt und springt wie ein körperloser Nebel, bis er auf die heißen Ebenen niedergeht, begleitet von seinen Banditen, und einschlägt in den Tiefen des Hinterlands, wo es bald keine weiße Frau ohne bandagierten Hals mehr gab, die nicht zitterte, wenn er selbst hundert Meilen von ihrem Bett entfernt vorbeiritt, so gut erinnerte sie sich an das herablassende Lächeln, o ja, die strahlendweißen Zähne, die sich so scharf wie die Zähne einer Ratte in sie bohrten, während das Vieh jenseits des Karrens durchging und ihr Mann irgendwo zu Boden geschlagen dalag oder voller Wut die mahlenden Kiefer einer aus der Gnade gefallenen Bestie beobachten mußte, die kauten, kauten, ich sage dir, kauten, sogar dann noch, als ein Mann mit einer Halskrause und einem schwarzen Talar herangestolpert kommt, die Schuhe zerfetzt von vielen Meilen zu Fuß in schwerem Gelände, an einer Leine um den Hals geführt wie ein Hund, aber er fleht nicht um Gnade, er hält nur ein Buch hoch, aus schwarzem Leder mit einem goldenen Kreuz drauf, und er fängt an, ein Loch in Baster Jans Kopf zu reden, das so groß ist wie das tödliche Loch im Kopf des Weinbauern, von Adam und Eva über Kain und Abel und David und Jonathan zu Daniel und allen möglichen sonstigen Eideshelfern, bis der mörderische Fleischfresser mit Tränen in den Augen Abbitte leistet und vergebt mir, Pater, denn ich habe gesündigt, und ob er nicht was zu essen will und erzählt uns mehr von diesen wunderbaren Taten und führt uns auf den Weg des Glaubens, denn wir haben gräßliche Dinge getan, um unseren Appetit zu stillen. Heiliger Vater, ich sage euch, der Bock wurde zum Lamm, auf seinen Knien wuchsen Schwielen, dick wie Tomaten, von all seinem Beten, Beten, Beten auf dem harten Boden, so oft am Tag, wie du selbst es nötig findest, Baster Jan, und wer hätte auch gedacht, daß solche Ehrfurcht vor dem Herrn möglich wäre nach einem langen Leben des Blutvergießens? Denn jetzt sah er jeden Tag zu, wie die Kirche größer wurde, und sein Herz schwoll an vor Stolz, größer und größer, während seine Kathedrale größer wurde, bis er starb, ich sage euch, im Schlaf, ganz ruhig, ohne jemanden zu wecken, einfach so, er hörte zu atmen auf und machte sich davon, in den Himmel oder in die Hölle, wer kann das wissen, aber der Priester meinte, in den Himmel, denn der Herr vermag es, lobet den Herrn. Doch eine Seele zu retten, rettet kein Dorf, keineswegs, das Fleisch bleibt Fleisch und so schwach wie eine zarte Liebkosung, sei es die einer Hand, die eine andere im Gebet sucht, oder die von seidigem Haar bei der Kommunion, und da Ihr uns vor dem Grauen unseres alten Lebens gerettet habt, Pater, wollt Ihr nicht diese Tochter zur Braut nehmen, denn es ist nicht gut, daß ein Mann wie Ihr, ein Mann, der für eine Frau zu sorgen vermag, nicht auch eine Frau hat, die für ihn sorgt, und ganz gewiß hat Gott gewollt, daß wir als Mann und Frau zusammen leben und fruchtbar sind und uns mehren, das sag ich dir, beim scharfen Schnabel eines Oktopus, beim Gestank der vollgeschissenen Nester des Kormorans, bei den blutigen Fängen eines gebenedeiten Halsbeißers, er tat es, dieser Priester, dieser Mann Gottes, dieser verschworene Zölibatär, er nahm niemand anderen als eine von Baster Jans vielen Töchtern zum Weib. Doch dies war nicht der Anfang und auch nicht das Ende seiner Unzucht, nein, mein Herr, er hatte Übung darin, denn wann immer eine Frau um Trost zu ihm gekommen war, er hatte ihn nicht nur mit Weihwasser gespendet. Es gab Söhne hier und da und Töchter dort und hier, das dürft Ihr mir glauben, die Töchter ungezählt, denn wer schert sich um Frauen, aber die Söhne zählen, und es waren sechs Stück, drei außerhalb des heiligen Bands der Ehe und drei innerhalb, und der jüngste aus dieser legalen Trinität sah dem Großvater ähnlich, den er nie kennengelernt hatte, scharf wie ein böser Wind vom Land her, schnell wie ein Schakal, mit Schlangenaugen lauerte er auf den Tag, da sein Vater mitten im Satz, nehmt, esset, das ist mein Leib, der für euch gegeben wird, dies ist mein Blut, tut solches zu meinem Gedächtnis, niederstürzte und Melonenwein sein schwarzes Gewand besudelte. Frauen fielen in Ohnmacht, Kinder schrien, Männer eilten herbei, um den armen Pater aufzurichten, doch sein Puls war weg, er war tot, und sein Leib lag kaum erkaltet im Grab, der letzte Stein war kaum auf ihn gehäuft, da begann der Böse Jan bereits seine Pläne und Komplotte zu schmieden und umrundete nachts in langen Märschen die Lagune, warum, ich sag es euch, um die bösen Geister dieses Ortes wieder zu erwecken, um den Ziegenbock seines Großvaters heraufzurufen, den Teil, der für immer Satans ist, und er kam sogleich: wo seit Jahren kein Samenkorn von einer Ziege gewesen war, gab es plötzlich ganze Herden, die das Gemüse wegfraßen und die Melonen und auf den Stoffen der Kleider kauten, denn was böse ist, bleibt böse und kann sich nicht ändern, ehe nicht die rechte Zeit gekommen ist. Und der Böse Jan schmiedete seine Pläne und Komplotte und wetzte sein Messer am Mondstein mit nur einem Gedanken im Kopf, ich muß der Hauptmann sein, der Häuptling, ich muß wieder Baster Jan werden, Schluß mit diesem Gottvater-Unfug, Schluß mit diesem Eingeborenen-Sohn-Theater, basta mit dem Heiligen Geist und der Gemeinde der Heiligen und dafür Baster Jan mit seiner Lust an weißem Fleisch, das nicht von Fisch und Vögeln stammt, rrratsch, rrratsch, ging der Stahl gegen den Stein, bis er so scharf war wie ein böser Wind, und er stand auf und ging hin und richtete sein Unheil an, noch ehe die Sonne aufgegangen war. Erst geschah es in einigen der ärmlichsten Hütten des Dorfes, wo sein Vater einst mehr als nur seine segnende Hand angelegt hatte, er schlich sich leiser hinein als eine Seemaus und ließ seinen langen Dolch zwischen die schlafenden Rippen gleiten, die mit kaum mehr als einem Seufzer in sich zusammensanken, nicht lauter als der traurige letzte Atemzug eines Hummers, man mußte lauschen, um ihn zu hören. Noch zweimal tat er das und kam dem großen Haus immer näher, in dem er selbst schlafend hätte liegen sollen. Bist du das, Böser Jan? fragte seine Mutter leise im Dunklen. Ja, Mutter, ich war fischen jenseits der Landzunge. Geh leise zu Bett und weck deine Brüder nicht auf, sagte sie und drehte sich mit dem wunden Herzen derer, die einen Verlust noch nicht verschmerzt haben, zum Weiterschlafen um und dachte noch, was ist mit ihm nur vorgegangen seit seines Vaters Tod, und er, der Böse Jan, ging leise zu den Betten und weckte seine Brüder nicht auf, selbst dann nicht, als er die lange Klinge zwischen ihre Rippen steckte. Keiner atmete noch ein Wort, wie konnten sie, sie fühlten keinen Schmerz in ihre Herzen gleiten und wußten nicht, daß es der Pfad des Messers war. Die arme Mutter, du hast auch mich getötet, sagte sie noch, und zum erstenmal fühlte der Böse Jan selbst einen Schmerz, Mutter, ich wollte es nicht, komm zurück, komm zurück, der dumme Ziegenbock, als wäre sie nur ins Nebenzimmer gegangen und nicht für immer hinaus aus dem Raum, in dem seine Stimme zu hören war. Und so begann wieder das Gemetzel, noch schrecklicher, wenn das möglich war, als zu den Zeiten seines Großvaters, mit großen Schlachten, belagerten Städten, gnadenlosen Plünderungen unter den Friedfertigen, die nackt unter einer glühenden Sonne für umherziehende Horden von Wilden liegenblieben, Horden von Reitern auf Langhornrindern, o ihr gnädigen Himmel, barmherziger Schöpfer, was ein Schlamassel, ich sage euch, im Norden und Süden und Osten bebte die Erde unter den Hufen seiner Kriegskühe, im Zentrum jedes Staubsturms war er zu finden, Hilfgott, war das eine Zeit, fuderweise Tote, Waisenkinder, wohin man blickte, und von allen Sorten strömte es in unser Dorf, bis kein Gottesfürchtiger mehr übrig war, die Kirche in Trümmern, das Dach voller Löcher, Unkraut zwischen den Bänken, kein Atemzug Luft, der nicht von Dagga geschwängert war, kein nüchterner Morgen oder Abend zwischen Tag und Tag. Jetzt habe ich sie alle soweit, wie ich wollte, sagte der Böse Jan, jetzt ist Schluß mit dem Gotteskram, Schluß mit dieser Feigheit vor dem Tod, es gibt sowieso nichts außerhalb von dieser Welt. Aber das stimmt nicht, es gibt etwas, warum sonst sollte die Geschichte sich wiederholen, ich sag euch, das ist kein Zufall, es ist Teil des Großen Plans, so wie auch dieser Sündenpfuhl hier einst gereinigt werden wird, so seht euch an, wie Gott eingreift, wenn es zum Schlimmsten steht, wenn der Böse Jan das Blut kleiner Kinder zum Frühstück säuft und sich an den Nieren von Jungfrauen weidet, wer sollte da kommen, wenn nicht ein Engel der Barmherzigkeit, von nirgendwo anders als herunter vom Himmel, denn wie sonst erklärst du diese wundersame Erscheinung, die nicht aus dem Meer gekrochen und nicht über Land kam? Pfählt diesen Mann, schrie der Böse Jan, spannt ihn aus für die Schakale, aber keiner wagte es, Hand an ihn zu legen, statt dessen brachten sie ihm zu essen und zu trinken und sagten, Böser Jan, du magst der Häuptling sein, aber du kannst nicht fliegen, worauf er antwortete, es stimmt, aber ohne seine Flügel kann er's auch nicht, und ehe sie sich's noch versahen, hatte er eine Halskrause um seinen Engelshals. Von weiter als je dagewesen kamen die Leute, um ihm zuzuhören, wie er von der wundersamen Welt erzählte, die da kommen würde, eine Welt ohne Ende, ahh, ihr Männer, ohne das Kriechen im Staub, nein, hier waren Vergebung und Licht. Klapp dein Gesicht zu, sagte der Böse Jan, ich dulde nicht, daß hier Hexerei gepredigt wird, aber schon war das Wort heraus, und nun sieh zu, ob du ihm Einhalt gebieten kannst, Böser Jan, halleluja, hosianna dem Höchsten. Laßt ihn hungern und dürsten, dann werden wir sehen, wieviel von einem Engel an ihm ist, sagt der Böse Jan mit einem Grinsen von Ohr zu Ohr, während er sich am Bauch kratzt, geschwollen wie der Bauch einer Schwangeren, und die Knochenreste seiner Mahlzeit den Hunden zuwirft, der Herr stehe uns bei, dieser Barbar, dieser elende Haufen Scheiße eines gemeinen Hais, so blind für die Sterne und was darin geschrieben steht wie ein Maulwurf, hört zu, ich sag's euch, denn alles wird dem Ohr enthüllt, das hören kann, aber nicht dem seinen, o nein, ich bin der Häuptling, der Erbe von Baster Jan, wenn ich rede, schweigt alles still, und ich sage, dieser Mann ist kein Engel. Vor unseren Augen welkte er und verwitterte und schrumpfte, das Fleisch fiel von ihm ab, bis er nur noch ein bekleidetes Skelett war mit einer viel zu trockenen Kehle, als daß irgend jemand verstanden hätte, was Gott aus ihm verkündigte, und so blieben die Leute weg, der Menschenstrom aus dem Landesinneren tröpfelte nur noch und versickerte bald ganz, wer scherte sich um einen Engel, der nicht sprechen konnte. Niemand, ich sag's euch, keiner außer dem Bösen Jan, wo sind denn alle hin, fragte der, hol sie zurück, he, Predigersmann, hol sie zurück, aber der Prediger war auch nicht mehr da, war nur noch ein Häuflein Knochen im Vorgarten, so fleischlos, daß selbst die Hunde sie verschmähten, und das war der Augenblick, da der Böse Jan den Verstand verlor, absolut und vollkommen, der Schädel dieses Engelpredigers seine einzige Gesellschaft bis zu dem Tag zehn Jahre später, als er starb und sich keiner mehr an diesen Ort erinnern konnte, er war vergessen, ausgestrichen aus den Erinnerungen der Menschen, das sag ich euch. Hört dem alten Weib gut zu, sie weiß Bescheid, sie sah das alles, den Verfall dieser vergessenen Siedlung, den verfetteten Bösen Jan und seinen sprechenden Schädel, Tag um Tag saßen sie draußen vor der Tür seiner Hütte. Sag mir, Schädel, wie geht's meiner Mutter, warum kommt sie mich nicht mehr besuchen, das ist nicht fein, daß ich vergessen werde, und klack klack klack machten die Unterkiefer, die er mit Draht befestigt hatte, und eine Antwort erhielt er nie, bis die Syphilis sein Gesicht in eine ebensolche Schädelfratze verwandelt hatte, zwei grinsende Totenköpfe saßen nebeneinander in der späten Nachmittagssonne, und dann griff es seinen mächtigen Magen an, und das war das Ende vom Bösen Jan, und wahrscheinlich bekam er dann seine Antwort, aber keiner weiß, ob es die war, die er hören wollte, und ich sage euch, merkt euch das gut, seit diese fetten bösen Männer Sünde und Schande über diesen vergessenen Winkel auf unseres guten Vaters Erde gebracht haben, seitdem sind Sünder hierhergekommen, um zu sterben, ohne Liebe und ohne Segen gehen sie von der Verzweiflung ihres Hier und Heute hinüber in die Feuer des Danach, doch es steht geschrieben, es sind überall Zeichen, in den Sternen, in den Gezeiten, die das Meer blutrot verfärben, im Stranden der Wale und in den Schreien der Pinguine, daß dieser Ort gereinigt werden wird durch Schmerz und Blut, das sage ich euch, hört zu, durch Trompeten und Offenbarungen, durch Tänze auf den Straßen und läuternde Flammen. Ich sage euch, er wird in einer Wolke aus Staub kommen aus dem Innern des Landes, die dritte Wiederkehr des Satans, ein Erbe Baster Jans aus den Lenden Luzifers, denn so steht es geschrieben, und so verkünden es die Sterne und ich sag's euch, und es wird in unserer Zeit geschehen, ihr werdet dabei sein. Also freuet euch, ihr auserwählten Sünder, am Ruhm des Herrn und mischt eure Trompete in den allgemeinen Jubel, denn ich sage euch, wir sind errettet, aber zuerst müssen wir bestraft sein und gereinigt von den Missetaten, die wir und unsere Väter in diesem jammervollen Land begangen haben, Amen!»

Allein der Anblick der über die Pier stürmenden Irr-Minnaar hatte genügt, um das ganze Dorf auf die Beine zu bringen, und allesamt standen sie mit offenen Mündern dabei, während der unselige Fagmie Jabaar abgekanzelt wurde. Selbst als die Tirade an ihr Ende gekommen war und Irr-Minnaar sich mit flackernden Augen und bebender Brust einen Weg durch die Menge bahnte und zwischen den Dünen verschwand, standen sie stumm und reglos, so geschlagen waren sie mit Ehrfurcht vor dieser Flut von Geschichte und apokalyptischen Visionen und ohne Zweifel auch mit Furcht vor dem, was ihnen so deutlich als ihr Schicksal prophezeit worden war.

Doch das Menschenherz ist ein wankelmütiges Ding, und Fagmie Jabaar hatte eine Zunge, die noch unwiderstehlicher zu schmeicheln vermochte als der Heilbalsam, den er verkaufte; und so waren die Dorfbewohner zwar im ersten Augenblick bereit, ihn und seinen Anhang im nächstbesten Boot aufs Meer zurückzujagen, doch schon im nächsten führte er sie mit eben jenem Scherbett und der Schokolade in Versuchung, die Irr-Minnaar gegeißelt hatte, und bald zappelten sie ausweglos in seinem Netz von Angebot und Nachfrage.

«Wie können diese leckeren Sachen solche Donnerworte

und Furien über uns bringen?» fragte er und verteilte süße Kostproben nach allen Seiten. Natürlich war es nach dem ersten Bissen um die Fischer geschehen, all die grauenhaften Verkündigungen der Irr-Minnaar verblaßten wie das Unwetter des vergangenen Monats, sie wollten nur noch haben, haben, haben. Doch der schlaue Fagmie, immer einen Schritt voraus, hielt die Hand auf und sprach: «Nichts da, alle diese leckeren Sachen kosten mich gutes Geld aus meiner eigenen Tasche, wenn ihr mehr davon haben wollt, dann müßt ihr's mir bezahlen!»

Und sobald er ihnen die erwünschte Währung und den Wechselkurs genannt hatte, zahlten sie gern.

In wirtschaftlicher Hinsicht wurde das Leben nun viel leichter, und wenn der Himmel auch in Gestalt aller möglichen Zeichen und Omen, Plagen und Mißlichkeiten seine Stirn zu runzeln schien, was eigentlich Beachtung hätte finden sollen, so waren die Dorfbewohner viel zu sehr mit Müßiggang und ihrem eigenen Glück beschäftigt, um an das Prophetenwort zu denken. Sicher, da war ein Komet, der den nächtlichen Himmel kreuzte und einige mit Angst, andere mit Staunen erfüllte, und es gab auch Sternschnuppenschauer, und vielleicht verstummten die Vögel tatsächlich in ihrem Gesang, während oben in der Stratosphäre glühende Steinklumpen verbrannten; es kamen auch die Grillen, deren unablässiges, nervzerrendes Schrillen jedermann um den Schlaf brachte, und wenn man den Berichten Glauben schenkte, so wurde das Land ringsum von einer Heuschreckenplage heimgesucht, die die ruinierten Farmer in die Städte trieb, wo sie Jobs als Busfahrer oder Schrankenwärter annahmen oder mit Ölkännchen um Druckmaschinen herumscharwenzelten. Und dann passierte etwas sehr Seltsames in unmittelbarer Nähe des Dorfes: Augustin Shoote fiel vom Himmel.

Augustin Shoote bestätigte das wirre Gerede der Irr-Minnaar auf einzigartige Weise, und man kann es den Dorfbewohnern nicht verdenken, daß sie ihn eine ganze

Weile für den prophezeiten Engel hielten, wobei es auch einige gab, Stevies Mutter darunter, die nie von diesem Glauben ließen, er wäre ein Bote des Himmels.

Nachdem wir einiges von den Konflikten in der Seele dieses Mannes wissen, verstehen wir vielleicht, warum er als Pilot eines Kampfflugzeugs unglücklich sein mußte; warum er sich eines Morgens in zehntausend Metern Höhe aus seinem Verband davonstahl und unbemerkt einen westlichen Kurs einschlug, im Sinn nichts weiter als zu fliehen, als den Krieg zu vergessen und einen Ort zu finden, an dem er wieder mit seinem Gott ins reine kommen konnte.

«In Zeiten wie diesen macht man keine Pläne», erzählte er Montague Planke einmal, «man handelt impulsiv, verrückt, man vertraut einfach. Nein, es war weniger Vertrauen, es war ein blinder Glaube, daß schließlich alles gut ausgehen würde, denn wohin hätte ich schon fliehen können? Wo konnte ich hoffen, eine Zuflucht zu finden? Ich habe offensichtlich nicht darüber nachgedacht – tatsächlich habe ich an gar nichts gedacht, bis die blaue Endlosigkeit des Ozeans den Horizont vor mir erfüllte. Da wußte ich plötzlich, was zu tun war, ich erkannte die Gelegenheit, spurlos zu verschwinden, für tot gehalten zu werden.»

So kam es, daß Augustin Shoote per Fallschirm in der Siedlung landete, während sein führerloses Flugzeug eine anmutige Parabel hinunter und hinaus ins Meer beschrieb.

Für Augustin Shoote war die Hand Gottes allgegenwärtig: in der Kirche mit ihren nistenden Fledermäusen und Kormoranen; in den Resten der katholischen Ritualgegenstände; im Kruzifix aus Walknochen über dem Altar aus Treibholz; und nicht zuletzt in den gebeugten Köpfen einer unverkennbar frommen, unverkennbar gläubigen Gemeinde. «Lobet den Herrn, unseren Gott, der sich Seiner Kinder in diesem vergessenen Landstrich annimmt, der unsere Gebete erhört hat und uns nach so vielen langen Jahren wieder einen Prediger für diese Kanzel schickt, auf daß unsere Leben und die Leben unserer Väter und Mütter auf dem Friedhof hinter dem Hügel nicht ohne Segen bleiben; Herr, öffne Dein Ohr für unsere Gebete wider alles Übel, Heuschrecken und Grillen, auf daß wir wieder leben können in der Gnade Deiner Tage.»

Und wie Fagmie Jabaar es Montague Planke berichtete, trat genau das ein. Eines Nachts hörten die Fischer, wie der schrille Chor verstummte; am nächsten Morgen war das ganze Veld in Bewegung, als die Heuschreckenschwärme nach Norden zogen. Stunde um Stunde beobachteten die Dorfbewohner, wie sie jenseits der Kirche vorbeiwogten, und die Brüder Kreef, Stevie und Vygie Bond machten sich sogar auf, um das Ende des Schwarms zu entdecken, und kehrten kurz vor Einbruch der Dunkelheit ergebnislos zurück, stumm vor Staunen, daß es so endlose Meilen voller wimmelnder Grashüpfer geben konnte.

«Gnadenreich ist der Herr», verkündete Augustin Shoote und scheuchte seine Gemeinde in die Kirche, um Dankgottesdienst zu halten.

Als die Zeit der Plagen überstanden und der Komet vom Firmament abgezogen war, konnten sich die Menschen in der Siedlung wieder ohne Schuldgefühl ihren neuen Vergnügungen widmen. Wenn sie schon nicht reicher wurden, so aßen sie zumindest besser, was freilich auch zur Folge hatte, daß Zahnweh häufiger vorkam als früher. Selbst Mondling, der die Jabaars verachtet und geschworen hatte, niemals einen Fuß in ihren Laden zu setzen, fand sich plötzlich zu einem morgendlichen Täßchen Kaffee ein, erst an einem Tisch im Freien, egal, wie schlecht das Wetter war, dann an dem Tisch neben der Tür, der sein reservierter Stammplatz wurde. Er bezahlte mit den besten aller Münzen, die ihren Weg in die Hände von Montague Planke fanden und im Antiquitätenhandel auf rege Nachfrage stießen.

Zwar brachte Augustin Shoote den meisten Seelen dieser Siedlung Trost, doch gab es jemanden, der von einer Unruhe des Herzens erfüllt war – wenn auch in weit geringerem Maße, als es bei seinem Vater und seinem Großvater der Fall gewesen war –, die ihm den Schlaf raubte und bei Nacht und Tag in regelmäßigen Abständen schwere Seufzer aus seiner Brust hervorpreßte. Er hatte ein interessiertes Auge – eine weitere ererbte Fertigkeit – auf alle Frauen des Dorfes in mannbarem Alter geworfen und festgestellt, daß sich keine darunter befand, die in seinem Herzen das ersehnte Gefühl erweckte. Und so begann sich Bootsmann Walbein nach einer Gefährtin zu verzehren, die nirgends in Sicht war. Lady Sarah bemerkte es, aber dieses eine Mal stand es nicht in ihrer Macht, das Leiden zu kurieren. Fagmie Jabaar bemerkte es, und er wußte sofort die Lösung. Wann immer Bootsmann Walbein auf ein Glas Bier in seinen Laden kam (der ortsübliche Melonenwein verstaubte in den Regalen, seit Fagmie Jabaar die Wunder des Gerstensaftes eingeführt hatte), lag ihm der rege Unternehmer mit Geschichten in den Ohren, die zwar den strengen Maßstäben der Wahrheit nicht Genüge taten, aber um so verlockender die Überfülle schöner Frauen schilderten, die sich auf den Straßen der Stadt herumtrieben, in der er seine Waren einkaufte. Frauen, so hörte der verzweifelte Bootsmann heraus, die nur darauf warteten, daß ein Mann vor ihnen auf die Knie sank und seinen Heiratsantrag machte. Je mehr Bier durch seine Kehle rann, desto unfehlbarer erschienen ihm seine Chancen, doch im Gegensatz zu seinem Vater und seinem Großvater jagten ihm Frauen eine Heidenangst ein, und so zögerte er monatelang und benützte jede Ausflucht, um sich nicht nach Süden auf das begeben zu müssen, was Lady Sarah eine Expedition der Liebe nannte. Also verführte Fagmie Jabaar den arglosen Bootsmann Walbein am Vorabend eines Tages, an dem Namaqua Drifts Dampfer erwartet wurde, so viele Biere über seinen Durst zu trinken, bis selbst dieser Dickschädel weich wurde und unter den Tresen sank. Am nächsten Morgen verstauten Stevie und die Brüder Kreef den immer noch Bewußtlosen in Namaqua Drifts winziger Kajüte, deren Bullauge nicht zu öffnen war, so daß dem Insassen keine Gelegenheit zur Flucht mehr blieb.

Viele Stunden später öffnete Montague Planke die Tür für einen grinsenden Fagmie Jabaar und seinen etwas mitgenommenen Begleiter. «Dieser Mann ist gekommen, um sich eine wunderschöne Braut auszusuchen, Mister Montague, Sir», erläuterte Fagmie Jabaar.

Was, wie sich bald herausstellte, leichter gesagt war als getan. Zum einen waren die Frauen aus Montague Plankes Bekanntschaft – alles Freiberuflerinnen und stark beansprucht, um sich und ihre Bälger anständig durchzubringen (wobei das Wort «anständig» durchaus für Meinungsverschiedenheiten gut war) – nicht unbedingt das, wonach dem Bootsmann der Sinn stand. Tatsächlich reichten noch die Scheuesten von ihnen, um ihn in helle Panik zu versetzen. Schwer zu glauben, daß sein Vater und sein Großvater sich in den Wonnen dieser Hafenschenke gesuhlt hatten, auch wenn die zärtliche Liebkosung von Walbarten im Schnürleib nicht mehr zum Vorspiel der fleischlichen Genüsse zählte. Nicht der schwächste Widerschein ererbten Feuers glomm in Walbeins Augen, als ihm die großbusige und großherzige Rosa vorgestellt wurde, die Wanda mit dem weichen Arsch und weicher Birne, die blonde Uschi mit der blonden Muschi, Françoise mit den tiefen Blicken und dem tiefen Schlund, die spitznäsige und spitzzüngige Cynthia, die maunzende Minnie, die leckere Lola, Penny-die-Pritsche oder die unermüdliche Perpetua: Mädchen, die keine Wünsche offenließen, die auch den schlappsten Gast wieder aufzurichten vermochten und doch allesamt versagten, als es darum ging, Bootsmann Walbein zu einem spontanen Kniefall und Schwüren ewiger Liebe und ehelicher Treue auf die Bretter zu schicken.

«Was sollen wir machen, Mister Gentleman, Sir?»

lamentierte Fagmie Jabaar zwei Nächte später. «Dieser Mann, er merkt's nicht mal, wenn man ihm die wundervollsten Titten vor die Nase hängt, wenn man ihm Mädchen anschleppt, wo schon ein Augenaufschlag genügt, damit sich was rührt – ach, Sheemina, mein Weib, vergib mir!»

Es wuchs sich zu einem Problem aus. Drei weitere Nächte später – eine wirkungslose Brandyflasche zwischen ihnen auf dem Tisch, Montague Plankes nicht unbegrenzter Vorrat an ansprechbaren Schönheiten erschöpft, Bootsmann Walbein in einer Depression, die tiefer war als eine Hummerhöhle, und Fagmie Jabaar überzeugt, daß nur noch Wasser vom Brunnen Sem Sem das scheue Herz des Seebären erweichen könnte – stieß Montague Planke auf eine Kleinanzeige in der Rubrik «Ehewünsche»: «Sterbende Großmutter sucht dringend treusorgenden Gemahl für jugendliche Braut, Vollwaise seit frühem Kindesalter, anschmiegsam, freundliche Wesensart, röm.-kath. Priester als Charakterreferenz vorhanden.»

«Das ist die Lösung, Fagmie!» kreischte er. «Das ist genau das, was wir suchen. Ein unberührtes Mädchen, rein an Körper, Geist und Seele, die ihm Eheweib, Gefährtin, Mutter seiner Kinder und treu ergeben bis an sein seliges Ende sein wird. Und was am wichtigsten ist: sie ist noch jung genug, um sich an seine Art zu gewöhnen.»

Am nächsten Morgen, durch einen Dunst aus Brandy tappend, begab sich das Trio in ein heruntergekommenes Viertel aus engen Gassen, in denen schwerbrüstige Frauen aus den Fenstern hingen. Es war eine Gegend, in der Montague Planke noch keine Geschäftskontakte geknüpft hatte, aber er spürte, daß in den düsteren Korridoren der schmalen Häuser Handel und Wandel blühten, daß Tagediebe und andere dem Arbeitsmarkt verlorene Gestalten ihre Finger hier in vielen Honigtöpfen hatten.

Das Haus, das sie suchten, wirkte kleiner und unscheinbarer als die anderen, ein Champignon zwischen Giftpilzen mit einem Unkrautdickicht vor der Tür, unter welcher durch einen Spalt der Gestank von Katzendreck und einem Jahrhundert von Eintopf und Kürbisbrei hervordrang. Auf ihr Klopfen öffnete sich die Pforte wie von selbst, und eine schwache Stimme dirigierte sie durch den Flur, über knirschende, von Hunden abgenagte Knochen, in ein Zimmer mit grauem Licht, grauen Laken, grauem Gesicht auf dem Kissen.

Wie sich jedoch schnell zeigte, hatte die alte Dame, auch wenn sie auf dem Sterbebett lag, nichts von ihrer Gerissenheit im Umgang mit Männern eingebüßt.

«Glaubt nicht, daß ihr mit mir leichtes Spiel habt, Freunde», krächzte sie. «Dieses alte Huhn hier hat sich sein Leben lang mit euresgleichen rumgeschlagen, und kein Mann, lebend oder tot, hat mir jemals das Fell über die Ohren gezogen, und ich denke nicht im Traum dran, es jetzt noch soweit kommen zu lassen. Ein glücklicher Tod isses, worauf ich aus bin, und nicht eine Ewigkeit als Schloßgespenst. So, ihr Macker, jetzt heftet eure Glitzeräuglein mal auf meine Enkelin, und wenn ihr euch dann einig seid, um ihre Hand anzuhalten, dann können wir weiterreden.»

«Halt, halt, Mütterchen», fiel ihr Montague Planke eilig ins Wort, «es geht nur um unseren Freund hier, den braven Bootsmann Walbein, der eine Gefährtin seiner Seele sucht. Er dort», er deutete auf Fagmie Jabaar, «und ich hier sind schon anderweitig vergeben oder versprochen, oder wie soll ich sagen.»

«Dann mal ab vor die Tür, Gents», erwiderte die alte Dame. «Wenn euer braver Bootsmann eine Zunge im Gesicht hat und seine Augen eine halbe Minute von meinem Mündel losreißen kann, dann kommen wir vielleicht doch noch zur Sache, ehe mich der gute Gott in seiner Gnade hopsnimmt.»

So überließen Fagmie Jabaar und Montague Planke den von Amors Pfeil durchbohrten Bootsmann seinem Schicksal und erholten sich an der frischen Luft von diesem Haus der alten Knochen. Sie hatten kaum richtig durchgeatmet, als sie ein sichtlich bewegter Walbein mit leicht gerötetem Gesicht, die Hosentür zuknöpfend und auf unbestimmte Weise lächelnd, wieder zurückrief. Offensichtlich hatte die alte Dame die Sache in die Hand genommen. Er war gewogen worden und nicht für zu leicht befunden.

«Das ist ein guter Mann», sagte sie, als wieder alle um ihr Bett versammelt waren. «Er wird meine Enkelin so behandeln, wie eine Frau behandelt werden sollte. Geht jetzt, nehmt sie gleich mit, aber schaut bei der Kirche vorbei und sagt dem Priester, daß ich endlich meine Wahl getroffen habe und gestorben bin.»

Und damit, abgesehen von den Freudenschreien (und dem Geheule, von dem Finella ein gerüttelt Maß hören ließ, als ihr klar wurde, daß ihre Großmutter nicht mehr von dieser Welt war), hatte sich's. Mit der nächsten Flut lief Käpt'n Namaqua Drift wieder aus und lieferte das einander mittlerweile beiderseitig zugetane Paar und Fagmie Jabaar im Dorf ab, wo prächtige Hochzeit gehalten wurde.

Wie lange das gute Leben zwischen dieser prächtigen Hochzeit und den schrecklichen Ereignissen dauerte, die am Ende eines kalten Winters über das Dorf hereinbrachen, konnte später keiner so recht sagen. Einige, darunter Bootsmann Walbein, Lady Sarah und Augustin Shoote, meinten, es seien Monate gewesen. Nicht doch, nicht doch, hielten Jong Jan, Stevie, Klein Marsdon-vom-Land und Fagmie Jabaar dagegen, es war kaum mehr als eine Woche oder zwei, denn waren nicht gleich nach der bösen Frühjahrssturmflut, wie sie nur zur Zeit der Tag- und Nachtgleiche auftritt, die Wale auf den Strand getrieben? Aber eigentlich kam es gar nicht darauf an, ob es nun Monate waren oder Wochen, denn in jedem Fall schienen sich Irr-Minnaars böse Prophezeiungen aufs Schrecklichste zu bewahrheiten.

Die Zeit des Leidens und der Not begann, als Irr-Minnaars Mann, der Flaschensammler, mit vor Angst weit aufgerissenen Augen vom Whale Beach angelaufen kam, Schaum vor dem Mund, unzusammenhängende Worte stammelnd, so daß jedermann dachte, ihm wäre Daggarauch in einen Kopf voller Melonenwein gestiegen. Auf den Knien rutschte er herum und brüllte und flehte alle an, die er zu Gesicht bekam, sie sollten mitkommen und selbst sehen, bis endlich Irr-Minnaar erschien und ihm mit voller Kraft, so wie sie eine Hechtmakrele gegen einen Stein zu Tode schmetterte, ein-, zwei-, dreimal ins Gesicht schlug. Das Gebrüll erstarb zu einem Wimmern, und sie kauerte sich neben ihn und drückte sein Gesicht an ihre Brust und streichelte über sein verkrustetes Haar. «Ist ja gut, mein Süßer, mein Engel, sei nur ruhig, ist ja gut.»

«Nichtsnutziger Trunkenbold», fauchte Mondling, aber schon wurde er unterbrochen.

«Nein, nein», schrie Irr-Minnaar. «O Gott, nein, nicht so etwas, nicht jetzt. Hab Mitleid mit uns Armen, wir flehen Dich an. Es sind Tote!» Ihre Stimme überschlug sich. «Es liegen Leichen am Strand.»

Im Nu waren Vygie Bond, Stevie, Fagmie Jabaar, die Brüder Kreef, Bootsmann Walbein, Finella, sogar die Kinder losgespurtet, die anderen folgten, so schnell sie nur konnten, fünf erschöpfende Meilen über den Sand, bis sie bei ihnen waren: drei Tote, zwei Männer und eine Frau, noch jung, unbekleidet, mit leeren Augenhöhlen, an den Hand- und Fußgelenken mit dünnem Draht gefesselt, grotesk aufgetrieben; sie lagen schon geraume Zeit im Wasser, seit sie ertrunken oder, man wagte es kaum zu denken, ermordet und ins Meer geworfen worden waren.

«Der Herr sei ihren Seelen gnädig», keuchte Augustin Shoote. «Lieber Gott, nimm Dich ihrer an. Amen.»

Langsam wieder zu Atem kommend, beunruhigt, verstört saßen die Dorfbewohner auf dem Sand, blickten nicht auf die Leichen, hingen ihren eigenen Gedanken nach, bis die Seevögel über ihnen zu kreisen begannen: für irgend jemanden ist der Tod immer ein Fest. Was blieb ihnen anderes übrig, als die Toten ins Dorf zu schleifen, damit sie eingesegnet und in ein anständiges Grab gelegt werden konnten, die armen Namenlosen.

«Irgendwelche Sträflinge vielleicht», vermutete Mondling in Fagmies Laden an diesem Abend. «Irgend etwas ausgefressen haben sie bestimmt, wozu sonst die Fesseln?»

«Niemals, Mondling», meldete sich Bootsmann Walbein zu Wort, «aber vielleicht blinde Passagiere? Es gibt kaum einen Käpt'n, der sie nicht zumindest auspeitschen läßt. Trotzdem schwer vorstellbar, das hier. So eine brutale Strafe für so ein kleines Vergehen.»

«Oder Opfer?» sagte Augustin Shoote, ohne sich näher darüber auszulassen.

«Oder politische Gefangene», sagte Vygie Bond leise.

«Papperlapapp», fuhr Mondling dazwischen. «Politische Gefangene läßt man nicht einfach davontreiben. O nein. Dann hätten sie auch Handschellen und wären aneinandergekettet, nicht nur einfach mit Draht gefesselt.»

«Irgend jemand hat ihnen die Augen ausgestochen», beharrte Vygie Bond.

«Die Augen sind von Vögeln ausgehackt oder von Fischen gefressen worden, Bürschchen», schnappte Mondling und erhob sich, um zu gehen.

«Noch irgend jemand was zu trinken, Gentlemen?» offerierte Fagmie Jabaar, den unerschöpflichen Bierkrug in der Hand.

Rückblickend betrachtet hatte Vygie Bond wahrscheinlich recht, vor allem nachdem nur zwei Tage später ein weiteres augenloses Opfer angetrieben wurde, diesmal vom Wasser und von Haien so übel zugerichtet, daß keine Spekulation über die Todesursache mehr möglich war.

«Noch ein politischer Gefangener?» höhnte Mondling. «Der hier ist nicht einmal gefesselt.»

Doch Vygie Bond überhörte den Spott und grub weiter

an dem Loch im harten Boden neben dem Grab eines Ertrunkenen, wo Augustin Shoote psalmodierte: «Erbarme Dich, Herr, der Seele dieses armen Mannes, erhebe Dein Angesicht auf ihn und gib ihm Frieden ewiglich. Amen.»

Nur vierzehn Tage später stand das ganze Dorf unter einem Himmel, der so grau war wie die Haut von Toten, mit entblößten Häuptern vor zehn flachen Gräbern:

Herr Gott, der allzeit mit uns war,
der auch in Zukunft gibt Geleit,
der uns bewahrt vor Sturmgefahr,
beschirm uns auch in Ewigkeit.

«Vater unser, der Du bist im Himmel, hör die Worte Deiner Kinder aus der Not. Gib uns den Frieden, hier zu leben fern vom bösen Trachten anderer, und schenk uns die Gnade, Deinen Namen zu ehren und zu lieben, für die Armen und Unterdrückten zu beten in ihrem Kampf gegen Ungerechtigkeit und dankbar zu sein für unser Los, das bescheiden ist, aber ohne Arg und voller Dankbarkeit für Deine Güte. Deiner Fürsorge vertrauen wir diese Männer und Frauen an, sterbliche Opfer ihrer Zeit, damit sie eingehen in Deinen Frieden von Ewigkeit zu Ewigkeit, Amen.»

Und so wurden sie, Schaufel um Schaufel, mit Erde bedeckt, diese nackten, augenlosen, versehrten Überreste alter und junger Männer, Frauen, Mädchen, Knaben, die gefoltert worden waren, woran die Peitschenstriemen an den Fußsohlen, die verstümmelten Genitalien, die Schürf-, Stich- und Brandwunden, die nicht vom Meer stammen konnten, keinerlei Zweifel ließen. Selbst Mondling war einsilbig, als die Männer später an Fagmie Jabaars Tischen saßen und in ihre Gläser starrten. Die Herzen waren ihnen zu schwer, als daß sie Lust zum Trinken gehabt hätten. Im stillen fragten sie sich, oder auch laut wie Bootsmann Walbein, wie das nur zugehen konnte auf der Welt, daß Menschen ihresgleichen so etwas antaten.

«Und was sagt Ihr Gott dazu, Padre?» wollte Vygie Bond wissen.

«Ihr müßt stark sein im Glauben, Vygie Bond. Nur der Glaube hilft uns in Zeiten des Unglücks», erwiderte Augustin Shoote.

«Der Glaube! Was ist der Glaube gegen diese armseligen Überreste? Um Himmels willen, Padre!»

«Ja, Vygie Bond. Um Himmels willen.»

Diese neuen Opfer waren keine halbe Meile von Lady Sarahs Haus entfernt gefunden worden. Verstümmelt, entstellt, menschliches Strandgut, angeschwemmt wie Tang und Algen, um von Schnecken, Läusen, selbst einer herumstrolchenden Hyäne angefressen zu werden, die nach nichts Besserem gesucht hatte als dem Kadaver eines Heulers.

«Hau ab, du Biest. Du störst die Ruhe der Toten», schrie Augustin Shoote, um sie zu verscheuchen. «Herr und Gott, was ist nur los, daß die Ozeane nicht länger voll sind von Fischen, sondern von den Leichen Erschlagener, daß wir Zeugen solcher Greuel sein müssen, verübt an Kindern, die unschuldig sein müssen, an Alten, die nicht schuldig sein können, an Männern und Frauen, die vielleicht nicht mehr verlangt haben als ein einfaches Leben? Was sind das für Strömungen, die sie aus dem grausamen Süden zu uns herauftreiben, um unseren Frieden, unser hartes und stilles Leben zu stören? Warum mußten diese zehn in Handschellen und Ketten ihren Weg hierherfinden, um ein letztes Zeugnis abzulegen? Warum haben sie sich uns ausgesucht?»

«Alles Unfug», sagte Mondling. «Das ist Zufall, jawoll, ein seltsames Zusammentreffen, untypische Strömungen für die Jahreszeit. Lesen Sie bloß nichts in diese Leichen hinein. Bestimmt sind sie keine Erfüllung der irren Prophezeiungen von dieser Hexe. Und ob es nun politische Morde sind oder nicht – jedenfalls haben sie nichts mit uns zu tun.»

Aber der Ozean war noch nicht am Ende seiner unheilschwangeren Enthüllungen: Alle paar Tage spülte er eine weitere kleine Gruppe von Toten an Land. Und was er mit der einen Hand gab, hielt er mit der anderen zurück: es gab zwar Leichen, aber keine Fische mehr. Während sich der Friedhof füllte, wurden die Mägen der Dorfbewohner immer leerer.

«Betet zum Himmel, daß wir nicht verhungert sind, ehe es wieder Fisch gibt», sagte Stevies Mutter. «Schaut euch nur an, wie mager die Kinder geworden sind, wie anfällig für Erkältungen und Fieber.»

«Wir werden bestraft, ich sag's euch, und ich habe es schon immer gesagt, bestraft für die Sünden unserer Väter und Vätersväter. Es stand schon immer geschrieben, daß die Ertrunkenen wiederkehren, wenn keine Fische mehr in der See sind. Merkt euch meine Worte, denn es wird noch schlimmer kommen», schrie Irr-Minnaar den klagenden Frauen ins Gesicht.

Und Tag für Tag liefen die Boote mit leeren Körben ein, bis die Fischer eines Abends beim Vertäuen sagten: «Es ist genug. Wir laufen nicht mehr aus. Die Fische haben sich in Tote verwandelt: Wir blicken hinab und sehen ganze Schwärme von Ertrunkenen durch die Tiefen ziehen, wir holen unsere Netze ein und ziehen diese Toten hier an Bord anstatt Makrelen.»

Und sie trugen drei junge Frauen an Land, anscheinend noch nicht lange tot, nicht aufgedunsen, bleich und vom Meer entstellt wie die anderen, sondern von wundersamer Schönheit, die Haut noch weich; man glaubte fast Wärme zu spüren. Lady Sarah brachte ein Stück Segeltuch, um die Geschändeten zuzudecken – aber wer, der nur ihre Gesichter sah, hätte behaupten wollen, daß sie nicht als Jungfrauen gestorben waren, im Schlaf, oder daß der Tod nicht mit mütterlicher Hand gekommen war, um Angst und Qual von ihnen zu nehmen? Wie auch immer – Fagmie Jabaars Tische blieben leer an diesem Abend, die Menschen versammelten sich in der Kirche oder blieben mit schweren Herzen zu Hause.

Von allen Begräbnissen war dieses am traurigsten, das Begräbnis der drei Jungfrauen. Wenn so schöne junge Mädchen so schlimm behandelt worden waren, fühlte jeder sich aufgerufen, ihren Tod zu betrauern und dafür zu sorgen, daß Gottes Segen auf ihrem Heimgang lag. Die ganze Nacht lang hielten die Frauen bei Kerzenschein Totenwache, beteten für ihre Seelen und lasen laut aus den Psalmen, um sich wach und warm zu halten. Was konnten sie sonst tun, um all das Unrecht einer grausamen Welt wieder recht zu machen? Die ganze Nacht lang hielt Augustin Shoote Gottesdienst mit den Frömmsten, und Lady Sarah brachte dampfende Muschelsuppe zur Stärkung, und beim ersten Morgengrauen kam Fagmie Jabaar mit heißen Samusas. Die armen Mädchen: obwohl Mutter Bond die ganze Nacht lang nähte, reichte es nur für die schlichtesten Totenhemden, über dem Herzen bestickt mit einem unbeholfenen Kruzifix.

Draußen auf dem Friedhof begannen die Männer im Morgengrauen, die Gruben auszuheben, und sie hatten feuchte Augen dabei – was sonst? Trotz all des Schrecklichen, das der Strand in jüngster Zeit gesehen hatte, berührte der Tod dieser Mädchen die Fischer am tiefsten. Ein Mann muß aus Stein sein, der nicht Tränen auf die harte Erde vergießt, wo die Unschuldigen liegen. Eine traurige Prozession, die da aus der Kirche kam, übernächtigt, ganz in Schwarz, die Toten aufgebahrt auf Treibholzbrettern, auf denen sie zu der Ecke des Friedhofs getragen wurden, die den Opfern der Massaker vorbehalten war. Das ganze Dorf stand dort, als die Leichen in die Gräber gesenkt wurden, und Bootsmann Walbein, Stevie und Vygie Bond schaufelten die Löcher ganz sanft wieder zu, weil nach all dem, was die drei Mädchen durchgemacht hatten, ihnen keiner jetzt noch weh tun wollte.

Mit gesenkten Köpfen warteten sie auf Shootes Gebete,

warteten auf seine wundervolle Stimme, daß sie den Schmerz in ihren Herzen lindere und sie wieder an die göttliche Allmacht erinnere, an die Welt dort drüben, in der sie alle zu Seiner Rechten sitzen würden, in den Strahlen Seiner Liebe, aber Augustin Shoote blieb stumm. Selbst als ungeduldiges Scharren nackter Füße zu hören war, sagte er nichts; auch nicht, als Mondling murmelte: «Was hält er hier Maulaffen feil, statt die Toten unter die Erde zu bringen?» und davonstapfte; auch nicht, als Mutter Bond sich auf den Boden setzte und die Kinder zu quengeln begannen. Es kam kein Wort aus seinem Mund. Nach einem Schweigen, das Stunden zu dauern schien, begannen die Fischer einer nach dem anderen zu gehen, verstreuten Gänseblümchen über den frischen Hügeln, warfen neugierige Seitenblicke auf ihren verstummten Prediger und wagten erst jenseits des Hügels, ihre Verblüffung laut werden zu lassen, so laut, daß sie für eine ganze Weile das Trauern vergaßen.

«Ich weiß nicht mehr, wie lange ich dort gestanden bin», erzählte Augustin Shoote in jener Nacht der Ausgangssperre Montague Planke, «es waren vielleicht sechs Stunden. Fest steht, daß die Beerdigung am frühen Morgen stattfand und daß die Sonne ein ganzes Stück über den Zenit hinaus war, als mir plötzlich klar wurde, wo ich mich befand. Kann ein Mensch so lange in Trance herumstehen? Wer weiß. Ich starrte auf diese drei Gräber hinab, die aus einer längst vergangenen Zeit zu stammen schienen, einer einfacheren Zeit, als mir die Bibel, die ich bei mir trug, die ich schon als Kind immer bei mir getragen hatte, so viel mehr war als nur ein Buch, sie war das Wort Gottes, dessen Stimme nun nicht mehr zu mir drang. So sehr ich mich auch bemühte, Ihn zu hören, ich war taub geworden. Ich kann dich hören, Montague, aber ich bin taub geworden für die Stimme, die mich geführt hat, die mein Gewissen war. Egal, wie viele Stunden ich auf den Knien liege, ich höre nichts mehr, nicht einmal ein Echo. Manchmal allerdings habe ich das Gefühl, daß ich ein ganz schwaches Geräusch höre, wie von Wind über Steinen, und es erinnert mich an die Stimme, die ich zum letztenmal dort auf dem Friedhof hörte. Ach, Montague, es gibt Augenblicke, da ist die Sehnsucht fast unerträglich, wieder zu glauben.»

Draußen peitschte immer noch der Regen herab, Stevie war unterwegs und auch Hauptmann Nunes. Aber Augustin Shoote lebte in einer Welt eigener Qualen.

«Denk an Thomas, denk an all die großen Zweifler, Montague, und mach dir klar, daß keiner von ihnen so übel dran war wie ich. Denn sie haben nur gezweifelt, aber ich verfüge gar nicht mehr über das Werkzeug des Zweifels. Kann man seinen Glauben so restlos verlieren, Montague? Und so schnell? Ist das möglich? Kann es so plötzlich geschehen, wie eine Liebe stirbt, so daß die Welt von einem Augenblick zum nächsten völlig verwandelt ist, nie mehr die gleiche sein wird?»

«Ich weiß nicht, Augustin», erwiderte Planke. «Wir sind alle allein.»

Nach dem Begräbnis der drei Jungfrauen begann eine Leidenszeit für das Dorf. Jong Jan lief nicht mehr zum Fischen aus und verließ kaum jemals seine Hütte; Stevie, Vygie Bond und die Brüder Kreef saßen auf der Pier und warfen Steine ins Wasser, wenn sie nicht bei Fagmie Jabaar hockten und mit hart auf das Holz gesetzten Steinen, so unruhig wie lustlos, Domino spielten.

Tag für Tag, Nacht für Nacht beugte Augustin Shoote die Knie. «Ich bitte Dich, Gott, erhöre Deinen demütigen Diener.»

Selbst Mondling, der Zyniker, ging nicht mehr aus dem Haus, vermied jeden Kontakt mit der Krankheit, die das Dorf befallen hatte.

«Das ist nicht gut», sagte Bootsmann Walbein. «Das Leben freut uns nicht mehr, nur noch die Kinder sind sorglos. Aber wie lange noch, wenn Finella den ganzen Tag lang mault und ich gelaunt bin wie eine Natter? Diese Sache bringt das Dorf noch um.»

Auch Lady Sarah wußte das, und sie tat ihr Bestes, um es zu verhindern. In ihrer Küche backte sie Kuchen und Kekse, Krapfen, Torten und Baisers und trug sie selbst in alle Häuser (denn Samuel weigerte sich, sein Zimmer zu verlassen, wo er von Sonnenaufgang bis Sonnenuntergang durch sein großes Teleskop auf den weiten Sandhorizont starrte, auf dem er jeden Augenblick die schwarze Silhouette eines Mannes erwartete), und dazu spendete sie Worte des Trostes, als hätte das Dorf den Verlust eines langjährigen Mitbürgers zu beklagen. «Nun sag mal, Fagmie, warum pfeifst du denn nicht mehr, wir haben schon seit Tagen keine deiner Melodien mehr gehört, und Sheemina, warum singt sie nicht mehr in der Küche? In deinem Essen ist ja plötzlich kein Geschmack mehr?»

Aber so einfach war es nicht. Vor allem als eines Morgens der Flaschensammler mitten unter die Dorfbewohner getaumelt kam und kreischte: «Schreckliche Nachricht, schreckliche Nachricht», so daß die Kinder auf dem Hühnerhof die Eier fallen ließen und die Frauen Eimer voller frischer Lagunenkrebse umschmissen und die Männer ihren Kaffee bei Fagmie Jabaar stehenließen und mit klopfenden Herzen angelaufen kamen.

«Was ist los? Was ist los?» riefen sie. «Sprich, Flaschenmann, sprich!»

Er aber warf nur eine Flasche in den Sand, eine alte Flasche, mit kleinen Muscheln bewachsen, und hielt einen Fetzen Papier hoch wie eine winzige Flagge.

«Was soll uns eine Flaschenpost?» spottete Mondling. «Nichtsnutziger Trunkenbold.»

Und die Fischer wollten schon lachen, erleichtert, daß es nichts Schlimmeres war, als Irr-Minnaar sich den Zettel schnappte und zeterte: «Das gehört mir, ich weiß, was es ist, es ist über ihn, stimmt's? Es ist meine Prophezeiung, die sich bewahrheitet.»

Andere grapschten nach dem Fetzen, bis das Papier im Gewühl zerriß und auf ein halbes Dutzend Hände verteilt war. Beschämt ließen die Missetäter die Stücke fallen wie gestohlene Kuchenkrümel.

«Es ist keine gute Idee, den Namen des Leibhaftigen zu zerreißen», sagte Irr-Minnaar. «Es wird uns nicht retten.»

Doch Finella sammelte die Fetzen schweigend auf und fügte sie zu dem verhängnisvollsten Puzzle ihres Lebens zusammen, bis sie den Namen «Nunes» ergaben. «Na und?» zuckten einige die Achseln. «Wie aufregend!» grunzte Mondling voller Häme – was sollte es auch mit einem Namen auf sich haben, den keiner, noch nicht einmal Namaqua Drift, jemals gehört hatte? Aber nun war ihnen ihr Zeichen aufgeprägt, und sie wandten sich ab, ohne noch ein Wort zu sagen.

Erst die Ankunft des monatlichen Versorgungsdampfers vermochte die Dorfbewohner wieder aus ihrer Niedergeschlagenheit herauszulocken. Alle strömten zur Pier mit derselben Frage auf den Lippen – «was ist dort draußen los? Um Himmels willen, erzählt es uns.»

«Ihr werdet es kaum glauben», wedelte Namaqua Drift mit Händen und Fingern, «aber jedes Wort ist wahr, alles stimmt, man muß ein Teufel sein, um sich das vorstellen zu können, was sich überall im Land abspielt. Kühe, Schafe, Schweine, Ziegen, alles wird hingeschlachtet ohne Sinn und Zweck, man läßt sie liegen, verblutend bis zum Morgen. Ganze Pferche, ganze Herden, hingemetzelt mit stumpfen Äxten, keiner weiß von wem, aber bei Gott, es ist entsetzlich. Aber das ist noch nicht das Schlimmste, nicht im entferntesten, o nein. Mit meinen eigenen Augen habe ich gesehen, wie Männer zu Tode gesteinigt wurden, Familienväter mit Kindern, wie Sie sie haben, Mrs. Walbein, und mit meinen eigenen Ohren habe ich die grauenhaftesten Berichte gehört. Auch das Steinigen ist nicht das Schlimmste, beim Himmel. Dorfvorsteher sind zerstückelt worden, ihre kleinen Söhne verbrannt, während die Dämonen tanzten, ihre Frauen und Töchter geschändet und mißhandelt, so geht es draußen zu in diesen Tagen und Nächten. Eine Grausamkeit, die sich keiner vorstellen kann, jedermann in Angst und Schrecken. So viele Menschen totgeschossen, so viele andere verschwunden, von denen man nie mehr hört.»

Und die Dorfbewohner nickten. Sie dachten an die Opfer, die sie auf ihrem Friedhof hinter dem Hügel begraben hatten.

Gewöhnlich waren alle mit Begeisterung und Lachen bei der Sache, wenn der Dampfer entladen wurde, aber diesmal nicht: Sie schleppten die Säcke mit Zucker, Mehl, Kaffee, Tee, Samen und Düngemitteln, Schokoladen und Bonbons mit einem ähnlichen Gefühl der Lähmung an Land, wie sie es beim Ausheben der Gräber gespürt hatten, und der arme Namaqua Drift mußte wieder auslaufen, ohne auch nur ein Dankeschön zu hören oder eine heiße Tasse Tee angeboten zu bekommen.

Wie furchtbar entwickelten sich die Dinge, wie bedrükkend, wie schauerlich war ein Leben, in dem man Tag für Tag nur darauf wartete, daß der Flaschenmann angelaufen kam und von neuen Toten am Whale Beach berichtete. Doch als aus den Tagen Wochen wurden und aus den Wochen ein ganzer Monat, ohne daß andere Leichen als die von verlassenen Heulern und alten Kormoranen angetrieben wurden, begann das Dorf wieder Atem zu schöpfen. Stevie beobachtete, wie Tölpel draußen auf See nach Fischen tauchten; vom Kopf der Landzunge aus konnten die Brüder Kreef die dunklen Schatten von Makrelenschwärmen ausmachen, die durch die Bucht zogen. Schließlich ließ sich auch Jong Jan dazu überreden, wieder aus seiner Hütte herauszukommen und zum Fischen auszufahren.

Und die Fische bissen wieder. Fagmie Jabaar legte frische Tischtücher auf und steckte neue Kerzen in die Halter, steckte den Kindern Süßigkeiten zu, und wer immer zu einem Curry-Stew bei ihm einkehrte, erhielt ein Glas

Wein gratis. Nach und nach stellten sich alle Fische wieder ein, die Kinder nahmen wieder zu, der Duft gekochter Bonitos hing über dem Dorf wie eine schwache Erinnerung an die Zeit, da der Trangestank bis weit ins Landesinnere zur Hütte der Ziegenhirten gedrungen war. Samuel verließ seinen Beobachtungsposten, Bootsmann Walbein fand seine gute Laune wieder, die liebliche Finella lächelte im Haus und auf den Straßen, Fagmie Jabaar pfiff seine Melodien, Sheemina sang den Geschmack in ihre Küche zurück, Mondling nahm seine Abendspaziergänge an den Ufern der Langune wieder auf und kehrte zu einem Drink und einer Tasse Kaffee in «Jabaars Kaufladen zur Guten Zeit» ein, Lady Sarah stieß einen Seufzer der Erleichterung aus und schwor, niemals wieder auch nur ein einziges Baiser zu backen; nur Augustin Shoote blieb in einer Welt aus Trümmern zurück, von Gott und seinem Glauben verlassen, ein Tag- und Nachtgespenst in einer leeren Kirche, wo er unermüdlich auf ein Wunder wartete.

Draußen wußten alle, daß ein Wunder geschehen war: wie sonst hätten die Morde und Folterungen ein Ende nehmen können? Der Flaschenmann konnte wieder kommen und gehen, wie es ihm beliebte, ohne noch jemandem Angst einzujagen. Einmal mehr begannen die Fischer, sich in ihrem Leben einzurichten; sie schimpften auf den späten Frost und drohten den Schakalen mit neuen Fangeisen und überlegten, wann sie die Setzlinge anpflanzen sollten. Tief in ihrem Innern fürchteten sie vielleicht immer noch den Augenblick, da irgend jemand Alarm schlagen würde, aber als die Tage vergingen, rückte diese Furcht so fern wie ein Schiff draußen am Horizont. Wie Krüppel lernten sie, mit ihrer Wunde zu leben. Wenn sie beim Ausbuddeln der widerspenstigen Kartoffeln eine Pause machten oder beim Zubereiten des Abendessens einen Blick hinaus auf die Silhouette des Hügels vor dem geröteten Himmel warfen und ihre Gedanken die massakrierten Toten auf dem Friedhof dahinter weckten, so waren dies Augenblicke der Schwäche, die sie zu überwinden lernten. Genauso wie sie lernen mußten, auch die namenlosen Gräber mit Blumen zu schmücken, wenn sie Blumen auf die Gräber ihrer eigenen Toten legten.

SIEBEN

Der Stiefel

Am frühen Morgen einer Neumondnacht im Juni, am Ende des Monats Ramadan, keine zehn Stunden nachdem Montague Planke seinen Geschäftspartner Jabaar bei auflaufender Flut verabschiedet hatte, trat Hauptmann Nunes, der Überstunden machte, denn es war drei Uhr nachts, mit seinem Stiefel und aller Macht, die Amtsautorität verleihen kann, gegen die Tür von Planke's Handels-Agentur. «Zoll- und Steuerfahndung», brüllte er. «Aufmachen. Sofort.»

Heiliger Jesus, dachte Montague Planke, als er schlaftrunken hochfuhr, sein Herzschlag hämmernd wie das Klopfen an der Tür. Heiliger Jesus! Aber dann fiel ihm ein, daß kein einziger Diamant im Haus war. Er war so sauber wie des Imams Hemd in Eyd.

Trotzdem nahm ihn Hauptmann Nunes in die Mangel. «Ahh-Mann, Planke, nun sag schon, wo sie sind. Wir wissen, was du für Geschäfte machst.»

Nunes drängte Planke gegen das Bett. «Raus mit der Sprache, Planke. Ahh-Mann, du könntest dir einiges ersparen.» Er hielt drei Finger hoch und zog sie wieder ein zur Faust, während er zählte: «Eins, zwei, drei.» Der Hieb traf Plankes ungeschützten Kopf. Er schleuderte ihn vom Bett, er ließ die Welt für einige Sekunden schwarz werden, er ließ Übelkeit aufsteigen, er ließ die Haut aufplatzen und drei Blutströme aus dem dunklen Kopfhaar quellen, die sich an der Kante des Unterkiefers vereinigten und in fetten Tropfen auf seinen Pyjama klatschten. Montague

Planke saß auf dem Boden, eine Hand gegen seinen blutenden Kopf gepreßt, den Blick gesenkt, vor sich die Stiefel des Hauptmanns.

«Seit sechs Monaten sind wir allen deinen Gaunereien auf der Spur, Planke», sagte Nunes. «Du hast uns eine Menge Geld gekostet, Planke. Behördengeld, Behördenzeit.»

Zwei Ohrfeigen klatschten gegen die Seiten seines Kopfes. Er krümmte sich. Nunes hielt wieder drei Finger hoch. «Eins, zwei, drei.» Zwei Schläge in rascher Folge schleuderten den blutenden Handelsagenten kopfüber erst nach links, dann nach rechts. Der Rest war gnädiges Vergessen.

Als Montague Planke wieder zu Bewußtsein kam, lag er mit blutverkrustetem Gesicht und Schmerzen in jedem Knochen oder Muskel seines Körpers auf dem Fußboden, mitten in einem verwüsteten Zimmer. Nunes und seine Lieutenants wußten anscheinend ganz genau, wo man Diamanten suchte. Die offensichtlichen Verstecke waren aufgeschlitzt: Matratze, Kopfkissen, die Polster der Stühle; die Schubladen waren ausgeleert, die Bodenbretter aufgehebelt, die Vorhangschiene heruntergerissen, Zahnpasta- und Rasiercremetuben ausgedrückt; selbst ein halber Laib altbackenes Brot war aufgeschnitten worden. Plankes einziger Triumph bestand darin, daß sie die Diamanten nicht gefunden hatten, weil keine Diamanten da waren – sie befanden sich wohlverborgen in einem kleinen Lederbeutel zwischen den enormen Brüsten der langen Martha von der Hafenschenke. Vor zehn Jahren wäre das einer der öffentlichsten Orte der Stadt gewesen, doch seit ihren Wechseljahren hielt sich Martha alle Männer und lernbegierigen Jünglinge mit der Theorie vom Leibe, daß ein See, der nicht hin und wieder überläuft, verlandet, und sie es keinesfalls zulassen wolle, daß ihre Innereien von jedem Schwanz von Hinz und Kunz in ein Schlammloch verwandelt würden.

Ein schöner Trost unter diesen Umständen, ein wirklich schöner Trost. Hätte er nicht einer verrückten Laune nachgegeben, so wären die Diamanten fast mit Sicherheit gefunden worden und er säße jetzt in einer feuchten Zelle und könnte dort verschmachten.

Es bedarf keiner Erwähnung, daß es ein schwieriger Monat wurde, diese vier Wochen zwischen Fagmie Jabaars letztem Besuch und seinem nächsten. Auch ein Monat heftig gestörten körperlichen Wohlbefindens, welches selbst die kundigen Hände der langen Martha nicht wiederherzustellen vermochten.

«Du liebe Güte, wenn das kein Jammerbild ist, dann hab ich niemals eins gesehen», begrüßte sie ihn, als Montague Planke endlich (fast eine Woche war vergangen) in die Hafenschenke gekrochen kam. «Dir haben sie ein paar ganz dringende Fragen gestellt, stimmt's, mein Junge? Aber trotz alledem – der langen Martha kannst du vertrauen, was diese kleinen Schätzchen hier angeht», wobei sie ihre schweren Brüste in vielsagende Bewegung versetzte. «Trotz alledem.»

Auch auf dem Markt war es ein mieser Monat. Alle die das nötige Kleingeld für einen Diamanten auf der Seite hatten, selbst jene, denen er in all den Jahren seines Geschäftslebens nie ein faules Ei ins Nest gelegt hatte, brauchten nur einen Blick in sein blutunterlaufenes, bepflastertes Gesicht zu werfen, und schon sahen sie alle Opfer, die der IDH jemals gefordert hatte, personifiziert in einem Mann vor sich – Montague Planke.

Trotz alledem war jedermann von ausgesuchter Höflichkeit. «Guten Tag, Mr. Planke, höchst bedauerlich, Sie in so schlechter Verfassung anzutreffen.» Und dann hoben sich abwehrend beide Hände, wenn er sein Angebot machte: «Nein, nein, die Geschäfte gehen schlecht, Mr. Planke, der Markt ist ausgesprochen flau.» Dennoch ging der IDH weiter: Stein um Stein schlich sich Montague Planke zu seiner weniger seriösen Klientel – «Meiner Treu, Mr. Planke, wohl mit einem Omnibus zusammengestoßen, was?» – «Nanu, Mr. Planke, sind wir unter die Veilchenzüchter gegangen?» – «Tapfer, tapfer, mein guter Planke, im Alleingang die Mafia ausrotten zu wollen» –, versuchte ihre faulen Witze zu ertragen und zwang sich jedesmal zu einem Lächeln, wenn sein Preis wieder gedrückt wurde. Diese Haie konnten einen Kadaver wittern, ganz gleichgültig, wie lebendig er zu erscheinen versuchte.

«Wie steht's mit nächstem Monat, Mijnheer Gunst?» fragte er in der verwegenen Hoffnung, noch ein paar schnelle Geschäfte abwickeln zu können, sobald Fagmie Jabaar wieder eintraf. «Nächster Monat ist nächster Monat, Mijnheer Planke. Wer kann schon sagen, was man nächsten Monat kaufen soll?»

Wie wahr. Konnte es sein, daß sie alle schon den dräuenden Schatten von Hauptmann Nunes hinter Planke aufragen sahen, die Hand des Gesetzes, die sich mit einem triumphierenden «Ahh-Mann, Planke, jetzt hab ich dich!» in seine Schulter krallte?

Aber die Hand des Hauptmann Nunes blieb den ganzen langen Monat unsichtbar. Auch die lauernden Lieutenants tauchten nicht in der gegenüberliegenden Einfahrt auf und wurden auch nicht beim hastigen Öffnen einer Zeitung ertappt, wenn Planke sich auf der Straße überraschend umdrehte, um zu sehen, wer seinen Spuren folgte. Es folgte ihm niemand, und gerade das beunruhigte ihn.

«Kein Grund, so nervös zu sein, mein Lieber», lautete der gute Rat der langen Martha, als sie den letzten körperwarmen Stein in seiner Hand verschwinden ließ. «Hier ist kein einziges neues Gesicht aufgetaucht, das nicht die Aura eines Unschuldsengels gehabt hätte, also beruhige dich und glaub mir, sie wollten dir bestimmt nur einen ordentlichen Schreck einjagen.»

Doch diese Erklärung war zu einfach, und vermutlich schwante das auch der langen Martha, die doch oft genug erlebt hatte, wie ihrer Stammkundschaft mitgespielt wurde. Was Planke betraf, so hätte er es entschieden vorgezogen, vom Morgen bis zur Nacht mit scharfen Hunden gehetzt zu werden. Dann wäre ihm wenigstens die kalte Genugtuung geblieben, ein Opfer von Schikanen zu sein. So dagegen nagte nur die Erinnerung an einen niederträchtigen Besuch an ihm, und mehr noch nagte die verhüllte Drohung, daß mehr von dem Kaliber folgen würde. Schwer vorstellbar, daß Nunes auch nur einen Augenblick lang an seiner Verwicklung in den IDH zweifeln konnte – nein, er wartete nur auf den richtigen Zeitpunkt, auf die nächste Ankunft des Dampfers und mit ihm des ahnungslosen Fagmie Jabaar.

Nacht um Nacht wälzte sich Montague Planke schlaflos, während dieser elende Monat vorankroch, ständig in Angst vor dem Eintreffen Fagmie Jabaars und oft in heller Panik, weil er plötzlich überzeugt war, daß Nunes und die Lieutenants, gelangweilt von der Dauer der Belagerung, schon in der Stadt unterwegs waren, um ihn zu holen. Und so zählte er die Schläge der alten Kirchturmuhr an der Ecke, die bis drei Uhr mit jeder Stunde neue Ängste schürten, während jeder Stundenschlag nach drei Uhr Morphium für seine wunde Seele war, bis endlich im Morgengrauen der Muezzin vom Turm der Moschee die Rechtgläubigen zur Andacht rief und Montague Planke erlöst einschlief.

So strudelte sein banges Leben weiter, mit jeder Stunde bei Tag und bei Nacht unumkehrbar auf die gestellte Falle zu. Wie konnte er Hauptmann Nunes' Kalkül entgehen? Wie konnte er seine Weste sauberhalten, wenn die funkelnden Flecken von selbst auf ihn zumarschiert kamen, wenn Fagmie Jabaar in diesem Augenblick schon unterwegs war, noch irgendwo unter dem Horizont, aber schneller als ein angestochenes Bläßhuhn? Gewiß, im Augenblick hatte er weder den Hauptmann noch die Lieutenants im Genick, aber wozu war das auch nötig, wenn sie wie der Igel am Ziel auf ihren Hasen warten konnten? Und so kam ihm, in jenen Minuten, in denen der Muezzin die Stufen zum Minarett hinaufsteigt, ein altes Sprichwort in den Sinn: Wenn dein Pulver feucht ist, werden Tränen es nicht trocknen –

zieh nicht den Abzug, zieh Leine. Ein guter Rat für jeden Großwildjäger vor dem anstürmenden Rhinozeros, und nicht minder beherzigenswert für kleinere Kaliber in den Stürmen des IDH.

Kaum war es halbwegs hell geworden, machte sich Montague Planke auf den Weg in jene Gassen, wo die Verfolgten, die Gehetzten, die Verzweifelten oft genug Unterschlupf gefunden haben und ein Fahndungsbefehl so sinnlos ist wie ein Scheuerlappen ohne Wasser beim Hausputz. Gerade lange genug schaute er noch in die Hafenschenke hinein, um «Beinkinstadt über der Hanover» ins Ohr der langen Martha zu flüstern.

«Paß gut auf dich auf, Montague, und iß nicht zuviel Curry auf deinen flauen Magen, sonst ziehst du eine Tröpfelspur», waren ihre Abschiedsworte, während er sich durch die Hintertür davonmachte.

Wo hätte er sonst hingehen können? Wo sonst herrschte ein solches Menschengewirr, in dem ein verwirrter Mensch untertauchen konnte? Wo sonst hatte er die Chance, mit einem schnellen Haken aus dem Passantenstrom in der Hanover Street auszuscheren und sich abzusetzen, trapptrapptrapp, das Köfferchen in der Hand, alle eiligen paar Schritte sich umwendend, ob es nicht der gefürchtete Nunes und die Lieutenants waren, die da hinter ihm um die Ecke bogen, mit erhobenen Armen, gezückten Pistolen, «stehenbleiben oder ich schieße» brüllend – nein, das war überstanden und Gott sei gedankt für die Normalität von Frauen und Kindern, triefnäsigen kleinen Rangen, und alten Männern beim Kartenspiel und, ah, dem abgeschiedenen Refugium der alten Gassen mit Kopfsteinpflaster, dem hundertjährigen Zerfall hundertjähriger Häuser, Mauerfeuchte, Holzfraß, Moderflecken, hinauf die Siebenstufengasse am Berg, Biegung um Biegung vorbei an Großmüttern in verwunschenen Hinterhöfen, durch Duftwolken von Obst und Gemüse und Gewürzen, von Pfeffer, Samusas, Blumen, Marihuana, und überall ein Durcheinander von Stimmen, ein Gerede und Gequassel und Grüße an den Rabbi, an den Imam, an den Priester, die sich hier die Seelen zuspielten, und Vorsicht vor dem Stich der Skorpione, des Klappmessers der Galgenvögel, den züngelnden Schlangen der Tagediebe vor dem Pub, und immer näher, o meine Retterin, zu dir, und da war es schon, das keine Fragen duldende, schnurrbärtige Gesicht der Mrs. Beinkinstadt, Kost und Logis mit dem Etagenbad auf der zweiten Stiege (nur dienstags, donnerstags und sonntags) und Vorkasse für eine Woche, in eine schwielig ausgestreckte Hand gezählt, für eine Kammer ohne Sonne mit Ausblick auf den engen Hof, zum Trocknen aufgehängte Wäsche, Ziegen und Hühner und die Tauben auf dem Fensterbrett und raschelnde, raschelnde Palmen – wo hätte er sonst hingehen sollen?

Aber selbst hier, wo er noch nie gewesen war, wo ihn niemand, am wenigsten Nunes, vermuten konnte, war Montague Planke so ruhelos, so ängstlich wie der Montague Planke, der sich bis zum Morgenschrei des Muezzins unter der Bettdecke verkrochen hatte. Und vielleicht war er hier sogar schlimmer dran? Wie töricht diese Annahme, er könnte sich verstecken, wenn sie doch ihre Augen und Ohren überall hatten, wenn die schweren Stiefel des Hauptmanns vielleicht schon in diesem Augenblick Funken aus dem Kopfsteinpflaster schlugen? Und was sollte er mit diesem Zimmer auf den Hof, in dem er erst gewarnt wäre, wenn Hauptmann Nunes schon schimmernd in der Einfahrt stand?

«Mrs. Beinkinstadt, ich brauche ein Zimmer mit Blick auf den Hafen», flehte er.

«Nichts frei, alles belegt», antwortete sie knapp und verschränkte abwehrend die feisten Arme vor der Brust.

So betrachtete er eine ganze Woche lang, gefangengesetzt von seiner Angst und einer walkürenhaften Wächterin, die Ziegen im Hof und die Tauben auf den Palmen, machte sich fast die Hosen voll, wenn die Dielenbretter auf dem Flur knarzten und wurde sich immer sicherer, daß sie Bescheid wußten, daß Nunes mit hämischem Vergnügen aus seinem Fenster blickte, sich mit Daumen und Zeigefinger den Schnurrbart glattstrich und genau wußte, daß er sein Opfer zu jedem Zeitpunkt, der ihm paßte, dort drüben in dem ausufernden Getto an den Hängen des Berges im aussichtslosen Hinterzimmer der Pension der Mrs. Beinkinstadt abholen konnte. Wie sollte er nicht Bescheid wissen? Das war nun mal die Macht des Staates, der nichts verborgen und nichts heilig ist. Fast wäre Montague Planke, wie die in die Enge Getriebenen, selbst zu Nunes gegangen, hätte um seine Verhaftung gebettelt.

Für eine Woche und einen Tag lebte er im Würgegriff der Angst: Weder Alkohol, der ihm erst Übermut und dann ein weinerliches Selbstmitleid einflößte, noch Schlaf, der ihn in düstere Alpträume tauchte, verhalfen ihm zur Flucht aus seinem schwarzen Kerker, bis er draußen auf dem Flur, gefürchteter Moment, die Schritte von Mrs. Beinkinstadt vernahm, gefolgt von anderen, ganz leisen... klopf! klopf!

«Los, los, Kerl, aufgewacht! Hier ist ein junger Mann.»

Ein sehr junger Mann, eins von den Bürschchen, die sich die lange Martha hielt, solange ihre Lernbegier noch nicht erwacht war. Er brachte eine Botschaft.

«Tante Martha sagt, ich soll dem Onkel sagen, daß Mr. Fagmie –» hilf Himmel, flüsterte Montague Planke – «auf ihn wartet –» der Himmel sei uns gnädig, betete er – «und zwar in seinem Büro» – «Himmel, Tod und Teufel», fluchte Montague Planke vernehmlich.

Wirklich das Dümmste, Gedankenloseste, Unterbelichtetste, Blödeste, Verwünschteste, Närrischste, Bescheuertste und ganz und gar Schafköpfigste, was er tun konnte. Montague Planke hätte spucken, kreischen, um sich schlagen, Teller zerschmeißen, den bedauernswerten Boten dieser bodenlosen Nachricht grün und blau schlagen und Tränen ohnmächtiger Wut vergießen können.

Hatte dieser Mann denn keinen Funken gesunden Menschenverstand? Zum Henker, sie hatten alles durchgekaut, hatten längst besprochen, daß Planke's Handels-Agentur der allerletzte Platz auf Erden war, wo sie Zuflucht suchen würden, wenn die Zeichen mal auf Sturm standen. Fagmie Jabaar, du verdammter Idiot. Doch er zwang sich, ruhig und gesittet zu dem Jungen zu sprechen – immerhin stand Mrs. Beinkinstadt mit verschränkten Armen neben ihm und sah nicht so aus, als würde sie Kindesmißhandlung dulden.

«Sei ein braver Junge und geh zu Mr. Fagmie und sage ihm, daß Mr. Planke nicht mehr in seinem Büro arbeitet und daß er hierherkommen muß, wenn er mich sehen will.» Und weil er nicht knauserig war, ließ er noch eine fette Münze in die Hand des Boten gleiten, was endlich ein beifälliges Nicken bei Mrs. Beinkinstadt hervorrief.

Wer schildert die Qualen, unter welchen er die Stunden dieses schicksalhaften Nachmittags verbrachte, in klassischer Manier in seiner elend kleinen Kammer auf- und abgehend, hin und wieder am Fenster pausierend, wo er auf die Ziegen hinunterstarrt, sich eine Zigarette anzündet, die halb aufgerauchte Kippe ausdrückt, sofort nach einer neuen greift, mit Händen, die ihm kaum gehorchen, die flattern, sich winden, sich verknoten, jetzt zu Fäusten geballt in die Hosentaschen gestoßen werden, wobei er immer weiter hin- und herläuft, kaum einen Augenblick innehält, sich jetzt aufs Bett setzt, schon wieder aufspringt, wie gelähmt am Fenster stehenbleibt, weitertigert, sich unterbricht, um zu lauschen, sogar die Zimmertür eine Handbreit auf den Flur öffnet, dann zweifelnd auf die Uhr starrt, als könne er nicht fassen, wie zäh die Zeit verrinnt –

Bis plötzlich. Endlich. Nach einer Ewigkeit. Die Schritte von Mrs. Beinkinstadt, gefolgt von anderen, ganz leisen... Aber kein Klopfen diesmal, er ist schon draußen auf dem Flur. «Und wo steckt dieser verdammte Fagmie?» brüllt Montague Planke.

«Hier wird nicht gebrüllt», brüllt Mrs. Beinkinstadt. «Das ist ein anständiges Haus.»

Blut drängt ihm in den Kopf, hämmert in den Ohren, pocht in seiner Brust bis in den Hals hinauf.

«Also, mein Sohn, wo ist Mr. Fagmie? Hab keine Angst, du kannst mir alles sagen.»

Mit stockender Stimme kommt die Antwort. «Er sagt, er kann nicht zum Onkel kommen, weil hier alle die bösen Leute sind, die ihn nicht mögen.»

«Verdammter Schwachsinn!»

«Hier wird nicht gebrüllt», von Mrs. Beinkinstadt, unterstützt von Füßestampfen und Armerudern. «Keiner brüllt in diesem Haus!»

Aber Montague Planke ist mit diesem Haus fertig. Stunden von aufgestauter Angst, Tage in Panik, ein Monat des Schreckens entladen sich in einem Zwang zu handeln, irgendwas zu tun, wie auch die Folgen sein mögen. Ohne noch nach Krawatte und Jackett zu greifen, ist er an den beiden vorbei, nimmt zwei und drei Stufen auf einmal die Treppe hinunter, schießt auf die Straße hinaus und läuft über Pflastersteine, die die Welt unter ihm ins Kippen bringen, an Pferd und Karren des Salzfischhändlers vorbei, zwischen Schubkarren, Autos und spielenden Kindern durch die zerbröckelnden georgianischen Straßen hinab in die Innenstadt, ins Nunes-Territorium, doch selbst diese Mahnung kann seine Mission nicht stoppen. Erst die belebteren Straßen und die Ruhezone des Parks, wo nichts verdächtiger ist als ein rennender Mann, verlangsamten seinen überstürzten Abstieg, bis der Anblick der Lieutenants, die an der Straßenecke vor seinem Häuserblock Fisch und Chips aßen, ihn in die nächste Deckung hechten ließ.

Erst bei Nacht und Nebel kehrte Montague Planke zurück, schlich sich von Schatten zu Schatten durch die Straße, lauschte auf jedes Geräusch, das durch die weiße Watte zu ihm drang – das Scharren der Füße eines Mannes, der sein Gewicht verlagerte; das Rasseln von unterdrücktem Husten –, versuchte etwas zu erkennen, war gleichzeitig dankbar für die Blindheit und hatte tausend Schmetterlinge im Bauch. Wie mußte Nunes über dieses unerwartete Geschenk entzückt sein, rumorte es in ihm – eine bessere Falle, als Fagmie Jabaar sie hier aufgestellt hatte, hätte er sich selbst kaum ausdenken können. Und wie demütigend die Vorstellung, daß sich der Hauptmann schon die Lippen nach ihm leckte, daß er nur noch wartete, nur noch abwartete, bis der Moment gekommen war.

Und so ließ sich Planke, ein Quietschen vermeidend, durch die Haustür in den Vierzig-Watt-Dämmer seines Flurs gleiten und schlich mit dem Rücken zur Wand, die Arme in Zwanzig-nach-acht-Stellung ausgestreckt, die Treppe hinauf. Nichts rührte sich im Halbdunkel. Vom Treppenabsatz aus überblickte er die fünfzehn Schritte, die ihn noch von der einzigen Tür trennten, deren Mattglasscheibe erleuchtet war. Sein Schlüssel glitt ins Schloß, die Tür öffnete sich und fiel hinter ihm zu. Vor sich sah Montague Planke glitzernd und unschuldig, wie in einer Sammelstelle von De Beers, den größten Haufen Rohdiamanten, der ihm je untergekommen war. Dahinter das breite Grinsen eines triumphierenden Fagmie Jabaar.

«Idiot. Saudummer, hirnloser, schwachköpfiger Narr», brach es aus Montague Planke heraus. «Warum hier? Warum um alles in der Welt mußtest du das Zeug hierherschleppen, wenn wir's doch besprochen hatten, wenn dich die lange Martha doch gewarnt hat, Fagmie, er versteckt sich, es ist was schiefgegangen, und wenn dir dieser junge Bursche doch gesagt hat, wo ich zu finden bin, aber mehr als alles andere, weil wir's besprochen haben, hier, genau in diesem Zimmer, hier besprochen und besiegelt, und du hast genickt dazu, als sollte dir der Kopf abfallen, daß das hier nämlich der allerletzte Ort auf der Welt ist, wo wir uns treffen sollten, und erst recht mit einem solchen Berg Diamanten. Was ist nur in dich gefahren, Fagmie Jabaar. Hä? Hast du die geringste Ahnung, was sie mit uns machen, wenn wir mit diesem Haufen hier erwischt werden? Hä? Weißt du das? Ich will's dir verraten: Bei einem Haufen wie diesem gibt es nicht mal mehr eine richtige Verhandlung. Bei diesem Haufen in der einen Waagschale und uns in der anderen sieht der blindeste und besoffenste Richter, und davon gibt es einige, wo's langgeht, nämlich in das Hotel am Berg für den Rest unsrer Tage. IDH ist eine schlechte Karte, mein lieber, harmloser Fagmie. Für unsere Gerichte hier ist IDH nicht einfach Diebstahl, nein, es ist Mord und Vergewaltigung und Hochverrat zugleich, und für diesen Haufen hier würde mancher Richter einen Sturzflug im Morgengrauen noch für zu milde halten. Und das wäre ja auch das beste, was uns passieren kann, lieber tot als lebendig auf dem Berg eingemauert, ja, viel, viel lieber. Wie würde dir das schmecken, Fagmie, pissefeuchte Wände und ein Scheißkübel, in dem mehr fette blaue Fliegen wimmeln als auf einer Leiche im Hochsommer? Da sagst du nichts mehr, hä? Oder ist es, weil so ein saudummer, hirnloser, schwachköpfiger Idiot wie du nicht viel zu sagen weiß?»

Es war in diesem Augenblick, beim Atemholen, als er etwas hörte, was nur der Schritt eines Lieutenants auf einem losen Dielenbrett sein konnte. Das Knarzen fuhr den beiden in die Glieder wie eine Gotteslästerung am Sonntag. Maria, hochheilige Magd des Herrn, da waren sie. Und Fagmie Jabaar sah weißer aus als ein Richter am Bezirksgericht. «Wa-wa-wa-was wa-war das, Montague?» stammelte er.

«Schnauze, Mann, Schnauze», zischte Montague zurück.

Seit undenklichen Zeiten haben sich in solchen Augenblicken tiefsten Schweigens die Mächte des Drachens versammelt, und sie versammelten sich auch hier, jenseits der Tür. Dann kam das Klopfen. Kein Klopfen, sondern das Donnern von Fäusten und wütenden Stiefeltritten.

«Rasch, Fagmie. Den Tisch, die Diamanten.»

Der Tisch rutschte gegen die Tür, die Diamanten verschwanden in ihren Taschen.

«Ach, du liebe Güte. Ach, du liebe –»

«Hör auf zu winseln, Fagmie. Hör um Himmels willen auf zu winseln.»

Nun, da der gefürchtetste aller Augenblicke über ihn kam, wußte Montague Planke genau, was zu tun war – schließlich hatte er einen ganzen Monat von schlotternden Morgenstunden hinter sich, in denen er sich genau diese Situation ausgemalt und Auswege überlegt hatte. Und tatsächlich gab es auch für diesen Fall einen naheliegenden, wenn auch unerquicklichen Ausweg, nämlich den durchs Fenster. Wenn die Verzweiflung groß genug ist, bedeutet ein Sprung aus dem ersten Stock nicht mehr als ein Schritt von der Bordsteinkante. Was Fagmie Jabaar freilich ganz anders sah. Noch als Montague Planke ihn schon aufs Fensterbrett genötigt hatte, protestierte er: «Nein, Mister Montague, Sir, es ist zu hoch. Beim Bart des Propheten –»

Das Geräusch von splitterndem Holz und das Gebrüll von Hauptmann Nunes verkürzten die Diskussion. «Spring, Fagmie, spring», kreischte Montague Planke, während hinter ihnen das Türschloß nachgab und der Hauptmann samt Lieutenants über den Tisch ins Zimmer hechtete. Das genügte. Fagmie sprang. Montague Planke folgte. Hinter ihm erklang etwas, das an eine Explosion erinnerte, dann kam das Pflaster auf ihn zu, und er rollte und rollte, nach Atem ringend.

«Hier lang, Mister Sir, hier lang», rief Fagmie Jabaar, und sie verschwanden im Nebel.

Straßen aus Feuer, Straßen voll stechendem Schmerz. Sie rannten und rannten, Montague Plankes Blut pulste zu laut, als daß er hören konnte, ob sie verfolgt wurden, sein Leben lag ganz in Fagmie Jabaars Händen. Sein Geschäftspartner lotste ihn ins Moslemviertel. Es gab nicht genug Luft auf der Welt, um seinen Schmerz zu kühlen, aber es dauerte eine ganze Weile, bis ihm aufging, daß die Feuchtigkeit in seiner Hose auch von Blut stammte. Die Wirklichkeit durchbohrte ihn wie eine Kugel.

«Ich bin getroffen, Fagmie», japste er und brach im Rinnstein zusammen.

Ein paar Stunden später kam Montague Planke wieder zu sich, schweißnaß, auf einem Bett, die Hose zu den Knöcheln hinuntergestreift, vor einem Publikum von acht Personen, die unverwandt auf seinen perforierten Hintern starrten.

«Bitte nicht bewegen», sprach eine Oxford-Stimme in einem weißen Kittel, «dann haben wir Ihren kleinen Gast in Null Komma nichts herausgeholt.»

Dicht vor seinem Gesicht lächelte eine Frau mit muskatbraunen Zähnen. Sein Blick glitt weiter und schwenkte über eine lange Reihe von daumenlutschenden Kindern.

«Fagmie», flüsterte er. «Fagmie, bist du da?»

«Hinter Ihnen, Mister Montague, Sir», kam die prompte Antwort. «Gesund und wohlbehalten, besten Dank.»

«Kannst du nicht diese Frauen hier verscheuchen? Gott im Himmel, ich hab doch nichts an!» krächzte er.

«Oh, kein Grund zum Sorgenmachen», erwiderte Fagmie. «Die Damen sind nicht schockiert, im Gegenteil, ganz, ganz im Gegenteil, sie finden es alle sehr interessant, so ein schneeweißes Hinterteil zu sehen.»

Dann drang eine Nadel, die sich anfühlte wie ein Zimmermannsnagel, in das erwähnte Körperteil und setzte es in Brand.

«Ist dieser Bursche irgendein Wudu-Quacksalber, Fagmie?» brüllte Montague Planke.

«Bitte sehr, sich keine Sorgen zu machen, Mister Montague, dieser Mann ist Dr. Taj, äußerst exzellenter Medizinmann, und was dort drüben sitzt, ist seine große Familie.»

«Tut's weh?» erkundigte sich die Oxford-Stimme. Ein gellender Schmerz, heiß, brennend, grauenhaft, schnitt durch Montague Plankes Eingeweide. «Jaja, das dachte ich mir gleich, daß es ein bißchen weh tun würde», fuhr die Stimme fort, «das ist immer das Problem mit diesen Querschlägern, wenn die Kugel abgeplattet ist und herumtaumelt, kann sie eine ganze Menge anrichten. Wirklich ein Glück, daß Sie so einen fetten Steiß haben. Aber schön stillhalten bitte!»

Wie sehr sich Montague Planke nach einer gnädigen Ohnmacht sehnte. Wie er schwitzte, ins Kissen biß, sogar ein Stoßgebet an den guten Herrn und Hirten richtete, ihn nicht zu verlassen. Und er wurde auch nicht verlassen, jedenfalls nicht von der wühlenden Pinzette des exzellenten Dr. Taj und der gebannten Aufmerksamkeit der Großfamilie, die freilich mehr den beiden Hemisphären aus schneeweißem Fleisch galt als dem verformten Klümpchen Blei, das ihr Oberhaupt endlich ans Licht beförderte, wobei es vor Hingabe und Begeisterung kaum seinen Speichel zurückhalten konnte. «Bitte nur noch einen Augenblick stillhalten, Mr. Planke, fast haben wir's, ja, da ist sie, Mr. Planke, sehn Sie sich das mal an, ist sie nicht eine richtige kleine Schönheit», als wäre das Herausoperieren einer Kugel nichts Schlimmeres als das Ziehen eines Zahns. Und dann, verspätete Erhörung seines Flehens, fiel Montague Planke in die Ohnmacht, die er ersehnt hatte.

Es war weit in den nächsten Tag hinein, als er erwachte. Steif und wund lag er in einem Zimmer, das bis auf den Lichtkegel, der grau durch die geschlossenen Vorhänge drang, und die auf einer Chaiselongue ausgestreckte Gestalt Fagmie Jabaars leer war. Auf einem Hocker neben seinem Bett stand ein Glas mit einer Flüssigkeit und dem aus seiner menschlichen Verstrickung befreiten Klümpchen Blei. Dieser Anblick genügte, um ihm den Magen umzudrehen, auf der Stelle das Horrorkabinett des Dr. Taj und seiner Großfamilie in seine Erinnerung zurückzuholen und ihn ausrufen zu lassen: «Fagmie!

Verdammt, Fagmie, wach auf. Ich habe Schmerzen. Ich bin angeschossen worden. Ich muß ins Krankenhaus.»

Aber alles Flehen reichte nicht hin, Fagmie Jabaar aus seinem Schlaf zu wecken. Und da Montague Planke zu starke Schmerzen hatte, um aufzustehen, gab es nur eine Möglichkeit. Vorsichtig goß er die Flüssigkeit aus dem Glas auf den Boden, ließ die matte Kugel herausgleiten, hob sie auf und schleuderte sie mit einem übermenschlichen Armschwung seinem schlafenden Geschäftsfreund an die Schläfe. Fagmie Jabaar erwachte umgehend.

«Holla, Mister», beschwerte er sich. «Das war nicht komisch.»

«Wie verdammt recht du hast», erwiderte Planke. «Und du hast ein Schweineglück gehabt, daß sie dich nicht an der gleichen Stelle getroffen hat wie mich. Jetzt hilf mir hoch, ich muß zu einem Arzt.»

«Aber Mister Montague. Dr. Taj ist ein äußerst exzellenter Arzt, und er hat längst alles getan, was er nur konnte, damit Euer Hintern wieder heil wird. Sie brauchen jetzt nur noch Ruhe, dann wird alles ganz wie neu!»

«Ruhe! Ruhe, Fagmie! Wie soll ich Ruhe finden, wenn der Hauptmann und seine Lieutenants dort draußen unterwegs sind und nach meinem Blut lechzen? Nach meinem Blut, das ich überall auf die Straßen getropft habe? Das ihn geradewegs zu dieser Tür führen muß?»

Mit einer Handbewegung wischte Fagmie Jabaar die Ängste seines Kompagnons zur Seite, drehte sich um, verschwand unter der Decke und war wieder eingeschlafen.

Fünf Tage lang blieb Montague Planke, einsam, verängstigt und voll Schmerzen, im Haus des Dr. Taj und träumte bei Tag und bei Nacht von der Zoll- und Steuerfahndung. Und diese fünf bewegten Tage trugen ihm ein Wundfieber ein.

«Äußerst interessant», bemerkte Dr. Taj, als er den stinkenden Verband entfernte. «Dergleichen kommt wohl manchmal vor», wobei sich seine Großfamilie mit staunenden Augen um Montague Planke versammelte, um die eiternde Wunde zu betrachten. «Es ist unter Medizinern eine wohlbekannte Tatsache», dozierte Dr. Taj, «daß man, wenn man überhaupt auf sich schießen läßt, am besten vorher seine Kleidung ablegt, denn wenn die Kugel erst durch das Gewebe dringen muß, reißt sie winzige Fasern mit sich, die in der Wunde großen Ärger machen können. Wie man hier sieht, Mr. Planke. Wie man hier sieht.»

In die versonnene Betrachtung der eitertriefenden Wunde platzte klopfend und keuchend Fagmie Jabaar, der mit unbekannten Zielen außer Haus gewesen war, um zu verkünden, daß Namaqua Drift ihm zugesagt habe, sie beide in drei Stunden vor der Hafeneinfahrt aufzunehmen.

«Mach dich nicht lächerlich, Fagmie. Das wäre mitten am Nachmittag, im hellsten Licht», rief Montague Planke aus. «Und wie sollen wir ihn erreichen, etwa schwimmend?»

«Nein, nein, Mister Montague, Sir», erläuterte Fagmie Jabaar. «Ein anderer Mann, Abdul Abdurman, steht bereit, um uns zu rudern.»

«Um uns zu rudern! Fagmie, ich bin schwer verletzt.»

«Und er hat nun auch das Wundfieber», flötete Dr. Taj dazwischen, «weshalb er keinesfalls das Bett verlassen darf», wozu die Großfamilie unisono seufzte.

Fagmie zuckte die Achseln. «Bedenken Sie, Mister Planke, daß ein Monat vergehen wird, bis Namaqua Drift wieder hierherkommt, und daß ich vor Sehnsucht nach Sheemina und dem Kleinen vergehe.»

Drei Stunden später, nachdem er sich einen Monat mit entblößtem Arsch vor den neugierigen Augen des Dr. Taj und seiner Großfamilie, aber verlassen von Fagmie Jabaar und allen sonstigen Verbindungen zur Außenwelt, ausgemalt hatte und zu der Überzeugung gelangt war, daß Hauptmann Nunes in dem verzweifelten Versuch, sein Gesicht zu wahren, auch vor einer Haus-zu-Haus-Durchsuchung der ganzen Stadt nicht zurückschrecken würde, ließ sich Montague Planke aus einem Ruderboot, das schon in einem Schwimmbecken abgesoffen wäre, in das badewannenähnliche Gefährt Namaqua Drifts hieven, das seit mindestens zehn Jahren zur gnädigen Selbstversenkung überfällig war. Trotz alledem, trotz Schmerzen, Feuchtigkeit und Kälte, war er heilfroh, den Skipper wiederzusehen.

Aber was für eine Reise stand ihm bevor! Für einen Mann, dem der Ozean fremd war, der schon beim Sonnenbad auf einer Sandbank seekrank wurde, genügten allein die Wellenberge und -täler, um auch ein tapferes Herz flattern zu lassen. Wenn derselbe Mann unter einem weidwunden Allerwertesten litt und weder ein geeignetes Bett noch auch nur eine Matratze zur Verfügung hatte, so mußte ihm im Vergleich zu dieser irdischen Hölle eine Folterung durch Hauptmann Nunes wie das leibhaftige Paradies erscheinen. Und wenn er endlich noch mit einem Reisegefährten geschlagen war, der die prickelnde Situation mit Platitüden wie: «Das Leben ist doch schön, so will mir scheinen, wenn man wie ein Pfeil über die Wogen gleitet», oder: «Schnell an die Reling, Mister Sir, Sie versäumen die springenden Delphine!» würzte, dann mußte man ihm in der Tat verzeihen, daß er in seinem Herzen finstere Gedanken wälzte, die nicht allzuweit von Mord entfernt waren.

So kam es denn, daß Montague Planke, ein Mann von Statur, zu kleinwüchsig für sein Gewicht, wie ein Fötus auf ein paar Säcken in der Ladebucht liegend, an Bord von Namaqua Drifts Badewanne an einem Donnerstagmorgen in der Siedlung einlief, wo alle sich versammelten, um ihn zu begrüßen. Noch ehe die Maschinen zum Stillstand gekommen waren, kletterten die Fischer begierig an Bord, um den kranken Mann in Augenschein zu nehmen. Montague Planke klappte die Lider hoch. Durch winzige Pupillen, die Schweinsäuglein nicht unähnlich waren, blickte er in das sorgend über ihn gebeugte Gesicht Lady Sarahs und stöhnte lauthals auf.

Es brauchte einen Monat von Lady Sarahs Sorge und Pflege, bis Montague Planke wiederhergestellt war. Sobald er sich genug erholt hatte, um ihr Haus zu verlassen, zog er in die alte Walfängerhütte und begann mit dem Brotbakken. In den frühen Morgenstunden stand er auf, heizte den Ofen an, knetete den Teig mit den Füßen, wie es schon die Alten gemacht hatten, und verabschiedete die Fischer an strahlenden Sommertagen mit dem warmen Duft gebackenen Brotes. Eine gute Verführung, wie er Fagmie Jabaar immer sagte, um ihre sichere Heimkehr zu beschleunigen. Im Lauf des Vormittags erschienen die Frauen, um ihre Laibe abzuholen. Anfangs standen sie verschämt in der entfernten Ecke und preschten, wie Meerkatzen, nur zur Theke vor, wenn Montague Planke von ihr zurücktrat; später, als sie sich an ihn gewöhnt hatten, entboten sie ihre lachenden, zwitschernden Grüße und mühten sich, die mitgebrachten Kinder zu bändigen, die für das frische Brot tanzten. Selbst Mondling, der den Neuankömmling zunächst übersah – wenn auch nicht dessen Brot –, brachte es im Lauf der Zeit zu einem kurzen, grüßenden Nicken und knurrte manchmal gar ein «Guten Morgen, Herr Planke», wenn er sich seinen Laib schnappte und wieder ging, gebückt wie ein Geier.

Doch das Brotbacken war keineswegs Montague Plankes einzige Beschäftigung: er blieb auch weiterhin den Diamanten verpflichtet. In den langen Stunden, nachdem der letzte Kunde gegangen war, ersannen er und Fagmie Jabaar immer neue, komplizierte Vertriebspläne, aus denen niemals etwas wurde, weil ihr einziger Markt von Hauptmann Nunes überwacht wurde und keiner der beiden es wagen konnte, dort als fliegender Händler aufzutreten.

«Es hat keinen Zweck, Fagmie», mußte Montague Planke zugeben, «wir sind lahmgelegt. Wir sitzen auf Millionen und können nicht das geringste damit anstellen.»

«O nein, Mister Montague, Sir, das dürfen Sie nicht so sehen», pflegte Fagmie Jabaar darauf zu erwidern. «In meinem Leben sind die Fettaugen immer aufgeschwommen, wenn die Zeit reif war.»

Und schon eine Woche später war die Zeit reif. Was Montague Planke zu der Überlegung veranlaßte, ob nicht die Gemütsverfassung eines Menschen eine Rolle dabei spielte, was ihm widerfuhr. War er denn nicht seit langem von den Diamanten dieses Ortes besessen, und besonders von den Möglichkeiten, sie zu Geld zu machen? Bestimmt war die Energie, die er in seine undurchführbaren Pläne investiert hatte, nicht mit einem Glas Bier weggespült oder in einer abendlichen Träumerei verbraucht worden. Ganz bestimmt war die spontane Entscheidung, eines Tages mit einer Gewohnheit zu brechen und auf dem Weg zum Strand nicht bei Fagmie Jabaar auf eine Tasse Kaffee einzukehren, sondern erst zur Lagune zu gehen, wo er noch nie nach Diamanten gesucht hatte, und den Kaffee dann auf dem Rückweg einzunehmen – ganz bestimmt war diese Entscheidung, so plötzlich er sie beim Verlassen der Backstube getroffen hatte, kein Zufall gewesen.

Um zur Lagune zu gelangen, mußte er am Haus von Klein Marsdon-vom-Land vorbei, in dem Mrs. Beg-rip lag und ihr bitteres Los beklagte, während ihr Sohn am offenen Fenster seines Funkschapps saß und zum Nachmittagstee Marmeladenbrote mampfte. Montague Planke blieb stehen und wollte gerade ein wenig Konversation über das schöne Frühlingswetter treiben, als der Empfänger in einer fremden Sprache zu krächzen begann.

Klein Marsdon-vom-Land sprang auf und rief: «Ah, da ist er ja wieder, Käpt'n Lubentsova ist zurück.»

Montague Planke spazierte weiter, wollte in Gesang ausbrechen, wollte brüllen, aber wagte kaum, den Gedanken zu Ende zu denken, der sein Herz vor Erregung rasen ließ. Gewiß, dachte er, ganz gewiß gab es eine höhere Ordnung in diesem Reich des Chaos. Ganz gewiß waren die zufälligen Wendungen und Hakenschläge seines Lebens einer geheimen Ordnung unterworfen, einem Gesetz, das die

Welt mit wunderbaren Fügungen und Harmonien erfüllte, die nicht die Folgen banaler Ursachen und nicht die Machenschaften verborgener Mächte waren, sondern sein eigener Wille, der sich selbst von Augenblick zu Augenblick in der Folge der Ereignisse erschuf.

«Das ist die Lösung», sagte Montague Planke, während er auf die mit rosa Flamingos überpuderte, von blauen Eisvögeln durchstochene Lagune starrte. Wie Fagmie Jabaar es ausgedrückt hatte: Endlich schwimmen die Fettaugen doch auf.

Der Rest ist eine fünfjährige Vom-Brotbäcker-zum-Millionär-Geschichte, die mit einem atemlos durchs flache Wasser ins Dorf zurückrennenden, spritzenden, stolpernden, kugelnden Montague Planke begann, der seine Worte nicht schnell genug vor einem schon bald aufstrahlenden Fagmie Jabaar heraushaspeln konnte; der mit einem überraschten Käpt'n Lubentsova per Funk ein Rendezvous ausmachte; der noch am selben Abend mit zwei fremden Männern die Köpfe zusammensteckte, einen Haufen fetter Steine über die Tischplatte schob und dafür ein fettes Bündel lappiger Scheine in Empfang nahm und, selbe Welle, selbe Stelle, ein neues Treffen in sechs Wochen für den nächsten Deal verabredete.

Und so blühte und gedieh die Siedlung. Fagmie Jabaar konnte Namaqua Drift wieder für den Kauf von Vorräten bezahlen, es gab wieder Schokolade, Scherbett und Früchtemarmeladen, und wenn Jong Jan den Brüdern Kreef auch einmal mit dem Ruder auf die Bude rücken mußte, weil sie gesagt hatten, sie würden lieber Diamanten sammeln als Fische fangen, so änderte sich das Leben doch nicht allzusehr. Es war ein Sommer der Zufriedenheit, der nach frischem Brot duftenden Morgenstunden und langer Abende im späten Licht, an denen alle rund um den Dorfplatz vor ihren Häusern saßen und Muscheln schlürften und kühlen Wein tranken und sich Geschichten von früher erzählten, von Zeiten, die nun glücklich hinter ihnen lagen. Ein Tag glich dem anderen, Fische trockneten auf den Zäunen, Hummer schrien in den Töpfen, alle waren glücklich, gingen ihren Geschäften nach und konnten sich sogar in einem Kästchen unterm Bett kleine Vermögen zusammensparen. Montague Planke hätte wissen müssen, besser als jeder andere, daß dieses Leben zu gut war, um zu dauern. Er hätte wissen müssen, daß der Stiefel wieder zutreten würde, irgendwie. Und es geschah, in Gestalt eines hageren Mannes in einem Bedford-Laster, der mit einer sanften, schönen Tochter, die Stevies Herz brechen sollte und ihr eigenes dazu, in das Dorf kam, an genau dem Tag, als die Ziegen mysteriös aus ihrem Pferch ausbrachen und Unheil über alle Gärten brachten.

Es war ein Donnerstag, kurz vor Sonnenaufgang, um genau zu sein, als Samuel von Lady Sarahs Dachfenster aus die Staubfahne am Horizont sah, und Irr-Minnaar sah von der Tür ihrer Blechbaracke aus, daß die Ziegen aus dem Pferch entwichen waren und sich über die letzten Früchte und Gemüse der Saison hermachten – Kohlköpfe, Melonen, Tomaten, nur ein paar Wochen von der Ernte entfernt –, und die Dorfbewohner wurden von zwei Warnschreien geweckt, die tief in ihre Träume drangen. In diesem Augenblick, sobald sie mit den Nachtgewändern auch die Reste ihres Schlafs von sich geschüttelt hatten, kam der Gedanke: Ist es das, was uns von Anfang an bedroht hat?

Der erste Schrei kam von der Irr-Minnaar, die die Tiere unter ihren Würz- und Heilkräutern wüten sah und an ihre Prophezeiung dachte und ein Geheul ausstieß, das jedermann erstarren ließ, nur die Ziegen fraßen ungerührt weiter. Der zweite war von Samuel, der alles, was ihn geängstigt, was das ganze Dorf gefürchtet hatte, als Staub am Horizont auftauchen sah, mit einer dunklen Sonnenbrille, in einer Hauptmannsuniform, und der Warnschrei brach aus seiner Kehle wie ein lautes Stöhnen, das nur um so alarmierender klang und die Fischer draußen vor der Landzunge veranlaßte, ihre Reusen einzuholen, die noch leer waren, und schleunigst zurückzurudern.

Trotzdem machten sich alle auf die Geißenjagd, weil hier wenigstens noch etwas zu retten war. Man verscheuchte sie von den Gemüsebeeten, doch es gelang nicht, die störrischen, bissigen Tiere in ihren Pferch zurückzutreiben. Nein, sie zerstreuten sich in alle Richtungen, als wären sie nun vom Teufel selbst besessen: brachen durch Lady Sarahs Zaun, um ihr Negligé, ihre Baumwollkleider, ihre Seidenstrümpfe von der Leine zu fressen; rissen die karierten Decken von den Tischen vor Fagmie Jabaars Laden; stahlen warmes Brot und Honig direkt aus Mondlings Hand, der ein Herbstfrühstück in der Morgensonne genoß; rannten durch die Hütten, stießen Kinder nieder, hinterließen harte, schwarze Kötel, wo die Frauen gerade gewischt hatten; suchten sogar die Kirche heim, wo sie das Werk vollendeten, das die Motten am Altartuch schon begonnen hatten, um sich dann am heiligsten der Brote zu vergreifen und mit demütig gesenkten Köpfen Meßwein zu schlürfen, bis Augustin Shoote sie mit alttestamentarischem Furor vertrieb. Aber immer noch ließen sie sich nicht fangen, und Ziegen, die noch gestern unter Namen wie Meisie, Sonny, Lang Piel, Gruff, Billy, Blikkies oder Bliksem geliebt worden waren und jedem Nüsse aus der Hand gefressen hatten, waren plötzlich wilder als Schakale und lachten über die Angst ihrer Verfolger, von einem Teufelstritt gezeichnet zu werden.

Während all dieser Zeit verdichtete sich die Gefahr am Horizont, die ganz eindeutig keine Sandhose war, kein Staubgespenst, wie es im März über die Ebenen geistert, aber niemand beachtete Samuel und sein ahnungsvolles Gesicht oben am hohen Fenster, und niemand bemerkte, daß die Sonne sich verdunkelte.

Statt dessen riefen alle – während Jong Jan, Vygie Bond, die Brüder Kreef und allen voran Stevie mit vom raschen Rudern geröteten Gesichtern ins seichte Wasser sprangen und die Boote, ohne sie noch auf den Sand zu ziehen, in den Wasserwirbeln schwingen ließen – nach Seilen und nach Netzen und johlten, als wäre diese Ziegenjagd durch die Gassen und Gärten ein Spiel, eine jährliche Festlichkeit zur Tag- und Nachtgleiche. Die Kinder, die mutiger wurden, sobald sie die Väter und Brüder an ihrer Seite wußten, nahmen die Stimmung auf und stürzten sich wie die Furien auf die Ziegen, wedelten mit Stöcken und Besen und lachten, wenn die Väter und Brüder ausgetrickst, getreten, gebissen und in dem schwerfälligen, netzezerreißenden Mahlstrom mitgerissen wurden, der ebenfalls eine Staubwolke aufwirbelte, aber mit all seinem Tumult Samuels Blick nicht vom Horizont ablenken konnte.

Was für einen Jux machten sie sich alle daraus: es war ein wilder Tanz über den Dorfplatz, der schon andere wilde Tänze gesehen hatte, aber keinen, der diesem hektischen, rasenden Cha-Cha-Fox eines ganzen Dorfes mit den Teufeln vergleichbar gewesen wäre. Und endlich hatten sie die Ziegen wieder alle im Geviert aus Dornhecken und Kaktusreihen, mit gefesselten Füßen und einer Glut in ihren Augen, die mehr als animalisch war.

«Da seht ihr's», gellte Irr-Minnaar, «was ich euch allen hier erzählt habe von zuviel Scherbett, Schokolade, Marmelade, es ist wahr, kein Wort gelogen, und das war erst der Anfang, ihr dürft's mir glauben.»

«Erzähl's den Kormoranen, Irr-Minnaar», lachte Vygie Bond, und alle streckten sich im Schatten der Boote auf den Sand und tranken Fagmie Jabaars bestes Bier aus großen Gläsern, obwohl es noch nicht einmal zehn Uhr war. Erst in diesem Augenblick, als keine Brust mehr heftig atmete, bemerkte Klein Marsdon-vom-Land: «Komisch, da war kein Loch im Ziegenpferch, das auch nur groß genug für eine Maus gewesen wäre, geschweige denn für eine Ziege.»

Und der Sohn von Vygie Bond sagte: «Nein, das Tor war offen, sie sind durchs Tor raus, Onkel.»

Worauf alle schwiegen und nachzudenken begannen.

Wer konnte das getan haben? Keiner von ihnen, und die Kinder hätten es nicht gewagt; und dann bemerkten sie, daß eine Säule aus Staub vor der Sonne aufgestiegen war.

Einer nach dem anderen ließen sie sich in ihren Alltag zurücksinken, verabschiedeten sich von der kurzen Stunde des Glücks und machten dort weiter, wo sie unterbrochen worden waren: beim Kartoffelschälen in der Küche, beim Sockenstopfen auf der Veranda, die Kinder, nur noch lustlos, beim Versteckspielen im Hühnerstall, während die Fischer die von den Ziegen zerfetzten Netze begutachteten und stinkende Köder aus den Hummerfallen pulten. Alle waren beschäftigt, aber keiner tat wirklich etwas. Fagmie Jabaar stand im Schatten seiner Haustür und blickte die lange Straße hinunter, über die der Hauptmann kommen würde; hinter ihm wischte Sheemina an der Theke Gläser aus, die längst schon sauber waren; draußen saß Mondling immer noch vor seinem geplünderten Frühstück, stocherte zwischen den Zähnen und sah Bootsmann Walbein zu, der Dachreparaturen für den Winter machte.

«Lieber Gott», betete Augustin Shoote an seinem entblößten Altar, «laß diese Stunde an uns vorübergehen», wozu im Vorraum Irr-Minnaar wie eine Krähe krächzte: «Amen.» Zwischen alldem zog Montague Planke seine Kreise, der eben Lady Sarahs Haus verlassen hatte, wo selbst die Uhren aus Ehrfurcht vor der Stille stehengeblieben waren. Lady Sarah saß im Salon im Erdgeschoß vor ihrem schönsten Teeservice und hatte keinen Appetit mehr; Samuel harrte oben am Fenster aus, sein Auge in das Teleskop verwandelt, das er nur für diesen einen Tag, in Wachstuch eingeschlagen, bei sich verwahrt hatte. Für diesen Tag, der auch irgendein anderer Tag hätte sein können, aber nun zu dem Donnerstag geworden war, an dem die Ziegen ausbrachen, an dem kein Lufthauch den Spiegel der Lagune und des Meeres trübte, an dem die einzige Unvollkommenheit die Staubfahne war, die sich daumenbreit über dem Horizont erhob, während der Lkw näher kam.

Und immer näher kam der Bedford, in Schlangenlinien durch eine Wüste ohne Straßen, die Windschutzscheibe glitzernd in der Sonne, bis die Kartoffelschälerin ängstlich in diesem rötlich-grellen Licht am Fenster stand, die Frau auf der Veranda das Stopfei zur Seite legte und die Kinder, braun und rotznäsig, sich um die Röcke ihrer Mütter scharten. Dann erst erhob sich Augustin Shoote von seinen Knien und zog im Glockenturm ein-, zweimal, hundertmal am Seil, bis die alte Schiffsglocke von Beg-rips *Hochgemut* ein kakophonisches Gebimmel von sich gab, das die Irr-Minnaar panisch in die Büsche hüpfen und die Männer vom Strand zum Dorfplatz laufen und sich dort niederkauern ließ, wie es Menschen tun, denen eine Neuigkeit verkündet werden soll. Und so warteten sie alle, während der Lastwagen hörbar wurde und näher kam, sich aus dem Sand herauswand, durch die Salzbecken rollte, aufheulend beschleunigte und die Sanddüne erklomm, von der er, wie ein Käfer, langsam herab- und auf sie zurollte.

Vierter Teil

ACHT

Staub und Gestank

Es ist eben so, mein Leben ist voller Haß. Manchmal ist eine solche Hitze in mir, daß ich danach stinke, schlimmer als Hyänen. Dann hütet euch, Hauptmann Nunes will Fleisch. Stellt mich auf die Probe, macht schon, brecht meine Sperrstunde und seht, ob ich nicht schieße. Aber das eine wißt: Wenn es sein muß, dann töte ich. Was ist schon ein Leben? Wenn du tot bist, spricht keiner mehr von dir. Du bist ein Nichts. Ich habe Männer kommen und gehen sehen, gute Männer, die keine Schnecke zertreten konnten, und Schleimer, die sich nie eine Frau richtig vorgenommen haben – und wenn sie hinüber sind, was bleibt? Nichts, jedenfalls nichts, das einen Unterschied macht. Fragt die Marabus, der Heilige schmeckt genauso wie der Sünder. Nicht daß ich an Heilige glaube. Kein Leben ist nur gut, vor allem nicht bei einem Schleimscheißer wie diesem Fischerjungen. Wozu dann all die Tränen bei seinem Tod, ein Mörder noch dazu, ein Würger, der seinen Opfern die Gedärme aus dem Leib reißt? Was ist daran böse, was war es für ein Teufel, den er in meinem Mädchen ausbrütete? Wer will mich tadeln, weil ich mir gesagt habe, genug, mach einen Spaziergang, schaff dir diese bösartige Quappe vom Leib? Hätte nicht jeder Vater, der seine Tochter liebt, genauso gehandelt?

Ahh-Mann, ich habe sie geliebt. So ein schönes Mädchen, so weich, immer so weich. Gut, ich bin weitergegangen als andere Väter, aber alle Väter denken das, was ich getan habe. Alle wollen diese knospenden Brüste unter ihren Händen rollen, alle wollen über diesen seidigen Pelz streichen. Erzählt mir nichts, ich habe die Lust auf ihre Mädchen in den Augen der Männer gesehen. Warum auch nicht? Der Widder bespringt sein Junges, um so besser, wenn der Vater seine Tochter deckt, anstatt sie einem stinkenden Fischerlümmel hinterm Bootsschuppen zu überlassen. Ich konnte sie so lieben, wie ich andere Frauen nicht lieben konnte, vor allem nicht ihre Mutter. Eifersüchtiges Miststück, erst das Kind rasieren wie eine Nonne und dann mit Zigarettenglut versengen, als könnte sie sich damit meine Liebe zurückkaufen. Wahnsinnig. Ein wahnsinniges Weib. Mir bricht der Schweiß aus, wenn ich an sie denke. Nein, zum Teufel. Es war mein Mädchen. Immer nur mein Mädchen. Es waren meine Augen, mein Fleisch und Blut, meins. Sie brauchte niemand anderen, vor allem nicht eine Mutter wie dich. Verdammtes Weib, was hast du hier zu suchen, was machst du dich lustig über mich. Gut, ich bin krank, so krank, daß der Haß zu glühenden Steinen in meinem Bauch geworden ist. Gut, ich schwitze wie ein Grubenarbeiter. Was soll's, du Miststück, das Mädchen gehört doch mir. Ich bin es, den sie geliebt hat. O Frieda, meine Frieda! Komm zurück von dieser Hexe. Du kannst mich nicht verlassen, nicht jetzt, wo ich die Feuer im Bauch habe und Schmerzen, daß ich brüllen könnte. Verdammt noch mal, komm zurück.

Kein Geräusch. Wenn ich hingehe und nach ihr rufe, kein Geräusch. Nur eine Baracke voller schlotternder Mäuse, die wimmern, bis ich wieder gehe. Laß sie raus, Irr-Minnaar, ich weiß, daß sie dort drin ist. Bäng, bäng, mit dem Pistolenkolben an die Tür. Ahh-Mann, ich könnte dieses Blech mit einem Tritt umlegen. Wumm, wumm, mit dem Stiefel.

Es ist eben so, ich hasse Frauen. Sie verschmähen mich. Meine Mutter, sogar meine eigene Tochter verschmäht mich. Na und. Was kümmert's mich. Ich bin schon früher allein gewesen. Und wo sind diese Frauen jetzt? Na, Mutter? Na, mein Weib? Sie sind tot. Verschwunden. Außer in meinem Kopf. Immer wieder kommen sie zurück in meinen Kopf. Also, Mutter, willkommen daheim. Was hältst du davon? Ein hübsches Plätzchen in diesem kleinen Fischerdorf am Meer, kein Bergwerk in hundert Meilen Umkreis, kein Schlackenhaufen, keine Tuberkulose, jede Menge frischer Luft für gesunde Lungen. Sieh dir an, wie recht dein Sohn getan hat, sich abzusetzen. Nimm Platz, scher dich nicht um den Gast dort, wenn er auch nur den Mund aufmacht, werd ich ihm alle Zähne einschlagen. Du glaubst mir doch, Schakal. Und ich werde es genießen. Du und dieser Mungo, Jabaar. Ich hab's ihm besorgt. Hast du gesehen, wie ich es ihm besorgt habe? Ahh-Mann, es war ein Genuß. Quetschungen, Blut und Zähne. Platzende Haut. Ich habe kein Mitleid mit diesem greinenden Kuli unter meiner Faust. So und nicht anders muß man mit euch umspringen, stimmt's, Planke? He, Schleimkloß, he, he, sieh mich an, wenn dein Gebieter mit dir spricht, du subversives Element, du Verräter, ich krieg dich an den Eiern dafür, bei Gott, ich krieg dich an den Eiern. Ja, Mutter, wo war ich, entschuldige, wo waren wir? Achte nicht auf ihn, er heult ohne Grund, achte nicht drauf. Ach ja, wie geht's dem Onkel? Vögelt er noch immer die Dienstmädchen? Der gute alte Onkel Hammerschwanz. Spitz auf alles, was sich rührt, und wenn's ein Schaf ist. Dieser Bastard. Ihr Bastarde. Guter alter Onkel Hammerschwanz. Das war ein Mann, du Schleimkloß, kein sabbernder Wackelpeter wie du. Ein Mann, der mit bloßen Händen das Gold aus den Felsen gekratzt hat, der genug Gift in seiner Lunge hatte, um ein Pferd umzublasen. Ja, ja, Mutter, ein Mann. Kein nutzloser, kindischer Schlappschwanz. Aber er starb. Ahh, Schande, er starb. Weine nicht, Mutter, es gibt genügend andere Onkels dort draußen. Bei Gott, du hast sie alle gehabt. Mehr Onkel in einer Woche als der Monat Tage hat. Was für eine Mutter. Nur ein neuer Rüssel zum Aussaugen. Ich sag dir, du Jammerlappen, das ist alles, worauf

Frauen aus sind. Es war alles, worauf die hier aus war, und bei meiner Frau dasselbe. Vielleicht wird dir dieser Stinkfisch sagen, daß auch Frieda auf nichts anderes aus war. Ahh-Mann. Diese Hitze.

Frieda konnte sie kühlen. Ihre Hände konnten diese Feuer besser löschen als ein Krug voll Wasser. Sie konnte den Haß wegnehmen mit einer einzigen Liebkosung. Konnte dieses Kaff hier auslöschen, dieses stinkende Pestloch, dieses Volk hier, Vogelscheuchen voll Melonenwein, konnte mir Frieden geben, ein kühles Tal zwischen hohen Bergen, Flüsse, so kalt wie Schnee, tiefe Schatten, in denen ich Schlaf fand. Von so etwas träumt ein Mann, ein Mann, der keine Vergnügungen gekannt hat, sondern nur Träume. Ein Mann mit solchen Feuern in seinen Eingeweiden, daß er Lava speien könnte. Und bei wem kann er sich dafür bedanken? Bei diesem Schleimkloß hier, dem schnüffelnden Montague Planke, ahh, Sumpfratte, Echse, Wiesel. Sieh ihn nur an, was für ein Iltis! He, du Haufen Hundescheiße, wer braucht einen Richter für ein Stinktier wie dich? Wer braucht eine Verhandlung? Schuldig im Sinne der Anklage. Schuldig der Verschwendung von Behördengeldern, schuldig der Verschwendung von Behördenzeit, ganz zu schweigen von der Schuld des Lügners, des Betrügers, des Schmugglers, des Diebs, der Menschen um ihren rechtmäßigen Besitz gebracht hat. Du glaubst, ich würde es nicht wagen, du Flederhund, gleich hier und jetzt den obersten Richter zu spielen, dich zu verurteilen, zu lebenslanger Haft oder zum Tod, je nachdem, was billiger kommt? Wenn du glaubst, daß ich dich in die Stadt bringen muß, wie's in den Büchern steht, dann denk noch mal nach, Sandfloh. Keiner wird dir eine Träne nachweinen, wenn du tot bist. Akte geschlossen. Gut gemacht, Nunes, so ein Jammer, daß er seine Verhandlung nicht mehr erlebt hat. Ich habe noch Rückhalt in der Stadt, das mußt du wissen. Ich habe immer noch mein Revier. Nunes ist noch nicht vergessen beim Zollamt, auch wenn du dir das einbildest.

Auf den Ämtern dort sitzen Männer, die sich gut erinnern können, wie ich die Gefängnisse mit deinesgleichen gefüllt habe. Mein Name hat Gewicht, Gecko. Du denkst, ich lüge, du glaubst, daß du mich vorgeführt hast. Vergiß es, du Wühlmaus. Du warst ein kleiner Fisch in meinen Jagdgründen. Du hattest Glück, das ist alles. Ich hatte einen Narren an dir gefressen, ich wollte vom Richter hören, daß er dich so lange wegsteckt, bis du die Farben der Blumen vergessen hast. Ich hab dich ins Herz geschlossen, Bürschchen, ich hätte dich abknallen können, mit dem größten Vergnügen, aber nein, was tu ich statt dessen, ganz der gute Samariter, der flennende Jesus, ich fülle deinen Arsch mit Blei. Das ist die weiche Lösung, Schweinsgesicht. Weicher wirst du's von mir nicht kriegen. Und wie dankt man mir dafür? Na? Na was? Sag's mir, wie man mir dafür dankt. Ach, halt die Fresse, Stinker. Du hast keine Ahnung, laß es dir erzählen. Erst schäme ich mich selbst, wenn du weißt, was das heißt, ich schäme mich, daß mir so eine Schleie wie du durchs Netz schlüpft. Dann machen sich meine sogenannten Freunde über mich lustig: He, Nunes, was ist los mit dir, hast du dich verliebt in diese Kakerlake? Was für ein Getätschel, hat man jemals solche Fummelfinger gesehen? Ganz zu schweigen von dem Gekicher bei den unteren Rängen. Es war mehr, als man vertragen kann, Raupe, aber es war erst der Anfang. Was hat mich der große Boss zur Schnecke gemacht. Du unfähiger Sohn einer verweichlichten Amöbe, beweg deinen nutzlosen Arsch auf die Straße, ehe ich mit einem Fußtritt nachhelfe, und komm mir nicht unter die Augen, bis du dieser Sandratte ihre Eier in die Backen gestopft hast. Wie schmeckt dir das, he? Das sind ziemlich laute Töne für eine Standpauke. Aber du verstehst nichts von Paukentönen, du Spulwurm. Du weißt nicht, wie klein ein Mann vor seinem großen Boss wird, wie seine Eier zusammenschnurren auf die Größe von Bucheckern, wie sich seine Rute, genau das, was ihn zu einem Mann macht, zusammenzieht auf die

Größe einer Karotte. O nein, du bist erhaben über die Worte eines Großen, zu eingebildet für den Schweiß eines ehrlichen Tages voll Arbeit, du stiehlst lieber braven Leuten den letzten Heller aus der Tasche, als daß du dir die Finger auf so einer Ochsentour schmutzig machst. Der neunmalkluge Abkocher. Und deshalb weißt du nichts von Degradierung, du weißt nicht, wie sich das anfühlt im Herzen eines Mannes, wie er sich windet wie ein geprügelter Hund. Ahh-Mann, du Wanze, was habe ich deinetwegen gelitten, weil ich dich laufen ließ, weil ich deinen Brägen nicht über das Pflaster verspritzt habe.

Gelitten habe ich, Insekt, gelitten so wie jetzt mit allen Kohlen der Hölle in meinen Därmen. Weißt du, was es mich gekostet hat, dich zu finden? Kannst du dir vorstellen, was das für ein Weg war, den ich gehen mußte, Schlammschnecke? Weißt du's, Wüstenmaus? He, he, nicht einschlafen, Borstenschwanz, bleib wach, wir haben eine lange Nacht vor uns. Hier, nimm einen Schluck Wasser. Mach schon, Mistkäfer, behaupte nicht, daß ich meine kleinen Vergnügungen nicht mit einem Skunk teile. Aber wozu Wasser. Ahh-Mann, du brauchst es nicht. Ich sehe keinen Schweiß an dir. Aber ich kann Angst riechen, viehische Angst, du Vieh, und das ist gut. Die Angst macht dich munter und mich macht sie glücklich, wenn ich keine Angst riechen kann, Termite, dann werde ich wütend. Also trink einen Schluck Wasser. Angst trocknet den Mund aus, macht den Atem schlecht. So wie meinen – he, du fette Made, riech mal, hier – h-haaaaaa, ist das ein Parfüm, schmeckt dir das? Schwefelparfüm. So fühlt es sich an, wenn man in Flammen steht, Planke, in Flammen aus Haß.

Laß dir von meinem Haß erzählen. Laß dir von diesem langen Weg erzählen, auf dem die Eingeweide Feuer fangen. Weißt du, wo er beginnt, Buschkatze? Er beginnt auf dem Korridor vor der Tür von deinem Boss. Wenn du Glück hast, wirst du diesen Korridor kennenlernen, Hornvogel, diesen kalten, kalten Korridor mit dem Echo der

Schreibmaschinen und der Telefone, denn genau dort wirst du sterben, du Pestratte, halb in der Tür vom großen Boss, dein Hirn auf seinem Teppich verschmiert. Versteh mich recht, Mottenkugel: Es war kein guter Platz, um mit der Suche nach einer Wanderheuschrecke zu beginnen.

Es war ein weiter Weg, zum Henker, kein Weg, eine Ochsenkarrenspur durch Gegenden, von denen noch kein Mensch gehört hat, so weit verstreut, daß ein Mann dazwischen am Staub ersticken kann. Weißt du, wie sich das anfühlt? Hör auf zu nicken, alter Wurmkanister, es sind noch andere im Raum. Kümmere dich nicht um ihn, hör mir nur zu. Kennst du diese gottverlassenen Nester, nur Hitze, Sand, Geflügel, Schweine, abgewrackte Traktoren, ein Kaffer beim Buddeln? Keine Hotels, leere Häuser, und der einzige Weiße am Ort ist wahnsinnig. Ahh-Mann. Es ist zum Verzweifeln dort draußen. Die Landschaft ist tödlich, nur Busch und Steine, Vipern und Skorpione, kein Biß, der nicht giftig wäre, der dich nicht umbringt, so langsam wie möglich. Aber es braucht keine Bisse, man kann den Verstand verlieren allein schon von dem Himmel dort, bei Tag wie bei Nacht, er ist zu groß für einen Menschen. Glaub mir, man kann große Städte sehen dort draußen, ganz andere Städte als sonst hier, aber vergebens, es sind fremde Welten mit Türmen und Kuppeln, die sich in Luft auflösen, wenn du näher kommst. Normale Menschen wie du und ich können dort nicht leben, es ist ein Land für Irre, für Seuchen und Huren. Rinderpest, Schwarzwasser, Syphilis, Blauaffenfieber, die Haut bricht dir in Beulen auf von alldem, wenn du Glück hast, stirbst du, wenn nicht, dann wirst du wahnsinnig oder holst dir die Feuer. Ich hab mir die Feuer geholt. Sie haben mich schwer erwischt dort draußen. Ich hab sie vom Haß. So war das, und mein allererster Haß galt meiner Mutter. Ich war noch keine zehn Jahre alt, da fühlte ich Flammen in meinem Bauch, daß es mich krümmte. Als sie diesen Onkel ins Haus brachte, hatten meine Feuer eine solche Hitze, daß meine Pisse dampfte. Verstehst du, wovon ich rede? Vom Haß. Jede Frau, die ich hatte, verfiel dem Haß. Erst kühlen sie die Feuer, turtelnde Täubchen, richtige kleine Florence Nightingales, Liebling hier, Schätzchen da, und dann, wenn du schon denkst, jetzt ist es ein für allemal gelöscht, zzzsschh fachen sie eine Flamme an, die Stahl zum Schmelzen brächte. Miststücke. Mistfotzen. Ich hasse sie. Draußen im Hinterland haben mich die Feuer so erwischt, daß sie nie mehr erloschen sind. Auch nicht als ich das Mädchen hatte. Auch nicht als ich ganz Licht und Freude war für dieses Fischergeschmeiß, auch da gingen die Feuer nicht aus. Und weißt du, warum? Diese stinkende Wanze hier ist schuld. Ja, dich meine ich, Froschgesicht. Du bist schuld. Was für ein Wiesel. Seht ihn euch an, diese arschkriechende Meerkatze, keinen Fußtritt wert, aber in mir hat sie die Feuer entfacht, so heiß, daß ich dachte, ich werde geröstet. Verbrannt. Verkohlt bis zur Kruste. Nur an ihn zu denken war schon genug, schon spie ich Lava. Sieh ihn dir an. Was für ein Musterexemplar. Was für eine Kröte, um all diese Aufregung zu erzeugen. Ahh-Mann, Erdferkel, du hast mir mehr Ärger gemacht als du mit deinem Leben bezahlen kannst. Kein Mann sollte einem anderen das antun, am wenigsten ein Molch wie du. Zum Teufel, habe ich gesagt, wir müssen ihn ignorieren. Du bist gemeint, Tsetsefliege, wir können nicht zulassen, daß ein Otter wie er uns ablenkt. Wir ignorieren ihn. Aber hör mich an, jeden Tag habe ich darüber nachgedacht, was ich mit ihm machen würde. Ihm die eigenen Eier in die Backen zu stopfen war noch das wenigste, es gibt erheblich mehr, was man mit solchem Abschaum machen kann, ehe man ihm die Eier abschneidet. Zum Beispiel was? Das Bad in der Scheiße, das Schienbeindengeln, jeder Polizist kann dir hundert solche Spiele aufzählen. Ahh-Mann. Aber das ist gar nicht wichtig. Wichtig ist, daß ich ihn gefunden habe. In dieser ganzen weiten Welt aus gebrochenen Achsen und leckenden Dichtungsringen habe ich ihn gefunden. Den

Misthaufen. Daß er auch nur zu denken wagte, er könne mir entkommen, mir, Hauptmann Nunes. He, Fennek, du müßtest wissen, daß Hauptmann Nunes seinen Mann immer findet. Aber was schuldet er mir dafür? Ich werde es dir sagen, acht Jahre Leben. Drei in diesem Guanobett und fünf Jahre dort draußen beim Steinefressen. Bei Gott, das ist ein Stück Leben. Du kannst es messen, wie du willst, in Städten, in Farmen, in staubigen Meilen, es bleibt immer dasselbe, ein verdammt großes Stück Leben. Kein Wunder, daß das Mädchen komisch geworden ist. Nach einer solchen Wüstenmaus zu suchen ist kein Kinderspiel. He, du Schleimfisch. He, he, Spulwurm, dir macht's wohl Spaß, andere auf die Walze zu schicken. Du elendes Schuppentier, wart's nur ab, bis ich fertig bin.

Und schau dir an, wo ich ihn endlich finde, am Ende der Welt, in einem Dorf, das stinkt wie das Nest eines Kormorans, das nicht einmal einen Namen hat, das offiziell nicht existiert. Nicht einmal ein Fleck auf der Karte – im Ernst, wer kennt dieses Kaff, wer hat je davon gehört, wer würde je glauben, daß es so etwas gibt? Eine Jauchegrube, ein Morast, ein Larvenkadaver. Laß mich beschreiben, was das für ein Ort ist, laß mich erklären, was ein Larvenkadaver ist. Er besteht nur aus Staub und Gestank, verrottet wie ein toter Seehund. Verstehst du, was ich meine? Alles in Ordnung an der Oberfläche, aber unter der Haut kriechen die Larven. Vielleicht hast du schon einen toten Seehund gesehen? Nein? Hier oben stolpert man fast über sie. Aber egal, du kannst mir glauben. Er stinkt. Aber der Geruch ist das eine, die Larven sind das andere. Ein ganzes Heer von ihnen hat ihn von innen aufgefressen. Setz deinen Fuß auf einen toten Seehund und er zerfällt zu einem Haufen aus stinkendem Staub. Genau wie dieser Ort hier. Ein Tritt mit meinem Stiefel, und du siehst, was für Geschmeiß zum Vorschein kommt, fette Maden wie dieser Schleimkloß hier. Frag mich, warum ich ihn nicht zertrete, mit meinem Fuß ausradiere, dieses ganze Kaff ausradiere? Los, frag mich schon. Ahh-Mann. Ich weiß es nicht. Es ist kein einziger hier, der es verdient zu leben. Verstehst du, man braucht sie nur anzuschauen: ein Prediger mit einer Schnapsfahne, daß man in einem Meter Abstand stockbesoffen wird; eine Bande von Fischern, deren Vorfahren so durcheinandergevögelt haben, daß keiner dabei ist, der noch fünf Finger an der Hand hat oder nicht schielt; diese Lady-Schlampe im Negligé, die mir ihren Arsch und ihre Titten vorführt, als würde ich nur im Traum dran denken, mir zu nehmen, was ihrem Hund gehört; eine verrückte Alte, die Stimmen vom Himmel hört; ein zurückgebliebener Zwerg, der mit den Toten spricht; und dieser Waschlappen hier mit seinem Salam-alaikum-Kumpel, die mehr Schandtaten im Schilde führen als Luzifer. Herr im Himmel, was für ein Irrenhaus. Wenn die ein Recht auf Leben haben, dann bin ich ein Engel.

Hör zu, ich will dir was verraten: Er ist fast damit durchgekommen. Ich zittere noch heute, wenn ich daran denke, daß ich drauf und dran war, mich auf eine wilde Jagd durch alle diese Schakalbauten einzulassen. Manchmal merkt ein Mann es nicht, wenn er seiner Bestimmung ins Gesicht starrt. Ha, man könnte auch sagen: Wenn er nur eine Haaresbreite von ihr entfernt ist. Haha. Das ist gut, nicht? Das ist komisch. Nun lach schon, du Qualle, es ist die letzte Gelegenheit, die du hast. Lach, Skorpion. Lauter. Lauter. Wir wollen alle hören, wie du lachst. Der große Boss hat was übrig für kleine Scherze. Er hält es für sehr komisch, daß ich meine Zeit mit dieser Assel hier verschwende. Er glaubt, daß ich nie mehr aus diesem Krähenland zurückkehre. Aber ich komme wieder, Boss, mit diesem Leguan auf die Motorhaube meines Lastwagens geschnallt. Dann werden wir sehen, wer zuletzt lacht.

Als ich hier ankam, bildete sich dieser Fennek ein, er wäre sicher hinter seinem Bart. Bärte sind die besten Masken, die die Männer haben, aber mich täuschen sie nicht. Ich erkannte dich, Planke. Mich konntest du nicht zum

Narren halten. Ich selbst, ich hatte nie einen Bart, selbst hier draußen in dieser Wüste habe ich es nie für nötig gehalten, mit dem Rasieren aufzuhören. Es ist der einzige Luxus, den ein Mann mit einer Tochter hat. Ahh-Mann, verdammt. Verdammt noch mal! Wo steckt sie jetzt, um den Bart ihres Vaters zu rasieren? Schlampe. Junge Fischerhure, draußen in den Dünen, um die Schenkel breit zu machen, kein Wunder, daß das ganze Haus nach Makrelen stinkt. Ich krieg sie schon. Es wird dir nichts nützen, Frieda, daß du dich hinter dieser Teufelsfrau versteckst. Ich krieg dich. Ich kriege auch diese Alte. Ich krieg euch alle, wenn ich erst mit dieser Schleimschnecke hier fertig bin.

Du möchtest wissen, wie ich auf dieses Weichtier hier gestoßen bin. Gut, das war so. Moment, ich brauche ein Glas Wasser. Die Feuer sind schlimm. Ahh-Mann, schlimm. Ich habe die Hölle im Bauch. Laßt euch einen guten Rat geben: Holt euch nie das Feuer, es ist so schlimm, daß man loslaufen und sich im kalten Ozean ertränken möchte. Versteht ihr, was ich meine? Es macht dich wahnsinnig, so wahnsinnig, daß du deine Gedanken nicht mehr zusammenhalten kannst, daß du amoklaufen willst, zerschmettern, töten. Diese Assel hier weiß gar nicht, wieviel Glück sie gehabt hat. Wieviel Glück ihr alle gehabt habt.

So, jetzt ist es besser, ich kann wieder reden. Ja, diese Schlange, dieses Reptil. Es war so, als ich hier ankam, habe ich angefangen zu beobachten, ich wollte die Unruhestifter aussieben, alle die, die viel zu flüstern hatten, und davon gab es eine Menge, aber einige fielen mir besonders auf, wie dieses Nagetier hier und sein Kumpel. Ja, er glaubt, ich hätte nichts gewußt, aber ich wußte alles. Ich wußte zum Beispiel, wann er aus Fagmie Jabaars Laden kam, nachdem er dort seine Pläne und Komplotte und Verschwörungen ausgeheckt hatte. Diese Wanze. Je länger ich die beiden in Ruhe ließ, desto dreister wurden sie, so als hätte ich nicht bemerkt, welches Gift sie verspritzten. Ahh-Mann, ich hätte einfach die Handschellen bei beiden schnappen lassen und wegfahren sollen und den Ort seiner Fäulnis und seinem Gestank überlassen. Für wen hätte das einen Unterschied gemacht? Es wußte ja überhaupt niemand, daß sie hier waren. Heute wäre ich wieder auf der Gewinnerstraße und hätte beim großen Boss einen Stein im Brett, und mein Mädchen wäre unschuldig und rein geblieben. Aber so leicht kann es sich Hauptmann Nunes nicht machen, denn er hat ein soziales Gewissen. Du haust hier nicht ab, Hauptmann, sagt das Gewissen, bis dieser Saustall aufgeräumt ist. Ich frage dich, welcher Polizist, der noch in den Spiegel sehen will, kann einem großen Verbrechen den Rücken drehen, einem Verbrechen, das viel schlimmer ist als diese beiden Echsen? Du mußt erst Ordnung schaffen, Hauptmann, Recht und Gesetz in diesen Pfuhl des Lasters bringen. Und das habe ich getan. Links und rechts habe ich meine Verordnungen angeschlagen – tut das nicht, tut jenes nicht, geht nicht hierhin, geht nicht dorthin. Nichts dagegen einzuwenden, oder? Die Menschen brauchen Verordnungen, Gesetze. Nur wenn das Gesetz es vorschreibt, benehmen sie sich anständig. Ohne Gesetz keine Moral. Menschen wie dieser Geier hier tun einfach, was sie wollen, und so geht es nicht.

Es hat funktioniert, das kannst du mir glauben. Der Gestank wurde so schwach, daß man ihn manchmal kaum bemerkte. Nur ein Hauch auf dem Wind, wie aus einem Gully, in dem das Wasser steht, man glaubt etwas zu riechen, aber man ist sich nicht sicher. Verstehst du, was ich meine? Vielleicht ist etwas da, vielleicht nicht. Ahh-Mann, das hat gutgetan. Das hat mir so gut getan, daß ich lächelte. Glaub mir, für einen Mann wie mich ist es ein Fehler zu lächeln. Wie ich das erste Mal in meinem Leben lächelte, kam gleich der Onkel ins Haus. Ich hätte es mir merken sollen. Ich hätte lernen sollen, daß ich nicht lächeln darf, wenn ich die Feuer fernhalten will. Aber nein, ich lächelte.

Die Welt war wieder schön. Gut, dachte ich, das heilige Werk ist vollendet, was geschieht nun mit diesen Krabben? Beim Henker, ich hätte sie einsacken und in einer Staubwolke verschwinden sollen, ehe irgend jemand etwas ahnte. Aber was geschieht statt dessen? Diese Schlampe, dieses Miststück von Lady, die Versucherin, die Satansbrut nimmt mich in die Mangel, schlimmer als ein Fastenprediger.

Schlampe. Mistfotze. Ich hätte die Verstellung in ihrer Stimme hören müssen. Eben noch voller Süße, im nächsten Augenblick sauer wie Essig. Ahh-Mann. Solches Gift aus dem Mund einer Frau, soviel Honig in Galle verwandelt, ein ätzender Vogelschiß auf ein Gänseblümchen. Ich spucke auf Frauen. Aber wer zahlt die Zeche?

Also, was geht hier vor, Tausendfüßler? Welche schwarze Magie tanzt in euren Herzen? Ahh-Mann, wozu noch fragen, es gibt nur einen Weg, mit diesem Geschmeiß fertig zu werden. Das Feuer. Flammen, die sie alle verbrennen, die diese Krebsgeschwulst vom Gesicht der Erde tilgen. Und ich sollte mit diesem Wiesel hier anfangen, diesem schnüffelnden Hundsfisch. Ein Stoß von meinem Drachenatem würde ihn schmelzen lassen wie eine Kerze. Wwwwschh. Nimm das, Stachelschwein, es ist genug, um den Bart von deinen Wangen zu sengen. Warum soll ich allein leiden? Warum sollen meine Eingeweide verbrennen, während diese Schakale, diese Ameisen ungeschoren davonkommen? He, du da! Beantworte mir das! Wo bleibt die Gerechtigkeit, wohin hat sich Gottes Auge abgewandt, daß diese Skorpione am Leben bleiben dürfen? Nein, ich sag dir, es gibt nur menschliche Gerechtigkeit, nur Gesetz und Ordnung der Menschen, um die Dinge im Lot zu halten – kannst du mir folgen? –, nur die Knarre und den Galgenstrick, um menschlichen Abschaum zu bändigen.

Ich habe die Bilanz schon verbessert, wenn du verstehst, was ich meine – ich habe Gesetz und Ordnung mit dem Revolver gepredigt. Wart's ab, ich werde es ihnen schon beibringen. Hauptmann Nunes bringt Bewegung ins Volk. Stimmt's etwa nicht, du elendes Schuppentier, das winselt wie ein geprügelter Hund, wenn die Läufe blitzen. Was für ein Jammerlappen. Hast wohl noch nie zuvor die Kugeln pfeifen hören, Buschziege?

Ahh-Mann, das ist Musik, das ist die Musik, die einem Mann ins Blut geht. Und was macht der hier? Was macht dieser Mäusefötus? Er ringelt sich auf der Pier zusammen und wimmert, aufhören, aufhören. Aufhören. Aufhören! Du Stinktier, du übelriechender Iltis. Jeder Mann, der seinen Schweiß wert ist, würde aufspringen bei dieser Melodie und dazu tanzen. Wo steckt dein Mumm, feiges Huhn? Ich will's dir verraten. In deine Unterhosen hast du ihn reingepißt. Ahh-Mann, du bist keinen schlechten Atem wert. Es ist, wie's der große Boss gesagt hat, Nunes, hat er gesagt, bring mir dieses Erdferkel mit seinen Eiern in den Backen. Ja, ja, das ist ein Wort. Aaargh. Aarghiiiiioh.

Jesus. Du Miststück. Du Hurensohn, bring mir Wasser. Die Feuer. Aaaargh. Diese Feuer. Aaiiiii-oh, oh, oh. Hh-ha. Hah. Hah. Ich werde nicht verbrennen, ich werde nicht verbrennen. Diese Feuer sind mein Leben, mein Haß. Aaiiii-oh. Huh. Huh. Huuuu, huuuu, haaaa. Du – du siehst es, Insekt, haaa, ich werde nicht verbrennen. Hauptmann Nunes wird Gesetz und Ordnung hochhalten. Aaargh. Gesetz und Ordnung. Hauptmann Nunes steht dafür ein. Hoooooiii-ieh, nnng, nng. Da! Da! Jetzt. Keine Sorgen, mein Freund, Hauptmann Nunes hat noch einen weiten Weg vor sich. Er hat seinen Auftrag. Er muß seinen Auftrag erfüllen. Er ist dabei, seinen Auftrag zu erfüllen. Die Verschwörung ist aufgedeckt. Es gibt keine Geheimnisse mehr. Diese Tsetsefliege wird mitkommen und vor ihren Richter treten. Aaargh. Hh-hu. Hh-hu. Und dieses Kaff, dieses Kaff hier kann zur Hölle fahren. Zur Hölle. Morgen ist hier die Hölle. Ich werde es niederbrennen. Alles – die Fischerhütten, die Kirche, den Hexentanzplatz, Jabaars Hurenladen, die Backstube von diesem Steppenhuhn hier, die Villa der Lady-Schlampe, alles, verbrennen bis auf den Grund, bis nur ein Aschehaufen, ein schwarzer Fleck im Sand bleibt. Ausgetilgt für immer.

Du glaubst, ich bin wahnsinnig geworden, ja? He, du, mein Freund, und du, Schafsgesicht, ihr glaubt, ich sei wahnsinnig geworden, die Flammen hätten ein Loch in mein Hirn gebrannt. Stimmt's? Na? Ist es das, was ihr denkt? Ich sag euch, vergeßt es. Das ist kein Wahnsinn, das ist kalte Logik, die Überlegung eines stocknüchternen Mannes. Hier, seht meine Hand, nichts zittert, nichts bebt, kein Muskel zuckt, still wie ein Felsen, der Felsen von Gesetz und Ordnung. Nein, mein Freund und Haufen Hundescheiße, das ist kein sterbender Mann, das ist – aaaargh – Hauptmann Nunes, Polizist, Gewährsmann von Gesetz und Ordnung, Verteidiger der christlichen Sitten und von Gottes Wort aaaargh. Hh-hu. Hh-huuuu. Du lachst, armselige Kreatur, du lachst über meine Qualen. Mach zu, lach weiter, mach dir die Hosen naß, piß dich ein aaiiieeeh-oh, hh-hu, huuu. Ich werde dich kriegen. Mit dieser Pistole hier werde ich dich kriegen. Werde dein Hirn auf den Teppich blasen, auf den weißen Teppich vom großen Boss, graue Klumpen in den langen Haaren des Flokati. Schmeckt dir das? Mir schmeckt's. Ahh-Mann. Das Leben ist ein Hurenstück, ein Hurenstück für uns Männer. Versaut von den Frauen. Durcheinandergebracht. Unsere Geschäfte werden durcheinandergebracht. Und immer bleibt nur das eine übrig. Haß. Immer muß ich hassen. Muß den Ort hassen, wo ich bin. Das Bergwerk, dieses stinkende Kaff, dieses Arschland. Und meine Tochter. Und auch dich, mein Freund, ich werde dich zuscheißen, weil du mich so gesehen hast. Diese Flammen. Diese Feuer in meinen Gedärmen. Und auch diese Motte. Verschwinde, Motte. Los, los, aaargh aaargh aaaargh flieg auf aieeee damit ich dich aieeee-oh hh-hu hh-hu erschlagen kann aaaaaaarghhhh. Laßt mich aufstehen. Laßt mich

NEUN

Der Geschmack von Scherbett

Ich bin der einzige Zeuge, der anwesend war beim seltsamen Tod des Hauptmanns Sylvester Nunes.

Es war in den frühen Morgenstunden des Tages nach den Begräbnissen von Stevie und Mondling. Nur Nunes und ich waren im Haus des Hauptmanns. Er hatte Frieda nicht mehr gesehen, seit sie ihn am Vortag auf der Veranda rasiert hatte, und niemand konnte sie tadeln, daß sie sich in ihrem Kummer nach all dem Sterben in einer Ecke von Irr-Minnaars Blechbaracke verkrochen hatte. Aber Nunes trieb es die Galle hoch: Ich sah den Schmerz und die Qual in seinen Gesichtsmuskeln zucken.

Das Licht hinter seinem Küchenfenster war das einzige Licht, das in der Siedlung brannte; überall sonst war es so finster wie die Ausgangssperre. Die Fischer lagen verängstigt in ihren Hütten, viel zu unruhig, um zu schlafen, denn früher in dieser Nacht hatte es eine große Schießerei gegeben. Fagmie Jabaar, sein Prophet segne ihn, der selbst grün und blau geschlagen war, ließ Sheemina eine Kerze anzünden und Gebete für die Toten sprechen, so überzeugt war er, daß ich in dem Kreuzfeuer den Tod gefunden hatte. Aber ich lebte. Ich saß in Handschellen, an einen Stuhl gefesselt, in Nunes' Küche. Mir gegenüber am Küchentisch saß der Hauptmann. So ging es bereits seit vier Stunden, der Hauptmann wütete, er seufzte und stöhnte, er trank krügeweise Wasser in sich hinein und schwitzte, obwohl es mitten im Winter war. Niemals zuvor hatte ich ihn so außer sich gesehen, ein Wahnsinniger, der Schwefelgestank ausdünstete, die Augen glasig und rot. Oft brüllte er, holte aus, um mich zu schlagen, schob mir den Lauf seines Revolvers in den Mund, bis ich mich vor Angst fast übergab, aber die meiste Zeit bemerkte er wohl kaum meine Anwesenheit.

Warum er sich nicht obenauf fühlte, ganz Herr der Lage, kann ich mir nicht erklären. Gewiß hätte er allen Grund dazu gehabt. Schließlich hatte er soeben den Fall gelöst, der ihn so lange in Atem gehalten hatte. Es war ihm gelungen, den Haupttäter auf frischer Tat zu ertappen, obendrein hatte er einige der Schmuggler getötet oder zumindest schwer verletzt. Die Akte, die seit so vielen Jahren offen war, konnte nun geschlossen werden; er brauchte nur am folgenden Morgen noch ein paar lose Enden festzuknüpfen. Aber nein – Hauptmann Nunes wirkte wie ein Mensch, dem nichts mehr geblieben war, für das es sich zu leben lohnte. Und ich sah mich schon mit schrecklicher Klarheit kalt und tot auf dem Küchenboden liegen.

Woher Nunes wußte, daß ich um Mitternacht draußen im Wind am Ende der Pier stehen würde, wird immer ein Geheimnis bleiben. Es war gewiß zu dunkel, um von seinem Haus aus irgend etwas zu erkennen, und ich achtete sorgsam darauf, daß das Licht gegen zufällige Blicke abgeschirmt blieb. Sehr viel später schwor Fagmie Jabaar Stein und Bein, daß er Nunes nichts verraten habe und behauptete, ihm wäre trotz aller schrecklichen Mißhandlungen keine einzige Frage gestellt worden. Also bleibt zur Erklärung nur der pure Zufall. Vielleicht war er von der Abwesenheit seiner Tochter, ganz zu schweigen von der Abwesenheit seines Hauptverdächtigen, zu einem nächtlichen Streifengang angestachelt worden, nur auf die ungewisse Chance hin, daß ich etwas im Schilde führen könnte. Vielleicht war es auch einfach der Riecher eines Polizisten.

Nichts hätte deutlicher zeigen können, was die Stunde geschlagen hatte, als Fagmie Jabaars Verhaftung bei Stevies Begräbnis. Natürlich hatte Nunes den schlimmstmöglichen Zeitpunkt erwischt, aber so ist nun mal der Lauf der Welt, man muß flexibel reagieren können. So schloß ich mich, als wir den Friedhof verließen, zunächst den Trauernden an, die gegen Fagmies Verhaftung protestierten, und setzte mich unbemerkt ab, als die Menge an meiner Backstube vorbeikam. Im Handumdrehen war ich wieder draußen und auf demselben Weg, den Stevie und ich in der Nacht zuvor gegangen waren, dem schmalen Pfad, der sich durch die Dünen zum Whale Beach windet. In den ausgebeulten tiefen Taschen meines Mantels steckten das Säckchen mit den Diamanten, eine Taschenlampe und ein Laib Brot fürs Abendessen. In meinem Rücken hörte ich das Protestgeschrei der Fischer, bis Nunes mit dem Megaphon verkündete, daß er schießen würde, wenn sich nicht binnen drei Minuten alles zerstreut hätte. Noch ehe die drei Minuten vergangen waren, erklang das Sirenengeheul der Ausgangssperre, obwohl es noch zwei Stunden bis zum Sonnenuntergang waren. Danach trat eine unheimliche Stille ein.

Barfuß, die Hosenbeine umgeschlagen, die Schuhe in der Hand, ging ich etwa drei Meilen weit durch das flache Wasser bis zu einem Felsen, der aus dem Sand ragte. In den frühen Tagen der Herrschaft von Hauptmann Nunes waren viele unserer Geschäfte im Sichtschutz dieses Felsens abgewickelt worden, von dem aus man die ganze Strecke bis zum Dorf überblicken konnte. Falls sich der Hauptmann auf den Weg gemacht hätte, um mich hier zu suchen, hätte ich ihn schon bemerkt, noch ehe er die ersten hundert Meter hinter sich gebracht hätte.

Erst geraume Zeit nach Einbruch der Dunkelheit und einem Imbiß aus frischgebackenem Brot, das mir schwer im Magen lag, fühlte ich mich sicher genug, meinen Aussichtspunkt zu verlassen und mir ein anderes Versteck im Gestrüpp zu suchen, nicht weit von Stevies und Friedas Liebesnest. Von dort aus konnte ich das Dorf beobachten, obwohl die Nacht so finster war, daß sich eine ganze Armee in der Schwärze hätte verbergen können. Trotzdem hatte ich den Eindruck, daß die Straßen menschenleer waren. Das gleiche hätte für die Häuser gelten können, denn fast alle waren dunkel; nur hier und da brannte ein Licht, bei Bootsmann Walbein, bei Jong Jan, in der Kirche. Strahlend hell beleuchtet war nur Lady Sarahs Villa, aus der Musik zu hören war, zu der sie, fiebernd, mit wilden Augen, von Samuel gestützt, inmitten der zersplitterten Ornamente und der kaputten Möbel Walzer tanzte. Dann verstummte die Musik, und einer nach dem anderen wurden die großen Kerzenleuchter gelöscht.

Nicht sehr viel später warf Nunes Fagmie Jabaar auf die Straße hinaus. Ich sah ihn dort liegen, am Rand eines schmalen Lichtstreifens, der aus dem Fenster von Bootsmann Walbein drang. Er lag unbeweglich, es kam mir wie eine Ewigkeit vor. Selbst als es zu regnen begann, rührte er sich nicht. Widerstrebend – denn schließlich hatten wir uns einem Ziel verschrieben – beschloß ich, alles aufs Spiel zu setzen und ihm zu Hilfe zu kommen. Doch gerade als ich mich in Bewegung setzen wollte, bewegte sich auch er, und mit jubilierendem Herzen beobachtete ich, wie er sich kriechend und schwankend zu seinem Laden schleppte.

Meine Blicke konnten nicht die einzigen gewesen sein, die Fagmie Jabaars Weg verfolgten, denn er hatte die Tür kaum hinter seinem mißhandelten Körper geschlossen, als Nunes erschien und zur Blechhütte der Irr-Minnaar ging. Ich sah den Lichtkreis seiner Taschenlampe auf dem Wellblech zittern, hörte ihn brüllen und gegen die Tür treten und die gräßlichsten Verwünschungen ausstoßen für den Fall, daß er nicht eingelassen würde. Niemand reagierte. Er donnerte nochmals gegen das Blech, dann ging er wieder, an Mondlings Haus vorbei und zu den Fischerhütten hinunter. Ich sah, wie sein Lichtkegel die Häuser abtastete, an der Hütte von Klein Marsdon hängenblieb, dann zu meiner Bäckerei weiterschwenkte. Er spähte durch alle Fenster, pochte hin und wieder an die Scheiben. Als er sicher war, daß ich entweder nicht im Haus war oder mich versteckte, öffnete er leise die Tür und drang ein. Der schwache Widerschein der Taschenlampe zitterte in den Fenstern, während er die Räume durchsuchte, nicht sehr sorgfältig, wie ich später feststellte. Erwartete er, mich im Schrank versteckt oder unter dem Bett zu finden? Ihm mußte klar sein, daß der Vogel nicht weit ausgeflogen sein konnte, und so beschloß ich, daß der Zeitpunkt, das Dorf zu verlassen, endgültig gekommen war. Niemand erwartet Ehrgefühl bei illegalen Diamantenhändlern: ich würde mit den Schmugglern fliehen. Der Anblick von Nunes' schwarzem Schatten, der meine Bäckerei verließ und die Straße überquerte, bestärkte mich nur in meinem Entschluß.

Da mir noch eine Viertelstunde bis zum geplanten Rendezvous blieb, schlich ich mich hinter das Haus von Nunes und spähte, wie es Stevie getan hatte, durch das Küchenfenster. Trotz der Kälte saß der Hauptmann in Unterhemd und Unterhose da und putzte seinen Revolver. Patronen lagen auf dem Küchentisch verstreut, verschiedene Teile waren in ölige Lappen gewickelt. Er arbeitete methodisch, wie ein Mann, der sich auf eine Mission vorbereitet. Das Bild bestätigte meine schlimmsten Befürchtungen. Ich machte, daß ich weiterkam. Am Fenster von Klein Marsdon-vom-Land klopfte ich leise: zweimal kurz, zweimal kurz, dann noch einmal.

«Keine Änderungen, Montague», kam die geflüsterte Antwort durch den geschlossenen Fensterladen.

Auf der Pier, gepackt von Wind und Böen, ging ich das letzte Risiko ein und gab Leuchtzeichen zur See hin. Fünf Minuten lang geschah nichts. Noch einmal ließ ich die Lampe kurz aufblitzen. Aus der Dunkelheit kam eine Stimme: «Sind Sie das, Mr. Planke? Können Sie uns noch mal leuchten?»

«Es ist zu gefährlich», zischte ich zurück. «Der Hauptmann ist noch wach.»

«Die Dünung ist zu hoch», sagte die Stimme. «Sie könnte uns gegen die Pier schleudern.»

«Ihr habt's so gewollt», erwiderte ich gereizt, «also macht schon, los, Mann, los.»

Alles auf eine Karte setzend, knipste ich die Lampe an. Vor mir, keine drei Meter entfernt, tanzte das kleine Beiboot mit dem Mann, den ich unter dem Namen Tamas kannte. Er stand aufrecht, die Tüte mit dem Geld in der einen Hand, die andere nach den Diamanten ausgestreckt. Die Dünung hob ihn mir entgegen und saugte ihn wieder von mir fort, immer wieder, bis Tamas voller Verzweiflung: «Schmeiß her!» rief und gleichzeitig seine Tüte schleuderte. Ich sah, wie der Wind sie in die Nacht hinausriß.

«Schmeiß den Sack», rief er wieder, «das Geld wird an den Strand gespült.»

«Nein», rief ich, «nein, ich komme mit euch.»

Sie waren kaum noch eine Armlänge entfernt, als Nunes, der das ganze Fiasko hinter einem der Fischerboote am Strand beobachtet haben mußte, auf die Pier gestürmt kam.

«Gib mir die Diamanten», gellte Tamas, nun völlig außer sich, während Nunes und ich am äußersten Ende der Pier miteinander rangen.

Ich habe mich oft gefragt, was wohl geschehen wäre, wenn Tamas, dieser Bilderbuchpirat mit seiner in den Hosenbund gestopften Knarre, nicht mit der Schießerei begonnen hätte – ob er mich dabei vor Nunes retten oder uns beide umbringen wollte, ist noch eine ganz andere Sache. Aber wäre es mit Nunes so gekommen, wie es kam?

Aus seinem schwankenden Boot gingen Tamas' Schüsse über uns hinweg, aber ihre Wirkung auf Nunes war elektrisierend. Er schleuderte mich zur Seite und feuerte aus kürzester Entfernung auf die Männer im Boot. Ich sah, wie Tamas umfiel und der Mann an der Ruderpinne nach seinem Kopf griff. Die vier Ruderer, denen wunderbarerweise nichts passiert war, stemmten sich in die Riemen und strebten in die Nacht hinaus. Nunes lud das Magazin nach und schoß, mit meiner Taschenlampe als Suchscheinwerfer, hinter dem kleiner werdenden Boot her. Als Antwort kam eine trotzige Salve von vier, fünf Schüssen, die, ohne Schaden anzurichten, über uns hinweggingen. Vielleicht war Tamas doch nicht so schwer verwundet worden. Durch den Wind hindurch hörten wir das Jaulen einer anspringenden Maschine, und meine letzte Hoffnung auf Flucht brachte sich seewärts in Sicherheit. Nunes stand noch eine Weile auf der Pier und lauschte angestrengt ins Dunkel, bis das letzte Geräusch der Maschine erstorben war; dann hob er das Diamantensäckchen auf und trieb mich, mit einer wedelnden Bewegung des Revolvers, vor sich her.

Vier Stunden später ging Hauptmann Nunes vor meinen Augen in Flammen auf und brannte lodernd, etwa fünf Minuten lang, bis nichts mehr von ihm übrig war als ein Häufchen Asche, aus dem die Reste seines rechten Beins und des Stiefels herausragten.

Soweit ich mich erinnere, hatte Nunes sich gerade Wasser aus dem Krug eingegossen, den er eben frisch gefüllt hatte. Als er das Glas absetzte, stöhnte er tief auf und rülpste. Auf meinem Stuhl, gute anderthalb Meter entfernt, konnte ich die Hitze seines Atems spüren. Dann stand er abrupt auf, wobei der Stuhl hinter ihm umstürzte, und verwandelte sich in eine Feuersäule, die bis an die Decke reichte. Seltsamerweise fing seine Kleidung – wieder trug er nur Unterwäsche – erst ganz am Schluß Feuer, kurz bevor er zusammenbrach. Die Flammen kamen von innen, explodierten erst in seinem Magen, griffen aus in die Brust, schmolzen seinen Kopf in ihrer Glut. Etwa eine Minute lang stand er mitten in diesem Inferno, eine Hand in einer Geste der Verzweiflung ausgestreckt, die andere sinnlos gegen seinen Bauch gepreßt, als hätte er das Feuer, als es sich entzündete, dort ersticken wollen. Dann sank er langsam auf dem Boden hinter dem Tisch zusammen, sein linkes Bein knickte unter ihm ein, das rechte streckte sich so weit nach vorn, daß ich es sehen konnte. Nach fünf Minuten war das Feuer erloschen, ließ nur einen Haufen fettiger Asche zurück, ein paar angekohlte Fingerknochen, das Bein, das ich sehen konnte, und einen Gestank, der mir den Atem nahm.

Ich schrie, ebensosehr wegen des entsetzlichen Anblicks der Verbrennung wie aus Angst, das Haus könnte Feuer fangen und auch ich bei lebendigem Leibe verbrennen. Ich schrie und schrie. Aber der Sturm verwehte meine Hilferufe, wie er vorher auf der Pier das Geld verweht hatte. Ich hätte mir auch darüber klar sein müssen, daß in dieser Nacht, ganz unabhängig vom Sturm, nichts, aber auch gar nichts in der Lage gewesen wäre, die Dorfbewohner aus den Häusern zu locken – Schreie der Angst vielleicht am allerwenigsten. Aber wer denkt schon klar, der mit ansehen muß, wie vor seinen Augen jemand in Flammen aufgeht? Dann regiert die Hysterie, die mich den Stuhl umstürzen ließ, an den ich so fest gefesselt war, um auf dem Boden, unter dem Tisch hindurch, auf die schwelenden Reste von Nunes zu starren.

Mir blieben viele, viele Stunden, um diese Reste zu betrachten, denn erst am späten Nachmittag hatten Bootsmann Walbein, Augustin Shoote und der arme Fagmie Jabaar genügend Mut zusammengekratzt, um im Haus des Hauptmanns nach dem Rechten zu sehen. Zu diesem Zeitpunkt lag ich bereits im Fieberwahn, vor Grauen, vor Gestank und vor Erschöpfung.

Doch zuerst, als mein Stuhl umgestürzt war, ergriff mich Erleichterung, denn weder der Tisch, noch Nunes' Stuhl, noch die Bodenbretter hatten Feuer gefangen, sie sahen nur ein wenig angesengt aus. Und dann erinnerte ich mich, daß ich nichts von der Hitze seines Feuers verspürt hatte, obwohl ich nur anderthalb Meter entfernt war. Es war ein so eigener Tod, daß außer den angeschmorten Brettern an Decke und Boden nichts in Mitleidenschaft gezogen war. Und doch war sein Feuer heiß genug gewesen, um seine Knochen zu schmelzen, was sonst, wie Augustin Shoote ein paar Wochen später erläuterte, während er auf Namaqua Drifts Dampfer wartete, nicht einmal im Krematorium gelingt.

Als er seinen Wein ausgetrunken hatte und Fagmie Jabaar, immer noch voller Pflaster und Bandagen, ihm aus dem Krug nachschenkte, fügte er hinzu: «Was wieder mal beweist, daß keiner ahnt, was der liebe Gott für ihn in petto hat.» Er hob die Augen zur Zimmerdecke, dann blickte er mich an. «Nur eines steht fest, Montague: für dich hat er was übrig, und unser Fagmie hier genauso, denn wenn er uns damals nicht überredet hätte, nach dem Rechten zu sehen, hätte ich in meinem ganzen Leben keinen Fuß auch nur in die Nähe dieses Hauses mehr gesetzt.»

Wir lachten, aber an dem Tag, an dem es geschah, war es alles andere als zum Lachen. Gegen Mittag, als ich vom Schreien heiser war und sich abzeichnete, daß niemand zu meiner Rettung kommen würde, legte sich die Verzweiflung schwer auf meine Brust.

Dann passierte etwas Merkwürdiges: Ich hörte, wie sich die Vordertür öffnete, leise Schritte kamen durch den Gang und hielten an der Küchentür inne. Da ich halb unter dem Tisch lag, konnte ich nicht erkennen, wer es war. Aber ich sah Frauenbeine, schlank, bedeckt mit zartem Flaum und Spuren von Straßenschmutz. Frieda.

«Hilf mir», flehte ich heiser. «Hilf mir.»

Aber die Beine bewegten sich nicht. Frieda stand da und starrte auf den Aschenhaufen ihres Vaters. Ich lag unter dem Tisch und weinte Tränen der Ohnmacht. Leise summte sie ein Lied, das sie ganz am Anfang gesungen hatte, wenn sie ihren Vater auf der Veranda rasierte. Sie hatte es nie mehr gesungen, seit ihre Liebesgeschichte mit Stevie begonnen hatte, aber nun summte sie diese Melodie wieder, eigentlich nur eine Phrase davon, die sie immer wiederholte.

«Frieda», flüsterte ich. «Bitte hilf mir.»

Das Summen verstummte.

«Ich bin's, Montague Planke.»

Die Beine drehten sich um, sie begann wieder zu summen, und plötzlich rannte sie aus dem Haus.

Vielleicht fiel ich in Ohnmacht, vielleicht war es Schlaf, als nächstes erinnere ich mich jedenfalls an Sonnenlicht, das in die Küche drang, ein Streifen später Nachmittagssonne, in dem Nunes' Staub schwebte. Bei jedem Atemzug stellte ich mir vor, wie diese Staubteilchen in meine Nase eingesogen wurden, bis endlich all die verkohlten Überreste des Hauptmanns gelblich und schwer in meinen Lungen liegen mußten. Es war eine Vorstellung, die jeden in den Wahnsinn getrieben hätte. Und in diesem Stadium befand ich mich, würgend, spuckend, von Brechreiz geschüttelt, als Bootsmann Walbein, Augustin Shoote und Fagmie Jabaar mich fanden.

«Jaja», sagte Bootsmann Walbein später, «du hast Glück gehabt, Montague. Aber ich habe all mein Lebtag nicht erlebt, daß jemand solch wirres Zeug redet und dabei spuckt und spuckt und spuckt, als hätte er verdorbenen Fisch gegessen.»

«Es war kein schöner Anblick», pflichtete Augustin Shoote bei, und ich hoffte, daß er dabei mehr an den schauerlichen Anblick von Nunes dachte als an mein Speien.

Zu diesem Zeitpunkt hatte sich bereits die ganze Dorfgemeinschaft im Hausflur oder draußen vor dem Küchenfenster zusammengedrängt und gaffte. Dann hatte sich, zu meiner nicht geringen Erleichterung, Walbein herabgebeugt, um zu sehen, was sich unter dem Tisch abspielte. Ich würgte, ohne etwas anderes auszuspucken als meinen Widerwillen, doch keiner, weder Walbein noch Augustin Shoote noch Vygie Bond, wagte es, über Nunes' Asche hinwegzusteigen; lieber hoben sie die Küchentür aus, um mich endlich zu befreien. Niemals hat mir ein Schluck brackiges Wasser so gut geschmeckt wie jener, den ich erhielt, um mir Nunes aus dem Mund zu spülen.

Stunden später, als ich meine Stimme wiedergefunden hatte, stellte Augustin Shoote die Frage, die allen auf den Lippen brannte.

«Es war Frieda, stimmt's? Hat sie eine Lampe nach ihm geworfen, ist das Feuer so entstanden? Es muß so gewesen sein, wir haben sie alle aus dem Haus rennen sehen wie von Furien gehetzt.»

«Nein», sagte ich. «Nein, es war alles längst vorbei, als sie hereinkam.» Und ich erzählte, was geschehen war.

Als ich fertig war, herrschte lange Zeit nur Schweigen, bis Augustin Shoote sagte: «Ja, wir machen uns alle unseren eigenen Tod.» Und Vygie Bond, der wahrscheinlich an Stevie und an das kleine feuchte Bündel dachte, das ihm Irr-Minnaar gegeben hatte, fügte murmelnd hinzu, daß manche überhaupt nicht sterben sollten. «Und nicht weiterleben», sagte ganz ruhig Bootsmann Walbein, und ich fragte mich, ob er dabei an Frieda dachte.

Von dem Tag an, da Frieda-die-Leere, wie sie bald genannt wurde, ihren Vater zum letztenmal rasiert und einen tropischen Dschungel auf das Laken der Irr-Minnaar gestickt hatte, sprach sie nie wieder ein Wort. Der einzige Laut, den sie von sich gab, war eine gesummte Melodie aus einem Kinderreim, die meistens erklang, ehe sie in die Dünen hinausging und dort tagelang ohne Unterbrechung in den Gräsern sitzen blieb.

Frieda-die-Leere besuchte niemals das Grab ihres Kindes oder des Mannes, der in glücklicheren Zeiten ihr Ehemann geworden wäre. Es war, als sei er nicht gestorben, als warte er für sie noch immer in ihrem Liebesnest, wie er es allnächtlich in jenem kurzen Sommer getan hatte. Selbst als Stevie ausgegraben und zwischen seiner Verwandtschaft neu beigesetzt wurde, blieb sie den Dorfbewohnern fern, die den Tod eines der Ihren endlich so betrauern konnten, wie es sich ziemte. Nichts verfing, womit Irr-Minnaar sie aus dem Haus zum Friedhof locken wollte, nicht der süße Tee, nicht das bestickte Tuch und nicht das

Baumwollkleid, Frieda-die-Leere war nicht zum Verlassen der Blechbaracke zu bewegen. Erst als man sie endlich in Ruhe ließ, als Augustin Shoote die Trauerfeier nicht länger aufschieben konnte, kam sie heraus und rannte in die Dünen. Wie Namaqua Drift es ausdrückte, hatte sie ihren eigenen Gottesdienst zu begehen.

Stevies zweite Beerdigung zerbrach endlich auch den alten Jong Jan. Als er das neue Kreuz in den Boden hämmerte, auf das Augustin Shoote «Stevie, Fischersmann und Vater» geschrieben hatte, bekam er einen Weinkrampf, der auch nicht aufhörte, als keine zwei Stunden später sein Herz stehenblieb. Am nächsten Tag, als er von den Brüdern Kreef, Vygie Bond und Bootsmann Walbein in einem Grab an der Seite seines Enkels beigesetzt wurde, standen immer noch Tränen in den Augen des alten Fischers. Und so oft Augustin Shoote sie auch mit dem Saum seines Talars zu trocknen versuchte, es quollen immer neue Tränen nach. Weil wir vorher nie geweint haben, sagte Irr-Minnaar, deshalb werden wir jetzt immer weinen.

Hauptmann Nunes wurde nicht auf dem Friedhof beigesetzt, nicht einmal in der hintersten Ecke. Wie Vygie Bond sagte: «Nichts soll daran erinnern, daß er jemals hier lebte. Wir werden wieder Scherbett trinken, als hätte es ihn nie gegeben.» Und so wissen nur die Brüder Kreef, was aus seiner Asche und dem Beinstumpf, den die Flammen verschonten, geworden ist, denn sie räumten ihn weg.

Hauptmann Sylvester Nunes verschwand so rasch aus den Erinnerungen der Fischer, wie er aus ihrer Welt verschwunden war. Es gab kein Freudenfest, bestenfalls ein paar stille Dankgebete, aber sonst sprach keiner jemals wieder von ihm oder von den drei Jahren seiner Schreckensherrschaft. Der Alptraum war vorüber. Das Haus des Hauptmanns wurde, ebenso wie meines und das von Mondling, ein Opfer des Flugsands, sein alter Laster gehörte nun ganz den Hühnern und Gänsen.

Ich hatte das Dorf noch nicht verlassen, als Sand und

Geflügel schon ihre Herrschaft antraten und sich dort einnisteten, wo sie bisher mit dem Besen vertrieben worden waren. Sand drang durch die Türritzen und häufte sich in den Ecken, Fenster wurden eingedrückt, Hennen nisteten in den Schränken. Bootsmann Walbein wurde schwermütig und begann von Norwegen zu erzählen; Fagmie Jabaar blickte auf seine leeren Regale und schüttelte den Kopf.

«Ich sage Ihnen, Mister Montague», sagte er, «dieses Dorf ist gegessen. Ich verdufte.»

Aber wer weiß, ob diesen Worten je die Tat folgte? An dem Tag, als ich meine Sachen packte, sagte er nur: «Wo geht's hin, Mister Montague? Bitte sagen Sie mir, wohin.» Dann wischte er weiter die Gläser aus, die längst sauber waren.

«Also brichst du wirklich auf, Planke», sagte Augustin Shoote und setzte sich zu uns an den Tisch.

Ich nickte.

«Tja», sagte er. «Bestimmt sind welche unter uns, die dir bald folgen werden.»

«Bestimmt», sagte Bootsmann Walbein.

Fagmie Jabaar gab eine neue Runde aus, und wir tranken verdrossen, bis Vygie Bond hereinkam und sagte, daß Namaqua Drifts Dampfer gerade um die Spitze der Landzunge gebogen sei.

Seit jenem traurigen Nachmittag, an dem ich das Dorf verließ und alle auf der Pier standen und zum Abschied winkten und Fagmie Jabaar Tränen in den Augen standen, habe ich nie wieder etwas von ihnen gehört. Vielleicht gibt es auch heute noch eine Siedlung in dieser weiten Bucht, ausgesetzt dem Wind, verloren im Nebel. Vielleicht rudern Vygie Bond und die Brüder Kreef immer noch hinaus, um jenseits der Landzunge Fische zu fangen, und es reifen jedes Jahr neue Melonen in den mühsamen Gärten. Kein Zweifel, daß die Makrelenschwärme manchmal kommen und manchmal ausbleiben, und wenn sie ausbleiben, ist das Leben hart, und die Kinder weinen und kauen Seetang, um sich zu trösten. Vielleicht liegt manchmal ein Hauch von Süße in der Luft, um Vygie Bond zu quälen, und vielleicht zwängt Mrs. Beg-rip, unruhig noch im Tod, manchmal die Hand aus ihrem flachen Grab, um sich zu beschweren. Vielleicht seufzt der Wind noch immer durch die prächtigen Zimmer von Lady Sarahs Villa, wo die Brokatvorhänge nun in Fetzen hängen, wo von den Möbeln nur Skelette stehen und wo sie, bekleidet nur mit ihrem angefressenen Negligé, jeden Abend tanzt.

Noch immer habe ich Sehnsucht nach dem Dorf, nach der Aufregung, wenn mittags die Boote heimkehren, nach den Abenden bei Fagmie Jabaar bei Dominospiel und Melonenwein. Aber am meisten drängt es mich, Brot zu backen, den Teig zu kneten, meine berühmten Weißbrotlaibe in den Ofen zu schieben, die die Kinder unter dem Geschrei der Möwen zum Salzfisch aßen. Eines Tages werde ich wiederkommen, mit Nudeln und Konserven und Tee aus China, mit blauschimmeligem Käse, Schokolade, Nüssen. Wieder werden alle auf der Pier stehen, um Namaqua Drifts Dampfer zu begrüßen. Wieder werden die Regale bei Fagmie Jabaar ächzen unter all den Wundern der modernen Zeit. Ich sehe die Gesichter, die sich ans Fenster pressen und begierig warten, so wie die Fischer an Schlechtwettertagen, bis sie ihn endlich wieder auf der Zunge spüren, den köstlichen Geschmack von Scherbett.

Paul Auster

Im Land der letzten Dinge

Roman – Deutsch von Werner Schmitz
200 Seiten. Gebunden

Paul Auster, eine der großen Entdeckungen der neueren amerikanischen Literatur, hat mit «Im Land der letzten Dinge» eine visionäre apokalyptische Fabel von Beckettschen Dimensionen geschrieben.

Eine junge Frau namens Anna Blume gelangt in eine im letzten Stadium des Untergangs befindliche namenlose Großstadt, die wie eine moderne Version des finstersten Mittelalters wirkt. Masochistische Todessehnsucht grassiert, Sekten florieren, es herrschen rohe Gewalt und das Recht des Stärkeren. Die Menschen sind ihrer Menschlichkeit entkleidet, sie befinden sich im Zustand existentieller Not. Anna stemmt sich gegen die Auflösung einer Welt, in der die Dinge samt der Erinnerung an sie einfach spurlos verschwinden: In ihren Tagebuchaufzeichnungen setzt sie der Zerstörung die Hoffnung, der Auflösung die bewahrende Kraft der Sprache entgegen.

Paul Austers allegorische Bilder sind von archaischer Kraft. Sie beschwören die historischen Tragödien unseres Jahrhunderts ebenso herauf wie sie zukünftige andeuten.

«Ein ausgezeichnetes, höchst lesbares Buch. Paul Auster hat sowohl der modernen Literatur als auch unserer Sicht der Welt eine Dimension hinzugefügt.»
The Boston Globe

Die New York-Trilogie

Stadt aus Glas
Schlagschatten
Hinter verschlossenen Türen
Deutsch von Joachim A. Frank
rororo 12543 (November 1989)

«Eine literarische Sensation!»
Sunday Times

Rowohlt

Antonio Muñoz Molina

Beatus ille
oder Tod und Leben eines Dichters

Roman – Deutsch von Heidrun Adler
340 Seiten. Gebunden

Der Student Minaya reist zu seinem Onkel Manuel, um Material für eine wissenschaftliche Arbeit über den Dichter Jacinto Solana zu sammeln. Onkel Manuel war mit dem Dichter befreundet: sie sind zusammen aufgewachsen und haben im Bürgerkrieg auf der Seite der Republik gekämpft. Nach dem Sieg der Falangisten hat sich Solana in Manuels Haus versteckt, um seinen Roman schreiben zu können. Doch die Schergen des Franco-Regimes haben ihn aufgestöbert, erschossen und das Manuskript verbrannt. Minaya macht sich auf die Suche nach den Resten des Romans…

«Beatus ille» ist einer jener seltenen Glücksfälle der Literatur, in denen es dem Autor gelingt, durch gebrochene Form und durch brisanten Inhalt einen politischen Roman von hoher literarischer Qualität zu schaffen. Sein Gegenstand ist der ironische, schmerzhafte Umgang mit jüngster Geschichte. «Beatus ille», 1988 ausgezeichnet mit dem Staatspreis für Literatur, gehört zu den am meisten diskutierten Büchern der spanischen Gegenwartsliteratur.

Rowohlt